CUANDO UN HOMBRE SE ENAMORA

Amor y Aventura

CUANDO UN HOMBRE SE ENAMORA

Katharine Ashe

Traducción de Noelia Sanabria

VERGARA

Barcelona • Madrid • Bogotá • Buenos Aires • Caracas • México D.F. • Miami • Montevideo • Santiago de Chile

Título original: *When a Scot Loves a Lady*
Traducción: Noelia Sanabria
1.ª edición: enero 2013

© 2012 by Katharine Brophy Dubois
© Ediciones B, S. A., 2013
  para el sello Vergara
  Consell de Cent 425-427 - 08009 Barcelona (España)
  www.edicionesb.com

Printed in Spain
ISBN: 978-84-15420-27-9
Depósito legal: B. 10.388-2012

Impreso por NOVAGRÀFIK, S.L.

Dedicado a Lucia Macro y Kimberly Whalen.

En palabras del hijo predilecto de Escocia,

que tu vida día a día tenga calma.
No *lento largo* en la acción,
pero sí un *allegretto forte* dichoso
flujo armonioso,
Una danza *strathspey* magnífica, animada, atrevida:
Encore! ¡Bravo!

Con mi mayor gratitud.

Prólogo

Londres, 1813

Una dama elegante dotada de un elevado nivel intelectual no debería mirar fijamente a un hombre. A los veintidós años, y ya con un gusto y refinamiento exquisitos, no debería sentir la necesidad apremiante de estirar tanto el cuello para ver pasar a un Luis XIV corpulento coqueteando con una Cleopatra pechugona.

Pero una dama como Katherine Savege, de noble familia y con una reputación mancillada, acostumbrada a la censura mordaz de la sociedad, en ocasiones podía permitirse estas pequeñas indiscreciones.

La Reina del Nilo se movió y Kitty obtuvo otra visión de aquella figura masculina plantada en la entrada del salón de baile.

—Mamá, ¿quién es ese hombre? —Su voz suave, apenas un susurro, no contenía ni una sola nota de curiosidad pueril. Era como el raso, se movía como olas que acarician la orilla y cantaba como un ruiseñor. O al menos eso le decían sus pretendientes cuando la halagaban.

En realidad, ya no cantaba como un ruiseñor ni, de hecho, como ninguna otra ave. No desde que un hombre vil le había arrebatado la virtud y desatado su ansia de venganza.

El ansia de venganza y el dulce canto no conviven bien en el alma de una mujer.

En cuanto a los pretendientes, ahora ella se veía obligada a soportar más tentativas y proposiciones que declaraciones sinceras. Pero no tenía a nadie a quien culpar, a excepción de ella misma y aquel malvado, por supuesto.

—El caballero alto —precisó—, el del perro.

—¿Un perro? ¿En un baile? —La condesa viuda de Savege inclinó la cabeza; su cabello plateado y la corona de joyas incrustadas brillaban a la luz de un centenar de velas de araña.

Una gorguera isabelina ceñía sus severas mejillas, obstaculizándole los movimientos. Pero sus ojos pardos, perspicaces y delicados, siguieron la mirada de su hija a través de la multitud. ¿Cómo se atrevían?

—En efecto. —Kitty resistió el impulso de mirar de nuevo hacia la puerta. Si se inclinaba demasiado hacia un lado el vestido, que recordaba el atuendo de una diosa griega, podía deslizarse impúdicamente. Su madre nunca debería haber permitido que se lo pusiera, mucho menos que lo luciese en público.

Pero después de treinta años de matrimonio con un hombre que públicamente alardeaba de tener una amante y con un hijo mayor que era un libertino incorregible, la condesa no era precisamente una esclava del decoro. Así, la asistencia de Kitty al baile de máscaras rozaba temerariamente el escándalo. Desde luego, ella no debería estar allí, pues eso no hacía más que confirmar los rumores.

No obstante, Kitty se lo había implorado a su madre, aunque le había ocultado el motivo: en la lista de invitados figuraba Lambert Poole.

—Vaya por Dios. —La noble viuda enarcó las cejas con expresión de sorpresa. Era Blackwood.

A la izquierda de Kitty, una ninfa le susurraba algo al oído a un mosquetero, ambos atentos al caballero alto del umbral. Tras ella, la doncella Marian sonrió tontamente a un moreno Barbanegra. Parte de lo que musitaba llegó hasta los finos oídos de Kitty.

—... Acaba de regresar de la India... Dos años fuera... No soportaba permanecer en Inglaterra tras la trágica muerte de su amada...

—... El bebé quedó huérfano de madre...

—... Una verdadera belleza...

—... Esos escoceses son tremendamente leales...

—... Prometió que no volvería a casarse...

Luis XIV besó la mano de Cleopatra y se alejó lentamente, permitiendo a Kitty una visión perfecta del caballero.

Su aspecto resultaba por demás sencillo, con un pañuelo atado al cuello, un bastón curvo en la mano y una barba que parecía auténtica; su intención era pasar por un pastor. Un perro enorme, desgreñado y gris, estaba a su lado.

Las señoras que lo rodeaban, sin embargo, no prestaban atención al perro. Cogida de su brazo, la Reina Isabel de España pestañeó, y la pequeña señorita Muffet apareció justo en ese momento mostrando sus hoyuelos al sonreír a aquel hombre que, a pesar de la barba, no carecía de atractivo.

Más bien todo lo contrario.

Kitty apartó la mirada de él.

—Entonces ¿le conoces?

—Él y tu hermano Alexander fueron de cacería juntos a Beaufort hace años. ¿Por qué, querida? ¿Te gustaría que te lo presentara? —La viuda entornó los ojos y cogió la copa de champán que le ofrecía el criado que pasaba por su lado.

—¿Y arriesgarme a llenarme el vestido de pelos de perro? Por Dios, no.

—Kitty, soy tu madre. Te he visto cantar a pleno pulmón mientras brincabas por los charcos. Esta arrogancia que has adoptado últimamente no me impresiona.

—Perdón, mamá. —Kitty bajó la mirada. La altanería, sin embargo, le había evitado a Kitty mucho dolor. Mostrándose altanera casi se permitía creer que no le importaba que las invitaciones y las llamadas fueran a menos, los amoríos fueran cada vez más pasajeros—. Naturalmente, he querido decir: por favor, no me presentes ahora, puesto que estoy pendiente de que un señor desaliñado con patillas tan largas como Piccadilly Road se siente a mis pies a recitarme poesía bucólica.

—No seas cruel, querida. El pobre hombre va disfrazado, al igual que todos los presentes.

Kitty, sobre todo. Y no solo por su vestido de diosa griega, sino también por otra clase de disfraz... La música resonaba alegremente en la estancia, turbando los sentidos de Kitty como las dos copas de vino que había cometido la imprudencia de beber. No estaba allí para divertirse, y desde luego tampoco para comerse indecorosamente con los ojos a un bárbaro lord escocés.

Tenía algo pendiente por hacer.

Como en todo evento social, buscó con la mirada a Lambert. Vestido de personaje de Shakespeare, estaba apoyado en una columna y tenía una caja de rapé abierta en la mano.

—Mamá, ¿irás al salón de juegos esta noche? —Nunca había podido adular a Lambert cuando su madre estaba cerca.

—Entonces ¿no te presento a lord Blackwood?

—¡Por favor, mamá!

—Katherine, eres incorregible. —La condesa le tocó el mentón con la punta de los dedos y sonrió amablemente—. Pero todavía eres mi querida niña.

Su «querida niña»... En momentos como ese, Kitty casi creía que su madre no sabía la verdad sobre la pérdida de su honra. En momentos como ese, anhelaba lanzarse a los brazos de su madre y que todo volviera a ser como antes, cuando en su corazón aún había esperanza y todavía no estaba erosionado por el juego perverso en que ahora se veía envuelta.

—Bien, me pasaré un rato por el salón de juegos —dijo su madre—. La semana pasada, Chance y Drake me ganaron cien guineas cada uno, y tengo la intención de recuperarlas. Dame un beso en la mejilla, que eso me traerá suerte.

—Pronto me uniré a vosotros. —Kitty la miró alejarse con su cascada de faldones y luego fue en busca de su víctima.

Lambert la encontró con la mirada. Su espeso cabello y la frente aristocrática captaban la luz de las velas. Pero ya hacía dos años que su visión no provocaba en Kitty ninguna emoción excepto ira, desde que él le había robado la inocencia y con ello le había roto el corazón.

Se le acercó.

—Enseñas mucha piel esta noche, querida —dijo él con voz lánguida—. Debes de tener mucho frío. Ven a calentarte un poco, ¿quieres? —Aspiró un pellizco de rapé.

—Siempre tan gracioso, milord. —Kitty sonrió, pero por dentro se sentía furiosa. En un tiempo, cuando era una chica ingenua que creyó encontrar el amor en el primer caballero que le prestaba atención, había admirado esa arrogancia aristócrata. Ahora solo buscaba obtener información, de esa que dejan escapar los hombres vanidosos y orgullosos tras adularlos lo suficiente, fingiendo todo el tiempo y riéndoles sus supuestas gracias.

Era un método que daba excelentes resultados. Tras meses de cuidadosa observación, Kitty había descubierto que lord Lambert Poole se servía de la política para obtener beneficios personales. Una vez había encontrado en su chaleco papeles con nombres de funcionarios ministeriales, números de cuentas y cifras que indicaban libras. Ahora necesitaba algo más de información para desenmascararlo y arruinar su vida social.

Sin embargo, empezó a sentir calor en el pecho y los hombros descubiertos y un sutil malestar. La venganza le había parecido muy dulce cuando la tramaba, pero ahora la angustiaba. Y en su interior el espíritu de la chica que había cantado a pleno pulmón mientras corría por los charcos deseó cantar en lugar de llorar. Esa noche no le preocupaba sacar el as que tenía en la manga y jugar a su juego secreto, ni siquiera para avanzar en la consecución de su objetivo.

—Vamos, Kit. —Él le miró el pecho desvergonzadamente—. Tiene que haber un rincón oscuro donde podamos estar solos.

Ella sintió un escalofrío.

—Claro, ¿por qué no?

—Detrás de ti, querida.

Ella echó a andar, lentamente.

—Ya te he dicho que... —De pronto algo le rozó la pierna, algo gris y peludo que ella apartó con un ademán. Una mano firme le cogió el brazo desnudo.

—Tranquila, solo es un perro —oyó que le decían en escocés. Era una voz cálida y profunda. Maravillosamente cálida y profunda, como la piel de aquella mano en contacto con su piel, y le provocó un cosquilleo interior.

No obstante aquella sensación, los gustos de Kitty se decantaban decididamente por los hombres acicalados, y Blackwood, con su cabellera larga, oscura y rizada y sus cejas hirsutas —por encima de unos ojos, eso sí, bonitos—, distaba de serlo.

—Lady Katherine... —La lánguida voz de Lambert la arrancó de su aturdimiento—. Le presento al conde de Blackwood. Ha regresado hace poco de la India. Blackwood, esta es la hermana de Savege.

—Milady... —dijo Blackwood en su lengua, e inclinó levemente la cabeza a modo de reverencia, supuso ella.

Kitty tendió la mano hacia él.

—No me importa el perro, milord, pero ¿no es un poco grande para guiar ovejas? Me atrevería a decir que hasta un lobo lo haría mejor.

—Las cosas no son siempre lo que parecen, milady —contestó el escocés sin abandonar su particular acento.

Ella no pudo dejar de mirarlo. Tras la oscura belleza de aquellos ojos rasgados algo centelleó. Un reflejo acerado.

Entonces, como un perfecto bárbaro y sin mediar palabra, se alejó.

Kitty lo siguió con la mirada.

En la penumbra, al final del salón de baile, un sátiro con el pecho cubierto de pelo enmarañado y una copa medio vacía en la mano miró de reojo a una camarera. No, no iba disfrazada, era de verdad. Cargaba una bandeja de copas que a todas luces era muy pesada para sus frágiles brazos. El sátiro comenzó a manosearla. La joven se apoyó en la pared mientras usaba la bandeja como escudo.

Lord Blackwood se interpuso entre los dos.

—¡Un momento, caballero! —exclamó en áspero escocés por encima de la música y las conversaciones—. ¿Acaso su madre no le enseñó que no se debe molestar a una chica cuando está trabajando? —Frunció el entrecejo—. Lárguese, o me veré obligado a darle una lección de modales.

El sátiro titubeó un momento, pero la actitud de Blackwood no dejaba lugar a dudas. El disfraz de pastor no ocultaba el porte vigoroso de un hombre en la flor de la vida.

—Es una lástima que trabaje tanto tiempo de pie —gruñó el sátiro, pero se alejó tambaleándose.

—Vaya —murmuró Lambert junto al hombro de Kitty—. Un héroe de la clase trabajadora. ¡Qué conmovedor!

A Kitty se le puso la piel de gallina al sentir su aliento en la mejilla.

Lord Blackwood hablaba ahora con la camarera, pero Kitty no podía oírlo. La chica abrió mucho los ojos e inclinó la cabeza en señal de agradecimiento. Y a continuación dejó que el conde la liberara de la bandeja, antes de alejarse cabizbaja entre la multitud.

Lambert tomó a Kitty por el codo y dijo:

—No te hagas ilusiones, Kit. —Sus ojos azules brillaban intensamente—. Desde que su esposa murió, Blackwood no es la clase de hombre que se casa con cualquiera. —Esbozó una sonrisa cruel.

Lambert disfrutaba imaginando que Kitty era infeliz porque no se casaría con él. Años atrás había destrozado su honra con el único objeto de agraviar a sus hermanos, a los que odiaba. Pero ahora Kitty sabía que a Lambert le gustaba pensar que ella suspiraba por él.

En efecto, Kitty había fingido magníficamente, consintiéndole tomarse libertades para mantenerlo cerca, pues deseaba verlo sufrir igual que ella había sufrido, primero al negarse a casarse con ella y, más tarde, al demostrarle que era estéril.

Se volvió hacia el hombre que había perdido a su joven esposa hacía unos años y a la que todavía le era fiel, un hombre cabal que, en medio de una fiesta de la buena sociedad, había evitado que una joven criada fuera objeto de abuso.

Desde las sombras, Blackwood advirtió que lo miraba. De nuevo, un destello acerado iluminó la calidez oscura de sus ojos.

Desde luego, las cosas no eran siempre lo que parecían. Y Kitty lo sabía mejor que nadie.

1

Londres, 1816

Compatriotas británicos:

¿Comete un delito el Gobierno por despilfarrar el gravemente mermado tesoro de nuestro noble reino aquí y allá sin atención alguna a la prudencia, la justicia o la razón?

Definitivamente, sí.

Irresponsablemente, sí.

¡Vilmente, sí!

Como todos sabéis, he hecho de la denuncia de todo este derroche propio de manirrotos mi cruzada personal. Este mes cuento con un nuevo ejemplo: 14½ de Dover Street.

¿De qué sirve a la sociedad un club exclusivo de caballeros si jamás se ve a un solo caballero cruzando la puerta del mismo? Y ese panel pintado de blanco adornado con un intimidante picaporte: un ave rapaz. Pero la puerta nunca se abre. ¿Alguna vez usan este moderno local los insignes miembros de su club?

Al parecer, no.

Recientemente he obtenido información a través de canales peligrosos en los que me he introducido por vuestro bien, compatriotas. Parece ser que sin el debate previo correspondiente los Lores han aprobado por votación secreta una asignación del Ministerio del Interior destinada a este así llamado club. Sin embargo, ¿cuál es el propósito del mismo, sino mimar a los ricos indolentes para quienes estos establecimientos son ya legión? No puede haber nada bueno en este gasto imprudente.

Me comprometo a desenmascarar este despilfarro encubierto de la riqueza del reino. Averiguaré los nombres de cada uno de los miembros de este club y qué negocios y tramoyas hay detrás de sus arrogantes puertas. Entonces, queridos lectores, os lo revelaré.

LA DAMA DE LA JUSTICIA

Señor:

Lamento informar que los agentes Águila, Gavilán, Cuervo y Gorrión se han retirado del servicio. El Club Falcon, al parecer, se ha disuelto. Yo, por supuesto, deberé permanecer en activo hasta que todos los casos pendientes se resuelvan.

Asimismo, me permito llamar su atención sobre el folleto del 10 de diciembre de 1816, publicado por Brittle & Sons, impresores, que le adjunto. La pobre viejecita se llevará una decepción.

Suyo, etc.,

PEREGRINE

—Gracias, señor. —La dama apretó con dedos temblorosos la mano de Leam Blackwood—. Gracias.

En la densa niebla de una noche sin luna de diciembre alzó la mano y le besó fugazmente los nudillos.

—Vaya con Dios, señora —le deseó en escocés.

Las mejillas de la dama brillaban como dos fuentes de gratitud.

—Usted es demasiado bueno. —Se llevó el pañuelo a los labios trémulos—. Demasiado, milord. —Pestañeó—. Ojalá...

Sonriendo, él la ayudó a subir al carruaje y cerró la puerta. El vehículo partió, las ruedas traquetearon envueltas en la niebla de la madrugada londinense.

Por un instante Leam la observó alejarse. Dejó escapar un largo suspiro.

Una noche como otra cualquiera.

Una noche como no había otra.

Solo un par de versos malos, igual que la mala poesía de su vida durante los cinco últimos años. Pero esa noche se iba a acabar.

Desentumeció los hombros, se abotonó el abrigo y se frotó el mentón. Por Dios, hasta sus perros iban más aseados. Era uno de esos días en que un hombre prefería una navaja de afeitar a un brandy.

—Bien, ya está hecho —dijo sin traza de acento escocés, como había aprendido a hacer desde joven. Sin embargo, cinco años antes, mientras servía a la Corona, lo había recuperado. Cinco años de letargo.

Por voluntad propia.

Se había acabado.

—*Bella, Hermes.* —Chasqueó los dedos.

Dos grandes sombras emergieron del otro lado del parque. Esa noche había llevado consigo a los perros para que siguieran el rastro de la mujer usando una prenda de esta que le había proporcionado su marido. Acompañarse de aquellos excelentes perros de caza era muy útil en caso de apuro. Al encargado del hotel de mala muerte donde habían maltratado a la mujer no le importaban los animales, y los agentes del Club Falcon habían conseguido rescatarla. Otra alma perdida recuperada.

Por supuesto, *Hermes,* que aún era cachorro, había causado problemas en la cocina del hotel. En cambio, *Bella* no había molestado a nadie. Era vieja pero buena y obediente, un magnífico animal.

Eso la había convertido en uno de ellos.

—¿Estás seguro de que quieres dejar todo esto, viejo amigo? —murmuró el hombre de pie en la húmeda y fría acera, detrás de Leam.

Por el tono de Wyn Yale, Leam adivinó su expresión: leve sonrisa y ojos entornados.

—Debe de ser agradable que a uno le cueste tan poco tener en un puño a encantadoras matronas.

19

—Las damas admiran a los héroes trágicos. —Cerca de Yale, la suave voz de Constance Read sonaba como un arrullo norteño—. Y mi primo es encantador, además de guapo, claro. Exactamente como tú, Wyn.

—Es usted muy amable, milady —dijo Yale—. Pero lo siento, un galés nunca puede ser mejor que un escocés. La historia lo demuestra.

—A las damas no les importa la historia. Especialmente a las más jóvenes, a quienes por cierto les gustas bastante. —Ella se echó a reír y un suave murmullo alivió la tensión que oprimía a Leam.

—La mujer del director del hotel lo llamó rufián —añadió Yale.

—Bah, estaba coqueteando. Todas coquetean con él. También lo llamó fanfarrón.

—No tienen ni idea. —La voz del galés sonó maliciosa.

En efecto, no tenían ni la menor idea.

Se pasó una mano por la cara. Cuatro años en Cambridge y luego tres en Edimburgo. Leam hablaba siete lenguas, leía dos más, había viajado por tres continentes, poseía una propiedad enorme en Lowland y era el heredero del ducado, rico gracias a las sedas y el té procedentes de la India. No obstante, la buena sociedad lo consideraba un rufián y un fanfarrón. Porque era como él se mostraba al mundo.

Por Dios, ya estaba harto. Cinco años eran más que suficiente. Y a pesar de todo, en su corazón se libraba una especie de lucha que no le dejaba dormir.

Dios mío. Pensamientos shakespearianos malgastados en mujeres tontas y mala poesía. El brandy parecía una excelente idea después de todo.

Leam se volvió.

—Si vosotros dos ya habéis terminado, deberíamos entrar. La noche avanza y quisiera irme a dormir a algún sitio. —Señaló hacia la puerta de la modesta casa de vecindad ante la que se encontraban. Como el picaporte en forma de halcón, la placa de bronce en que aparecía el número 14½ relucía sobre el dintel a la luz de la farola de gas.

—¿A qué sitio? —preguntó su prima, Constance, una belleza chispeante de ojos azul celeste que a los veinte años ya había puesto a decenas de hombres de rodillas en los salones de Londres. Enarcó las cejas con curiosidad.

—Algún sitio por aquí. —Él la guio mientras subían los escalones.

—No te ilusiones demasiado, viejo amigo. Colin tiene planes. —Yale empujó la puerta abierta y le guiñó un ojo a Constance al pasar.

—Por mí Colin puede pudrirse —murmuró Leam.

—Ojalá que no. —En el umbral de la sala el jefe de agentes del Club Falcon, vizconde Colin Gray, aguardaba apaciblemente como cualquier otra noche para encargarles una nueva misión. Tenía ligeramente marcada la comisura de los labios. Gray raramente sonreía. La suya era una seria rectitud inglesa, admirada por Leam desde sus días de colegial. Se encontró con los ojos color añil de Leam, de expresión seria—. Pero si esperas lo suficiente, querido amigo, tendrás suerte.

—Es mejor ser guillotina que soga, ¿eh, Colin? —Yale se acercó al aparador. El joven galés nunca balbuceaba al hablar ni vacilaba al andar, pero Leam lo había visto beberse una botella entera de brandy desde el mediodía.

Un par de velas iluminaban las licoreras de cristal. Con un vaso en la mano, Yale se sentó en una silla con la agilidad de un niño. Pero nada parecía lo que era. Leam lo había aprendido años atrás.

Bella se acomodó sobre la alfombra junto al fuego, mientras que su cachorro siguió a Gray.

—¿Cómo han ido las cosas esta noche en el hotel? —El vizconde se apoyó en la repisa de la chimenea—. El señor Grimm se ha ido en el carruaje y vosotros estáis todos aquí, de modo que debo suponer que encontrasteis a la princesa y que ahora está en camino de regreso a su casa.

—Rumbo al pecho amoroso del marido que la espera anhelante.

Yale sonrió.

—Leam coquetea con todo lo que lleva faldas. —Constance

se detuvo junto a la ventana y corrió la cortina para mirar hacia la oscuridad.

—Siempre lo consigue. Hace que a las señoritas se les acelere el corazón, que se exalten con sentimientos que nunca han experimentado. —Yale bebió un trago de su brandy—. Mejor dicho, siempre lo conseguía.

—Es muy bueno en eso —dijo Gray, cuyo rostro, al resplandor del fuego, semejaba mármol tallado.

Leam se quedó en la entrada, con los ojos entornados como de costumbre. Un hábito de años no desaparecía fácilmente y aún no se había desprendido de los vestigios de su falsa personalidad. Todavía se aferraba a su disfraz.

Pero no por mucho tiempo.

Constance lo miró por encima del hombro. Un ostentoso reloj dorado colgaba de su cuello tan calculadamente como el papel que le tocaba desempeñar. Todos desempeñaban un papel.

Como miembros del Club Falcon, durante cinco años Leam Wyn Yale, Colin Gray y Jinan Seton habían aplicado sus habilidades en buscar y encontrar personas desaparecidas cuyo rescate exigía confidencialidad. Por el rey. Por Inglaterra. La prima de Leam, Constance, solo había entrado a formar parte del club hacía dos años, cuando él la introdujo.

—Siempre se me hace extraño verlos marcharse con el señor Grimm en el carruaje —dijo ella. Miró detenidamente al vizconde y añadió—: Colin, ¿cómo es que la gente nos encuentra? No será porque nos anunciemos en los periódicos. ¿Acaso conocen a nuestro director secreto? Claro que, en tal caso, ¿verdad que no sería muy secreto? Y nosotros también deberíamos conocerle. —Esbozó una dulce sonrisa.

—Quizá, si permaneces en el club, lo conozcas algún día —respondió el vizconde.

—Oh, sabes que sería imposible. No cuando Leam, Wyn y Jinan están dispuestos a dejarlo todo.

Leam la observó.

—Tampoco es necesario, Constance.

—Haré lo que me plazca, Leam.

—Vamos, primos —dijo Yale, haciendo girar la copa de brandy entre las manos—. No riñamos. Todavía no hemos bebido lo suficiente.

—No son tus primos, Yale —le recordó lord Gray desde el otro lado de la habitación.

El galés enarcó una negra ceja dándole a entender a Gray lo que pensaba.

—En primer lugar, nunca debería haberla metido en esto —dijo Leam, acercándose a su prima—. Pero en ese momento creí que necesitabas diversión. —Adelantó la mano y suavemente le apretó la mano.

—Oh, no. —Constance retiró la mano—. Me harás llorar con esa mirada tuya de poeta. Me he vuelto tan susceptible como toda dama que se precie.

—Descarada —murmuró lord Gray.

Constance lo miró con una sonrisa.

—Debe llorarse con afecto, Colin. Basta solo un poco más del que me inspira cierta gente.

Lord Gray inclinó la cabeza en reconocimiento a su gracioso desdén.

—¿Lo ves, Leam? —dijo ella con un brillo irónico en sus ojos azules—. Colin te agarrará por el cuello si me haces llorar.

—Pues a mí, Blackwood, nunca me ha gustado ver llorar a una dama —musitó Yale con aire adormilado.

—La dama no estaría alicaída si no te hubieras empeñado en retiraros juntos tan repentinamente —comentó Gray.

—No se debe discutir durante nuestra fiesta de despedida. —Yale abrió los ojos, aunque nada seguro podía deducirse de ello. Hasta Leam, después de trabajar con él durante cinco años, ignoraba cuándo su amigo hablaba en serio.

La actuación de Yale, la reticencia de Constance o la insistencia de Gray no importaban. Leam lo había guardado en secreto y había vivido como un gitano. Al principio no le importó, pero ahora, a los treinta y uno, se sentía demasiado viejo para continuar con este plan.

—Supongo que esta noche no veremos a Seton —dijo Gray—. Es deplorable que se despida sin siquiera comparecer en persona.

—Jinan nunca ha formado parte totalmente del club —dijo Leam—. Tenéis suerte de que al menos haya enviado unas palabras.

—Wyn, ¿qué querías decir con el comentario sobre la guillotina? —preguntó Constance, ladeando la cabeza.

Yale lanzó una mirada desafiante a Gray.

—Quizá nuestro augusto vizconde nos lo explique. Usted tiene noticias de lo que pasa en Francia, ¿no es así, Colin?

—Dejémoslo para otro momento. —El vizconde abrió una caja que había en la repisa de la chimenea y sacó un papel doblado—. El director tiene una última misión para vosotros dos.

—Ni hablar —dijo Leam con tono lapidario.

Gray enarcó una ceja.

—Ruego que primero se me deje informar de la misión.

—Ni hablar. —Leam se puso a todas luces tenso—. Renuncio y no se hable más. Te lo he dicho muchas veces, Colin. Me voy a casa. Eso es todo.

—Pero los espías franceses... —murmuró Yale—. ¿Y ahora qué tenemos que hacer, largarnos a Calcuta para salvar a Inglaterra?

Los espías franceses no habían enviado a Leam a la India cinco años atrás. Lo había hecho su desesperación por abandonar Inglaterra. Y todos lo sabían.

Yale lanzó una mirada al vizconde.

—¿Va de espías esta vez, Colin?

Lord Gray le pasó el papel.

—El director y algunos miembros del Consejo del Almirantazgo así lo creen.

—Los informadores del Ministerio del Interior han identificado a ciertos elementos escoceses de las Tierras Altas, lo que representa una amenaza potencial, pues pueden filtrar información a Francia.

Constance arrugó la frente.

—Pero la guerra ya ha terminado.

—El verdadero motivo de preocupación no es un posible ataque de Francia, sino los rebeldes escoceses.

—Ah. —Yale bebió un sorbo de brandy, pensativo.

—Es cierto —dijo Gray con expresión seria—. Los insurrectos escoceses pueden estar congraciándose con ciertos partidos franceses para ganar su apoyo a una rebelión.

—¿Qué podrían tener los rebeldes escoceses que a los franceses les resultara interesante?

—No demasiado, si solo fueran chusma del norte, pero nuestro director y varios miembros del Consejo del Almirantazgo aciertan al pensar que los rebeldes están aportando información confidencial directamente de un miembro del Parlamento.

Yale silbó entre dientes.

—A menos que crean que yo soy uno de esos insurrectos —dijo Leam—, no tengo ni idea de qué tiene que ver conmigo. Será mejor dejárselo al Ministerio del Interior, al que le corresponde, o a los del Foreign Office, como debería haberse hecho hace cinco años. No me importa y nunca debería haberme importado.

—No te importó en su momento.

Leam observó la mirada fría de Gray.

—Es un trabajo honorable, Leam.

—Piensa que estás salvando al mundo tal como deseas que sea, mi noble amigo. Pero desde que terminó la guerra no somos más que palomas mensajeras glorificadas, y no me gusta nada.

El chasquido de un leño en el fuego pareció acentuar su afirmación.

—Un sinsentido simbólico —masculló Yale, que se puso de pie, se acomodó los pantalones y se dirigió hacia la puerta—. Sigo con vosotros, contad conmigo. Buenas noches a todos —añadió como si se tratase de una noche cualquiera y no de la última.

Su mirada perspicaz y cada uno de sus movimientos eran los propios de un espía. El Club Falcon lo había desaprovechado.

—Si hombres como tú, Leam, no continúan este trabajo, podría estallar una nueva guerra antes de lo que imaginamos —dijo el vizconde muy serio.

Yale se detuvo y apoyó un hombro contra el marco de la puerta.

Pero Leam no se sentía responsable. No había necesidad de tenerlo todo resuelto.

—Durante la guerra, al menos salvamos personas de alguna importancia para Inglaterra. —Sacudió la cabeza—. Ahora...

—Pues esta noche rescataste a una princesa.

—Aunque se hubiera tratado de la maldita reina. Nunca fue mi deseo ir cazando a las mujeres que huyen de otros hombres.

Se hizo el silencio, esta vez tenso. Yale por fin lo rompió diciendo con tono significativo:

—No todas las esposas huyen de sus hombres.

Leam se acercó al fuego, sintiendo las miradas de sus amigos puestas en él.

El resto del mundo veía al pobre Uilleam Blackwood como un viudo trágico. Solo ellos tres y Jin Seton conocían la verdad.

—¿Recuerdas aquella niña italiana de trece años que encontramos, la sobrina del arzobispo?

—Justo a tu regreso de Bengala —precisó Constance—. Me hablaste de ella, Wyn —añadió con una sonrisa—. Tú y Leam la encontrasteis trabajando como camarera en un baile de disfraces, aunque todavía no te imagino disfrazado.

—No lo hice. Aunque Blackwood sí, claro. ¿Lo recuerdas, amigo?

Leam no lo había olvidado en los tres años transcurridos desde entonces. Había sido su primera misión en Londres después de la India. Pero no era esa la razón por la que nunca había olvidado aquel baile.

—Él intenta quedar fuera esta vez, Colin —dijo Constance con tranquilidad—. Pensaba que hacía eso cuando entró a formar parte del club y fue a la India a tus órdenes. Pero al final descubrió su error.

—Una última misión, Leam.

Las miradas de Leam y Gray se cruzaron.

—¿Y después?

—Nunca volveré a pedírtelo.

Yale se cruzó de brazos.

—¿Qué desea esta vez nuestro director en la sombra?

—Quiere que los dos os reunáis con Seton. Hace dos meses nuestro amigo el marino mandó decir que tenía noticias que no podía enviar por mensajero ni por correo. Sin embargo, no hemos sabido nada de él desde entonces; creemos que quizá tú sepas dónde está. ¿Lo sabes?

Leam asintió. Eran hombres cortados por diferentes patrones: a Jinan Seton y Colin Gray no se les daba bien estar localizables. Pero el marino informaba a Leam de la situación de su barco al menos una vez al mes. De modo que sabía dónde encontrarlo.

—¿Eso es todo? —dijo.

—El director también quiere la confirmación de la renuncia al club por parte de Seton.

—Así pues, ¿no hay rebeldes escoceses ni espías franceses después de todo?

Yale miró a Leam y a Gray.

—Esta vez no.

—Entonces ¿por qué los ha mencionado? —Ambos se conocían desde hacía años, pero Leam no confiaba del todo en su viejo amigo. A Colin Gray solo le importaba una cosa en la vida: la seguridad de Inglaterra. Leam no lo culpaba por ello, pero no lo entendía. Él no sentía esa lealtad incondicional hacia nada; solo lo aparentaba.

—Esperaba que mordieras el anzuelo, pero creo que no va a ser así —dijo Gray con tono grave—. ¿Podrás hacer este último servicio?

El barco de Jin estaba amarrado en Bristol. Leam podría ir a caballo y aun así llegar a Alvamoor a tiempo para las Navidades. Le apetecía ver al marino una vez más antes de su marcha a Escocia. Además, se lo debía a Gray, el hombre que había acudido en su ayuda cinco años antes, cuando él lo necesitaba.

Asintió.

—Bien —dijo Gray, acercándose a Yale—. No te metas en líos —le advirtió.

—Ni el menor escándalo se podrá relacionar con mi nombre.

El vizconde pareció disimular una sonrisa.

—Es muy posible. —Se inclinó hacia Constance—. Milady. —Y se fue.

Sobre la alfombra que había delante de la chimenea, *Hermes* cambió de postura con un suspiro perezoso.

—¿Qué dices, Cons? —bromeó Yale, mirándola de arriba abajo—. ¿Me acompañas a dar un paseo a medianoche? Contigo del brazo estaré en el cielo.

—Oh, Wyn. Venga.

El joven sonrió burlonamente, se inclinó y salió detrás de Gray.

—Es incorregible —dijo Constance con una sonrisa en los labios.

—Te tiene en muy alta estima.

—Le gusta aparentar que sí, pero todavía no conozco a la chica capaz de... —Constance se volvió de repente para observar a Leam—. ¿De verdad vas a irte a Escocia? ¿Esta vez es definitivamente?

—Sí —respondió Leam en escocés.

Constance ladeó la cabeza y preguntó:

—¿Podrás ser feliz en Alvamoor?

—Es mi hogar, Constance.

—¿No estará ella siempre allí, en cierto modo?

—¿Dónde mejor que en la tierra?

Ella se estremeció casi imperceptiblemente.

—Esas palabras no son propias de ti.

—Ya lo creo que lo son —dijo él. Evidentemente, no quedaba nada del joven alocado que había sido seis años antes.

—¿No la has perdonado en todo este tiempo?

—El honrado se fía demasiado del perdón.

Constance guardó silencio un momento.

—Después iré a cenar con papá —dijo para cambiar de tema—. Él leerá el periódico mientras comemos y me dejará a mí todo el peso de la conversación.

Leam sonrió. Constance intentaba divertirle, pero quizá fuera muy tarde ya.

—Dale saludos a su excelencia.

Ella cogió su capa de la silla.

—¿Por qué no cenas con nosotros? Papá preguntaba por su sobrino favorito esta misma mañana.

—Gracias. Tengo otro compromiso. —Si iba a ir a Alvamoor por Navidad, debía partir cuanto antes para encontrarse con Jinan en la costa. Por supuesto, Yale lo acompañaría.

El elegante carruaje de Constance, con el penacho ducal, la esperaba delante de la puerta. Él la ayudó a subir.

Ella le apretó los dedos.

—Después de la temporada iré a Alvamoor, en verano —dijo.

—Fiona y Jamie estarán allí, al igual que yo. Hasta entonces —dijo él, y se disponía a cerrar la puerta cuando Constance le agarró la manga para impedírselo.

—Leam, ¿has pensado otra vez en el matrimonio?

—No —respondió él con un tono que sugería «nunca más».

Ella le sostuvo la mirada.

—Que tengas un viaje agradable, querido —le dijo con cariño—. Y feliz Navidad. —Se arropó con la capa y se acomodó sobre los cojines.

El retumbar del carruaje se oyó por toda la calle.

Leam se volvió y por un largo instante se quedó mirando la puerta del 14½ de Dover Street. Durante cinco años había puesto su vida al servicio del rey, tras aquella puerta con su picaporte en forma de ave rapaz y sus suntuosos salones de baile, así como por todos los callejones de Londres. Y por toda Gran Bretaña.

Su desesperación lo había conducido hasta un velero que partía con destino a Oriente, pero su ocupación como miembro del Club Falcon había conseguido distraerlo. Sí, por un tiempo estuvo entretenido.

Se volvió y echó a andar por la calle. Las farolas de gas y el sonido de sus botas marcaban su paso por la triste medianoche. Sus sentidos necesitaban el aroma del norte. Durante el solsticio de invierno la región de Lodainn mostraba cielos brillantes y cristalinos, a menos que se cargaran de nubarrones de lluvia o de intensas nevadas.

Sí, Navidad en Alvamoor. En esta ocasión, por primera vez en cinco años, se quedaría más allá del día de Reyes. De hecho, se quedaría indefinidamente.

De pronto, mientras caminaba, sintió que se le erizaban los pelos de la nuca, y supo que lo estaban vigilando. No le importó demasiado, como tantas cosas últimamente.

2

Quince días después, en algún lugar del camino,
en Shropshire

—Kitty, te pido disculpas. —Lady Emily Vale tiró hacia delante de la capucha de su capa cubriendo sus claros y cortos cabellos y su mandíbula afilada—. La casa de mis padres está a menos de cinco kilómetros de distancia, pero con esta ventisca dudo que Pen pueda conducir el carruaje ni un metro más.

—Vamos, lo de Athena no tiene arreglo.

—Quería decírtelo: lo cambié a Marie Antoine. —Emily se abotonó el cuello de la capa y apretó los labios—. En mi opinión, esas bobas que formaban el Regimiento de Mujeres son las que arruinaron Atenas. No tenían interés alguno en política o literatura. Todo lo que sabían de la antigua Grecia es que llevaban vestidos y tocados.

Kitty sonrió. A través de la ventanilla del carruaje y de la cortina de nieve contempló, a la escasa luz nocturna, la modesta posada. De dos plantas, la estructura tenía un viejo entoldado, una tosca puerta y cuatro ventanas delanteras horrorosamente pequeñas. El patio, de unos quince metros de lado, estaba cubierto de nieve.

Más adelante, flanqueada por edificios de madera, la calle principal, blanca y azotada por remolinos de viento, bajaba hasta el río. Excepto por el humo de las chimeneas, el único movimiento visible era la oscilante puerta de una taberna junto al muelle después de que un parroquiano entrase huyendo de la tormenta.

El establo de la posada, sin embargo, parecía lo bastante espacioso para el carruaje y su tiro. Un asno rebuznó. Al parecer, el lugar ya estaba habitado.

¿Podría servir como refugio? Poco importaba, en realidad, dónde se perdiese Kitty en Inglaterra mientras se alejara lo suficiente de Londres.

—Con esto bastará —murmuró—. Estaremos bien, ya verás.

—Supongo que la ventaja es que se encuentra tan lejos de tu madre y de su novio como de la casa de mis padres —dijo Emily.

—Quizá... —dijo Kitty, y sonrió. Douglas Westcott, lord Chamberlayne, adoraba a su madre tanto como su madre lo adoraba a él. Pero la viuda ni siquiera iba de compras sin su hija soltera. Durante años habían estado lo más unidas que una madre y una hija pueden estar.

En opinión de Kitty, sin embargo, eso no dejaba espacio suficiente para un galanteo apropiado, o para que un caballero viudo se acercara a una dama viuda con garantías de que funcionase. Y así, cuatro días antes —un plazo demasiado breve para una mujer con la que se ha estado cada día durante la última década—, y tras darle un beso en la mejilla, Kitty se puso en camino hacia Shropshire por Navidad.

Abrió la puerta del carruaje y dijo:

—Esta tormenta también te ayudará con tu problemilla, Marie.

—¿Lo crees?

—No se podría haber improvisado mejor.

Un chico salió del establo, sacudiéndose la nieve que cubría sus rodillas. La carroza se inclinó hacia un lado cuando el señor Pen se apeó, mientras grandes trozos de nieve se desprendían de su abrigo.

—Pobre hombre. —Kitty se cubrió con la capucha la cabellera, que esa misma mañana su doncella había recogido en dos elegantes trenzas. En algún momento del viaje, cada vez más lento, el primer cochero de Emily adelantó en el camino al coche en que iban los sirvientes, decidido a llegar a destino antes de que los alcanzase la tormenta.

Por desgracia, no hubo suerte. Ahí estaban, aparentemente en medio de ningún lugar, y sin saber dónde se encontraba el carruaje en que viajaban los sirvientes.

—¿Crees que esto durará mucho, joven? —gritó Emily por encima del fragor de la ventisca, dirigiéndose al chico del establo, que era todo dientes y huesos.

—Como mínimo toda la noche, puede estar segura, señora —dijo el chico, llevándose una mano a la gorra.

Abrieron la puerta de la posada y entraron, seguidas de una ráfaga de hielo y polvo.

—¡Buenas noches, señoras! —Un hombre de mediana edad, achispado por el whisky y con un pañuelo rojo al cuello, se acercó—. Bienvenidas al Cock and Pitcher.

—Señor Milch —dijo Emily de la forma directa que Kitty tanto admiraba—. Hace un año estuvimos aquí con mi madre y mi padre, lord y lady Vale. Su esposa nos sirvió un rosbif y un pudín excelentes. ¿Tendrá lo mismo para lady Katherine y para mí esta noche? ¿Y habitaciones?

—Claro, señora. —El posadero sonrió amablemente y les cogió las capas—. Mi mujer enviará a las chicas para que preparen las habitaciones de inmediato.

—Nuestros criados aún están en camino —dijo Emily, pensando en su dama de compañía, la formidable madame Roche. Los rumores en Londres sobre la soltería de Kitty se habían convertido en un tema de conversación durante cinco años; entre risas, muchos decían que se merecía estar soltera después de alardear de su historia de amor con Lambert Poole. Pero hasta el momento esos cotilleos no habían convertido a Emily en objeto de crítica, excepto, claro, por su amistad con Kitty. A Emily, sin embargo, no le importaba. Le bastaba con sus libros y no le preocupaba en absoluto el que consideraran a Kitty inadecuada como compañía de una damisela.

Pero a Kitty sí le importaba la intachable reputación de Emily, y pensaba que una noche en el camino sin la vigilancia de una dama de compañía no ayudaría mucho.

El señor Milch chasqueó la lengua y dijo:

—Bien, pónganse cómodas. —Les hizo un gesto desde el vestíbulo y añadió—: Voy a buscar a mi Gert y luego nos ocuparemos de su cochero. Espero que podamos encontrar lugar para él en la taberna. Aquí estamos completos.

Emily asintió.

—No creo que a Pen le importe mucho mientras tenga con qué abrigarse. —Un buen abrigo, buenos libros y buena conversación era todo lo que Emily Vale necesitaba. Siempre había sido una chica práctica y no le preocupaba el pasado de una persona por rebelde que esta fuese. Por eso era tan buena amiga de Kitty, una de sus preferidas.

La planta baja de la posada era una sala modesta dividida en dos por la escalera que conducía al piso superior. En la parte derecha había dos mesas cuadradas flanqueadas por bancos y cubiertas con manteles de encaje, y a la izquierda, delante de la chimenea, había un sofá y un par de sillas gastadas. De las paredes colgaban tapices de punto de cruz y una impresionante cornamenta que hacía las veces de perchero; las ventanas estaban cubiertas por sencillas cortinas de lana. El lugar olía a cebollas, a guisado de cordero y a café.

—Kitty —dijo Emily, mirando alrededor—, sospecho que jamás has estado en un sitio como este. Nunca me lo perdonarás.

—No seas tonta. Es encantador. —«Y horriblemente rústico y sencillo», pensó.

De pronto, sobre la alfombra que había delante de la chimenea algo se movió. Kitty saltó hacia atrás. Una cabeza gris y peluda se levantó del suelo y la miró con unos ojos grandes y profundos. Sonriendo, Kitty se quitó la bufanda y el sombrero y se acercó a la chimenea, con cuidado de no pisar la cola del perro, extendiendo las manos para calentárselas.

—Supongo que no tiene remedio, como dices. —Emily, a quien nada de aquello le hacía mucha gracia, se sentó en una silla, se quitó el sombrero y se pasó los dedos por el corto cabello con ademán varonil. Cuando tenía dieciocho años carecía de toda gracia femenina, pero durante los últimos cinco años, y gracias a la ayuda y el ejemplo de Kitty, había ganado en femineidad.

Kitty se echó a reír y dijo:

—Realmente, no tienes que preocuparte. Pero ¿dónde estamos exactamente?

—Yo diría que cerca de Shrewsbury —respondió Emily—. Pen dijo que íbamos hacia Sever, y de eso hace horas. Si quieres que sea sincera contigo, Kitty, no puedo evitar sentirme preocupada.

—Emily...

Emily apretó los labios.

—Marie —se corrigió Kitty—. No debes preocuparte. Incluso si la nieve nos confina en Willows Hall mientras el señor Worthmore está allí, trazaré un plan para disuadir a tus padres de ese encuentro inapropiado. Lo prometo.

Emily frunció el entrecejo.

—Por eso te pedí que vinieras, Kitty —dijo en tono serio—, porque eres increíblemente lista para esta clase de cosas. Mis padres se las han ingeniado para aturdirme por completo con esta situación, pero sé que para ti no supondrá ningún problema. A fin de cuentas, si el verano pasado conseguiste derrotar a todo un lord británico, seguramente también lograrás ahuyentar de la casa de mis padres a un simple señor.

A Kitty se le hizo un nudo en la garganta, y no pudo disimularlo.

—Oh, lo lamento mucho, Kitty —se apresuró a decir Emily—. Madame Roche me advirtió que no debía mencionarlo, pero ya sabes lo desmemoriada que soy para esas cosas.

Hasta el momento ninguna de sus relaciones había hablado de ello en voz alta. A excepción de Emily...

Tres años antes, después del baile de disfraces en el que ella le dijo a Lambert Poole que no le importaba lo suficiente ni para odiarlo, había guardado bajo llave toda la información importante que había obtenido sobre él. Durante dos años y medio no hizo nada con ella. Pero seis meses atrás, al final de la temporada, Lambert había amenazado a su hermano Alex, acusándolo de actividades delictivas con el único fin de ocultar las propias. Y Kitty finalmente echó mano de sus archivos. Junto a la información proporcionada por el Consejo del Almirantazgo procedente de otra fuente, su conocimiento de las actividades indeseables de Lambert había acabado por condenarlo.

Por supuesto, nadie debía saber que ella estaba involucrada en el asunto. Pero la información se filtró y en pocos meses comenzó a correr el rumor de la asombrosa actuación de lady Katherine Savege, que había ayudado a llevar ante la justicia al delincuente lord, murmuraciones a las que pronto se sumó la humillante historia de que había entregado su virtud a aquel mismo hombre.

—No debes dejar que te afecte, Marie. Con que me aflija a mí ya es suficiente...

De pronto se oyó que alguien que calzaba botas subía la escalera. Con un alivio que le resultó a un tiempo bochornoso, Kitty puso los ojos en blanco. Sintió un nudo en el estómago.

En el rellano de la planta superior había un caballero de estatura considerable, espalda ancha y movimientos ágiles, pero sin otros méritos que esas cualidades masculinas, en este caso muy estimables para quien solo ama la belleza física por encima de la belleza moral. O el carácter. O la educación. O las aficiones.

Kitty había querido escapar de Londres, pero no por ello renunciar a ciertas cosas.

Bueno, no era del todo verdad... Notó las palmas de las manos húmedas. No solo había querido escapar de Londres. Había querido escapar también de los rumores, de que en los salones de la ciudad se asociara su nombre con el de Lambert, de los errores del pasado, de los que al parecer no conseguía librarse.

La presencia repentina de aquel hombre en medio de ningún lugar hizo que todo resultase imposible.

Lord Blackwood sonrió y la miró fijamente. Ella le hizo una reverencia.

La sonrisa de Blackwood se hizo más amplia. Era, en efecto, una sonrisa elegante. Pese a su barba escandalosamente bárbara.

—Milady, qué agradable sorpresa el que nos encontremos aquí.

Las rudas palabras en escocés retumbaron como un rebaño de ovejas negras huyendo de los lobos. Algo enorme veteado de gris corrió alrededor de sus largas piernas. Kitty dio un respingo.

—*Hermes*, fuera.

El animal se tumbó en el suelo, a los pies de ella, moviendo la cola frenéticamente.

—¡Señor! —exclamó Emily.

—Tranquila, que no le hará ningún daño.

—¿Cómo está, milord? —preguntó Kitty, intentando recuperar el aliento—. Marie, permíteme presentarte al conde de Blackwood. Milord, ella es mi compañera de viaje, lady Emily Vale, a quien actualmente se la conoce con el nombre de Marie Antoine.

—Madame. —Blackwood se inclinó hacia Emily con una sonrisa y comenzó a bajar la escalera.

Él hizo una reverencia hacia Kitty, con perfecta soltura.

—Milady...

No había escapatoria. Aquello era absurdo. Solo había hablado con aquel hombre en una ocasión, tres años atrás, prácticamente para intercambiar saludos. Sin embargo, su vida había cambiado.

Él tenía los pómulos altos, las mejillas lisas, los bigotes poblados y una mirada indolente.

Kitty sabía muy bien que debía fiarse de esa indolencia. Al menos así lo había decidido aquella noche cuando sus ojos oscuros parecían mirar dentro de ella.

—¿Qué le trae a Shropshire, milord?

—La pesca —respondió él, y un eco de placer resonó en su voz.

Kitty no entendió una palabra de lo que dijo a continuación, como siempre que hablaba en escocés. Era imposible mantener una conversación racional con aquel bárbaro, por apuesto que fuese.

—Ya veo —se limitó a decir. Y añadió—: ¿También se aloja aquí?

—Sí.

—La tormenta es atroz.

Se presentó el posadero.

—Señoras, ella es la señora Milch, viene a arreglar sus habitaciones. Cuando gusten, serviré la cena.

—Solo tenemos salchicha de cordero, y aquí mi marido ya se ha comido la mitad. —La señora Milch miró a su marido con el entrecejo fruncido, cubierta del cuello a las rodillas con un sencillo vestido de batista—. Es cuanto hemos recibido, aparte de los huevos, que los guardaré para el desayuno.

—Salchicha de cordero estará muy bien —respondió Kitty.

—No me esperaba que miembros de la alta sociedad nos visitaran esta noche —dijo la señora Milch con voz monocorde—. Es todo lo que puedo ofrecer.

Kitty la siguió, a ella y a Emily. Pero al llegar a lo alto de la escalera no pudo evitar mirar hacia atrás. Lord Blackwood la estaba observando. Ahora no había ninguna sonrisa que iluminara su rostro, solo un destello de frialdad y perspicacia tras la indolencia.

Aquella noche, tres años atrás, sus cálidos y oscuros ojos habían brillado trémulamente. A través de la sala de baile él la había mirado como lo hacía en ese momento, y eso fue todo lo que ella necesitó para decidir cambiar el rumbo de su vida.

Durante tres años, Kitty se había preguntado si su imaginación había inventado ese destello acerado para satisfacer su propia necesidad en aquel momento. Ahora lo sabía.

3

—Katherine Savege está aquí —dijo Leam mientras se rasuraba el mentón con la navaja—. Y lady Emily Vale.

—¿Lady Katherine, la exquisita soltera? —Yale ganduleaba en la silla de madera de la habitación mientras hacía girar una guinea entre los dedos. La moneda de oro brilló a la delicada luz matinal que entraba por la ventana. El juego iba ganando agilidad.

—La única —puntualizó Leam—. *Haute société*. Política. Frecuenta el salón de la condesa de March. —Y a través de ciertos amigos presentes en ese salón, seis meses antes ella había sellado para el lord un destino traicionero.

—Belleza e inteligencia. —Yale miraba fijamente la moneda—. Pero lo último seguro que no le interesaría al cretino del conde de Blackwood.

—Su madre juega a cartas.

—Ah. Ve al grano.

—Lady Katherine tiene algunos conocidos influyentes, cercanos al Consejo del Almirantazgo, en concreto.

Yale se guardó la moneda en el bolsillo y dijo:

—No es asunto nuestro, entonces.

—Ya no. —La fría hoja de la navaja se deslizaba por la piel de Leam. Un poco de jabón cayó sobre su ropa—. Maldición.

—¿Por qué te afeitas, entonces?

Leam se pasó las palmas de las manos por las mejillas y el mentón. Qué gran satisfacción volver a sentirse civilizado.

—Tenía que hacerlo —repuso—. Lo tenía programado. —Al contrario que ir a Alvamoor, donde debería estar en ese momento. Maldijo a Jin por cambiar el lugar de encuentro de Bristol a Liverpool. Si no hubiera sido por la nieve, Leam lo habría dejado en manos de Yale y se habría desentendido de los negocios del Club Falcon de una vez por todas.

—¿Quién es lady Emily? —preguntó Leam, anudándose la corbata.

—¿Aún faltan quince días para que termines el trabajo y ya estás perdiendo facultades? Te la presentaron en el baile de Pembroke la primavera pasada.

Yale se puso serio.

—¿Athena?

—Marie Antoine, al parecer.

El galés se puso de pie y se dirigió hacia la puerta.

—Bien, debo irme, antes que *les belles* se pongan nerviosas.

—Hay dos metros de nieve.

Si a Leam no le hubiese importado abusar de sus animales, habría ensillado su caballo y llevado a *Bella* y a *Hermes* hacia el camino sin pérdida de tiempo. Pero no podía hacer algo así. De modo que se encontraba atrapado a cientos de kilómetros de donde debería estar en dos días.

—¿Adónde esperas ir?

—Debería abrir una zanja hasta el muelle, robar una batea y, una vez en la desembocadura del río, mirar hacia el mar buscando un corsario despistado.

—Wyn...

—¿Leam?

—Ve con cuidado.

El hombre más joven se inclinó con un floreo. Vestía completamente de negro, su única extravagancia.

—Como siempre, milord.

Leam se echó el abrigo por encima de los hombros. Atrapado en una posada con un par de mujeres que frecuentaban las más altas esferas, aún no podía librarse del todo de su fama de bromista; su personalidad pública era muy bien conocida. En casa habría pocas similitudes con la vida que había dejado atrás hacía media década. Allí podría vestirse y comportarse como quisiera. No iría a Edimburgo. No tenía ninguna razón para ver a otros y tenía trabajo suficiente en su propiedad como para permanecer allí. Ya la había descuidado durante demasiado tiempo, y no solo su propiedad.

Deslizó un cuchillo dentro del forro de la manga, cerca de la muñeca. El día anterior, por el camino, habían tenido compañía. Pero cada vez que paraban para dar de beber a los caballos no conseguían descubrir a nadie. Quien los siguiese lo hacía a una distancia prudencial.

La planta baja de la posada, donde en otro tiempo se había servido cerveza, se destinaba ahora a los desayunos. Tras la puerta se oían ruidos de movimientos en la cocina, chasquidos de platos y continuas y fuertes broncas de la mujer del posadero a este. El aroma a café hizo más cálido aún el ambiente hogareño.

Lady Emily se sentó en un sillón, delante de la chimenea, con un libro entre las manos y un par de lentes sobre el puente de la nariz. Levantó la vista, levísimamente estrábica, y dijo:

—Buenos días, señor.

—Buenos días, milady.

—El desayuno se servirá pronto. Huevos con... algo más, creo —respondió el posadero.

Lady Emily asintió y volvió a concentrarse en la lectura.

Leam estaba por allí, junto a los percheros de donde colgaban las capas de dos damas y su propio abrigo, además de otras prendas de inferior calidad. Cerca había una puerta que daba a un patio trasero, y Leam todavía no le había echado un vistazo a la luz del día. El peligro rara vez amenazaba a través de la puerta principal.

La puerta estaba hinchada a causa de la humedad y se resistía. Leam le dio un puntapié y la abrió de golpe. Lady Katherine Savege, de pie en el pequeño porche cubierto, dio media vuelta, resbaló y cayó hacia delante.

Leam la sujetó. Ella se aferró a las mangas de su abrigo y exhaló un profundo suspiro. Él observó su rostro e hizo un examen rápido de sus finos rasgos, su nariz respingona, su boca amplia y sus ojos enmarcados por tupidas pestañas.

Llevaba la cabeza descubierta y el oscuro cabello, curiosamente trenzado y sujeto con vistosas peinetas, realzaba la perfecta cremosidad de su piel.

—Tenga cuidado con el hielo, milady —le dijo despacio—. Está muy resbaladizo.

—Perdone, milord —dijo ella sin mirarlo, para sorpresa de Leam, y eso que este no era muy dado a sorprenderse por nada. Su respiración se hizo más rápida al contacto con el pecho de él. La opresión entre los dos disminuyó, y lady Katherine dejó caer los brazos—. Perdí el equilibrio cuando se abrió la puerta. El suelo está resbaladizo, en efecto, y además salí solo en zapatillas. Quería ver cuán profunda era la nieve.

—¿De veras?

—Procuraré no despistarme de nuevo —repuso lady Katherine, cuya voz sonaba más fría por momentos.

Era la clase de mujer con la que Leam no se relacionaba. Las damas como ella eran capaces de defenderse solas, y le habían aportado pocos beneficios en anteriores ocasiones. Además, él ya no era un agente de la corona que buscaba información continuamente. Podía hacer lo que quisiera, y tenía a una bonita mujer en sus brazos. Por otra parte, a pesar de su soltería lady Katherine no tenía nada de inocente. Estaba seguro de ello.

—Sin embargo, muchacha, parece usted nerviosa.

Ella se puso rígida, lo cual hizo que a él la situación le resultara aún más agradable.

—No estoy nerviosa. Y usted ya debería haberme soltado. Lo sabe, ¿no? ¿O es cierto lo que dicen de usted?

—Vaya carácter.

—Mi carácter a usted no le concierne, y no soy una muchacha. Tengo veintiséis años. Bueno, casi; los cumpliré el 12 de febrero.

—¡Quién lo diría!

Los labios de lady Katherine eran una línea de piedra que Leam deseaba ablandar. Tenía que conseguir que riese. Sus ojos eran grandes y grises como las nubes de tormenta de un otoño melancólico, enmarcados por un halo de pestañas negras como el hollín.

—¿Me veré en la obligación de exigirle que me suelte o tenía planeado hacerlo en breve? —dijo ella, aunque debía admitir que se sentía bien en los brazos de aquel hombre, presionando su cuerpo contra el de él. Increíblemente bien. Ojalá los rumores acerca de Leam fuesen ciertos. Por desgracia, solo eran pretextos y engaños para hacer que las damas hablaran, y así obtener información. Después de su primer trabajo en las Indias Orientales, las tres cuartas partes de su cometido habían consistido en alimentar rumores.

—Supongo que a la larga... —dijo él.

—Vaya, al fin, una expresión que reconozco. Por desgracia, es la expresión equivocada.

Leam no pudo evitar reír. Ella pestañeó y añadió:

—Milord, usted es un mujeriego famoso. Pero quizá no se haya dado cuenta de que yo no soy de esa clase de mujeres. Ahora suélteme.

Él debería haberse dado cuenta, en efecto. Pero no deseaba hacerlo. Una belleza cálida presionando su cuerpo, una lengua astuta y fría junto a su oído y un rostro encantador que reflejaba inteligencia aguda no deberían abandonarse tan repentinamente.

—Me pregunto si va a amenazarme si no cedo.

Ella lo miró fijamente y repuso:

—No me degradaría hasta el punto de amenazar a un caballero, pero ¿lo es usted? —Su voz era glacial, pero aquellos ojos ponían cualquier frialdad en entredicho. Y entre las nubes de tormenta, Leam imaginó un pequeño rayo de sol.

La soltó.

Se apartó.

Ella se alisó la falda. Sin volver a mirarlo, sin pronunciar una palabra, entró en el edificio.

Leam permaneció en el porche, con las botas hundidas en la nieve. Los latidos de su corazón eran rápidos e irregulares. Empezó a dolerle el estómago mientras tenía esa sensación en el pecho que durante tanto tiempo había sido tan ajena a él. Claramente, ese intento de flirteo había sido un error. No lo repetiría.

Kitty intentaba controlar su pulso acelerado. Nunca había imaginado que la eliminación de la barba podría transformar a un hombre meramente guapo en...

Se llevó a las ardientes mejillas las frías palmas de las manos mientras se apresuraba por el pasillo trasero. Él no la seguía. Ella lo había insultado. Había tenido que hacerlo. En un primer momento no le había pedido que la soltara. Le había resultado agradable y hasta excitante. Y aquel calor líquido aún persistía, mezclado con los nervios.

No había estado tan cerca de un hombre en años. En tres años.

Ella, en efecto, había acabado por convencerse a sí misma de que, en gran medida, el responsable había sido aquel mismo hombre.

¿Se podían dar coincidencias como esa? Debía de estar loca por pensarlo.

Se apresuró a entrar en el bodegón. Emily estaba sentada a la mesa, untando con mantequilla una rebanada de pan.

—El pan no es del día —dijo—. La señora Milch dice que hoy el panadero del pueblo se ha quedado en la cama a causa de la nieve y la chica que la ayuda en la cocina no vendrá porque vive en Shrewsbury, a casi cinco kilómetros de distancia. Le dije que si la situación continúa así por mucho tiempo, podríamos ayudar a hornear el pan. ¿Han visto la nieve? Tiene una profundidad extraordinaria.

—Sí. —Kitty se controló finalmente saliendo de su ensimismamiento—. ¿Durante cuánto tiempo se quedará en casa de tus padres el señor Worthmore?

—Hasta el 6 de enero como mínimo. ¿Crees que esperará hasta entonces? ¿Lo crees? Debería evitar encontrarme con él. —El brillo en los ojos de Emily sugirió que no estaba muy segura de que sus deseos se cumplieran.

Kitty sacudió la cabeza.

—No tengo la menor idea de cómo hornear pan.

—Yo tampoco, pero podríamos aprender. —Emily mordió la dura rebanada.

Unos pasos resonaron en el suelo de madera, detrás de Kitty, que no tuvo ni unos minutos de alivio para recomponerse. Pero aquel hombre también quería desayunar, el hombre cuya mandíbula cualquier mujer desearía rozar con los dedos, con los labios y la lengua...

Se sentía como una tonta.

Él se detuvo a sus espaldas y el calor que ella sentía dentro de sí se hizo más intenso. Desterró ese sentimiento a pesar de lo agradable que le resultaba.

—Hay beicon, milord —dijo Emily—. El chico del establo, Ned, lo ha encontrado en el cobertizo. Uno se imaginaría que podría ser pescado salado, pero, al parecer, no lo es.

Lord Blackwood, merodeando alrededor de Kitty, cogió la cafetera.

—Mala época para el arenque. Emily lo estudió con curiosidad.

—¿Cómo lo sabe?

—Lo he leído en los periódicos, muchacha —respondió lord Blackwood con una sonrisa.

Kitty dejó escapar un suspiro sin poder evitarlo. Él la miró brevemente.

—¿Echará de menos también la falta de pescado, milady? —Y aquel hombre extraordinariamente rico, que iba a heredar un condado, le dio una taza de café como si de un sirviente se tratara.

Su forma de vestir era informal, aunque no descuidada, sin el menor signo de modernidad. Tenía manos grandes, fuertes, más apropiadas para cortar leña que para sostener la delicada taza que le ofrecía. O para esquilar ovejas. O para estrechar indecentemente a una mujer en un porche helado.

Kitty sintió que le ardían las mejillas y aceptó la taza.

—De ningún modo, milord —dijo suavizando el tono de voz—. Prefiero el caviar.

Él la miró a los ojos, fija y profundamente, como si supiera que ella usaba su altivez a modo de escudo.

Kitty contuvo el aliento.

Entró en la estancia una ráfaga de aire frío acompañada del sonido de la puerta al abrirse y a continuación cerrarse con fuerza. Aparecieron entonces unos perros, seguidos de un caballero de la edad de Kitty. Mientras se quitaba el amplio abrigo y el sombrero, miró rápidamente alrededor. Saludó a Kitty con un gesto caballeroso, en una actitud completamente diferente de la del hombre corpulento que estaba de pie al otro lado de la sala.

—Buenos días, milady.

Kitty le hizo una reverencia.

—Señor Yale —lo presentó lord Blackwood, recostada en el aparador—. Lady Katherine y lady Marie Antoine.

—¿Cómo está, lady Katherine? —Yale se inclinó y luego se volvió hacia Emiliy—. Señora.

—Señor, veo que ya ha estado fuera —dijo Emily sin apartar la mirada de la salchicha que estaba cortando—. ¿Cómo encontró la nieve?

—Fría y húmeda —respondió Yale, y volvió a centrarse en Kitty—. Lamento que su viaje se haya visto obstaculizado, milady.

—Gracias, señor. De hecho, estamos a pocos kilómetros de Willows Hall, la casa de lady Marie.

—¿Y viaja sola, señora? —Yale miró alrededor, curioso.

—Mi institutriz quedó atrás, en el camino —dijo Emily.

—Lamento oírlo. Con este frío y esta humedad...

Emily le miró detenidamente por encima del borde de las gafas.

—Qué extraño suena, ¿verdad?

—Y aún debe de ser más extraño para ella. —Yale frunció el entrecejo—. En cuanto podamos, Blackwood y yo sacaremos los caballos para ir en busca de su carruaje.

—Gracias, señor —dijo Kitty—. ¿Usted también se encuentra cerca de su destino? Lord Blackwood nos hizo creer que están en viaje de pesca, pero me temo que aprecia más las bromas que la verdad.

Yale sonrió.

—Sus temores están bien fundados, milady. A mi amigo le encanta reír.

45

—Espero que no a expensas de los demás —dijo Kitty, y sintió la mirada del conde sobre ella.

—Jamás. Pero lo cierto es que es un tipo raro. A menudo difícil de entender. —Yale miró el café y el pan que estaban sobre la mesa—. ¿Desayunará usted?

El estómago de Kitty protestó ante la mera idea.

—Esperaré los huevos que han prometido —respondió ella, y le indicó con un gesto que se sentara.

Yale así lo hizo, enfrente de Emily.

—Lady Marie Antoine, ¿qué texto la tiene tan absorta como para traerlo a la mesa?

—Shakespeare. *Ricardo III*.

—Ah.

Emily alzó la vista y preguntó:

—¿Le gustan a usted las obras históricas del Bardo, señor?

—Solo las comedias.

Emily arrugó la frente al oír aquello. Él hizo una mueca que le sentó muy bien a su rostro. La cabeza gris de un perro asomó por debajo del brazo. Yale le dio un trozo de pan.

—Sus perros de caza, Blackwood, nos comerán cuando estemos fuera de la casa, con toda la nieve que hay. En el porche, precisamente he visto a este zamparse una ristra de salchichas.

—Es un cachorro —fue la respuesta tranquilizadora—. Aún no ha aprendido buenos modales.

Yale se volvió hacia el conde con una sonrisa en los labios. Lord Blackwood inclinó la cabeza, pero no sonrió. Kitty sintió que algo se removía en su interior, algo insistente que la hacía sentirse incómoda. Se puso de pie, fue hasta la ventana y corrió las cortinas. Un blanco deslumbrante lo cubría todo y el cielo aún estaba cargado de nieve.

—Señor Yale, ¿sabe si el camino ya es transitable? —Kitty había salido para echar un vistazo al patio trasero. Ned, el mozo de cuadra, había quitado la nieve con una pala para permitir el acceso al gallinero antes de limpiar la parte delantera. Y entonces, mientras observaba a las gallinas ponedoras, entendió que el brillo acerado de los ojos color café del conde de Blackwood no era producto de su imaginación porque pudo sentir su mirada en ella.

Algo gélido moraba dentro de él. Eso le provocaba escalofríos a Kitty, aun cuando la invadiese aquel calor que tan agradable resultaba. Kitty no tuvo que mirarlo para saber que él tenía los ojos fijos en ella.

Aunque quizá lo imaginase.

Lo miró por fin. Sus miradas se encontraron, pero entonces la de él se alejó, y con ella el aliento de Kitty.

—No tendremos que usar una silla de montar en dos o tres días, espero —dijo Yale, y le dio un trozo de salchicha al perro, que le babeaba la rodilla.

—¿Dos o tres días? —Emily parecía esperanzada—. Después de Navidad, ¿te lo puedes creer?

—A menos que la nieve se derrita de pronto —apuntó Yale alargando las palabras.

—El cielo aún está muy gris —murmuró Kitty—. Echaremos de menos la iglesia.

—No sé nada de esas cosas, lady Katherine. Pero es lunes. En seis días el camino debería estar transitable. El furgón del correo no tendrá problemas en llegar.

—El miércoles es Navidad. —Kitty nunca había pasado unas Navidades sin ir a la iglesia con su madre, a la catedral si estaba en la ciudad o a la capilla de Savege Park. Aunque quizás ese año su madre fuera del brazo de lord Chamberlayne—. ¿Echarás de menos ir a la iglesia por Navidad, Marie Antoine?

—En verdad, no —respondió Emily, sacudiendo la cabeza.

Lord Blackwood se acercó a la mesa, cogió un trozo de pan y volvió junto a la chimenea. Poco después regresó mientras se ponía su amplio abrigo sobre los hombros.

—Venid —llamó a sus perros, que lo siguieron fuera por la puerta principal.

En ese momento el posadero entró en la estancia con una fuente humeante en las manos.

—¡Huevos para mis lores y mis señoras! —anunció, exultante.

—Solo hay un lord, y se ha ido —dijo Emily, aceptando un

plato mientras miraba de reojo a su compañero de mesa. Yale comía con avidez.

—Si necesitan algo más —dijo el posadero— no duden en pedirlo a la señora Milch o a mí mismo.

—Señor Milch —dijo Kitty—, ¿hay alguna iglesia cerca del pueblo?

—En el pueblo mismo, milady —respondió el posadero, y se marchó.

Kitty se sentó muy derecha y las manos totalmente quietas. Estaba siendo una boba. En pocos minutos, un lord escocés a quien apenas le entendía una palabra y que no se molestó en excusarse ante la presencia de damas, la hizo sonrojarse, temblar y perder el habla. Conocida por todo el mundo por su actitud fría que ocultaba un corazón en el que ardía el deseo de venganza, ahora se comportaba como una tonta.

—Kitty, ¿has traído algún libro?

—Oh, sí —dijo ella, volviendo a la realidad.

—Me he leído todos los que he traído, y el señor Milch dice que no tiene ninguno aquí, excepto las Sagradas Escrituras. No tendré nada para leer cuando haya acabado *Ricardo III*.

—Solo tengo algunas novelas y el tratado de comercio con las Indias Orientales, pero me dijiste que no te interesa.

—Blackwood creo que tendrá algo que sea del agrado de una dama —intervino Yale, cogiendo el volumen de Shakespeare. Y tras hojearlo, añadió—: Siempre lo mismo. Poesía y cosas así.

«¿Poesía?», pensó Kitty.

Emily le arrebató el libro de las manos y espetó:

—Yo disfruto de la mayoría de los libros, señor Yale. No solo de aquellos que les gustan a las damas.

Él hizo un ademán despectivo esbozando una sonrisa. Emily apretó los labios, con las mandíbulas inusualmente tensas.

Kitty miró a uno y a otro.

—Oh, Dios...

La sonrisa del señor Yale se agrandó.

—Me atrevería a decir...

—Vosotros ya os conocíais.

—Lo vi en una ocasión —dijo Emily sin apartar la mirada

del libro—. Pero lo encontré desabrido. Es muy superficial. Basta con ver su chaleco —añadió, señalándolo.

Yale se llevó una mano al pecho.

—Milady baila con la gracia de un cisne.

Kitty frunció el entrecejo.

—Su chaleco es negro, Emily... Marie.

—¿Sabes cuántas libras gastó en ese retal de brocado de seda, Kitty?

—Doce —intervino Yale.

—Gracias, señor, me ha sido de gran ayuda. —Kitty miró la prenda ofensiva—. ¿Ha dicho doce libras?

Él sonrió con expresión jovial. Por lo visto, el precio del chaleco no significaba nada para él, al contrario, al parecer, que el rencor que reflejaba la mirada de Emily.

—Ay, Dios. —Kitty se levantó—. Esto no es nada propicio, dadas nuestras circunstancias.

—Las coincidencias a menudo no lo son —apuntó él.

Las coincidencias...

—¿Eso significa que se ha perdido todo vestigio de civilización? —dijo Kitty.

—No existe nada que pueda llamarse civilización —afirmó Emily—. Es solo vanidad y codicia encubierta de arrogancia imperial.

Kitty dejó la servilleta sobre la mesa y subió la escalera hacia su habitación, se encerró en esta y no volvió a salir hasta el deshielo. Parecía el acto más sensato.

4

Lejos de las comodidades de Mayfair, una diminuta criatura marrón corría por los tablones del suelo de la habitación de Kitty en la claridad del mediodía. Kitty dejó el libro que estaba leyendo, se acercó con cautela hasta la puerta y la cerró; sin embargo, todavía quedaba un hueco de un palmo por debajo.

Lord Blackwood y Yale estaban sentados delante del fuego, en unos sillones raídos. El conde, que se había echado el abrigo sobre los hombros, permanecía con las largas piernas estiradas y las manos cruzadas sobre el regazo. Tenía los ojos cerrados, como si durmiera. Yale, por su parte, jugueteaba con un mazo de cartas. El chico del establo se hallaba sentado en el suelo, junto a un perro que apoyaba la cabeza en sus rodillas.

Kitty bajó la escalera.

—Vaya, parecéis todos muy satisfechos.

Lord Blackwood abrió los ojos y miró alrededor con expresión perezosa. Kitty se sintió molesta.

Tenía que encontrar cuanto antes algo en lo que ocuparse, lejos de aquel hombre. Pero la posada era odiosamente pequeña. De pronto se le ocurrió que la cocina podía servir. Él no entraría allí y las tripas de ella no se quejarían tanto. Aprendería a hornear pan, quizás un postre navideño, cualquier cosa en la que ocuparse al menos hasta Pascua, o hasta que él se fuera definitivamente.

Yale se puso de pie e hizo una reverencia.

—¿Le apetece jugar, lady Katherine? —dijo, señalando la baraja.

—Gracias, pero no, los juegos de cartas me aburren —respondió ella. Hacía tres años que había abandonado su incesante búsqueda de la ruina de Lambert. Los juegos de engaños ya no le interesaban. Solo jugaba cuando su madre se lo pedía.

—Ah, entonces los rústicos pasatiempos del país bastarán, cualesquiera que sean. Pero sé que tiene una mano excelente.

—¿A qué se refiere, señor?

—Blackwood me lo dijo.

«¿En serio?», pensó ella.

—¿Y le cree?

—Para nada. Jamás —respondió Yale, con suavidad.

—Es casi un elogio. —Kitty dirigió una mirada al escocés—. ¿Ha ganado, milord?

—Al acabar de comer, los jovenzuelos hablan mucho así, sin sentido. —No la miraba, y Kitty no podía evitar sentirse nerviosa.

Lord Blackwood jugaba a las cartas casi tan a menudo como su madre, pero Kitty nunca se había enfrentado a él en la mesa de juego. Ella se relacionaba con políticos y literatos, hombres y mujeres más interesados en conversaciones sustanciosas que en rumores, una clase de gente, en definitiva, bastante distinta de aquella con cuya compañía el conde escocés disfrutaba. No lo había visto desde la noche del baile de disfraces, hacía tres años. No obstante, él la había reconocido de inmediato el día anterior.

—Aquí el señor me ha dejado sacar a pasear a su perra, señora. —El chico del establo mostró una boca llena de dientes cuadrados y prominentes.

A Kitty le alegró su intervención.

—¿Hasta dónde has podido llegar con este tiempo?

—Hasta el río, ida y vuelta. Fue un gran paseo. Es un animal muy rápido.

—No lo dudo. Ned, ¿donde está el ama?

—La iré a buscar, señora. —El chico se puso de pie y corrió hacia la cocina. El perro suspiró y apoyó el hocico en el suelo.

Kitty fue hacia la ventana. Desde su habitación había visto nevar de nuevo y había contemplado el paisaje con esperanza y a la vez con inquietud. Cuanto más tiempo estuviera lejos de Londres, más oportunidades tendría lord Chamberlayne de cortejar a su madre. Y la ausencia de Emily de su casa podía hacer que su pretendiente se sintiera frustrado. A Kitty la situación no acababa de gustarle.

—Estaremos atrapados aquí durante días y nuestros sirvientes perdidos quién sabe dónde —murmuró.

—Habrán encontrado dónde ponerse a cubierto, muchacha —comentó en escocés—. No se preocupe.

Kitty se preguntó cómo podía ser que su piel percibiera la mirada de él.

Se volvió hacia él, con una expresión resuelta en el rostro.

—Tal vez solo esté preocupada por mi equipaje. No tengo más que este vestido.

Él la miró de arriba abajo.

—En usted, milady, todo es encantador —intervino Yale.

—Gracias. ¿También usted ha perdido a sus sirvientes?

—No nos acompaña sirviente alguno. Esta vez viajamos ligeros, a caballo.

Kitty no pudo evitar mirar de nuevo al conde. Se sentía atraída por él como el gato por la leche.

Pero no había leche.

Ni gato.

Como polilla nocturna por la llama.

Aquello no podía seguir. A los veinticinco años había disfrutado de la compañía de hombres poderosos y de alto rango, había bailado y cenado con ellos. Presentada en sociedad a los diecinueve y todavía soltera, rara vez había flirteado, sino que había conservado la mente fría y una actitud distante. Algunos persistieron en sus atenciones, a pesar de todo, pero ella fue disuadiéndolos uno tras otro. El peligro residía en la intimidad, como Kitty había aprendido desde tierna edad. Ahora había momentos en que una vertiginosa curiosidad se apoderaba de ella, pero debían terminarse. Debía cortarlo de raíz.

Él la miraba fijamente, sin intentar disimular.

—Lord Blackwood, ¿no puede evitar mirarme de ese modo?

Él sacudió la cabeza y la miró de arriba abajo una vez más, deteniéndose en esta ocasión en su cintura. Kitty sintió que le faltaba el aliento. Él frunció el ceño con aire de perplejidad.

Ella sabía que no debía preguntar por qué la miraba de ese modo. De pronto él levantó la vista hasta su rostro y una sonrisa burlona se dibujó en sus labios.

—¿Puedo mirarla de alguna manera que no la ofenda?

Yale sonrió.

La mirada del conde empezó a descender de nuevo.

—Es el vestido.

—¿Qué le ocurre a mi vestido? —Era uno de los vestidos más finos que jamás había tenido, cosido con diminutas cuentas y con delicados bordados en el cuello y los puños, todo en el más bello tono verde que se pueda imaginar—. ¿Hay algo malo en él?

Él enarcó una oscura ceja.

—¿No cree que es un poco ceñido?

Kitty sintió que le ardían las mejillas y se le humedecían las manos.

—Pues yo creo que se adapta muy bien a mi físico. —Por un instante pensó en volverse y abandonar la estancia. No debía alentar la impertinencia de aquel hombre. Y tampoco podía dejar de mirarlo a los ojos—. ¿Qué sabe usted de vestidos de damas, milord?

Él se encogió de hombros, con gesto rudo, y permaneció en silencio.

—Nada —dijo ella—. Claro.

—Que se puede meter una chica en él.

Kitty notó que se ruborizaba. La había llamado «chica». Nadie la había llamado así en años. Ella era Katherine Savege, la solterona temible sobre la que se chismorreaba en salones y columnas de sociedad. Todos se preguntaban por qué su hermano, el conde de Savege, no la había casado con uno de los pocos pretendientes que se habían atrevido a insistir pese a su proverbial mal carácter. No había duda que era por la dote.

Cuestionaban el que su madre no hubiera insistido en ello.

Y especulaban una y otra vez: que había ignorado las costumbres por pura vanidad; que prefería los salones y las reuniones de carácter político a las alegrías del cuarto de los niños; que era la amante secreta de un hombre importante.

Solo algunas de todas aquellas acusaciones la afectaron. Un cuarto de los niños nunca iba a significar un motivo de alegría para ella, al menos según el médico al que Lambert la había llevado para que la visitase tras muchos meses sin lograr que concibiera, y antes de que él le mostrara en el parque a la hija que había tenido con una antigua amante.

Y jamás sería la amante de ningún hombre, luego de ver a su madre sufrir la indignidad de ser un segundo plato en la vida de su esposo, tras la confirmación de que este tenía una querida.

Ella escudriñaba al conde. Debía reconocer que se trataba de un hombre desconcertante. Demasiado incluso para su presunto carácter y sus hábitos.

Estaba equivocado. Ella no era una chica. Una mujer que ha enviado a un hombre al exilio no puede llamarse así. Una mujer que ha utilizado su cuerpo para vengarse y que ha mentido una y otra vez para llevar a cabo su venganza no tiene nada de inocente.

—Aquí está, señora —anunció Ned, canturreando.

La señora Milch puso una bandeja de comida en la mesa.

—He encontrado algo de queso. —Las bolsas grises debajo de sus ojos parecían alargarle la estrecha cara cuando hablaba—. Y tenemos un barril de cerveza y sopa de nabos. No es lo que alguien perteneciente a la alta sociedad espera, pero...

—Estoy segura de que será suficiente. Señora Milch, un huésped al que no he invitado ha visitado mi habitación. Uno muy pequeño.

—Otra vez esos ratones. —Ned sacudió la cabeza—. La gata se fue a hurgar en la basura y la nieve la ha mantenido lejos. Ahora mismo debe de estar bien acurrucada en la herrería.

—Ve a buscar la escoba, chico —le ordenó el ama.

—Sí, señora.

—Deje que descanse. —Lord Blackwood se puso en pie—. Ha trabajado mucho por hoy. Los perros echarán a ese intruso.

—Hizo una señal y los lebreles irlandeses lo siguieron por la escalera.

—He abierto una senda hasta el camino, señora, y otra hasta el establo —dijo Ned—. Lord Blackwood me ayudó. —Miró melancólicamente a los perros, que ya subían la escalera detrás de su dueño.

En el rellano, el conde se detuvo e hizo un gesto dirigido tanto a Kitty como a los perros. Ella no tuvo más remedio que seguirlo.

En el pasillo había cuatro puertas, además de otra más pequeña que conducía al ático. Ella se acercó a la correspondiente a su habitación.

—¿Es verdad que ayudó a Ned a quitar la nieve con la pala esta mañana, milord?

—Sí. —Él estaba justo detrás de ella, más cerca de lo que debía—. Un hombre tiene que tener ocupadas las manos cuando no hay nada mejor que hacer.

Era muy alto, pensó Kitty, y muy pronto volvería a tener las manos ocupadas con algo útil. De pronto, sintió que su imaginación se desbocaba.

—Podría haber jugado a cartas con el señor Yale —dijo.

—Sin dinero de por medio, no lo haría.

—Vaya.

—Si la bolsa lo permite, claro.

—Ah. Debería recordarlo en caso de que no me pueda resistir a su oferta de juego. —Cerró los dedos en torno al pomo de la puerta. Creyó sentir el calor de su cuerpo en su espalda.

—Bien, abra la puerta, muchacha —dijo tranquilamente él en escocés, junto a su hombro—. ¿O prefiere esperar abajo?

Ella contuvo la respiración y abrió la puerta.

—Sospecho que el ratón debió de irse hace ya mucho.

Los perros pasaron por su lado. El más grande, que a Kitty le llegaba a la cintura, se dirigió hacia la chimenea, olisqueó las cenizas y estornudó. El otro dio unos pasos en dirección a la ventana y olfateó el suelo debajo de esta. Lord Blackwood se cruzó de brazos y permaneció apoyado contra el marco de la puerta.

Mientras se secaba sutilmente las palmas de las manos en la

falda, Kitty se obligó a mirarlo. Lord Blackwood permanecía con la vista fija en el suelo, con la mandíbula extrañamente tensa.

Él levantó la vista.

—No me da miedo un ratón —dijo ella con tono impulsivo.

Se hizo el silencio durante el momento en que se miraron mutuamente, como ocurre cuando un caballero y una dama que apenas se conocen cruzan una mirada sin darse cuenta.

—¿Qué le asusta entonces, milady?

—Pocas cosas —respondió ella mientras sentía latir aceleradamente su corazón ante la presencia de un hombre guapo y corpulento tan cerca de su cama. Un caballero con títulos que hablaba como un bárbaro y había ayudado a un chico a quitar nieve. Un hombre de una lealtad escocesa tan firme que toda la sociedad sabía que aún guardaba luto por la horrible pérdida de su amada hacía unos años, y a quien le atraía flirtear por simple diversión.

Sin embargo, la trágica historia de lord Blackwood carecía de relevancia para Kitty.

Sí lo fue una noche, hacía tres años, cuando él la miró como si pudiera ver su alma sin articular palabra, explicándole en silencio que no podía dejarse llevar por aquella debilidad y que se merecía algo mejor. Esa noche ella dejó atrás la ira que le producía Lambert Poole. Se liberó por fin de los juegos perversos.

Apartó la vista y dijo:

—Sus perros parecen haber encontrado algo.

El animal olisqueaba tras un viejo arcón de madera.

El conde cruzó la habitación, se agachó y puso la mano en el cuello del perro. El compañero de este metió la cabeza entre ambos. Lord Blackwood lo apartó con el codo, suavemente. Su espalda era amplia, sus omoplatos pronunciados, los músculos de los muslos se revelaban bien marcados a través de los pantalones. Kitty, cada vez más acalorada, sintió que le faltaba el aliento. Aquello tenía que ser pasión.

Debía huir. Eso no le podía estar pasando. Esa insensatez. Esa preocupación. Era irracional, absurdo. Sin embargo, su cuerpo, la mera presencia masculina...

Como atraída por una fuerza incontrolable, se acercó a él,

que en ese momento empujaba el pesado arcón para apartarlo de la pared.

—Sí. Ahí está el agujero. —Lord Blackwood se puso de pie de repente y quedó tan cerca de ella que sus pies casi se tocaban—. Habrá que taparlo —añadió, a pocos centímetros de la boca de ella.

Kitty tragó saliva con dificultad para aliviar el nudo que tenía en la garganta.

—Pediré al señor Milch que lo tape adecuadamente —dijo—. Muchas gracias, milord. —Retrocedió hacia la puerta.

Él se acercó con dos pasos y tendió la mano hacia el pomo para abrirla. Ella se apartó. Él la intimidaba con sus oscuros y grandes ojos, mirándola en silencio con extraordinaria intensidad.

—¿Qué mira, milord?

—Estoy mirándote a ti, muchacha. —Su pecho estaba tan cerca que los senos de Kitty se agitaban como si fueran conscientes de la cercanía de aquel hombre.

—Entonces, debería mirar conservando las distancias. —Kitty sentía la garganta como un desierto. Le ardían las entrañas. Tenía miel en su interior.

¿Era posible que estuviese pasando?

Él miraba fijamente su boca.

—Te busco a ti, muchacha.

—No soy ninguna muchacha.

Él pronunció algunas palabras en escocés que a ella le resultaron incomprensibles.

—No tengo la más remota idea de lo que acaba de decir.

—Enseguida te lo enseñaré. —Tendió la mano hacia su tierna y cálida mejilla y la acarició.

Kitty sintió que se quedaba sin aliento. Él hundió la mano en su cabellera. Despacio, muy despacio, con la yema del pulgar de la otra mano acarició sus labios.

Ella suspiró. Nada podía detenerlo, tampoco cuando le sostenía el cuello y la obligaba a echar la cabeza hacia atrás.

—Debería ser muy fácil resistirme... —dijo Kitty con una voz extrañamente firme aun cuando sentía que el corazón había dejado de latir en su pecho y las rodillas no la sostendrían por más tiempo. A lo largo de su vida había rechazado a hombres en circunstancias parecidas. Muchas veces. Sabía cómo hacerlo, aun cuando se encontrara lejos de la civilización, en medio de una tormenta de nieve en la montaña. El enardecido abandono de sus reticencias la hizo enfrentarse a otra clase de reto.

—¿Serás capaz de hacerlo?

Kitty sentía su aliento junto a la calidez de su tacto. Olía a pino, a nieve y a cuero.

—Pues... —Pestañeó, cada nervio de su cuerpo se concentró en la dulce y lenta caricia de aquel dedo pulgar. Intentó no acercar su boca a la mano—. Supongo que no estará acostumbrado a que una dama se resista a sus encantos, ¿verdad?

—Normalmente, no. —Los ojos de lord Blackwood parecían arder—. Eras tú quien me mirabas.

—Usted... —A Kitty se le quebró la voz. Se aclaró la garganta y agregó—: Le gustaría creerlo, ¿no es así?

Él escudriñó su cara, su cuello, su cabello. Ella se estremeció. La miró a los ojos de nuevo. Él se puso serio y dijo con voz queda:

—Sí. Me gustaría.

—En ese caso, le pido perdón por decepcionarlo. —Ella no debía permitir que su voz temblase como sus entrañas. No podía ponerse en evidencia. Ella era lady Katherine Savege, solterona imperturbable e inaccesible para los hombres—. Ahora, milord, su tarea aquí ha terminado. Puede marcharse.

Él apartó la mano de su rostro, y Kitty se sintió enardecida y sin aliento, como una mujer que desea ser besada.

Él abrió la puerta. Emily estaba fuera, a punto de llamar.

—He venido para pedirte aquel folleto sobre comercio, Kitty. Ned me dijo lo del ratón. ¿Lo habéis encontrado? —Bajó la vista hacia los perros.

Kitty tuvo que hacer acopio de todas sus fuerzas para hablar.

—El perro de lord Blackwood ha descubierto un agujero en el suelo, que habrá que cubrir cuanto antes. —Se alisó la falda—. Gracias por su ayuda, milord.

—Milady. —Él asintió, salió y se encaminó hacia la escalera. Los dos grandes perros lo siguieron.

—¿Kitty? —dijo Emily, mirando al conde alejarse—. ¿Qué hacíais lord Blackwood y tú aquí dentro con la puerta cerrada?

—Nada en absoluto —respondió, aunque su sangre y todo su cuerpo decían lo contrario.

Leam se pasó una mano por la cara, pensando en lo bien que le iría echarse un poco de nieve dentro de sus calzones. La piel de aquella mujer era suave como la seda, sus ojos brillantes, su boca generosa, una pura fantasía. Un hombre solo necesitaba un vislumbre de su lengua rosada para imaginar gran parte de lo que no debía pensar de una dama de su valía. Imaginar lo que su lengua le podía hacer y el sitio exacto en que...

Cogió la pala, una herramienta pensada para el estiércol, pero que funcionaría.

Nada más tocar su piel y mirar sus ojos anhelantes se dio cuenta de su error. *Je reconnus Vénus et ses feux redoutables.* Sí, había reconocido a Venus y sus temibles fuegos. Muy bien, de hecho.

Había ido a su habitación para acariciarla. Solo para eso.

Ella no tenía miedo de un simple ratón. Lady Katherine Savege, de hecho, no le temía a nada, y así lo había admitido de forma por demás explícita.

Y ahí estaba él, a punto de echarse una paletada de nieve en la entrepierna a causa del tacto de la piel de una mujer en sus manos.

Desde el otro lado del establo le llegó un aullido de *Hermes*, seguido del rebuzno de un burro. Ahora la nieve caía ligeramente y la forma de la sombra de *Bella* asomó por la esquina de la casa. Con las patas juntas y la cabeza alta, se puso a ladrar.

Leam dejó a un lado la pala y se acercó al animal. Necesitaba actividad, y *Bella* nunca le advertía en vano. Ella en la esquina de la casa. Su cachorro saltaba junto a un pozo abierto en la nieve.

Leam sacó el cuchillo de su funda.

El hueco era casi de la medida de un hombre tumbado y estaba cubierto por unos centímetros de nieve nueva. Alrededor se distinguían pisadas de hombres y huellas de animales. Leam echó un vistazo a los árboles achaparrados y escasos de hojas que flanqueaban el Tern. No parecía que allí hubiese sitio alguno donde esconderse, y, en cualquier caso, las huellas desaparecían.

Volvió a enfundar el cuchillo y, en agradecimiento, acarició a *Bella*, que restregó el hocico contra su mano.

—¿Qué pasa?

El animal se acercó al borde del hoyo. Leam apartó la nieve, revelando un bulto marrón de tela. Lo cogió y lo sacudió. Una bufanda de hombre, de cachemir.

El cachemir no era un tejido barato. No era probable que perteneciese al hombre que perseguía a Leam, al parecer un pistolero a sueldo, a menos que fuera excepcionalmente bueno en su trabajo y pidiera mucho por sus servicios.

Pero el tipo había tenido muchas oportunidades de atacarlo, tanto en Londres como en el trayecto desde Bristol, e incluso esa misma mañana.

Debajo de la bufanda, medio ocultos por la nieve, había un puñado de monedas y una cadena, rota, de gruesos eslabones dorados. Debieron de caérsele al dueño de la bufanda, pensó, quien, por otra parte, solo había llegado a unos metros de la posada.

Se guardó todos aquellos objetos en el bolsillo y se abrió paso por la nieve hasta el establo. Dentro todo crujía a causa del frío y olía a caballos y a heno. *Hermes* fue derecho hacia el galés, quien estaba tumbado en un banco, boca arriba y con una botella en la mano.

Tras dejar atrás los somnolientos caballos de tiro y los rechonchos asnos, Leam se dirigió hacia la casilla de su caballo.

—¿Te apetece una prenda de punto tejida a mano primorosamente?

—No me hace falta, tengo whisky —dijo Yale—. ¿Te apetece un trago?

—Me están siguiendo —dijo Leam.

Yale cerró los ojos y se presionó el tabique de la nariz con el pulgar y el índice.

—¿Cómo sabes que no es a mí a quien siguen?

—Si alguno de tus enemigos quisiera matarte, no lo dudaría. —Leam depositó la bufanda cerca de la botella de whisky.

—Eso es cierto. —Yale cogió la bufanda—. Pero ¿asesinarte a ti? Quizá solo quiera información, como solíamos hacer nosotros. —Enarcó una negra ceja negra por encima de un ojo perfectamente perfilado—. O quizá sea la Dama de la Justicia que quiere dar caza a todos los de Dover Street para revelar nuestro objetivo.

—¿En medio de una tormenta de nieve, en Shropshire?

—¿Y en medio de un monzón bengalí? —Yale arrojó la bufanda—. Acuérdate de aquel tipo de Calcuta que siguió tu rastro por la jungla.

Leam sacudió la cabeza y entró en la casilla de su caballo.

—No tengo ni idea de por qué no se ha acercado más. En cualquier caso, va detrás de mí.

Yale se apoyó contra la pared del establo y se llevó la botella a los labios.

—¿Tanto como la encantadora lady Katherine?

Leam prefirió no responder. Pero a veces tener instintos de verdadero espía, permanecer siempre alerta, constituía un maldito incordio.

—Está más cerca de lo que me gustaría, dadas las circunstancias.

—Quizá solo tienes que esperarlo detrás de un muro y dispararle cuando aparezca. Funciona a las mil maravillas, ya sabes.

El gran caballo ruano cabeceó y Leam le acarició el suave hocico.

—¿Así es como ocurrió, Wyn? ¿Cuando disparaste a aquella chica? —Leam no conocía toda la historia, Yale nunca se la había referido. Pero sabía lo suficiente, y sabía también que su amigo nunca había bebido como desde un tiempo. Había empezado a hacerlo tras el gran fracaso de una misión.

El galés se puso de pie no sin esfuerzo, cogió la silla de montar con sus brazos y se encaminó hacia la casilla de su caballo. Leam advirtió, por el brillo de sus ojos, que estaba medio borracho. Durante años se habían llevado a las mil maravillas juntos:

Yale, el borracho, y lord Uilleam Blackwood, el hombre con un hueco en lugar de corazón.

Yale entró en la casilla y le puso la silla de montar a su hermoso caballo negro. Era un animal elegante, fuerte, un purasangre.

—¿Vas a montar, Wyn? —preguntó Leam con suavidad—. No es muy aconsejable con este tiempo.

—Cuando me has llamado por mi nombre de pila, Leam, intentabas echarme un sermón. Te lo ahorraré. Adiós. —Tensó la cincha de su montura y cogió la brida.

—Podría tumbarte de un puñetazo y obligarte a dormir la mona.

—No podrías, viejo.

—No he sentido el deseo de hacerlo en años. Pero ahora estoy tentado.

Yale deslizó el bocado en la boca del caballo y lanzó las riendas por encima del cuello. Sacó el caballo del establo, sus cascos resonaban en el suelo de madera cubierto de paja esparcida.

—¿Intentas matarte tú o matar al caballo? —dijo Leam.

El galés abrió la puerta del establo y montó entre los lentos remolinos de nieve que revoloteaban sobre los tejados.

Leam lo siguió.

—No seas loco, muchacho.

—Guárdate los sermones para tu hijo, Blackwood. Aún es lo bastante joven para aprovecharlos. —Picó con las espuelas los flancos del caballo, que se adentró con cautela en la ventisca.

«Su hijo.»

—¡Vas a dañar las piernas del animal, idiota! —El viento se llevó la voz de Leam. Sin hacerle caso, el hombre de negro y su caballo desaparecieron tras la esquina del establo.

Maldiciendo por lo bajo, Blackwood se dirigió a la posada. Se sacudió el abrigo y empujó la puerta. *Bella* y *Hermes* entraron tras él. A continuación cerró de un portazo. Se quitó los guantes y lanzó el abrigo sobre el perchero. Estaba furioso.

Todo cuanto sentía era ira. Su permanencia en el Club Falcon no había tenido nada que ver con ello, nada en absoluto, aunque había sido la causa de que se incorporara cinco años atrás. Para deshacerse del sentimiento de pena y culpabilidad y canalizar tanta furia. Para liberar su ira mientras se mantenía ocupado.

Qué estupidez. Se fue lejos de su casa, de la casa donde había transcurrido su infancia, demasiado lejos, sin lograr otra cosa que su propia alienación.

Su hijo.

Entró en la sala.

Lady Katherine estaba de pie frente a la ventana. Esta se encontraba abierta y la fría brisa sacudía su falda. Pero no parecía notarlo. Volvió la mirada hacia él, nuevamente con expresión de cuestionarlo.

Él reemplazó su ira por la calidez de una amabilidad totalmente diferente, humilde e insistente. Por Dios, aquellos ojos podían volver loco a un hombre.

—Si lo desea —dijo, tratándola nuevamente de usted—, ensillaré mi caballo y buscaré por el camino.

—¿A nuestros sirvientes?

—Sí.

—¿Haría eso cuando justo acaba de decirle al señor Yale que no debería montar con este tiempo?

—Sí. —Quería complacerla y ver brillar sus ojos de deseo como había ocurrido en la habitación—. Y usted quiere que lo haga.

Ella permaneció en silencio un momento. El corazón le latía a un ritmo frenético. Frunció levemente el ceño y dijo:

—No quisiera que se arriesgase.

Él sacudió la cabeza.

—No se preocupe. Habrán encontrado dónde refugiarse.

—Confío en que así sea.

—No podía esperar menos de usted.

—¿En serio? —Entonces la comisura de sus labios se contrajo, su grácil frente se enrareció.

—De lo contrario no lo habría dicho, ¿verdad?

Ella lo miraba fijamente, con el entrecejo todavía fruncido. Era hielo y fuego a la vez, diamantes y plumas, un suave calor a través de una apariencia fresca.

Leam se apoyó contra el marco de la puerta. La distancia que los separaba seguía siendo prudencial. Sin embargo, aún podía sentir la piel de ella en las manos y el suave calor húmedo de su respiración en los labios.

Sin embargo, debía conservar la cordura. Su hijo lo esperaba en Alvamoor para celebrar las Navidades. Su hijo. Ahora tenía casi seis años, y tras todo ese tiempo debía de haber cambiado. Pero Leam conocía bien la cara del niño. Mejor que la suya propia.

Sin esperar una proposición de la señorita de las despedidas, cogió su abrigo y sus guantes y salió de nuevo al mundo salvaje exterior. El frío no podría arredrar a un hombre de alma bárbara y triste como él.

5

Kitty estaba doblando la ropa. Hacía mucho tiempo que no realizaba una tarea doméstica como esa. Siempre había vivido con su madre en la casa que su hermano tenía en la ciudad, y los eficaces sirvientes se ocupaban de todo. Sin embargo, la señora Milch había vuelto a quejarse de la falta de personal de servicio y esa tarde Kitty no se sentía con ánimos para nada más agotador.

En el establo, lord Blackwood había hablado, en un inglés perfecto, propio de un rey, con el señor Yale.

Ella lo había escuchado involuntariamente. Había abierto la puerta para que saliera de la sala una nube de humo provocada al entrar una ventolera por la chimenea. Pero permaneció allí, a pesar del tiempo gélido, para espiarlo. Por supuesto, lo habría negado, incluso ante sí misma.

Quizás él hubiese estado bromeando con el señor Yale, como un actor que modifica la voz para imitar a otro. Pero aun así había sonado como todo un caballero. Hasta el punto de que Kitty apenas fue capaz de encontrar las palabras cuando él irrumpió por la puerta.

Pero, por otra parte, ¿por qué tenía que fingir? ¿Y qué clase de seductor se echaba atrás ante una mujer tan obviamente deseosa de ser besada?

Uno distinguido, honorable. ¿Uno honorable que bromeaba con una mujer sobre el modo en que vestía?

Kitty dejó escapar un profundo suspiro.

—Dos jinetes han llegado al patio —anunció Emily—, el señor Yale y un desconocido con un baúl. —Libro en mano y sin dejar de mirar por la ventana, añadió—: Señora Milch, creo que va a tener otro huésped.

—Pues habrá salchicha de cordero para él también. —La señora Milch hizo un montón con la ropa que Kitty había doblado y se dirigió hacia la cocina.

El posadero se encontró con Yale en la puerta.

—Bienvenido de nuevo, señor —dijo—. Veo que ha encontrado a otro viajero.

—¡Sí, en efecto! —El recién llegado, en una actitud que sugería el simple placer de haber sido valorado, sonrió, añadiendo así atractivo a un rostro de por sí cautivador. Su mirada se encontró con la de Kitty, y sus ojos azules brillaron. Se quitó el sombrero mostrando un cabello rubio rizado y muy corto, con largas patillas a la moda.

—Señora. —Se inclinó hacia Emily—. Qué suerte encontrar semejante compañía en un lugar como este. Jamás lo habría imaginado.

—¿De dónde viene, señor? —preguntó Emily.

—De Cheshire, señora —respondió él con otra encantadora sonrisa.

—Qué oportuno. —Emily se volvió hacia Yale, que estaba quitándose el abrigo y el sombrero—. Señor Yale, ¿dónde lo encontró?

—En la taberna. —Yale se acercó a la chimenea y se calentó las manos ante el fuego.

—Me temo que la última noche fue especialmente desapacible —dijo el recién llegado—. Soplaba un viento terrible, mi caballo estaba asustado. Encontré este pueblo cuando ya creía que iba a morir de frío, pero no tenía ni idea de la existencia de esta posada hasta que aquí el caballero me informó hace unos minutos. —Miró a Yale, luego la escalera, y enarcó las cejas—. Ah, su grupo crece admirablemente. —Hizo una reverencia—. Milord, es un honor.

—¿Quién sois?

La profunda voz hizo estremecerse a Kitty, que no pudo evitar mirar. Era demasiado guapo, demasiado inquietante y misterioso. Deseaba mirarlo sin cesar.

—Cox, señor. David Cox —respondió el recién llegado adoptando un tono marcial—. Soy agente de Lloyd. Seguros de transporte de última hora. De hecho, estoy relacionado con usted en cierto modo, si me permite el atrevimiento. Conocí a su hermano, James, en el Real Regimiento de Dragones Escoceses. Él era un jinete extraordinario, uno de los mejores. Usted se parece bastante a él; siempre llevaba un camafeo con los retratos de sus hermanos, al igual que yo llevo el de mi querida hermana. —Hizo una pausa y añadió, muy solemne—: Mis condolencias, señor. Por lo que sé estaban ustedes muy unidos.

Lord Blackwood asintió y bajó la mirada.

—Bien, señor —intervino el señor Milch alegremente—. Todas las habitaciones de arriba están ocupadas. Pero esa taberna no es lugar para un caballero refinado como usted. Si no le importa, hay una buhardilla. Tiene una chimenea, así que la encontrará apropiadamente cálida, y mi Gert ha hecho un colchón de buena lana. ¿Le resulta lo bastante tentador como para quedarse?

Cox sonrió y dijo, mirando a Kitty:

—Lo que me tienta es estar cerca de una compañía como esta.

Ella le hizo una breve reverencia.

—Señor Cox, ¿por casualidad se encontró con un carruaje en el camino, ayer u hoy?

—Pues sí, señora —respondió Cox—. Anoche, cerca de Atcham, divisé un carruaje magnífico delante de una granja, no lejos del camino. Parecía fuera de lugar, pero cualquier carruaje como ese lo estaría en medio de una tormenta. —Soltó una carcajada tan masculina como agradable—. ¿Algún miembro de vuestro grupo se ha perdido?

—Nuestros sirvientes, señor.

Lord Blackwood se acercó a ella y le tendió la mano al recién llegado. Cox se la estrechó.

—Es increíble que lo haya encontrado, milord. Deben de haber pasado seis años desde que tuve el placer de ser compañero de armas de su hermano.

—Siete —puntualizó el conde—. ¿Le apetece un poco de whisky antes de comer?

—Sí, gracias.

—¿Whisky? —Emily enarcó las cejas—. ¿Puedo yo también tomar uno, lord Blackwood?

—Por supuesto. Si lo desea.

«Si lo desea», pensó.

Ahora estaba demasiado cerca. El recuerdo de la sensación de su mano en la cara, acariciando sus labios hizo que Kitty se sintiese súbitamente débil, y al mismo tiempo presa de la pasión. Lord Blackwood acababa de acoger con agrado a Cox como si fuera uno más del grupo. Se comportaba como un rufián y de vez en cuando pronunciaba palabras que la hacían quedarse sin aliento. Era el noble más peculiar con el que jamás se había relacionado y solo con estar cerca de ella conseguía que se le acelerara el corazón.

—Lady Katherine, ¿también querrá una copa? ¿Nos acompaña para celebrar las Navidades anticipadas? —Yale cogió copas para Emily y Cox. Kitty agradeció la oportunidad de alejarse siquiera un poco de la presencia inquietante del conde.

—Gran idea. —Cox alzó su copa—. Estaremos en este pueblo hasta que la nieve se derrita, sospecho. ¡Pasaremos las vacaciones en Shropshire!

—Alguno de nosotros ya hemos pensado que pasaríamos las vacaciones en Shropshire —dijo Yale mientras ofrecía una copa medio llena a Kitty.

Ella bebió un sorbo. Quemaba, sintió que le abrasaba el pecho. Bebió otro sorbo.

—Entonces ¿no vienen ustedes todos juntos? —Cox miró con interés al grupo—. Pensaba que estas elegantes damas lo acompañaban, milord.

—Siento decepcionarlo. —Lord Blackwood se llevó la copa a la boca y miró directamente a Kitty.

—Lord Blackwood y el señor Yale están de camino a alguna parte, señor Cox —intervino Kitty con tono extraordinariamente comedido, considerando su nerviosismo. La mano con que sostenía la copa era bonita, fuerte y de largos dedos. Todavía podía sentir la de Blackwood sobre ella—. Lady Marie Antoine y yo nos dirigimos a la casa de los padres de ella, no muy lejos de aquí.

—Ah, entonces lamento que no hayan podido llegar a su destino, lady Marie Antoine. —Cox parecía realmente contrariado—. Pero aun así deberíamos celebrar el que estemos aquí.

—¿Tiene algo en mente, señor? —Yale ganduleaba en el sofá con su copa rebosante.

—Lady Katherine y yo íbamos a hacer pan —dijo Emily—. Quizá, si encontrásemos los ingredientes, podríamos preparar un pudín en su lugar.

—¿De verdad tiene idea de cómo hacerlo? —preguntó el galés con tono irónico.

—¿Y usted?

Él la obsequió con aquella sonrisa que Kitty tan bien conocía y bebió un largo trago de whisky.

—No hay duda de que la señora Milch conocerá alguna receta —dijo Emily.

—Entonces, será un pudín. —Cox parecía enormemente satisfecho con la idea. Se volvió hacia Kitty con un brillo en sus ojos profundamente azules y añadió—: ¿Qué más tenemos, milady?

—Ned toca el violín, de modo que habrá música.

El señor Milch empezó a colocar los platos en la mesa.

—¡Gert! —llamó—. ¿Dónde está el chico? Debe tocar para esta buena gente antes de la comida.

—¿El chico? —Cox enarcó una ceja—. Ocupándose de mi caballo, claro. Le di un penique para que lo hiciera.

Lord Blackwood miró a Kitty a los ojos. Torció la boca en un atisbo de sonrisa muy significativa para ella, que una vez más sintió que se quedaba sin aliento.

—Tampoco puede faltar una fogata —dijo Blackwood en escocés, como si solo se dirigiera a ella.

—¿Una fogata? —dijo Kitty, y sintió que él le acariciaba los labios con la mirada, como lo había hecho con el dedo en la habitación—. ¿Para qué, milord?

—Los escoceses creen que en Navidad los duendes malos entran en las casas por la chimenea para raptar a los niños —intervino Yale mientras miraba fijamente las llamas—. De modo que el fuego tendrá que llegar bien alto, para que no nos invadan los duendes.

El conde sonrió sin apartar los ojos de la boca de Kitty, que volvía a sentirse aturdida y febril. Debía de ser a causa del whisky, pensó, o de las miradas que le lanzaba aquel escocés tosco y supersticioso.

—He leído que a los escoceses les gusta beber algo más que un poco en Navidad —dijo Emily mirando su copa vacía, y acto seguido la tendió hacia Yale, que se levantó y volvió a llenarla—. ¿Es eso cierto, lord Blackwood?

—Los escoceses beben siempre —intervino Yale, sentándose de nuevo.

—No somos los únicos.

—Sabios y grandes bebedores —murmuró Kitty, y antes de que pudiera controlar su lengua, añadió—: ¿A cuál de esas categorías pertenece usted, lord Blackwood?

El perro más grande del conde no se apartaba de su amo, que le acariciaba la frente con sus largos dedos.

—Eso lo dejo librado a su imaginación, muchacha —respondió en escocés.

—Lord Blackwood —dijo Emily con voz algo pastosa—. Siempre le estaré agradecida por el libro de poesía que me dejó esta mañana. Es muy triste no tener a mano los propios libros, ¿verdad? —Soltó un profundo suspiro.

Yale se echó a reír. Kitty parpadeó.

«Poesía», pensó.

—¿Por qué? ¿Cuánto tiempo lleva aquí retenida, milady? —inquirió Cox con tono de sorpresa.

—Un día —respondió Kitty, algo confusa por efectos de la bebida y la fascinación que le producía aquel hombre.

—Solo un día.

Leam sonrió. Lady Katherine Savege, en teoría, estaba poco acostumbrada al whisky. Así como su joven amiga. Yale ya estaba disimulando, aunque lo ocultaba bien, como siempre. En el otro lado de la sala, el propietario de la posada tocaba una giga.

En cuanto a Cox, el hombre que acababa de unirse al pequeño grupo en medio de una tormenta de nieve, seguía bebiendo. Le brillaban los ojos, que demasiado a menudo se detenían en Kitty Savege.

Vestía como un agente de seguros que se precie, con un abrigo elegantemente confeccionado y un chaleco a todas luces costoso que realzaba su atlética figura. Disfrutaba de las ventajas de una conducta encantadora, de tener buena presencia, de ser, en definitiva, la clase de hombre agradable que una chica inexperta como Fiona, la hermana joven de Leam, admiraría.

Cox se volvió hacia lady Emily y le ofreció delicados cumplidos como si ella, que aun así sonreía, les diera importancia a esas cosas. Yale masculló un comentario y Cox sonrió, sin duda contento por darse por enterado de la broma. Sin embargo, a cada instante lanzaba miradas de admiración hacia lady Katherine. Ella le devolvía las sonrisas, pero parecía estar más atenta a otras cosas, a veces a los demás, a veces a la copa de su mano, pero más a menudo a Leam.

Él lo pasaba mal al intentar eludir su mirada.

Maldito Yale. No había sido una buena idea beber esa noche, al menos para él.

Dejó la copa encima de la mesa.

—Milord, el que comparte poesía con los demás es un gran hombre —dijo Cox con tono de elogio—. Dígame, ¿a quién admira más? ¿A Byron o a Burns?

Para un hombre que había luchado toda su juventud para desterrar las escabrosas zonas fronterizas de su lengua, Leam podía reconocer a un compatriota en cada frase. Cox era de las Tierras Bajas de Escocia.

—A Esquilo.

Cox enarcó las cejas.

—Ese nombre es desconocido para mí, y eso que he viajado por América hasta hace muy poco.

«Esos colonos nunca conocen a los últimos grandes escritores hasta que ya están anticuados», pensó Lean, y no pudo evitar echarse a reír.

Lady Emily abrió los ojos como platos.

—¿Se refiere a Esquilo, el dramaturgo de la Grecia antigua?

Yale puso los ojos en blanco.

Leam se sintió como un tonto que intentara presumir de su sabiduría. Un tonto celoso que, por otra parte, no tenía razón alguna para sentir celos.

No le gustaba Cox. No le gustaba la forma en que lanzaba miradas con aquellos ojos de ternero a una dama de una condición social superior. Pero había quedado como un tonto, pensaba Leam de sí mismo, como un estúpido. Debía quitarle hierro al asunto y dejar que la noche siguiera su curso.

La cena se sirvió y disfrutaron de una velada en general divertida. Leam participó cuando era necesario. Bebió apenas un poco de vino y no quitó el ojo de encima al agente de seguros. Cox, por su parte, se mostró agradable con todos y ni por un instante discrepó con nadie. Mientras Yale buscaba una astilla ardiente para encender un puro, Cox le dio lumbre. Cuando lady Emily se quejó del humo del tabaco, que la ponía enferma, Cox abrió una ventana y la mantuvo así para que respirase aire fresco, mientras que Yale apagaba su puro de inmediato. Cuando lady Katherine aplaudió al joven Ned por lo bien que había tocado el violín, Cox pidió un bis.

Después de un rato, Leam ya había visto suficiente. Ningún hombre era tan agradable con todo el mundo sin una buena razón. Lo sabía por experiencia propia.

Descolgó su abrigo del perchero y anunció que se iba afuera para fumar. Yale lo siguió dejando a las damas con Ned, el señor Milch y el pretencioso Cox.

—Ya estoy harto de ese agente de seguros, ¿y tú? —Yale blandió su puro y con la mano avivó la brasa. Dio una calada larga y soltó el humo con satisfacción, mirando hacia la nieve y el río estrecho iluminado por la luz de la luna.

No había nadie a la vista, un murmullo de voces provenía del interior de la taberna unas puertas más allá, haciendo eco entre la doble hilera de edificios modestos cubiertos de nieve.

Como suele ocurrir tras una tormenta, el cielo se había despejado por fin. Diez mil diamantes brillaban en el cielo nocturno, una eternidad de deseos sin cumplir. Un estudiante universitario infinitamente ridículo al que le gustara la poesía quizá los hubiera deseado.

Leam caminaba por el sendero que había abierto aquella misma tarde para evitar la compañía de una mujer de ojos grandes y atormentados.

—¿Adónde va tan rápido, milord? —Lo preguntó Yale desde atrás—. ¿A tu balcón, desde el que deberás lanzar pétalos de rosa y lirios para ser pisados por los delicados pies de tu dama esquiva? —Estaba completamente borracho, y en ese estado solía cometer tonterías.

Leam retrocedió y le propinó un puñetazo a su amigo en la mandíbula.

Yale cayó sobre la nieve compacta.

—¡Maldita sea, Blackwood! —masculló, llevándose una mano al lugar donde había recibido el golpe—. Me has hecho perder el puro.

—He descubierto una escalera en la parte trasera de la casa —dijo Leam—. Si no estuvieras siempre bebido te propondría ir arriba e investigar las pertenencias de Cox. Pero me limitaré a pedirte que entres e intentes mantenerlo distraído lo máximo que puedas. —Se volvió y a punto estuvo de perder el equilibrio al patinar en el hielo—. Por Dios, cómo me gustaría estar de regreso en Escocia.

—Ah, pero entonces no habrías conocido a la bella lady Katherine. —Yale encontró su puro y le quitaba la nieve adherida con la solapa del abrigo.

Lo cierto era que Leam no la había conocido allí sino en un salón de baile, tres años antes, y había sido incapaz de quitarle los ojos de encima. Pero ella había estado con otro hombre. Un hombre que no la merecía.

—Te volvería a pegar, Wyn, si no estuvieses en el suelo.

—¿Acaso pretendes impresionarme con tus talentos pugilísticos? —Yale sonrió y mordió el puro. Tenía la mandíbula roja marcada con los nudillos de Leam. Quería pelea y mucho más. Quería olvidar, y Leam no lo culpaba. Se volvió sobre sus talones y se marchó.

Tras la puerta de la cocina que daba al callejón, no lejos de la entrada trasera, subía otra escalera.

Ya hacía rato que los propietarios de la posada se habían ido a la cama; en la cocina solo había pilas de platos limpios y un par de ratones que campaban a sus anchas.

Leam cruzó una despensa notablemente bien abastecida en dirección a la estrecha escalera. Estaba a medio camino cuando una puerta de arriba chirrió. Se detuvo y permaneció inmóvil en medio de la oscuridad. Al cabo de un instante vislumbró la figura de Katty Savege, que sostenía un candelabro en la mano.

Leam contuvo el aliento. Quizá se dirigiera hacia la habitación del ático, la que ocupaba el pretencioso agente de seguros. Pero empezó a descender.

Leam no podía hacer otra cosa que anunciar su presencia, puesto que ella acabaría topando con él. Decidió continuar subiendo, procurando hacer mucho ruido con las botas.

Con un pequeño grito de sorpresa, ella se paró y surgió de la oscuridad detrás del candelabro. A la luz dorada de la llama, sus ojos grandes y hermosos resplandecían, sus mejillas proyectaban un tono rosado y las pestañas eran como abanicos.

—¿Milord?

—Milady...

—Pensaba que estaba fuera, en el patio, fumando con el señor Yale. —El whisky que había bebido parecía suavizar su altivez—. ¿Qué hace usted aquí?

—Yo podría preguntar lo mismo —contestó él en escocés.

—Voy a la cocina en busca de agua. Quiero tomar un baño. —Se tambaleó ligeramente hacia él—. Cielos, aquí estamos, en un rincón de la escalera increíblemente oscuro y a punto de darle todo tipo de detalles sobre mi baño. De lo que es capaz el whisky.

—En efecto —dijo él mirando sus labios a la luz tenue. De pronto pensó que Cox podía presentarse en cualquier momento y descubrirlos.

La imagen de Kitty Savege bañándose lo perturbó profundamente.

—Y ahora es su turno —dijo ella—. Le he informado de mi

plan, así que usted debe explicarme adónde iba. El ocultarse al amparo de las sombras le hace parecer un espía.

Leam seguía mirando fijamente sus labios generosos a los que asomaba una sonrisa traviesa, algo muy poco usual en aquella adusta dama de ciudad.

—¿Acaso es usted espía, lord Blackwood? —continuó ella.

—No —respondió él con voz ronca sin apartar la vista de su boca, mientras sentía un cosquilleo en la entrepierna, mientras la luz del candelabro ondulaba y ella buscaba con las manos el inexistente pasamano y mientras, al fin y al cabo, él deseaba haber bebido más whisky. Así al menos por la mañana dispondría de una excusa para justificar la conducta imprudente que estaba a punto de tener.

6

El conde cogió la mano de Kitty y le quitó el oscilante candelabro.

—Tenga cuidado, o se le caerá —dijo en escocés.

De todos modos, no lo necesitaría. Tampoco necesitaba realmente un baño, eso podía esperar hasta la mañana.

Lo que posiblemente más necesitaba era dormir, pero su sangre parecía estar a punto de hacer estallar sus venas. No había duda de que el whisky tenía algo que ver en todo ello, y la fantasía de ser besada por el conde de Blackwood se repetía en su mente. Una fantasía que ella había alimentado durante horas, al igual que la copa que el señor Yale rellenaba una y otra vez.

Y lord Blackwood estaba cada vez más cerca de su boca.

—Si está usted tan empeñado en besarme —se oyó decir con voz ronca—, pues hágalo y acabe con esta tontería. No soy una escolar y puedo, espero, soportar semejante humillación.

Él esbozó una sonrisa provocadora y dijo, tuteándola:

—¿Estás segura de que puedes?

—Claro. He vivido cerca de Londres toda mi vida, ya sabe.

A él no pareció gustarle ese comentario. Pero tras aquella noche de hacía ya tres años, a ella no le sorprendía. Él seguía mirándola intensamente, aunque con cierta expresión de reproche. A Kitty nunca le habían gustado los reproches.

Pero le gustaba lord Blackwood. Le gustaba la forma en que contemplaba sus labios y el modo en que hacía hervir su sangre. Que hubiera encendido un fuego cuando el posadero estaba ocupado en otras cosas, que el señor Yale lo escuchara incluso cuando le hacía creer lo contrario, y que su hermano hubiese llevado su retrato en la batalla. Hasta le gustaba que también podía comportarse como un caballero.

¿Caballero o bárbaro? ¿Espía acaso?

Era absurdo. Años de mostrarse fría, contenida, para que ahora este hombre altamente inadecuado le hiciera perder la cabeza... Quería que la besase, jamás en su vida había deseado nada tanto.

La cercanía era perturbadora, insoportable, llenaba cada uno de sus sentidos. Y ese olor a cuero y a pino, tan impropio de un caballero y, al mismo tiempo, tan delicioso. Ella respiró hondo, hasta sentirse mareada. Él permanecía inmóvil, mirándola.

Ella finalmente se inclinó y presionó sus labios contra los de él, un extraño, en medio de la oscuridad de aquella escalera. Dejó escapar un suspiro.

Él se sentía tan bien.

Kitty apoyó una mano en la pechera de su chaqueta. Comenzó a acariciar los fuertes músculos a través de la fina lana. Profundizó en el beso, aunque con delicadeza, disfrutando del sabor y la textura de sus labios, del delicioso calor que crecía en su vientre y descendía lentamente. Se le escapó un breve jadeo, y en señal de placer, abrió la boca.

Una brazo fuerte y musculoso rodeó sus hombros. Con un control absoluto de la situación, lord Blackwood la apartó de sí.

Kitty abrió los ojos, desconcertada.

No vio su rostro, como esperaba. Pero percibió el brillo de sus ojos oscuros, y también una cierta expresión de sorpresa y confusión ante lo que no había esperado que ocurriese a pesar de lo mucho que lo deseaba. Kitty sintió que le fallaban las piernas. Buscó la barandilla con mano trémula, pero no dio con ella. Lord Blackwood siguió su ademán con la mirada, que pronto volvió a centrarse en su rostro.

Con un movimiento deliberado, la acercó contra su pecho y la besó en la boca.

Esta vez el beso no era un simple roce de labios. Esta vez

tomó su mandíbula con la mano para acercarla todavía más. Kitty echó la cabeza hacia atrás y sintió en el pecho un estallido de placer que recorrió todo su cuerpo, tan intenso que casi dolía.

Él introdujo la lengua en su boca, lentamente, saboreando primero el interior suave y delicado de sus labios. Ella lo dejó hacer entre jadeos, deseando también succionar aquella lengua.

«Por Dios, no», pensó.

Pero era inútil resistirse. Ella imploraba a sus manos que empujaran los brazos de él para apartarlo, pero no querían obedecerla. Ella ordenaba a sus labios que se sellaran, pero adoraban la sensación de aquella lengua, dominante y húmeda, en su boca. Por fin, se rindió.

Él deslizó la mano desde su cara hasta la espalda, apretándola contra su pecho. Kitty se sintió transportada al cielo. Ser deseada por un hombre... Por ese hombre... Y se dijo que quizás a lo largo de esos tres años se había engañado a sí misma. Tal vez aquella noche se había librado de la influencia de Lambert Poole no por el mensaje preciso que había leído en los ojos insondables de lord Blackwood, sino, sencillamente, porque había querido ser abrazada por él en un sentido abolutamente literal.

«Qué locura», pensó. Ella no era una libertina. Poseía una mente fría y racional. No tenía nada que ver con el hombre que en ese momento la abrazaba y besaba, excepto que, claramente, ambos disfrutaban haciéndolo. Ebria de pasión, acarició los musculosos brazos, mientras aquella lengua en su boca prolongaba su locura. Le tocó la cara. Sus pómulos y su mandíbula eran perfectos, firmes y ligeramente ásperos a causa de la barba de dos días.

—Quería que me besaras —se oyó decir Kitty, sin aliento, temblorosa, incapaz de controlar nada.

El whisky, la escalera oscura, aquel hombre que la sujetaba contra su cuerpo... Sus ojos brillaban en la penumbra, ardientes de deseo. Él tomó su boca de nuevo y ella se entregó a las caricias de sus labios y su lengua mientras se deshacía entre sus brazos. Su aliento fue cálido y su corazón latía cada vez más mientras sus manos le acariciaban la espalda, los pechos, el vientre. Kitty quería sentir aún más, convertir esa indiscreción secreta en un momento para recordar todas las noches mientras yacía en su cama de solterona.

Movió las caderas.

Inesperadamente, él la soltó.

Kitty, nuevamente azorada, no podía hacer más que mirar fijamente la boca que poseía aquel don maravilloso y unos ojos que no parecían para nada complacidos.

—Bien, ahora ya tiene su beso, milady —dijo Leam con voz áspera.

Quizá más áspera de lo normal. La apartó de él y le tendió el candelabro, que ahora sostenía en una mano. Permanecieron inmóviles, Kitty todavía boquiabierta.

—Si no deseaba besarme —dijo por fin, y le pareció que su voz sonaba extraña—, no necesitaba hacerlo.

—Se equivoca, lo deseaba. —Él dejó escapar un profundo suspiro, se volvió y bajó ruidosamente la escalera. La puerta de la cocina se cerró con un golpe a sus espaldas.

Sosteniendo el candelabro con mano temblorosa, Kitty se apoyó contra la pared y cerró los ojos.

No lo lamentaría. Hasta el día siguiente al menos. Por la mañana volvería a estar sobria y tendría la mente despejada. Por el momento, sin embargo, seguían reinando el whisky, la sensación de aquellos labios en los suyos y un deseo que era maravillosamente bien recibido.

El día de mañana sería demasiado pronto para lamentarse.

7

A la mañana siguiente a Kitty le dolía la cabeza, le escocían los ojos y tenía el estómago revuelto. Pero todo aquello no era nada en comparación con las noticias que Emily le dio al levantarse.

—Una parte del tejado del establo se ha venido abajo por el peso de la nieve y casi ha lesionado al caballo de lord Blackwood. Afortunadamente, solo sufrió un pequeño rasguño.

—¡Oh, Dios! —Kitty se sentó en la cama—. ¿Alguien resultó herido?

Emily la miró detenidamente.

—Qué pregunta tan extraña cuando acabo de decir que únicamente el caballo ha sufrido heridas.

—¿Cómo lo han descubierto? Imagino que debió de ser Ned —dijo Kitty. Emily no iba sobrada de luces, pero tampoco era tan tonta.

—Lord Blackwood. Fue a alimentar a los caballos y el tejado se derrumbó mientras estaba dentro.

El hombre que besaba como un dios atendía a sus propios caballos como un vulgar peón de establo, y había estado a punto de resultar herido a causa de ello. Kitty se restregó los ojos con manos temblorosas.

—Debemos estar contentas, entonces, que tanto él como el animal estén bien. —Se quitó el camisón que la señora Milch le había prestado y se estremeció de frío. A continuación se puso una fina prenda de lino y las medias. Emily se acercó para atarle el corsé.

—Los caballeros y algunos hombres de la taberna están intentando repararlo ahora.

—Espero que no estén bajo los efectos del whisky —dijo Kitty, pensando en sí misma. De hecho, ni siquiera podía asegurar que hubiese sido él quien la noche anterior estaba en el hueco de la escalera. Y sin embargo, sí estaba completamente segura de que la había besado.

Y en cuanto a esa mirada en sus ojos, debió de imaginarla. Se conocían perfectamente. Pero por un instante la misteriosa percepción de que tenían algo en común refulgió entre ellos.

Sí, sin duda todo formaba parte de su imaginación. Después de todo, esta la convenció en una ocasión de que Lambert Poole la amaba. Y no solo eso, sino que lo había convertido en un hombre digno de ser amado.

—Parece que el señor Yale puede aguantar el alcohol bastante bien —comentó Emily.

Kitty le lanzó una mirada por encima del hombro y dijo:

—Lamento que estés atrapada aquí con un caballero por el que sientes tanta antipatía.

—No es que no me guste, Kitty, sino que no me parece respetable, lo cual es bastante distinto.

—¿No lo es? —Kitty no había visto nada en lord Blackwood de lo que normalmente admiraba en un caballero, y sin embargo... Definitivamente, algo no encajaba. Aquel brillo acerado en sus ojos, aquella sonrisa cuando dijo que quería besarla, no coincidían con el hombre que aparentaba ser.

Pero tal vez todo eso no fuera más que la fachada que ocultaba una tragedia o Kitty estuviese hilando demasiado fino.

—Claro que lo es, Kitty —dijo Emily, muy seria—. La simpatía tiene que ver con el carácter y la predisposición; el respeto, con la conducta de un caballero. No obstante, sé que tendré que llevarme bien con él hasta que nos vayamos. Por cierto, lord Blackwood me ha prestado otro libro —añadió como si eso fuera cuanto una mujer necesitaba para ser feliz.

—¿Más poesía?

—*Fedra,* de Racine. —Emily acabó de ayudar a Kitty a vestirse y se acercó a la jofaina, rompió la delgada capa de hielo, hundió las manos en el agua y se lavó la cara.

De modo que al apuesto bárbaro siempre acompañado por unos perros grandes y peludos le gustaba leer teatro francés. Kitty no pudo evitar sentir que se estremecía por dentro.

—¿Ya habrá preparado el desayuno la señora Milch?

—Huevos otra vez. Esta noche tenemos que hornear pan para la cena.

—¿Estás decidida?

—Claro.

—¿Cómo está el camino esta mañana? ¿Alguien ha visto el carruaje del correo?

—El señor Yale explicó que todavía no ha pasado nadie.

Así pues, no podía librarse de su nerviosismo ni de la preocupación que le producía el que ahora conociese muchas más cosas de él: su olor, la suavidad de su lengua, los músculos bien contorneados bajo las mangas y la pechera de su chaqueta. No podía pensar, no podía poner orden en su mente, ¡lo que le pasaba era verdaderamente inaudito!

Encapricharse de un hombre a los veinticinco años hacía que se sintiera como una idiota. Pero quizá no fuera tan excepcional. Su madre alguna vez se había sentido moderadamente atraída hacia lord Chamberlayne. Claro, lord Chamberlayne era inteligente, un caballero perfecto y un político de éxito. Mientras que lord Blackwood... era un salvaje que tenía unos perros enormes.

Debía de estar loca.

Y encima, a hornear pan.

Kitty se situó ante un bloque de madera en la cocina de la posada y se inclinó para coger un trozo de masa mientras la señora Milch le enseñaba a amasar. En cuestión de días estaría barriendo suelos y desplumando pollos, pensó. Hasta dando de comer a los cerdos, si es que había alguno que alimentar.

—¿Se debe presionar así, señora Milch? —preguntó Emily arrugando la frente.

—No, señorita, así. Aunque lo cierto es que un miembro de la alta sociedad no debería rebajarse a preparar pan —añadió—. Milady estará de acuerdo conmigo.

—A mí, sinceramente, me tiene sin cuidado —dijo Kitty, que todo lo que deseaba era mantenerse ocupada. Habría hecho cualquier cosa para librarse de la confusión que se había apoderado de ella. La nieve que rodeaba la posada la encerraba con una fuerza implacable, mayor que la que en ese momento los nudillos de Emily ejercían sobre la masa.

Se sentía enferma, traicionada por unos anhelos de soltería que de pronto parecían hacerse añicos. Hacía más de cinco años, desde que Lambert le había arrebatado su inocencia y ella había empezado a odiarlo por eso, que sabía que nunca se casaría. Jamás sería la novia de un caballero respetable, y aunque este se lo pidiera, su conciencia le impediría aceptarlo, pues no podría darle hijos. Así pues, se había convencido a sí misma no solo de que no quería un marido, sino de que no se podía confiar en los hombres. Podría ser perfectamente feliz pasando la vida con su madre y el amigo más íntimo de esta, lord Chamberlayne..., o no.

No podía seguir fingiendo. Lo cierto era que aquella noche había decidido acompañar a Emily a Shropshire, dejando a su madre y a lord Chamberlayne para que arreglaran sus asuntos, porque no quería vivir con ella toda la vida. Quería algo más en la vida.

El contacto de sus manos con la masa del pan la tranquilizó. No había sido sincera consigo misma. Enamorarse de un hombre de la calaña del conde de Blackwood lo demostraba.

Estaba cansada de fingir ante el mundo que se sentía encantada de ser repudiada por tantos entre la alta sociedad. Estaba cansada del futuro solitario que había imaginado para sí. Su corazón le dolía por algo más, algo más dulce y hermoso. Anhelaba derrumbarse. Una imagen rota... La inocencia reconquistada ingenuamente, una felicidad inesperada.

Sin embargo, una mujer como ella no podía permitirse derrumbarse. Una mujer que había dejado atrás sus posesiones más preciadas sin el beneficio del matrimonio era humillada. Fue besada en la oscuridad de una escalera, y el caballero que abusó de ella, la toqueteó y la besó, no se sintió obligado a ofrecerle nada más. Nada decente. Nada permanente. Nada que pudiera poner fin a su soledad.

—Milady, se está manchando la falda. —La señora Milch le cogió las manos y comenzó a limpiárselas con un trapo, tan delicadamente como lo habría hecho una doncella—. Ya sé que solo se trata de harina, pero su vestido es de una seda tan fina, y además, no olvidéis que aquí hay caballeros de la alta sociedad.

Kitty miró a la mujer a los ojos y creyó detectar compasión en ellos. Pero era imposible. Todo en aquella estancia de ensueño en un Shropshire nevado lo era.

Echó un vistazo a la puerta de la cocina como si fuera una vía de escape, como la salida que había encontrado en Londres al ver el carruaje de Emily aguardándola.

De pronto, entró el conde.

Kitty se ruborizó y sintió que ardía por dentro. Ella siempre había admirado los semblantes de los caballeros solteros que pasaban la mayor parte del tiempo en la ciudad. Las mejillas de lord Blackwood resplandecían por el frío y el esfuerzo, ella lo observó detenidamente. Era alto y tan maravillosamente apuesto como en la noche anterior a la luz de las velas, durante la cena y después, en el oscuro hueco de la escalera, donde él había decidido tomar su... postre. Ella se sentía como una muchacha, neciamente encaprichada y deseosa de que él la besara más de lo humanamente soportable.

—Buenos días, señoras. —Miró a Emily, a Kitty y por fin a la posadera, a quien se dirigió en escocés—. Señora, su marido le pide que ponga brea al fuego para unir las junturas.

—Vaya, ahora envía a todo un caballero a hacer recados en lugar de a Ned. ¿Adónde se ha ido el chico? —La señora Milch dejó de limpiar las manos de Kitty.

—Se fue a la fragua a devolver la sierra —respondió el conde en escocés.

Emily lo miró.

—¿Ya habéis terminado el tejado del establo?

—Sí, milady. He mantenido entretenidas las manos como usted con su trabajo de mujeres —dijo en una mezcla de inglés y escocés. Miró la mesa para el pan y sonrió.

Kitty tuvo que apartar la mirada. Trabajo de mujeres. Además de eso, apenas entendió tres de cuatro palabras. Pero lo que sí le quedó claro fue que su sonrisa le quitó el aliento.

Oh, Dios, ¿qué le estaba ocurriendo? ¿Cómo podía oscilar de un extremo al otro?

—Nunca creí que fuese tan difícil hacer pan —dijo Emily—. Afortunadamente, la señora Milch es una profesora muy competente y experimentada.

Kitty se tragó el nudo que tenía en la garganta y dijo:

—Milord, ¿está bi..., bi...?

Él la miró extrañado.

Ella guardó silencio, turbada. Él ladeó la cabeza ligeramente. Kitty no entendía qué le pasaba: jamás en su vida había tartamudeado. Si el conde por lo menos se hubiera dedicado a hablar más y mirarla menos, Kitty podría haber salido airosa sin abochornarse por completo.

—¿Está bi..., bien su caballo? —logró articular por fin.

—Sí. Le agradezco su preocupación —contestó el conde en escocés. Su expresión continuaba siendo agradable pero seria. Nadie habría sospechado jamás que la noche anterior le había robado un beso en medio de la oscuridad. Pero Kitty conocía su reputación y él no había dudado en besarla, porque creía conocer la de ella—. Apreciadas damas, hacen ustedes un extraordinario servicio en vez de permanecer ociosas —añadió en escocés.

—Lástima que no haya oca al horno —murmuró la señora Milch en la misma lengua.

—¿Quién necesita una oca cuando señoritas tan finas realizan una labor tan noble? —dijo Cox, que de pronto se materializó tras el hombro del conde.

—No hay nada noble en cocer pan, señor Cox —afirmó Emily—. A los pobres apenas se les recompensa por hacer trabajos como este.

—He trabajado toda mi vida, lady Marie Antoine —dijo Cox, acercándose a ella—. Y aún no he tenido el placer de amasar pan con una dama. Permítame que la ayude.

—¿Alguna vez ha amasado pan, señor? —Emily parecía verdaderamente interesada.

—Pues... no —respondió él entre carcajadas.

—Entonces será mejor que también se ponga un mandil —intervino la señora Milch, sacudiendo la cabeza.

—Debe sacarse el abrigo primero —lo instruyó Emily.

—En presencia de damas, jamás. —Cox dirigió a Kitty una sonrisa juguetona y ató el mandil en torno a los faldones de su elegante abrigo. Luego, dirigiéndose a lord Blackwood, añadió—: Milord, ¿querrá unirse a mí y a nuestra bella compañía en esta encantadora tarea doméstica?

Lord Blackwood, que todavía se encontraba en el umbral, respondió en escocés:

—Mejor lo dejaré en manos de los profesionales adecuados. —Saludó a los presentes con una inclinación de la cabeza, lanzó una mirada de lo más enigmática y se marchó.

Kitty sintió el repentino impulso de ir tras él, pero se contuvo y dijo:

—Señor Cox, ¿el señor Yale todavía está en el establo? —No podía importarle menos. Solo quería saber adónde iba el conde. ¿Cómo era posible?

Las mujeres maduras no experimentaban esa clase de sentimientos. Pero quizá fuera el precio que debía pagar por la actitud deshonesta que había mantenido durante tantos años. Poco importaba que el hombre que ella había ayudado a llevar ante la justicia fuera en realidad despreciable.

—Se fue a la taberna con el carpintero que nos ayudó a poner parches en el tejado. Un trabajo peligroso. Blackwood a punto estuvo de romperse el hombro.

—Él solo dijo que su caballo había sufrido heridas, y muy leves —apuntó Emily.

—Él lo estaba cepillando en el momento en que se cayó el techo. —Cox hundió los dedos en la masa—. Es extraño que un caballero de su rango cuide de su propio caballo, digo yo. Pero los nobles suelen tener esas excentricidades —añadió con una sonrisa.

Emily señalaba la redondez de la masa.

—Debe apoyar las palmas de las manos en la masa, no meter los dedos en ella, señor Cox —dijo Emily—. Así.

Kitty, cuyo corazón todavía parecía galopar dentro de su pecho, se limpió las manos con un trapo y murmuró:

—¿Pueden perdonarme?

La señora Milch se bastaría ella sola para hacer de carabina de Emily, una carabina, por cierto, que Kitty hubiera necesitado tener a su lado en el hueco de la escalera la noche anterior. Mientras Cox estudiaba los movimientos de Emily y la señora Milch se ocupaba de poner la brea al fuego, Kitty abandonó la estancia.

Tenía que escapar de la posada, aunque solo fuera durante unos momentos. Necesitaba respirar aire fresco para aclararse las ideas. Era enormemente imprudente obsesionarse con el conde de Blackwood, con su bello porte, con sus caricias de experto.

Ned estaba en el salón, con uno de los perros. Levantó la cabeza y algo dorado brilló en su mano. Sonrió ampliamente.

—El cielo está muy claro hoy, milady.

Ella se sentía demasiado confusa para articular una frase coherente.

—Eso parece —consiguió decir por fin, acercándose al muchacho. Distracciones de ese tipo eran exactamente lo que ella necesitaba, decidió.

El perro le olisqueaba la mano.

—Ned, ¿estás dándole de comer a los perros? —preguntó Kitty con una incierta sonrisa.

—No, señora, solo es un objeto que encontré hace dos semanas en el camino a Shrewsbury. —El chico enarcó las cejas y tendió la mano. En la palma de esta había un camafeo que contenía el retrato de una mujer joven con rizos dorados y unas mejillas deliciosas con hoyuelos.

—Qué bonita es y qué triste debe de estar su enamorado por haberlo perdido. —Kitty sonrió; apenas podía controlar los temblores que le producían los nervios. Al parecer el distraerse no ayudaba mucho.

—Ya lo creo que sí. —Ned se guardó el camafeo en el bolsillo, abrió la puerta y salió con el perro al patio. Quizás el conde estuviera de regreso en el establo, pensó Kitty. Iría y lo comprobaría... Pero... No.

En aquel establo se encontraría con un hombre gélido al que tendría que ofrecer sus ardientes mejillas, en un trozo de hielo que haría arder aún más el fuego que la abrasaba por dentro. Rodeó la casa y allí lo vio.

Lord Blackwood estaba de pie en la esquina, apoyado contra la pared y tapándose el rostro con una mano. Dejó caer el brazo, topó con su mirada y soltó un profundo suspiro.

—Milord, ¿qué hace aquí? —preguntó ella, de forma a todas luces poco elegante. Ahora era su turno de perder cualquier rastro de decoro. Aunque se tratara de un desliz, resultaba inaceptable.

—Recuperar el aliento, creo.

Debido a la sombra que proyectaba la pared, ella no podía discernir su expresión. Pero podía sentirlo. Todo él respiraba aire libre, tierra salvaje, indómita y escarpada del norte, lo cual era profundamente ridículo, ya que su propiedad estaba muy cerca de Edimburgo y solía pasar largas temporadas en Londres.

Ella se acercó a él; de hecho, no podía evitar hacerlo. Él parecía aplastar sus hombros contra la pared.

—Debe de haber sido un trabajo terriblemente ingrato, con este frío —dijo Kitty, aunque no era eso lo que quería decirle—. ¿Se subió al tejado?

—Sí —respondió él, y su mandíbula estaba tensa. Kitty se imaginó acariciándola. Debería haberlo hecho la noche anterior. Había sido una tonta. Estaba agitada.

—Tengo entendido que se encontraba en el establo cuando ocurrió el accidente.

—Así es, en efecto.

—¿Cuidando de su caballo? —Kitty se preguntó cómo podía acercarse más a él sin ponerse ridículamente en evidencia. Solo de pensar en tocarlo se le erizaba la piel.

Él asintió.

—De todos ellos, sí.

—¿También estaba dando de comer a los caballos del carruaje? Y al del señor Cox, imagino. —Ella no podía hacerlo de forma sutil. Pero la sutileza a menudo estaba sobrevalorada, decidió—. ¿No podría haber dejado que lo hiciera Ned? —Se acercó un poco más, inclinando la cabeza para verle la cara, su perfecta figura masculina.

—Tal vez —respondió él, esbozando una sonrisa.

—Pero no lo hizo.

—No. —Ahora él le miraba fijamente la boca.

Kitty no podía controlarse; su mano se movió, como por voluntad propia, pero también como si le estuviese permitido, hacia su pecho.

Se sentía bien al hacerlo. Aterradoramente bien.

Como la noche anterior, cuando se habían besado, él permaneció inmóvil por completo. Ella desplegó los dedos y apretó la mano contra sus costillas. El corazón le latía con una fuerza inusitada. La impaciencia la hacía estremercese de la cabeza a los pies, y dejó escapar un breve suspiro.

—Usted es hombre de pocas palabras, ¿no es así? —susurró.

—Sí —repuso él con voz profunda. Su respiración era desigual bajo la mano de Kitty.

—Yo... —Kitty casi no podía articular sonido—. Yo..., yo...

—¿Tú qué, muchacha?

Ella introdujo la mano bajo su abrigo. Con una aguda exhalación, él la cogió por los hombros y la acercó hacia sí.

Kitty suspiró, preguntándose si su imaginación ebria había inventado las sensaciones que había experimentado entre sus brazos. Ahora estaba perfectamente sobria, y sin embargo embriagada por ellas. Apenas podía pronunciar las palabras que había estado pensando desde que él la dejara en la escalera diez horas antes.

—Yo..., yo quisiera preguntarle algo.

Ella era esbelta y delicada en sus manos, todo curvas deliciosas contra su pecho. Leam no había abrazado a una mujer desde hacía mucho, a excepción de la noche anterior, cuando tuvo a esta demasiado tiempo para su propio bien. Ahora sus ojos brillaban con ardor y sus mejillas estaban encendidas, nada de lo cual casaba con la imagen de fría elegancia que mostraba en los círculos de la alta sociedad londinense. En esa posada, en el transcurso de solo unas horas, Kitty se iba desintegrando en trocitos ante sus ojos. Entre sus brazos.

Pero él no quería ninguno de aquellos trozos.

«Suéltala.»

Él inclinó la cabeza. Su fragancia confundía sus sentidos.

—¿Qué es esto, muchacha?

«Suéltala, imbécil.»

—¿Va a besarme otra vez? —preguntó ella, que no se atrevía a mirarlo a los ojos—. Quiero que... usted. —Casi perdió el control al fijar la mirada en los labios de él. Casi.

«Casi...»

Totalmente.

La mano de él se deslizaba por su hombro, subía por la curva sedosa de su cuello hasta tocar su cabeza.

—¿Lo quieres... ahora? —La voz de Leam era ronca. Tras el beso de la noche anterior él permaneció de pie durante una hora en medio de la nieve para aliviar la tensión de su cuerpo. No había bastado. Ahora ella se apretaba contra su pecho, y una mujer con su experiencia debía saber que él esperaba algo más que un beso.

Ella asintió.

—Lo deseo terriblemente.

Aún había tiempo de soltarla.

Se comportaba como una muchacha, temblando y con los ojos muy abiertos, como si no supiera realmente lo que había pedido. Durante años Leam había creído que no existía el deseo inocente, y la experiencia, con un coste enorme para él mismo, le había dado la razón..

En Kitty, sin embargo, parecía real. Ella levantó una mirada llena de turbación hacia él, que quedó cautivado por su candidez. Él bajó la cabeza hacia aquel rostro pleno de belleza femenina. Su fragancia a madera ahumada y a cerezas respiraba por entre sus labios separados, produciéndole en las ingles un cosquilleo tan agradable como insoportable. Dios, aquella mujer era la perfección, como ya lo había advertido en el hueco de la escalera, o incluso tres años atrás, al oírla hablar y reparar en sus sedosos labios, en la expresión perspicaz de su rostro, y le molestó la actitud posesiva de Poole.

—Hágalo —dijo ella en tono de urgencia—. Béseme otra vez. Por favor. Una vez más.

Aquella mujer, belleza casi perfecta, le imploraba que la besase...

Él rozó sus suaves labios. Ella suspiró. Él deslizó su pulgar por la delicada curva de su mandíbula. Por fin la tomó por los hombros y la atrajo hacia sí, como Kitty deseaba, como llevaba deseando desde el día en que había llegado a aquella maldita posada.

Ella lo besó con candor y pasión a la vez, curiosamente indecisa y con poco refinamiento. Él le había provocado esa exquisita falta de decoro. Él y aquellas manos maravillosas que recorrían su cara, sus hombros, todo su cuerpo. Sintió el ardor de su lengua, su sabor, la suavidad con que penetraba en su boca. Por Dios, jamás imaginó que pudiera experimentar ese cúmulo de sensaciones.

Kitty se preguntó cuánto tiempo más aguantaría ese dulce tormento. Se debatía, pero Leam podía hacerla desear lo mismo que él. Sin embargo, ella no era para Leam, ni lo era su belleza, que ocultaba el tormento que la agitaba por dentro como una tempestad. No, aquel torbellino de confusión y mensajes entrelazados no sería para Leam. Nunca más.

Pero, por Dios, ella era perfecta. Él acarició su mejilla de porcelana y su mandíbula, y deslizó un pulgar sensual por sus labios. Kitty respondía como la arcilla al toque del artista y él continuaba explorándola. La acariciaba y un calor húmedo crecía dentro de ella, que finalmente soltó un gemido suave y se aferró a su camisa.

Él la besó, mordió suavemente su labio inferior y lo acarició con la punta de la lengua, para luego metérsela de nuevo, profundamente, en la boca mientras deslizaba una mano por la columna sedosa de su cuello, buscando, enardeciéndola. Necesitaba tocarla. Aunque solo fuese una vez. Sentir la belleza de aquellos pechos cubiertos de fina lana ceñida que él había intentado no mirar fijamente en un día que parecía una eternidad. Estaba cometiendo un error. Tenía que apartarse de ella y explicarle muy claramente que debían poner punto final a aquello.

No podía. Quizá, si iba demasiado lejos, ella querría...

Cubrió uno de sus pechos con una mano. A Kitty se le cortó el aliento. Se concentró en el tacto de aquella mano, en la voluptuosidad que producía en ella, mientras en su mente una voz le advertía, como una trompeta atronadora, que estaba cometiendo un grave error y que debía huir mientras podía.

—Muchacha...

Ella unió, con mayor fuerza aún, sus labios a los de Leam, sintiendo un calor dulce y femenino impregnado de deseo. Sin dejar de acariciar su cara con delicadeza, con la otra él siguió recorriendo su cuerpo. Por Dios, le resultaba imposible apartar las manos de ella.

Kitty abrió los ojos, revelando dos lagunas grises en las que sumergirse, enmarcadas por unas pestañas negras como el carbón. Su respiración era lánguida. Leam tragó saliva con dificultad, visualizando a la vez el cielo y el infierno. Conocía demasiado bien aquel lugar en que se unían la fascinación y el infortunio. Recordaba haberlo visitado, como si hubiese ocurrido el día anterior.

Ella puso una mano sobre la de él y, apretándola contra su seno, soltó un suave gemido al tiempo que cerraba los ojos.

«Al demonio los recuerdos.»

Él la empujó contra la pared y la besó con pasión, hasta que a ella se le olvidó su sumisión a cualquier cosa, a sus manos en sus pechos, a su lengua recorriendo la dulce curva de su garganta y en su boca, a la presión de su rodilla intentando que separase las piernas. Si Kitty Savege lo deseaba, ¿quién, por muy escocés que fuese y por loco que estuviera, loco rechazaría a una mujer semejante?

8

Kitty deseaba fusionarse con él, y por la forma en que la besaba él parecía desear lo mismo. Sus manos, grandes y fuertes, acariciaban su espalda, la punta de sus dedos presionaban sus omoplatos para abrazarla con mayor fuerza aún, como si deseara que se derritiese contra su pecho. Y ella se sentía cada vez más débil, y presa de una excitación tan intensa que no la dejaba respirar.

Era incapaz de aparentar siquiera que se controlaba. El autocontrol había constituido su arma y su máscara durante años. Ahora se sentía totalmente indefensa, desprotegida ante las manos y la boca de aquel hombre. Y cuanto él más la besaba y acariciaba, tanto más exangüe se sentía ella.

Eso empezó a inquietarle.

Ella lo cogió del cabello con las manos y sintió de pronto que él le mordía el labio inferior.

—Oh, yo...

—¡Por Dios, mujer! ¿Es que quieres arrancarme el pelo? —exclamó él en escocés.

Kitty le dirigió una mirada divertida y voraz a un tiempo. Qué guapo era aquel hombre, cuyos ojos oscuros parecían expresar palabras sin pronunciarlas.

—No, no es eso lo que quiero —repuso ella, y en voz alta, para su propia sorpresa.

Él respiraba entrecortadamente, mientras seguía acariciando

sus pechos y le hacía sentir en el vientre la presión de su virilidad. Kitty nunca se había sentido así, tan desesperada ni tan necesitada. Nunca.

Él la besó en los labios, en la comisura de estos, en la barbilla, en el cuello, mientras ella lo abrazaba y musitaba con voz apenas audible:

—Esto está yendo demasiado rápido.

—Sí —dijo él sin preguntar a qué se refería, pues lo sabía. Y ella sabía que él sabía...

Kitty echó la cabeza hacia atrás para que él continuara besándole el cuello tanto como quisiera. «Oh, Dios, que no acabe nunca, por favor, nunca.»

Ella estaba temblando. Lo deseaba ardientemente.

No quería hablar, temerosa, a pesar de sus progresos más que evidentes, de que si lo hacía ocurriese lo de la noche anterior. Su cuerpo no tenía conexión con su mente; sin embargo, se lo pensó mejor y decidió que las palabras aún podían tener alguna utilidad.

—Si no me hubiese abrazado ayer, en la escalera, cuando resbalé... No debería haberlo hecho.

—Sin embargo, no bastó para romper el hielo —contestó él en escocés.

Ella lo cogió del cuello para acercarlo hacia sí, desesperada por que él siguiera acariciándola, besándola, lamiéndola, en un delirio total.

—¿Qué significa eso?

—Que en ese momento faltó poco para que te besara.

—Pero...

Él le tapó la boca con una mano y le impidió seguir hablando. Sus cuerpos no podían estar más cerca el uno del otro, él continuaba presionándola contra la pared, mientras ella hundía los dedos en su grueso y a la vez sedoso cabello. Él continuaba acariciándola, como si tuviera que tocar cada parte de ella, y por fin le subió el vestido, muy apropiado para viajes invernales pero, por desgracia, poco práctico para ser abrazada de esa forma por un hombre. Pero ningún hombre la había besado así antes, y ella ignoraba que toparía con Leam Blackwood en una posada de Shropshire durante una tormenta de nieve, y por ello no había elegido su guardarropa adecuadamente.

—A punto estuvo de besarme —repitió ella tras una mirada.

—Y a punto estuve de pegarle una trompada a ese maldito cobarde de Poole, hace tres años, por tratarte como a una prostituta —dijo él contra su cuello, sin apartar las manos de sus pechos.

Kitty estaba sofocada.

—Oh, Dios mío —susurró ella entre gemidos al sentir sus manos acariciándole los duros pezones, mientras apretaba con fuerza los muslos en torno a su pierna. No podía creerse que aquello estuviera ocurriendo—. No digas eso, no es cierto.

—Sabes que lo es —replicó él en escocés.

—No —insistió ella, convencida de que no podía ser verdad. Estas cosas no pasaban. Ella lo imaginaba. Él también. Los hombres y las mujeres no hablaban sin palabras, no de cosas transcendentales. O al menos cuando se trataba de un hombre y una mujer tan distintos en todos los aspectos verdaderamente importantes de la vida. Excepto en ese. «Esto es una locura», pensó Kitty, y todo su ser deseaba que él siguiera acariciándola y venciendo una tras otra las defensas de su voluntad.

Él le sujetaba las manos bajo los brazos y con el muslo presionaba hacia arriba entre las piernas de Kitty, que se sentía al borde del delirio, mientras susurraba en escocés:

—No deberías haber estado con él...

—No debería haberlo hecho —dijo Kitty, pero para encontrar pruebas suficientes contra el maldito Lambert había sido imprescindible que permaneciese a su lado. Hasta aquella noche, cuando el hombre que ahora la abrazaba la alentó en silencio a liberarse. ¿Recordaría él aquella noche al igual que ella? Tenía la garganta seca—. ¿Con quién debería haber estado, entonces?

Sus grandes manos se deslizaron por la cintura hasta rodear sus caderas y presionó aún más con el muslo.

—Oh, Dios... —Ella buscaba aire mientras una dulce y prohibida sensación se extendía por su cuerpo. Con la falda en torno a la cintura, apretó con fuerza los hombros de Leam mientras este le procuraba placer.

Él llevó suavemente una mano hasta su pecho y con el pulgar y el índice tomó un pezón y comenzó a acariciarlo por encima de la ropa de ella. Kitty deseaba que metiera la mano por debajo de las prendas que cubrían su desnudez. Se estremeció, el deseo crecía en ella hasta volverse casi insoportable. Nunca se había sentido tan cerca del éxtasis. Jamás se había sentido así, tan estimulada, tan acariciada.

De pronto, y a pesar de su turbación, oyó el sonido de unos pasos cercanos. Al parecer, el conde también lo percibió. La soltó y, sin un momento que perder, cogió la capa, después la tomó del hombro y la hizo girar de cara hacia la puerta. Ella a punto estuvo de perder el equilibrio y caer al suelo. Él le echó la capa sobre los hombros y, tratándola nuevamente de usted, le dijo rápida y tranquilamente al oído:

—Le presento mis disculpas. No tengo respuesta para usted.

—Milord —dijo jovialmente el posadero, detrás de ella—. Y milady, por supuesto. ¿Paseando para tomar un poco el aire? Ha quedado un día espléndido tras la tormenta.

Kitty intentaba abrocharse la capa. Se sentía como si se hubiera arrojado a un estanque de agua helada.

—Sí, señor Milch —dijo—. Pero no creo que llegue muy lejos... —Notó que le ardían las mejillas.

—Tenga cuidado dónde pisa señora, y gracias, milord, por reparar el tejado del establo. No creí que hubiera sufrido tantos daños.

—Repararlo no me llevó más que un momento —añadió Leam.

Kitty no quería ni mirarlo. Odiaba tener miedo y odiaba ese descontrol. Pero lo que más odiaba era no entender qué le estaba pasando. Dios, lo había abrazado sin decoro alguno, a la vista de cualquiera que pudiera haber pasado por allí. Y ni por un instante había pensado en el riesgo que corría.

Y, lo más importante, si ella lo hubiera besado en un lugar menos expuesto, él todavía la tendría entre sus brazos.

Ella se puso la capucha para ocultarse el rostro, dio media

vuelta y pasó junto al posadero y el conde. No podía regresar a la cocina. Quizá fuera de la casa encontrase la cordura que se le negaba dentro.

Leam descolgó el abrigo del perchero y se lo puso. Con un saludo rápido hacia el posadero, salió por la puerta trasera. Habría avanzado a través de la nieve hasta la taberna, buscado a Yale, y cavado un camino directo a Liverpool si fuera necesario.

El frío le golpeó la cara como la bofetada de una mujer. El galés y el carpintero habían hecho un singular camino a través de la nieve. Leam lo siguió, resbalando y tropezando, aunque apenas notaba que avanzaba.

Ella había dicho que estaban yendo muy rápido, y Leam no podía estar más de acuerdo. Nada bueno podía esperar de tomar a Kitty Savege entre sus brazos, solo un dolor en la entrepierna y una fuerte bofetada si hubiera llegado demasiado lejos, justo lo que estaba a punto de hacer si ella hubiera seguido presionando su cuerpo contra el de él. Por Dios, no estaba hecho de piedra, aunque la comparación tal vez fuese en parte apropiada en este caso.

Pero quizás ella no le hubiese dado una bofetada. Quizá...

No importaba lo que hubiese hecho, ella no era para él. Parecía de hielo por fuera y de fuego por dentro, hacía que su corazón latiese con fuerza en su pecho, que se le secara la boca.

Por Dios, ¿hasta qué punto podía enloquecer un hombre?

Entró en la taberna, pidió una pinta de cerveza, la vació de un trago, pidió otra con un gesto de la cabeza y finalmente miró alrededor.

El local tenía el techo bajo, las ventanas estrechas y estaba lleno de rincones oscuros. Era el sitio ideal para los rufianes. Que lo colgasen si aún le importaban Colin Grey y el maldito Club. Todo lo que había aprendido como espía, cada lección sobre cómo estudiar un lugar, rápida y eficazmente lo había olvidado ya. Ahora Kitty Savege ocupaba toda su atención.

Se restregó los ojos cerrados y cogió a tientas la pinta.

Dios, realmente deseaba a esa mujer. Y cuanto más la deseaba, incitado por su punzante inocencia, más difícil le resultaba creer que había sido la amante de Poole.

Se pasó la mano por la cara. En Londres, el rumor había durado todo el verano y en el otoño ella había aportado pruebas criminales contra su ex amante ante el Consejo del Almirantazgo, porque él la había despreciado. Al escuchar esas historias y saber lo que ya sabía, Leam no había tenido ninguna razón para desconfiar de aquel rumor.

Respiró profundamente y abrió los ojos. Yale estaba sentado en una silla en actitud indolente, mirándolo. Leam se enderezó y el galés le hizo una seña de que se acercara y se sentara a la mesa con él.

—Prefiero estar de pie —dijo Leam con aspereza.

—Bebiendo así, ¿cuánto tiempo más crees que aguantarás?

—Más que tú, seguro —replicó Leam. Se apartó de la barra y se sentó frente a Yale. La mesa estaba pringosa, el lugar olía a cerveza rancia y serrín, algo desagradable crujía bajo sus pies.

—Tras la reprimenda que me diste anoche solo he bebido esta jarra —dijo el galés.

—¿Todavía te acuerdas?

—Me lo recuerda mi mandíbula —dijo Yale, señalando una marca morada en la barbilla. —Cogió la copa de cerveza medio llena, con los ojos entornados—. Feliz Navidad, viejo amigo.

Leam echó un vistazo a la clientela de la taberna, media docena de hombres con sombreros y pantalones bastos, granjeros y tenderos que parecían llevar la mitad de la vida en aquel tugurio.

—Es Cox.

—¿Fue interesante la fiesta? —dijo Yale, sin inmutarse.

—Eso creo, y creo también que está detrás de lo que le ocurrió al techo del establo. Pero todavía no tengo ni idea de la razón, o de por qué se mostró con nosotros como lo hizo.

—Quizás esperaba esconderse aquí y que yo lo guiara para salir. O quizá, sencillamente, admira tu exquisito estilo y está loco de envidia. Es un tipo muy peripuesto, ¿no crees?

—Maldito seas, Wyn. —Leam empujó la silla hacia atrás y se puso de pie.

—¿Otra vez resoplando?

—Anoche también resoplaba, lo habrías advertido si no hubieses estado empapado en whisky.

Yale sonrió.

—¿Y dónde está ahora la bella lady Katherine?

—Rezo por que esté lejos y permanezca apartada de mí, como debe ser.

—Vaya, ahora rezas...

Leam se pasó una mano por la cara. Aún tenía el sabor de ella en la lengua. Era irremediable, la necesidad crecía dentro de sí, tan rápida y segura como el pánico.

El trabajo físico lo ayudaría. Quitaría más nieve. Quizá, si se cansaba lo suficiente, no tendría energía para desearla. O, si la lujuria no lo abandonaba, sería incapaz de levantar los brazos para hacer nada. Ella tenía muchas curvas y estaba ardiente, y Leam quería arrancarle aquel maldito vestido verde, sujetarla debajo de él, sobre un colchón, en el suelo o donde fuera.

Sí, tenía que ponerse a quitar más nieve.

Yale daba golpecitos secos con la uña contra la jarra de cerveza. Se olía algo.

—Blackwood, viejo amigo.

—¿Qué? —dijo Leam bruscamente.

—El tabernero me ha dicho que hay una preciosísima granjera que trabaja por aquí algunas noches —dijo Yale en tono despreocupado—. Me ha asegurado que la esperan esta tarde, a pesar de la nieve. Es muy puntual con los caballeros selectos que pasan por el pueblo. ¿Qué te parece? —añadió con una sonrisa.

—Wyn...

—¿Leam?

—Vete al infierno.

—Te guardaré sitio.

Leam se apoyó en la mesa y preguntó:

—¿Qué sabes de Lambert Poole?

—Solo lo que sabe todo el mundo, que en julio le requisaron sus propiedades y lo enviaron al exilio por facilitar armas a los insurgentes e intento de soborno a los oficiales que traicionaban al Almirantazgo. —Yale le miró directamente—. Y que en esos tres años lo investigaste bastante activamente.

Leam se retrepó en la silla. Le asombraba darse cuenta de todo lo que ignoraba sobre su compañero más cercano en los últimos cinco años.

—Si ahora tu interés por Poole tiene que ver con Katherine Savege, Leam, es asunto tuyo, claro —continuó Yale—. Pero si crees que guarda alguna relación con Cox, deberías decírmelo. ¿Lo harás?

—¿Por qué no iba a hacerlo?

—Porque has dejado el Club. —Los ojos de Yale parecían de piedra en la semipenumbra del local—. Aunque es difícil dejarlo por completo, ¿verdad?

—Para algunos, sin duda —respondió Leam, señalándolo.

El galés se echó a reír, relajando la tensión que había entre ellos.

—Bueno, no tengo nada mejor que hacer, después de todo —respondió, y de pronto adoptó una postura estudiadamente elegante.

Leam ya no volvería a su faceta de espía. Salió de la taberna. Los perros empezaron a dar vueltas en torno a él mientras avanzaba por la calle cubierta de blanco, el joven Ned los acompañaba. Aunque apenas tres o cuatro años mayor que Jamie, el joven de sonrisa dientuda no se parecía en nada al chico de dentadura perfecta que Leam habría encontrado en Alvamoor si hubiera dejado el pueblo.

—Ya fui a la carnicería, jefe. Tenemos un ganso joven y bien rico para la cena de Nochebuena. —Levantó una parte del envoltorio, sus mejillas se enrojecieron y un brillo de ilusión iluminó sus ojos. Leam no tenía ni idea de si Jamie alguna vez había sonreído así cuando no estaba en su presencia. Fiona, la hermana pequeña de Leam, le había dicho que era un niño feliz. Leam no quería saber. No quería recordar. Pero cuando volviese a casa estaría obligado a recordar cada hora de cada día.

En ese momento, sin embargo, se encontraba atrapado. Y no solo por un pueblo bloqueado por la nieve.

Atrapado entre la vida que no había valorado y la vida que

había evitado durante cinco años, por el lugar donde los cuerpos de su mujer y su hermano reposaban, a menos de dos metros el uno del otro, en un enorme mausoleo de mármol.

No quería reflexionar en profundidad sobre ello. Basta de reflexiones, se había jurado a sí mismo. Sería más fácil pensar continuamente en Kitty Savege, en acariciarla y seducirla, o dejar que fuese ella quien lo sedujera, como parecía que quería hacer, y exiliarse en el limbo del cautiverio hedonista.

—Ned, tengo dos preguntas para ti.

—¿Sí, jefe? —dijo el muchacho, caminando con paso vacilante por el camino helado.

—¿Qué puedes tocar en ese violín tuyo?

—Lo que quiera, milord —respondió Ned con una amplia sonrisa.

—Bien. Y ahora, dime: ¿hay alguien en este pueblo que pueda saber algo sobre fundir oro o plata? —Ese mismo día, temprano, le había devuelto a Cox su bufanda de cachemir y las monedas, mientras observaba su reacción. Cox se lo agradeció afablemente, pero no dijo nada de la cadena de oro rota que Leam aún tenía en el bolsillo. Resultaría útil saber qué podía colgarse de una cadena como esa, pero se trataba de una información que Cox, evidentemente, no deseaba compartir.

—Claro, jefe. El viejo Freddie Jones. Trabajaba como relojero en Shrewsbury hasta que perdió tres dedos por culpa de una vaca hambrienta —explicó el muchacho con su inseparable sonrisa.

—¿Me puedes llevar ante él?

—¿Ahora?

Cualquier cosa con tal de evitar a una bella mujer con intenciones amorosas. Al menos hasta que se enfriara un poco.

—Ahora sería perfecto.

Echaron a andar por la calle cubierta de nieve hasta la altura de las rodillas, Ned cotorreaba todo el camino sobre su señor y su señora, sobre el cochero de lady Emily y de Freddie Jones, sobre el carpintero que los había ayudado a arreglar el tejado y sobre cualquier otro vecino. Leam escuchaba atentamente, feliz de hacer en ese momento lo que llevaba cinco años sin hacer.

Y si se le estropeaban las botas por la necesidad de prepararse para el próximo encuentro con Kitty Savege, se lo tendría merecido.

Lord Blackwood no regresó a la posada. La señora Milch, que pensaba servir la cena a las cinco en punto, se había pasado el día en la cocina con Emily y había dejado a Kitty regodearse en el aturdimiento y la frustración de una tentativa fallida. Como era una mujer de acción, no estaba acostumbrada a esa clase de emociones.

Se puso a decorar la posada para la Navidad. Ató trocitos de ramas de pino al final del patio con cintas verdes y blancas, y dispuso un cesto con piñas y en medio un candelabro adornado con una cuerda dorada.

Estaba pensando qué se podría haber hecho para redistribuir el mobiliario de la sala y tener más comodidad cuando unas voces suaves le llegaron desde la parte trasera del vestíbulo.

—Es muy bonito, Milch —dijo el señor Cox en un tono extrañamente tenso—. Confío en que no lo haya cogido uno de los suyos.

El posadero carraspeó.

—Bien, no tiene por qué preocuparse, señor. Si a usted se le cayó por aquí, la señora Milch lo encontrará mientras limpia y se lo devolverá a usted rápida y perfectamente.

—Es mejor que sea así, o me ocuparé de que se sienta usted muy incómodo, señor Milch.

—Eso no será necesario, se lo aseguro. No obstante, ¿existe alguna posibilidad de que lo perdiera antes de llegar?

—No —respondió Cox, que no parecía muy convencido y sí muy impaciente. Se oyeron pasos en el pasillo. Kitty se puso a ordenar cojines. El señor Cox apareció en la sala.

—Qué bien que ha entrado, señor. Estaba pensando en cambiar esas sillas de sitio, pero pesan demasiado para que pueda moverlas sin ayuda.

Kitty nunca antes había estado ante un hombre tan obviamente presa de la ansiedad aun cuando intentaba mostrarse amable.

—Me encantaría ayudarla, milady.

Así pues, entre ambos reacomodaron los muebles. Ella le dio las gracias a Cox y se fue a su habitación para peinarse y ponerse los pocos adornos que tenía, entre ellos un par de pendientes que llevaba en su bolso de viaje, unas perlas engarzadas en oro viejo que su madre le había dado, el juego de perlas de oro antiguo en su primera temporada social en la ciudad. Por lo visto, el padre de Kitty los había escogido tres años antes, en ocasión de su decimoctavo cumpleaños, sin darse cuenta de que eran más para una mujer adulta que para una chica.

Ahora Kitty entendía mejor por qué su madre no había permitido que se los regalara. Quien los había escogido había sido la amante de su padre, a la que nunca conoció pero con la que compartió su vida durante treinta años.

Kitty jugueteaba con los pendientes entre los dedos. Lord Blackwood decía que no debería haber estado con Lambert. Suponía, como todo el mundo, que había sido la amante de este. No se equivocaban, al menos en parte. Se había entregado a Lambert Poole cuando era una joven alocada y enamoradiza, y también cuando buscaba la información capaz de hundirlo. Ella misma se había forjado su propia soltería; ahora muchos la considerarían poco respetable como novia de un caballero. Pero su comportamiento con el escocés bárbaro había dejado bien claro que ella necesitaba un hombre en su vida.

No. Necesitaba a ese hombre. Un hombre totalmente inadecuado para ella en todos los sentidos excepto en uno: le satisfacía mucho más de lo que jamás hubiera imaginado posible. Repentinas e insatisfactorias, sus experiencias con Lambert no la habían preparado para Leam Blackwood. Ante la mirada cálida del escocés y entre sus fuertes brazos se sentía tan desvalida como el ave que Ned había llevado a casa para la cena.

Inocente... como lo era en el momento en que conoció a Lambert, no fue durante su primera temporada social, sino años antes de eso, en Barbados, cuando tenía quince años. A esa edad, la amante de su padre ya había ocupado un lugar prioritario en la vida de este. La madre de Kitty intentó recuperarlo, y no quería que su hija presenciara esa lucha. Oportunamente, el conde llevó a su hijo mayor a vivir al campo, una circunstancia más de un comportamiento poco filial. Aaron iba acompañado de su gemelo, como siempre, y a Kitty la enviaron con su institutriz.

Lambert, que dirigía la plantación colindante con la de su padre, empezó a rondarla y a incitarla a huir de la custodia de su institutriz para estar a solas con él. Aaron pronto lo descubrió todo y puso fin a la historia. Kitty fue enviada de regreso a Inglaterra con el corazón roto, no podía creer lo que le había contado Aaron: Lambert odiaba a Alex y solo quería utilizarla para deshonrarla. Cuatro años después, tras el luto de su familia por la muerte del conde, Kitty se presentó en sociedad y se encontró con Lambert de nuevo en Londres. Él fingía que aún la quería. Ella se creyó sus promesas y finalmente le entregó su inocencia.

Pero jamás, ni en la agitación del enamoramiento juvenil, había sentido el puro y embriagador aturdimiento, el deseo implacable que ahora sentía.

Terminó de ponerse los pendientes, se alisó la falda y, por centésima vez ese día, intentó no pensar en las palabras del conde, cuando se refería a que él no sabía con quién había estado ella y que tres años atrás a punto había estado de gritarle a Lambert en aquel baile. En aquel momento no podía imaginar hasta qué punto enloquecería. Él había adorado a su esposa y no quería volver a casarse como una muestra de fidelidad a su recuerdo. La sociedad lo tachaba de ligón incorregible pero no de mujeriego; no se había involucrado en relaciones liosas. No se aprovecharía por completo de ella.

En el pasillo apareció Yale, llevando un lebrel irlandés de la traílla.

—Milady. —Hizo una reverencia—. Tengo entendido que quiere expresar su gratitud con detalles navideños a todos nuestros compañeros de encierro, por así decirlo. Es usted toda gentileza.

—Señor, soy consciente de que nuestra relación será breve.

—Y con todo, uno siente como si ya nos conociésemos de otra época —dijo él con una sonrisa.

—Supongo que esa sensación de familiaridad se debe a las circunstancias extraordinarias. —Una familiaridad, por cierto, que la había animado a abrazar y besar a alguien que era prácticamente un extraño justamente en el rincón en que ahora se encontraba.

—Sin duda —admitió él.

—¿Dejará de meterse con lady Emily?

Yale enarcó las cejas.

—Vaya, de modo que tenemos aquí a una defensora de Marie Antoine.

—No piense que me impresiona, señor Yale. Tengo dos hermanos y ambos son expertos en incomodarme.

—Sé que usted puede tener una compañía mucho mejor y más digna que la mía.

Kitty sintió que se le secaba la garganta. Todo el mundo parecía estar al corriente de su relación con el exilio de lord Poole. Nunca se olvidaría.

—¿La tratará educadamente, por favor, señor? Ella es joven, una lectora ávida, no tiene la picardía habitual de los círculos en que se desenvuelven las damas y los caballeros.

Él la estudió por un instante; su rostro reflejaba inteligencia y reflexión. Kitty no podía imaginarse cómo él y el conde habían llegado a ser compañeros tan cercanos.

Le cogió la mano e hizo una profunda reverencia.

—Será un placer cumplir con sus deseos, milady —dijo, pero una expresión pícara afloró a sus ojos.

Ella sonrió.

—De verdad, señor. Al menos podrá...

De pronto se oyeron pasos de botas en la escalera y el perro empezó a agitar la cola. Lord Blackwood apareció en el pasillo.

—¿No llegas demasiado tarde, Blackwood? —dijo Yale—. Tus animales volvieron hace horas.

—¿Qué, Yale, coqueteando con la señorita? —contestó Leam, esta vez en escocés. Parecía totalmente desenfadado y en absoluto como si la hubiera besado esa mañana hasta casi perder el sentido.

—Ni se me ocurriría soñar con algo así. —Yale soltó la mano de Kitty y se dirigió a la escalera—. La dejo en manos de un hombre mejor que yo, milady —añadió, y bajó.

El conde fijó su oscura mirada en Kitty, que no pudo soportar ese contacto confuso, no después de ver algo diferente en sus ojos cuando la tomó entre sus brazos. Pero debía pasar por su lado para bajar por la escalera.

Se hizo el silencio. Ella se sentía cada vez más inquieta.

—Esto es muy embarazoso y en absoluto agradable —siseó, desprovista por completo de toda gracia social.

En la sumamente hábil boca de Leam se dibujó una sonrisa.

—¿Tengo que suponer entonces que ya no te echarás en mis brazos?

—¡Oh, Dios mío! —Kitty se ruborizó—. ¿Es que no tiene ni un poco de cortesía?

Él soltó una carcajada. A pesar de su consternación y profunda vergüenza, Kitty también estuvo a punto de echarse a reír.

—Bueno, no es necesario que sea tan directo —dijo ella mientras ocultaba su sonrisa—. Ya estoy demasiado mortificada. —Necesitaba con urgencia sentir sus manos sobre ella. Solo con mirarlo se sentía caliente y húmeda.

—Los escoceses somos gente práctica, muchacha.

—Eso es lo que he oído. Pero nunca lo he visto y, francamente, preferiría no haberlo hecho.

—Entonces, perdona a este pobre hombre —dijo Leam, inclinándose sin dejar de mirarla.

—¿Por qué, exactamente? ¡No! No responda. —Kitty se tapó la cara con una mano. Estaba perdiendo el control.

Entre los dedos vio los ojos de Leam brillar de satisfacción.

—La señora Milch ha avisado de que la cena estará pronto, —murmuró—. Horario de pueblo, me atrevería a decir. —Avanzó, en silencio y sintiéndose perfectamente, gloriosamente viva bajo la piel. Se sentía tan bien que reía por dentro, como si volviera a ser una niña, esa niña que había dejado de serlo a una edad tan temprana.

Pasó por delante de él, que la cogió del brazo. Fue apenas un roce, en realidad, pero ella sintió que se deshacía, como si un fuego la derritiese.

—Muchacha —dijo Leam con voz inequívocamente ronca—. Voy a tomármelo a mal si te arrojas de nuevo sobre mí.

Ella se sentía deliciosamente débil. Lo miró a los ojos y, sin aliento, susurró:

—¿Me mirarás fijamente la boca a menudo e inoportunamente? ¿Lo harás?

—Podría hacer que no se dieran cuenta.

Ella temblaba bajo sus manos. No podía evitarlo. Él inclinó la cabeza, su boca a pocos centímetros de la de Kitty, que suspiró y dijo:

—No está siendo coherente, milord.

—Tú, sin embargo, sí, muchacha.

Kitty sintió un nudo en la garganta.

—¿Qué hacemos ahora?

—Lo que desees —repuso él.

Ella respiró hondo, se apartó y bajó la escalera muy rápido.

No sabía exactamente lo que deseaba, pero sí que, por primera vez en años, tenía ganas de cada minuto, de cada hora siguiente. Se sentía como una niña esperando sus primeras Navidades. Como un regalo, envuelto y esperando a ser abierto por el conde de Blackwood.

9

No había pasado nada entre Kitty y el conde de Blackwood en aquel baile de disfraces de hacía tres años. Nada básicamente racional, en cualquier caso. Él aún lo recordaba como un hecho significativo. Y había cambiado la vida de Kitty, una vida marcada hasta ese momento por una única y desgraciada huella.

Cinco años antes, después de que le arrebatara su inocencia, Lambert le dijo que debía estar contenta de tenerlo como amante y no como marido. Y Kitty había aprendido a espiar. Con el propósito de vengarse. Para satisfacer la rabia que inundaba su alma.

Pronto se acostumbró a permanecer lo más cercana a él durante los actos sociales, a agudizar el oído para escuchar su conversación, sobre todo las que mantenía en voz baja con determinados caballeros. Ella lo seguía con discreción de un salón a otro. Ella se tenía por infinitamente lista; estaba recopilando información. Un hombre como él, que había usado a una chica inocente de la forma en que lo había hecho con ella, debía de tener otros secretos tanto o más deshonrosos.

Y, de hecho, los tenía.

Kitty redobló sus esfuerzos.

Cuando él se percató de su tenacidad, ella le permitió creer que aún albergaba esperanzas de casarse. Él se burló. En ocasiones incluso se jactaba, revelando más de lo que debía y despreciándola por haber admirado una vanidad y una arrogancia semejantes. A veces le hacía proposiciones, la buscaba en un lugar privado y se aseguraba de que no serían molestados. Kitty soportaba sus abrazos para poder tener acceso a sus bolsillos, a su billetera e incluso, en una ocasión, a sus aposentos privados.

Procurando parecer sincera, le sugirió que corría el riesgo de quedar embarazada, y que en tal caso debería casarse con ella, a lo que él respondió que lo que tenía que pasar ya debería haber pasado, que evidentemente ella no podía tener hijos y que, por lo demás, ciertamente no continuarían encontrándose a escondidas. Kitty se sometió a un examen secreto por parte de un médico para probarle su determinación, y lo que descubrió la hirió casi más de lo que podía soportar. Pero el deseo de desquitarse enmascaró su dolor. Todo fuera por su propósito de venganza.

Kitty había sido muy lista. Muy orgullosa. Y muy fría.

Pero de pronto, a sus veintitrés años, se acabó. La noche en que conoció a ese cretino de lord escocés. Un cretino muy guapo, por cierto. Un cretino de ojos oscuros e insondables. En un salón, entre vestidos de fiesta, la mirada del conde parecía decirle que su corazón ya le había dicho durante años que ella estaba por encima de todo deseo de venganza, que debía dejar atrás el pasado y permitirse vivir de nuevo.

Unos momentos después, tras recuperar su aplomo, le dijo a Lambert que ya no lo odiaba ni le importaba nada lo que le había hecho. Y desde entonces fue libre, hasta seis meses atrás, cuando él trató de hacerle daño a Alex y ella, finalmente, lo hundió.

Ahora, acomodada en un acogedor sillón en el salón del Cock and Pitcher, estudiaba al conde de Blackwood como antes había hecho con Lambert. Corrieron las cortinas para protegerse de la fría noche, los candelabros brillaban y la luz del fuego proyectaba en la estancia un cálido resplandor; los aromas de canela y vino se mezclaban con el ambiente suave. Ella hablaba con los demás, incluso con el conde, a quien solo se dirigía en contadas ocasiones. Sin embargo, echando mano de sus viejas habilidades, lo escuchaba a él casi en exclusiva.

Descubrió cosas interesantes.

A medida que la tarde avanzaba y la cena daba paso al té y, más tarde, al whisky para los caballeros, la expresión de la mirada que dirigía a Yale varió. Al principio era atenta. Después, de preocupación. Yale no manifestó cambio alguno, excepto, quizá, que adoptó un aire más relajado cuando bebía a sorbos los licores.

Emily y el señor Milch habían preparado brandy caliente con pasas. Los presentes improvisaron un juego consistente en intentar coger estas últimas sin quemarse los dedos. Kitty no lo consiguió, y el conde declinó participar. Parecía sumido en sus pensamientos, si se podía decir que un hombre como él pensara profundamente.

Kitty se sentía como un espía, o como imaginaba que debía de sentirse un espía. Pero esta vez no había nada que le impidiese prestar atención disimulando, nada que la hiciera sentirse deshonrada: se dejaba llevar por el instinto, y el deseo no suscitaba en ella culpa alguna. O quizá no fuera simple deseo.

Él apartó la vista hacia el fuego que ardía en la chimenea. En sus ojos oscuros había un misterio que no debería existir, pero que ella había percibido de todos modos. Kitty temía que el deseo no fuera suficiente para aclarar sus sentimientos, lo cual, por otra parte, carecía de sentido; no sabía nada de él.

Sentado en el suelo, entre los perros, estaba Ned, sonriente y con el violín atrapado entre la barbilla y el hombro. Con una copa de vino en una mano y la mirada puesta en el conde, Kitty también sonreía, aunque por dentro le hervía la sangre. Hundida en un sillón blando, se sentía como un gatito mimoso acurrucado delante del fuego ante la atenta mirada de un perro. Un perro con intenciones poco claras y una mandíbula firme y magnífica.

—¡Ajá! —exclamó Cox de pronto—. Así que esta noche tendremos música para celebrar el nacimiento de nuestro Señor y Salvador. Y para cantar. Sí, debemos cantar. —Había un brillo extraño en sus ojos azules cuando paseaba la mirada entre Kitty y el conde.

—¿Cantará para nosotros lady Katherine? —dijo el escocés en su lengua.

—Ella nunca canta. —Emily evitaba los licores esa noche, y ahora parecía concentrarse en su libro, aunque no por ello le desagradaba la compañía.

—Pues lo hizo una vez, y como una alondra.

Kitty no podía decir nada. Aquella noche en el baile de disfraces, después de repudiar a Lambert, había cantado. Leam estaba de pie cerca de ella, diciendo en voz baja que se arrepentiría de su decisión y volvería con él con el tiempo. Tras aquella noche, fue incapaz de volver a cantar.

Emily se volvió hacia Kitty.

—Entonces ¿por qué no cantas ahora?

—Ya no tengo talento para eso.

—No hace falta talento, Kitty, solo unas cuerdas vocales en buen estado y una caja torácica apropiada.

—No salgo de mi asombro ante las habilidades de las damas —dijo Cox, con un raro matiz en la voz—. Cantan, bailan, pintan con acuarelas, hablan francés e italiano, bordan y realizan toda clase de tareas domésticas. Si tuviera una esposa con semejantes virtudes, le regalaría rosas y chocolate todos los días para agradecerle su talento generoso y sus esfuerzos.

—Se convertiría en un hábito un poco caro —apuntó Yale cogiendo una baraja.

Cox reía entre dientes, extrañamente crispado.

—Ah, pero ella se lo merecería —dijo, y miró al conde, que permanecía sumido en sus pensamientos, como ausente.

—¿Cómo es que aún no se ha casado, señor Cox? —preguntó Emily—. Debe de tener unos treinta años ya. ¿Los comerciantes como usted no se dedican a buscar a hijas de nobles empobrecidos para contraer matrimonio con ellas y asegurarse así contactos sociales útiles para los intereses de su negocio?

Yale sonrió con satisfacción manifiesta.

—Lo que mi amiga quiere decir... —intervino Kitty.

—Está bien, lady Katherine. No me importa; supongo que ella tiene derecho a decirlo —dijo Cox—. Me he pasado varios años viajando por América, de modo que no he tenido la oportunidad de buscar la compañera apropiada de mi vida.

Emily asintió levemente con la cabeza y dijo:

—Lord Blackwood, estuvo usted casado, ¿verdad? Creo que incluso tuvo un hijo.

Kitty sintió que el corazón empezaba a latirle con fuerza.

—Sí —respondió él.

—¿Cómo fue el matrimonio?

En el silencio las cartas chasqueaban mientras los dedos de Yale las repartía y el fuego crepitaba.

—Quiero decir... mi padre desea que me case pronto, y no estoy para nada segura —dijo Emily con sinceridad. Kitty no podía acudir en su ayuda, ni en la del conde, y estaba intrigada por oír la respuesta de este—. Creo que casarte con la persona a la que amas debe de ser maravilloso. Pero me pregunto cómo sería casarse con alguien a quien no quieres.

—Una auténtica desdicha, diría yo. —Yale hizo un montón con las cartas.

Emily dejó el libro.

—Soy de su misma opinión.

Kitty no podía soportar que los bonitos ojos verdes de su amiga se apagaran.

—Creo que es la primera vez que oigo que vosotros dos estáis de acuerdo en algo —dijo, y se obligó a sonreír—. Qué bonito. Precisamente en Navidad.

Yale hizo una reverencia.

—A sus pies, señora.

Emily no contestó. Kitty se frotó las manos.

—¿Quién quiere jugar? —Yale blandía la baraja.

—Es Navidad, señor —dijo Emily, y en su voz había una nota de tristeza—. Kitty, ¿te apetece jugar esta noche?

—Claro, estaré encantada. —No tenía ganas de jugar, pero Emily necesitaba distraerse de sus preocupaciones—. ¿Por qué no vas a buscar tu monedero y así te unes a nosotros?

—De acuerdo, y también traeré el tuyo. —Se puso de pie y subió la escalera.

—Cox, ¿será usted el cuarto jugador? —propuso Yale.

—Me temo que ya tengo suficiente por esta noche, señor. —Se volvió hacia el conde y añadió—: Sospecho que él juega muy bien.

Yale se echó a reír.

—Demasiado bien, ya lo creo. No me dejaría ni una moneda en el bolsillo al final de la noche. —Dispuso las sillas alrededor de la mesa—. Pero si ha de ser, que sea.

—Estupendo. —Cox hizo una reverencia—. Milady, caballeros, les deseo una feliz Navidad. —Se marchó y subió la escalera con cierta prisa.

Kitty se sintió inquieta de pronto, Emily todavía estaba arriba, y sola. Se dispuso a ir tras Cox. El conde la cogió de la mano y puso un pie sobre la silla, impidiéndole pasar. Emily apareció en el rellano justo cuando Cox llegaba al mismo. Sonrió, esta vez con gesto de admiración.

—Buenas noches, lady Marie Antoine.

Le hizo una reverencia y pasaron cerca el uno del otro. Lord Blackwood salió al paso y Kitty dejó escapar un suspiro.

Emily regresó a la mesa de juego y colocó su monedero encima de esta.

—Me gustaría que lord Blackwood fuera mi compañero —dijo.

—Vaya sorpresa —murmuró Yale.

—Me negaré a jugar si los dos continuáis así, Kitty —dijo Emily—, lord Blackwood está considerado un magnífico jugador de cartas. Eso lo sé hasta yo. Aún no he oído ni una palabra sobre las habilidades del señor Yale. Estaría loca si no quisiera tener como compañero al conde.

—Se lo agradezco, milady —dijo Leam con una sonrisa, pero dirigiendo la mirada hacia la escalera.

Kitty, hecha un mar de nervios, se sentó junto a su amiga. No debía sospechar nada. Un verdadero caballero protegería a las damas en cualquier circunstancia, y ella sabía que era un verdadero caballero, a pesar de la forma en que la había besado.

—¡Ah, qué bella escena! —El señor Milch entró desde la cocina, con los ojos legañosos—. Ned, tu madre te está esperando en casa.

El chico se puso de pie de inmediato y el posadero levantó una gruesa mano.

—Feliz Navidad, damas y caballeros. Mi Gert les envía sus mejores deseos también —dijo, y abandonó la estancia.

—¿Lo veré por la mañana entonces, jefe? —dijo el chico mirando al conde.

Leam le puso una mano en el hombro y repuso:

—Cuento con ello, muchacho. Ahora, vete.

Ned salió disparado por la cocina y la puerta basculó hasta cerrarse.

Yale le dio la baraja a Emily.

—¿Repartirá primero, milady?

Ella así lo hizo. El calor del enorme fuego caldeaba la habitación, las puertas y las persianas estaban cerradas herméticamente para evitar el frío y por un desgarrón en las cortinas podía verse que era una noche oscura. Lord Blackwood se sentó cerca de Kitty, que podía mirarle las manos mientras cogía las cartas. Eran unas manos grandes y bellas, capaces de hacer toda clase de cosas.

Él quería que ella se lanzara a sus brazos de nuevo. No era una mujer que hubiese perdido sus principios morales, no importaba lo que dijeran los rumores. Se había entregado a Lambert locamente enamorada, o al menos eso creía. Pero Lambert Poole nunca hizo que se le acelerara el corazón por el simple hecho de sentarse a su lado. Kitty nunca le había mirado las manos y las había imaginado sobre ella. De hecho, nunca le había mirado las manos.

Jugaron a cartas. Kitty se sentía cada vez más nerviosa. Contaron los puntos obtenidos y Emily dijo:

—Milord, ¿su hermano cayó en el campo de batalla?

—No, milady —repuso el conde sin levantar la mirada.

Lentamente, Yale miró a través de la sala hacia el vestíbulo. Kitty también lo hizo. No había nadie allí, pero sintió un escalofrío. Ella no creía en fantasmas, pero Emily insistía en hablar de uno.

—Es una pena —dijo Emily—. Tengo entendido que muchos soldados murieron por enfermedad, sobre todo en España.

—No estaba en España cuando pasó, milady.

Yale puso una carta sobre la mesa. El conde puso la suya. Kitty también lo hizo.

—Nuestra mano, milord. —Emily enarcó las cejas—. Entonces, ¿dónde murió?

—En Lunnon, milady. Se batió en duelo.

Ella parpadeó tras las gafas con montura dorada.

—Espero que su oponente fuera debidamente castigado.

Él la miró por un momento, después torció la boca en una mueca que distaba mucho de ser una sonrisa.

—Lo fue.

Yale se retrepó en la silla, con la mirada fija, o eso parecía, en el vaso vacío que tenía cerca del codo.

—Blackwood, viejo amigo —dijo con una voz extrañamente baja—, me has vaciado los bolsillos.

—No sería la primera vez.

Yale se puso de pie.

—Entonces, por esta noche creo que es suficiente para mí. —Hizo una reverencia—. Señoritas, que pasen una buena noche. —Subió la escalera.

Emily contaba las monedas.

—Pues para nosotros ya está siendo una muy buena noche, milord —dijo—. Gratificante, de hecho, aunque supongo que el juego es así, si bien es de sensatos no dejarse atrapar por él. Mi padre y mi madre sin duda han caído en sus redes, pero, claro, no son para nada sensatos, y creo que lo hacen sobre todo para parecer modernos. —Arrugó la frente y se puso de pie—. Kitty, el señor Yale ha dado por finalizado el juego. ¿Te vas a la cama ahora?

Kitty sintió un nudo en el estómago.

—Subiré pronto, Marie. —Fue la respuesta de una Jezabel, ya que una hora sentada cerca de él la había dejado marcada.

Emily miró detenidamente el contenido de su monedero con aparente disgusto y subió por la escalera.

Lord Blackwood parecía estudiar la silla vacía mientras a Kitty el corazón parecía a punto de estallarle. Lentamente, su mirada se centró en ella.

—¿Qué hace esa niña aquí, con nosotros? —preguntó.

Sin duda era un maestro en decir mucho empleando pocas palabras. Kitty ahora lo entendía. Los tontos no hablaban sucintamente, solo las personas sensatas lo hacían. Kitty tenía pocos amigos solteros. Muchas madres no permitían que sus hijas fueran vistas en su compañía.

—Me doy cuenta de que al parecer lady Emily y yo tene-

115

mos pocas cosas en común. Pero no es una niña, solo una joven amable y desinteresada. Y está preocupada por la visita a sus padres. Intentan que se prometa con un caballero decididamente inadecuado.

—Vaya.

—Un amigote de ellos —prosiguió Kitty—. Un partido inapropiado para una chica como Emily. La situación la angustia. Pero normalmente es una muchacha encantadora. —Hizo una pausa—. Y acompañarla me ofreció la oportunidad... —añadió con una excitación que habría preferido no demostrar.

El conde enarcó una ceja.

—De escapar... —susurró, completando la frase y mirándola fijamente—. ¿Y de qué querría escapar una mujer como usted?

Kitty abrió la boca, pero volvió a cerrarla al instante. ¿Podría él comprender, como pareció hacerlo aquella noche, tres años atrás? ¿Podría comprender que ella no quería que su vida estuviese unida a la de Lambert Poole por más tiempo?

Por un instante que se hizo eterno, él guardó silencio. Por fin, preguntó:

—¿Otra partida, milady?

Kitty dejó escapar un profundo suspiro. Se alisó la falda y dijo:

—No me queda nada de dinero. Es usted muy listo, milord, como era de esperar. —Ella no podía sostenerle la mirada.

—Ni un solo día en mi vida he hecho trampas —replicó él—. Pero para ser justo, milady, le daré la oportunidad de recuperar su dinero.

—Ya le he dicho que no tengo un penique. ¿Me ha escuchado?

—Cada palabra —contestó él, que también la había escuchado cuando le pedía que lo besara. En otras ocasiones. Aunque su mirada era serena, se atisbaba en ella aquel brillo acerado. Ahora, sin embargo, no parecía frío sino a punto de derretirse—. Con o sin dinero, todavía tiene usted algo que me interesaría ganar.

Ella esperó.

Él añadió con voz profunda, tuteándola de nuevo:

—Esas finas prendas que llevas puestas.

Kitty se lo quedó mirando fijamente, boquiabierta, hecha un manojo de nervios.

—¿Mis prendas? —Sonó como una perfecta boba. Y es que no se lo esperaba. Lo que había esperado era...

Más.

Al parecer, como siempre, se comportaba como una tonta patéticamente ingenua.

—Tú pierdes una mano y yo te quito una prenda. Tú ganas una mano y... —Esbozó una media sonrisa.

—Un juego diabólicamente pícaro, ¿eh? —dijo ella, cada vez más agitada.

—¿Te intriga la idea?

—Veo que vas en serio —dijo Kitty. Decididamente, él no era un caballero. Ella se había imaginado el resto, su tolerancia silenciosa y su honor. Era casi un consuelo saberlo. Lo que él le había dicho acerca de Poole no tenía ninguna importancia, había sido solo una excusa. Lo que quería era que se quitara la ropa delante de él, y quizá más. Solo eso.

Solo eso.

A Kitty le sorprendió lo horriblemente mal que le hizo comprenderlo, y también lo mucho que deseaba jugar a ese juego escandaloso. Quizá quienes la hacían objeto de sus murmuraciones la conocieran mejor que ella misma. Quizá fuese una libertina, o siempre lo hubiera sido.

—Pareces acalorada —dijo él.

—¿Qué?

—Tienes las mejillas sonrosadas. De un rosa delicioso. —Los ojos del conde brillaban con una excitación muda bajo la máscara de su elegancia.

—No, no es verdad —dijo ella, tocándose las mejillas y separando los labios.

Leam recordó cómo sabían, dulces como las cerezas, y entre ambos un sugestivo destello rosado. Deseaba esa lengua y estaba dispuesto a hacer lo que fuera para conseguirla. Lo que fuera. Sus creencias a lo largo de los últimos cinco años bien podían ayudarlo esta noche.

—Bueno, supongo que sí lo están —admitió ella por fin—. Pero no es para maravillarse.

—Tratándose de una mujer como tú, lo es.

Kitty lo miró con cautela, y debía tenerla. Él debería haber dicho eso. Poole, ese idiota libertino, la había condenado. Kitty Savege era una dama y se merecía ser tratada como tal, cosa que el conde no había hecho desde que ella pusiera un pie en la posada. Claro que Kitty no había ayudado mucho.

Pero era demasiado tarde para lamentaciones. Leam ya estaba condenado, y ella con él. La insensata no conocía la soledad.

—No me refería a eso —dijo ella, en tono tan gélido como la mirada que le dirigió.

—Sé a qué te referías.

—Yo no... —Kitty dejó la frase por la mitad. Bajó la mirada hacia su boca. Después fue descendiendo lentamente por su cuello y su pecho, buscando con curiosidad. Por Dios, a veces parecía una niña, vulnerable e insegura tras la fachada de princesa de hielo que quería mostrarse equilibrada y tentadoramente distante.

Volvió a mirarlo a los ojos.

—¿A qué jugamos, milord? —dijo en tono de sorna.

Leam no quería pensar en las consecuencias por más tiempo. No esa noche. La frustración de los primeros besos había sido demasiado para él. Ahora quería una cosa.

—¿Qué tal una partida de piquet? —propuso él.

Ella apretó los labios. Su pecho ardía en deseo.

—Acepto la oferta —dijo al fin—. Una idea espléndida. No sé por qué no lo pensé antes —añadió entre dientes mientras se sentaba delante de él—, excepto porque no soy un bárbaro pícaro como algunos.

—Claro.

—Creía que no le gustaba este vestido —dijo ella con un brillo travieso en los ojos que hizo enardecer aún más a Leam. Kitty quería jugar. Él debía recordar lo que sabía de ella y no hacer caso de lo que pensaba el poeta que llevaba dentro, aun cuando diera rienda suelta al mismo.

—Es la gracia del juego —dijo con suavidad.

—Pues no ganarás. Yale juega bien, pero yo no soy lady Emily. Estoy familiarizada con una mesa de juego. —Kitty hizo una pausa—. Pero si llegas a ganar... —Se ruborizó—. No puedes quemarlo o hacer cualquier otra tontería por el estilo. Necesito que me lo devuelvas, al menos hasta que llegue mi equipaje. No esperarás que me quede en enaguas, ¿verdad?

Leam contuvo la respiración y le pasó la baraja para que repartiera.

—¿Cómo vamos, milord, declaración y baza o mano? Yo diría de la forma antigua, puesto que ya es bastante tarde.

Leam sonrió, aunque lo que quería era reír. En ese momento vivía en una fantasía. Ella era inteligente, bonita, descarada y hasta risueña. Leam sintió deseos de cortarse la lengua, de encerrarse en su habitación, solo. Nunca debería haber hecho esto, por más razones de las que podía expresar.

—Declaración y baza.

Kitty pestañeó.

Jugaron y ella lo hizo bastante mejor que antes; extraordinariamente bien, de hecho.

—Cuatro damas —dijo sin levantar la vista de sus cartas.

Leam no tenía nada con qué igualarlas. Se desató la corbata y se la quitó.

Una jugada inesperada apareció a continuación sobre la mesa bajo los dedos de Kitty. A la que correspondió el anillo de sello de Leam.

—Antes has sabido ocultarme tus habilidades como jugadora —murmuró él.

—Entonces no tenía ningún interés especial por ganar. —Kitty lo miró a los ojos, y luego fijó su atención en su cuello. Leam nunca se había sentido más desnudo a pesar de llevar bastante ropa.

Ella cogió otra baza.

—¿Y ahora qué, milord?

Leam se quitó los zapatos. Parecía lo más aconsejable. Evidentemente no había sido una buena idea, pero en estos momentos ya no podía echarse atrás. Deseaba más verla desnuda que respirar.

Las cartas iban de la mesa a las manos, de las manos a la mesa. Leam continuó perdiendo. Tras sus medias salió el pañuelo de su bolsillo, seguido de su reloj.

Kitty fijó la vista en este último, que estaba sobre la mesa.

—No está jugando precisamente bien, milord. ¿Qué será después, la tabaquera?

—Ni lo sueñes. —Quizá solo deseaba hacerlo quedar como un tonto, pero sus ojos seguían iluminados y le temblaban los bonitos labios—. Te estás preparando para dejarme en calzones y aun así sujetarlos bien, ¿no es así?

—No me estoy preparando para nada. Solo juego a cartas, y tú estás perdiendo.

—He estado dejándome ganar.

—Lo dudo.

—Reparte las cartas.

En esa mano Leam le ganó los pendientes. Ver cómo se los quitaba era como contemplar un espectáculo, la inclinación de su hermosa mandíbula, la curva de marfil de su cuello, el hábil movimiento de los elegantes dedos. Kitty dejó los pendientes en la mesa y dijo, sin mirarlo a los ojos y con cierto temblor en la voz:

—Muy impresionante, pero será la última vez.

Sus zapatos fueron lo siguiente, y luego el chal. Leam no podía ver del cuerpo de ella más de lo que veía antes, pero a medida que Kitty se despojaba de sus prendas sus mejillas se sonrosaban cada vez más y sus manos no paraban de moverse.

—Mi baza —murmuró él, y arrojó sobre la mesa un rey que puso fin a la racha de corazones de ella.

—Hum. Debería pedirte que apartes la mirada, pero parece absurdamente remilgado dadas las circunstancias.

No obstante, Leam apartó la mirada.

Al cabo de un minuto, ella dijo:

—Muy bien.

Sobre el montón que formaban los zapatos y el chal ahora descansaba un par de medias de fina lana y de un color discreto, ideales para viajar. Leam había visto medias de seda fina como el agua, las había quitado de piernas femeninas a las que apenas cubrían. Pero la visión de aquel par le hizo sentir algo que nunca antes había sentido.

Las piernas desnudas de Kitty Savege asomaban ahora por debajo de su falda.

Debía conseguir esa falda.

Volvió a replantearse su estrategia.

Kitty le ganó el abrigo. Mientras Leam se lo quitaba y lo dejaba a un lado, ella respiró hondo.

—Te dije que ganaría. —Su dulce voz había perdido toda suavidad—. No debes jugar contra oponentes a los que no conoces. ¿Nadie te lo dijo antes?

—Te ganaré, ya verás.

—No, no lo harás.

Pero lo hizo. Los ojos de Kitty reflejaban reticencia e impaciencia. El día había sido muy largo, y al parecer la noche no lo sería menos. Pero la ligeramente indecisa rendición de Kitty ahora lo estaba llevando a la perdición como nada lo había hecho jamás. La mezcla de inocencia e intimidad le resultaba embriagadora. Estaba hechizado, verla a ella era presenciar el paso lento del carruaje más elegante que iría a estrellarse por voluntad propia.

—Nueve —dijo ella—. No puedes mejorarlo. ¿Tu chaleco?

Él se lo quitó ante la atenta mirada de Kitty. Leam colgó su bolso del brazo de la silla, sin levantarse de esta.

No tenía ni idea de cómo ella pudo ganarle la mano con la mirada fija en la pechera de su camisa, a menos que fuera porque él ya no miraba sus cartas en absoluto. Sus ojos tormentosos se abrieron aún más cuando él se desabotonó la prenda de lino y procedió a quitársela.

Kitty no podía disimular la satisfacción que sentía. El corazón le latía con tanta fuerza que por un instante creyó que iba a estallarle en el pecho. Pero como ella parecía estudiar con gran interés el fuego menguante en la chimenea, Leam no hizo nada por ocultar su semidesnudez. El aire frío le rozaba los hombros. Se retrepó en la silla y cogió las cartas para barajar.

—Tal vez sea mejor que lo dejemos aquí —dijo Kitty, casi sin aliento—. Después de todo, lady Emily y los caballeros están justo arriba, y los señores Milch al otro lado de la cocina.

Podía mencionar otras muchas razones, pero en cualquier caso ya existían antes de que comenzara aquel juego.

—Todos están en la cama, muchacha. Pero si ya has tenido suficiente por...

Kitty se volvió hacia él, y sus ojos estaban velados por nubes de confusión. Deslizó la mirada por su pecho, tan intensamente que Leam sintió como si lo tocara. Pero quería que lo hiciese de verdad. Necesitaba sentir sus manos sobre él.

—Creo que te toca repartir a ti —lo interrumpió Kitty.

10

Él repartió, ante la mirada de inquietud de Kitty. Había sido un idiota al proponer ese juego, pensó Leam, pero ahora no podía dejarlo.

—Tienes un as —señaló ella.

—¿Estás segura?

—Bastante. Pero... —Kitty pestañeó rápidamente varias veces.

—¿Pero?

—Pero si ganas la baza, como me imagino que lo harás, ahora seré yo quien pierda algo.

—Así es.

—No me refiro al vestido, pues ya te he dicho que tengo la intención de recuperarlo. —Sus mejillas ardían—. Quiero decir..., que no puedo quitármelo sola. Hay una serie de botones, en la espalda, que no alcanzo...

Leam tiró el as, seguido por un rey, una dama, una jota y un diez. Ella no tenía nada para igualarlo.

—Mi problema es cómo quitármelo —murmuró. Se puso de pie y se volvió de espaldas a él.

Leam estaba como pegado a la silla.

Kitty lo miró por encima del hombro, enarcando las finas cejas.

—No me echaré atrás —declaró—. Tengo valor para esto.

—Las palabras parecían deslizarse por sus labios como el agua, y sus hombros se hundían como si se le escapara un suspiro. Sonreía, con una sonrisa de gozo juvenil y de simple placer.

«Dios bendito, ¿qué estoy haciendo?», pensó Leam.

Se puso de pie y se acercó a ella.

El cabello de Kitty, recogido en una gruesa trenza, cubría justo por encima el cuello del vestido. Leam puso sus dedos en la suave curva de la base del cráneo, seductora, de piel pálida. Una pulsación de seda se notaba por debajo, y cogió la trenza con la mano.

—¿Qué estás haciendo? —susurró ella.

—Paso a paso. —Soltó un pasador con joyas incrustadas y la brillante cabellera se derramó como una ola en su mano.

Leam contuvo la respiración.

—Yo no quería... —dijo ella.

—¿Y qué es lo que sí querías, muchacha? —La fragancia de Kitty, a cerezas maduras y madera ahumada, se enredó en sus sentidos. Se inclinó más hacia ella. Más cerca de la divinidad. Más cerca de la condena de un alma ya maldita. Aspiró con fuerza aquel perfume.

—Yo, honestamente, no lo sé —se apresuró a responder ella—. Pero creo que deberías ayudarme a desabrocharme el vestido. Después puedes volver a tu sitio.

Leam sonrió. Esa mujer lo cautivaba.

—¿Crees que te voy a ganar la siguiente mano?

—Claro.

—¿Dónde está ahora la confianza en tu juego?

—En mis zapatos, encima de esa silla, diría yo —respondió Kitty—. Ahora, desabrocha el vestido, por favor.

Él extendió su mano por la espalda de ella, después pasó la otra alrededor del hombro y la atrajo hacia él rozando la mejilla contra su cabello.

—De modo que podríamos decir que ya has perdido la mano.

Ella parecía aguantar la respiración.

—Eso no sería jugar limpio.

Leam soltó delicadamente el botón superior. Después el siguiente, y así sucesivamente. El vestido se abrió por completo bajo su cabello suelto, que Leam tenía que hacer a un lado una y otra vez.

—Eso será suficiente —dijo ella con tono aparentemente tranquilo, quieta como una estatua—. Ya puedo sola con el resto.

Leam retrocedió ante aquella mujer con su vestido desabrochado y el cabello suelto que caía como una cascada sobre sus hombros. A punto estuvo de derrumbarse en la silla, como si las piernas no lo aguantaran.

Sin embargo, se sentó con cuidado. Ella lo imitó y cogió las cartas de nuevo. Él lanzó una carta inmejorable.

Mientras la miraba en silencio, cubierta con el vestido abierto, no se atrevía a hablar, ni a moverse, ni a respirar. Ella se puso de pie e hizo resbalar las mangas por sus hombros sin ninguna intención de seducirle, aun cuando lo seducía mucho más de lo que era capaz de imaginar. Empujó el vestido por encima de las caderas de curvas suaves, se lo quitó y lo dejó encima de la silla.

—En realidad, estaba cansada de llevarlo puesto.

Él sentía la garganta seca.

—Es un bonito vestido.

—Pues creía que no te gustaba.

La belleza de Kitty superaba toda exquisitez, desde sus mejillas sonrojadas hasta los esbeltos tobillos que se insinuaban bajo las enaguas.

—Soy un sinvergüenza por sugerirte esto.

Ella sonrió y lo miró fijamente a los ojos.

Como si ella no quisiera...

La excitación animó sus ojos y un apetito con el que él solo había soñado. Él repartió. Ella igualó la mano pero a continuación un vistazo a sus cartas le confirmó que él ya había ganado. Se las mostró, se levantó y rodeó la mesa. La tomó por los hombros y la atrajo hacia él. Ella suspiró, sus pestañas se agitaron.

—Puedo quitármelo yo sola —dijo Kitty con un hilo de voz, entreabriendo apenas los labios, unos labios a los que Leam se sentía capaz de escribir diez odas y una docena de sonetos. Si ella hubiera abierto de nuevo los ojos él habría podido componer una epopeya en verso. Él sentía como un fuego el suave tacto de la ropa interior de seda de Kitty en su propia piel.

—Como prefieras —dijo Leam mientras con el dorso de los dedos rozaba la puntilla ahí donde limitaba con la sedosa piel de sus pechos. A través de la tela la profunda abertura central era como una invitación al cielo. Ella tragó saliva con dificultad, respiró hondo, tensando la tela de la prenda que cubría su torso, y susurró:

—O quizá tú puedas...

Las cintas cayeron sobre las manos de Leam, la tela amontonada, la ropa a un lado... Él sostenía sus brazos por encima de la cabeza, sintiendo el cuerpo de ella sobre su piel. Kitty echó la cabeza hacia atrás.

—Dime que esto no es real —susurró—. Dime que me lo estoy imaginando.

Él bajó las manos hasta su cintura y hundió la cara en su cabello.

—Pues entonces somos dos. —Leam se apretó contra su cuerpo y notó las rígidas varillas del corsé—. A pesar de estas horribles varillas —añadió.

—Todavía no has ganado la partida —dijo ella.

—Lo haré —repuso él mientras tiraba de los lazos del corsé.

—Eso no sabes hacerlo —dijo Kitty.

Él se echó hacia atrás y algo le hizo hablar, algo imprudente e impetuoso como la juventud.

—¿Quieres comprobarlo?

Ella abrió la boca pero no emitió sonido. Finalmente, dijo:

—Esto no es normal, ¿no crees? Quiero decir, esto... entre nosotros, tan rápido e... inapropiado.

Él le puso un dedo debajo de la barbilla y, levantándole el rostro, la obligó a mirarlo.

—Tú no eres normal, muchacha.

—Eso no responde a mi pregunta —dijo Kitty, temblando bajo su contacto—. Yo no he provocado esto, y lo sabes. A menos que creas que...

Él capturó su hermosa boca bajo la suya y la hizo callar. No quería saber nada de lo que había o no había hecho. Solo quería sentir que ella lo deseaba.

Pero aquel beso era, simplemente, la menor de sus caricias.

Él la incitó a separar los labios, y ella le dio lo que tanto esperaba, su lengua dulce y el interior húmedo y cálido de su boca. Leam profundizó en su beso hasta que ella lo tomó de los hombros y presionó hasta que él empezó a sentirse débil de tan excitado como estaba. Leam deslizó entonces una mano hacia arriba y tocó uno de aquellos pechos perfectos.

Ella gemía, era una expresión suave de placer y una invitación. Él acariciaba su piel tersa, sedosa, hasta que por fin introdujo un dedo por debajo del corsé.

—Sí —dijo ella entre jadeos—. Oh, sí...

Él continuó acariciándola, excitándola cada vez más. Bajo sus manos Kitty era todo lo bella que él podía desear y se abría por momentos al placer. Su cuerpo respondía con sublime impaciencia femenina, revelaba su necesidad con pequeños movimientos, y Leam se sentía sin aliento. Bajo las manos de Kitty, hasta el último músculo de su cuerpo se tensaba. No había pasado tanto tiempo desde que estuviera con una mujer, pero no recordaba haber sentido esa pasión, ese impulso cegador de cogerla por la cintura, tenderla en el suelo y poseerla sin dilación. Al final iba a resultar ser el bárbaro que desde hacía años todos creían que era, con un apetito feroz por una mujer y la ciega intención de hacerla suya.

Kitty fue bajando las manos por su pecho, gimiendo suavemente, y él introdujo la lengua todavía más profundamente en su boca. Ella era un dama y él estaba tratándola como a una prostituta. Importaba poco lo que dijeran los rumores. Kitty Savege no era nada de eso. Su tacto de deseosa excitación y los suspiros de dulce inocencia se lo transmitían.

Él no debería estar haciendo eso.

Interrumpió el beso. Esta vez ella no se lo impidió. En cambio, permaneció temblorosa, mirándolo fijamente a través de sus densas pestañas.

Sin soltarle los hombros, él se obligó a hablar.

—Sería mejor que nos diéramos las buenas noches, muchacha.

Kitty, cuyos jadeos remitieron y cuya respiración se suavizó, repuso:

—Sí, supongo que tienes razón. —Se pasó la punta de la lengua por su labio inferior. Leam contuvo un gemido. Por Dios, él quería saborearla eternamente. Lamer cada centímetro de su boca y su garganta, sus hermosos pechos, las palmas de sus manos y su caliente feminidad.

—Pero... ¡No! —exclamó ella de repente, casi sin aliento—. Lo que intento decir es: ¿qué haces? —Su voz sonaba nerviosa—. ¿Solo me estás excitando?

—Me estoy reprimiendo por ti. —Pero ¿qué estaba diciendo? No quería reprimirse, sino llevarla arriba, a su cama, y hacer con ella todo lo que había estado imaginando y más, mucho más. Después la dejaría en aquel pueblecito y regresaría a Escocia y a la cordura.

Dejó caer las manos a los lados del cuerpo y se echó hacia atrás.

—Bien. Entonces, buenas noches, milord. —Kitty recogió sus ropas y subió la escalera deprisa.

Leam tragó saliva con dificultad, no una sino varias veces, pétreo como lo que ocultaban sus pantalones. Dio un paso hacia delante, pero se detuvo.

Toquetearse unas cuantas veces podía pasar, pero algo más no le convenía. Su corazón nunca había latido con tanta furia, ni tan rápido con una mera insinuación. Ya una vez había escogido el camino erróneo, lo cual lo condujo hacia el peligro durante los siguientes cinco años, en los que había trabajado para la corona. El peligro al que le había dedicado esos años intentando olvidar.

No quería eso.

Pero la quería a ella.

Se pasó la mano por la cara. ¡No era un célibe, por Dios! Podía disfrutar de un revolcón con una preciosa mujer sin miedo a las consecuencias. Ella quería, y él se lo daría. No era el joven loco que había perdido la cabeza por una mujer, que se volvió ciego ante todo lo que lo rodeaba, incluyéndola a ella. Y Kitty Savege no era una prostituta, pero tampoco una virgen a la que engatusar.

Permaneció de pie, paralizado, sin zapatos, sin camisa, con la mirada perdida en el vacío, incapaz de mover un solo músculo.

Kitty a duras penas había conseguido llegar a su cama. Se sentó en ella, esparció sus ropas a sus pies y se cubrió la cara con las manos.

¿Qué divinidad horrible, vil y ridícula la había entregado a un hombre que besaba como un Dios, que parecía poseer una habilidad asombrosa para separarse de una mujer desnuda que se había lanzado a sus brazos? A pesar de todos sus escrúpulos ella necesitaba sentir sus caricias, sus besos, el tacto de su piel cálida y su rígido miembro en las manos. Había intentado ganar a las cartas, aunque nunca debería haber jugado. Pero cuando se quitó la camisa creyó que moriría.

Dios santo, ¿acaso todos los hombres eran bajo sus ropas tan esculturales y tan perfectamente proporcionados como las estatuas griegas? No podía ser. Ella estaba segura de que al menos diez caballeros de su círculo social llevaban corsé y otra media docena compraba rellenos de entretela para hacerse arreglos en las prendas.

Leam Blackwood no había hecho nada de eso, evidentemente. Era un hombre atrevidamente auténtico, perfectamente proporcionado y musculado, atlético, sin un gramo de grasa, como si comiera poco incluso.

Ella lo había tocado. A él.

Creyó que las fuerzas la abandonaban. La hizo enloquecer.

¿Por qué no la quería? ¿O acaso era demasiado decente para aprovecharse de ella? Aseguraban que era un libertino. ¿A eso llamaban flirtear, excitarla con besos y caricias hasta que ella no podía pensar en nada más que en él? Él dijo que se estaba reprimiendo. ¿Por qué le haría eso a una mujer con una reputación mancillada? ¿Habría querido decir que quería más de ella con el tiempo? Como ella misma había hecho. Oh, Dios, como ella misma. ¿Cómo era posible?

Se deshizo del agobiante corsé que Leam no se había atrevido a quitarle.

¿Por qué él tenía que ser decente? ¿Por qué tenía que ser incluso un poco caballeroso? Ella quería que fuese un bárbaro, el libertino que le habían dicho que era. Deseaba que no hubiera ido tras Emily en la escalera para protegerla de un posible peligro. Kitty deseaba, en cambio, que le hubiera hecho el amor rápida y cariñosamente en el salón, en el sofá, incluso en el suelo, en cualquier sitio donde un truhán se hubiese aprovechado de una mujer perdida. De ese modo ella podría haber alardeado de haberse deshecho de la fría y controlada mujer en que se había convertido.

Pero si lo hubiese hecho, si la hubiera hecho su amante, habría confirmado precisamente los rumores en que todos creían.

La puerta crujió. Kitty se volvió hacia ella. La puerta se abrió y... él entró en la habitación.

Kitty dio un respingo.

Despeinado y con aquel brillo sensual en sus ojos oscuros estaba guapísimo. Llevaba la camisa abierta hasta la cintura, dejando al descubierto la tersa tez que los dedos de Kitty habían acariciado hasta memorizar su tacto, la fina y oscura línea de vello oscuro que descendía hasta introducirse en sus pantalones, los fuertes latidos de su corazón.

Ella sacudió la cabeza.

—Pero dijiste...

—Kitty...

—No puedo —musitó ella, contemplando su pecho firme y torneado.

—En ese momento, cuando tú...

—Dijiste que te reprimías por mí —lo interrumpió ella—, lo cual es una excelente idea, y, y... —balbuceó—. Y cuando el señor Cox fue tras Emily en la escalera y tú estabas preparado para... —¿Sería él capaz de entenderle?—. ¿No lo ves? Ya no eres un extraño, y eso lo cambia todo. Lo cual me convierte en la mayor libertina a este lado de...

Él se acercó a ella lentamente y le tapó la boca con una mano cálida y envolvente a través de la cual le enviaba los latidos de su corazón. Inclinó la cabeza y dijo con voz baja y profunda:

—Y yo ya lo sabía. Diría que de buena gana abandonaste a la niña a su destino.

Kitty rio. Él apartó la mano de su boca y ella se pasó la lengua por el labio inferior.

—No deberías... —dijo.

—Sí que debería —la interrumpió él, con la mirada fija en su boca.

—Pero yo...

—Pues entonces finge —dijo él. Una nota de premura, o quizá de desesperación, daba color a sus palabras. Sus ojos oscuros refulgían—. Finge, aunque sea por una noche.

—Oh, Dios... No —gimió Kitty, que podía sentirlo sin necesidad de tocarlo. Sabía que todo iba a cambiar ahora.

Y él también lo sabía. Había intentado apartarla, pero había sucumbido. Estaba ahí para hacerle el amor, por insensato que fuese. Kitty y Leam no estaban hechos el uno para el otro a pesar del deseo mutuo que los unía, de esa ardiente familiaridad que no debería existir entre ellos.

Pero quizás él solo fuera un hombre para Kitty, un desconocido después de todo, alguien que no diría nada para ganarse el acceso a la cama de una mujer. Kitty dependía de eso. Fingiría que no había nada más, nada que pudiera sentir cada vez que él la miraba.

¡Solo el pensarlo era una tontería! Y además ella no quería más mentiras, ni más secretos. Quería vivir, reír, y bastaba que ese hombre pronunciase una palabra para que la hiciese sentir viva. Nunca había deseado tanto nada ni a nadie.

—Esto es una idea muy mala —susurró Kitty—. Debes irte.

Él respiró profundamente varias veces.

Ella rezaba en silencio.

Leam se volvió hacia la puerta. Kitty notó que le temblaban las rodillas. Se desplomó sobre la cama, tapándose la cara con las manos. La puerta se cerró. Se oyó el ruido del pestillo. Kitty creyó que le estallaría el corazón.

Él se acercó y la tomó firmemente por los hombros, obligándola a tenderse boca arriba. A continuación se puso a horcajadas sobre ella, apoyando las rodillas en el colchón. Se miraron a los ojos, respirando agitadamente.

—Dime que no —susurró él.

Kitty no podía.

Sin dejar de mirarla, él la instó a abrir las piernas y aumentó la presión sobre su cuerpo.

Kitty temblaba. Aquello iba demasiado rápido, no tenía nada que ver con su vida, con sus principios estrictos y su compostura habitual. Era el cuerpo de un hombre restregándose con el suyo desde sus pechos hasta los tobillos. Un hombre impresionante cuyos ojos ardían de deseo.

—Sí, oh, sí —musitó ella, casi sin aliento, mientras sentía la presión de sus caderas.

Su cuerpo era un volcán de sensaciones. Sentía la erección de Leam, caliente y dura contra ella. Con los ojos entornados, Kitty gemía suavemente, y por fin levantó las rodillas para atrapar las caderas de él, mientras con las manos buscaba su cintura. Leam empezó a moverse encima de ella, empujándola contra el colchón, mientras ella gemía de placer y se movía debajo de él.

—Esperas más que esto, ¿verdad? —susurró él muy cerca de sus labios. Kitty experimentaba todo un mundo de sensaciones. Sentía la mano de él rodeándole la pantorrilla, moviéndose bajo el corsé, acariciándole el muslo. Soy yo —dijo Leam con voz áspera, tan caliente como el cuerpo de ella.

—Sí —repuso ella con un hilo de voz, y tras un suspiro añadió—: Si me complacieras...

Él le quitó lentamente el corsé por encima de la cabeza. Luego hizo lo propio con su camisa por debajo de los brazos, se tendió sobre los pechos desnudos de ella y buscó sus labios con la boca.

Ella sintió que se ahogaba al contacto con su piel, sus firmes pectorales contra sus pezones. Resultaba desconcertante y espectacular. La lengua de Leam profundizaba en su boca con premura, sus manos acariciaban sus pechos, las curvas de la cintura y las caderas. Él se restregaba cada vez más contra Kitty, liberando en ella una cascada de placer y deseo. Ella bebía de él, hambrienta de su lengua, que se deslizaba hacia dentro y hacia afuera de su boca, para mordisquearle luego los labios y hacerle desear más.

Él se incorporó y paseó la mirada por su cuerpo, de la cabeza a los pies. Kitty contuvo la respiración y volvió la cara. Sabía lo que él diría. Lo había vivido antes con Lambert Poole.

—Por favor, no...

—Tu cuerpo es una obra de arte, Kitty Savege —dijo Leam, respirando profundamente, mientras le acariciaba las caderas con su fuerte mano—. Es... absolutamente perfecto —añadió.

Kitty no podía respirar. El hombre que le hablaba no era el mismo que ella se había llevado a la cama. Sus palabras eran bonitas, intensas y suaves, el rudo acento escocés se había esfumado por completo.

Abrió la boca.

—Pe... Pero... —tartamudeó.

—No —la interrumpió él con tono perentorio.

Kitty lo agarró por los hombros y lo empujó hacia atrás.

—Pero... ¡Sí! —dijo. Se arrastró para salir de debajo de él, apartándolo con una mano mientras con la otra cogía rápidamente una punta de la colcha para cubrirse.

—Kitty...

—¿Qué has dicho? —dijo ella entre jadeos—. ¿Por qué hablaste de ese modo?

Los ojos de Leam eran un lago oscuro de deseo.

—Kitty, amor —dijo con voz entrecortada—, no sé ni lo que digo, pero si de algo estoy seguro es de que necesito estar dentro de ti.

Kitty soltó un gemido y se oyó susurrar:

—Muy bien, pues hagámoslo.

Leam se tendió encima de ella, deslizó las manos a los lados de sus pechos y con la yema de los pulgares comenzó a acariciar sus pezones. Kitty volvió a gemir. Metió las manos por debajo de los pantalones de él y le apretó los glúteos. Entretanto, él desplazó una mano hasta la entrepierna de Kitty y hundió un dedo en ella.

—Kitty —gimió él, hundiendo aún más el dedo mientras ella se agarraba a las sábanas.

Él la acariciaba y ella temblaba ante aquel tacto perfecto, sublime. Él sacó el dedo pero ella jadeaba pidiéndole más. Por lo tanto, volvió a entrar de nuevo en ella, que temblaba mientras él la excitaba con sus movimientos. Ella arqueó el cuerpo, suplicando más.

Él le besó la boca, el cuello, el valle entre los pechos, y después los duros pezones, arrancando más gemidos de ella, que creía que enloquecería de deseo.

—Necesito tenerte, ahora mismo. —Profundo, macizo, perfecto, una fantasía de palabras y ritmo.

—Él se quitó los pantalones y se ubicó entre sus piernas, tras separarle suavemente los muslos con las manos. Kitty sentía la presión de su miembro enhiesto, lo que hacía que se abriera aún más. Era como una dura invasión, cautivadora y casi insoportable a un tiempo.

Después, todo fue una delicia. Perfecto.

Él gemía, ella era su eco. Con cada suave impulso de Leam, Kitty experimentaba una agonía de placer tormentoso. Entraba y salía. De nuevo más adentro, y otra vez. Cada penetración era mejor que la anterior. Ella se estremecía, se acoplaba al ritmo de él, mientras le pasaba una pierna por la cintura para intentar acercarlo más.

Pero Leam no se lo daría todo. Ella se debatía debajo de él, se deslizaba entre las sábanas y volvía a acoplarse. Él la acariciaba suavemente con sus grandes manos.

—Por favor —musitó Kitty.

—*Vainement je m'éprouve.*

Kitty abrió los ojos y los fijó en los de él, que eran casi negros. Leam la besó con pasión y le susurró junto a los labios:

—¿Esto es lo que estabas esperando, muchacha? —Salió por un instante de ella y volvió a penetrarla. Sus gemidos se mezclaban. Él la satisfacía por completo. Ella no quería que se retirara. No quería que aquel tormento terminara.

Leam, que lo sabía, dijo:

—Esto solo es el principio.

—Haz que dure —imploró ella mientras movía las caderas para sentirlo profundamente, al tiempo que hundía los dedos en sus nalgas.

—Para ti y para mí, para los dos, amor. —Leam interrumpió sus caricias, salió de ella y volvió a penetrarla. De nuevo, más fuerte con cada penetración y un poco más profundo cada vez, acariciándola por dentro. Él encontró su centro. Kitty se estremeció, restregándose contra él, que aceleró el ritmo de las penetraciones hasta oírla gemir. Ella se mordía los labios para contener sus gritos. Él le tapó la boca con un beso y, con voz áspera y profunda, dijo:

—*Contre vous, contre moi.*

—Oh, Leam... —Kitty sintió que la empujaba contra el colchón—. ¡Ahora, sí! —El éxtasis se apoderó repentinamente de ella. Sus gemidos de placer se confundían con los de Leam, cuyas manos agarraban sus caderas mientras se erguía más sobre ella. Kitty lo recibía, se estremecía con sus rápidas arremetidas y lo sentía grueso y potente. Él presionaba fuertemente con sus caderas dentro de ella y por fin, en una intensa espiración, se quedó totalmente inmóvil.

Ella exhaló un suspiro entrecortado. Él se dejó caer sobre ella, presionando sus pechos con su tórax. Kitty apartó los brazos que rodeaban su cintura. Leam tenía la piel de las manos húmeda, y los latidos de los corazones de ambos sonaban ensordecedores.

Finalmente, Leam salió de ella y rodó sobre su espalda, mientras cogía un mechón del cabello de Kitty entre los dedos. Volvió la cabeza hacia ella y la miró. Kitty se apartó de él, doblando las rodillas hacia arriba para acercarlas a su pecho. El mechón escapó de la mano de Leam.

Durante unos largos y silenciosos minutos reposaron así, él acariciándole delicadamente un hombro, mientras ella se estremecía debido al frío que hacía en la habitación, y que solo ahora advertía.

—¿Te referías a esto? —preguntó ella finalmente—. Cuando olvidaste tu acento escocés...

—Yo no sabía, muchacha —repuso él en escocés.

—No te creo. —Kitty decidió que le pediría una explicación, pero esperaría al día siguiente. En ese momento de satisfacción prefería no hacerlo—. ¿Qué se supone que viene ahora? —añadió, cada vez más confusa. Nunca le había dado eso a un hombre, ese desenfado.

Él le dirigió una mirada que era todo dulzura; una dulzura que, de algún modo, a ella no le sorprendió.

—Me ibas a preguntar algo, ¿no es así?

—Buena pregunta.

Él admiró en silencio sus facciones.

—¿Y ahora qué? —Kitty debía intentar entender al menos eso. Estaba acostumbrada a tener un plan.

—Lo que desees —respondió él tras un suspiro. Apoyó el pulgar en los labios de Kitty y resiguió su contorno. Era una caricia a la vez tierna y exigente.

Ella no sabía exactamente lo que deseaba, de modo que no habló.

—Ahora será mejor que me vaya —dijo él tranquilamente.

Kitty sentía la garganta seca.

—Claro —dijo. Nunca había pensado en otra opción. Libertina solitaria, su imaginación no fue más allá.

Se apoyó sobre un codo.

Sus ojos brillaban como la luna en una noche clara. Él le plantó un beso, cálido y asombrosamente tierno, en los labios.

—Feliz Navidad, lady Katherine.

Kitty no podía desearle lo mismo. Su garganta seca le impedía articular sonido. En realidad, no sabía cómo había podido gemir del modo en que lo había hecho. Nadie le había advertido que semejante cosa era posible, y había sido incapaz de descubrirlo por sí sola.

Había sido besada de forma tan diferente antes, por un hombre que le había dicho que era imperfecta, que tenía que avergonzarse de su cuerpo, incluso cuando él lo usaba, que no era deseable. No sabía, en suma, que un hombre pudiera besar a una mujer con esa ternura.

Leam se sentó en el borde de la cama y, tras vestirse, se puso de pie. Por un momento se quedó así, de espaldas a ella, mirando hacia fuera por la ventana. Después se volvió, le tocó la mejilla con dos dedos, sonrió y se fue.

Kitty permaneció contemplando la puerta cerrada.

Nada podría haber sido peor que la crueldad de Lambert Poole, que la había usado, se había reído de ella, le había confesado que la humillaba por el rencor que sentía hacia sus hermanos, a quienes despreciaba. Kitty creyó durante años que había sido víctima de lo peor que un hombre podía hacerle a una mujer. Y así se lo había dicho a Lambert.

Obviamente, se había equivocado. Por asombroso que pareciese, una noche de amor y pasión con Leam resultaba ser, después de todo, peor.

11

Las campanas de la iglesia despertaron a Kitty. El campanero debía de ser inexperto, pues los tañidos sonaban irregulares y poco armoniosos. Se levantó de la cama en la que prácticamente un extraño le había hecho el amor pocas horas antes, y miró hacia fuera por la ventana. La nieve que caía la deslumbró.

De pronto oyó que llamaban a la puerta. Por la suavidad con que lo hacían no parecía que fuese un hombre. Kitty tenía pocas dudas de que el conde de Blackwood se comportaría como después de los encuentros anteriores, las mismas miradas furtivas, los mismos comentarios velados. Todavía no podía creer que lo hubiera invitado a su cama. Aunque en rigor no lo había invitado, sino que él había subido a su habitación.

Sentía el cuerpo caliente, y ciertas partes sensibles ligeramente doloridas.

Sin hacer caso de los golpecitos de Emily (tenía que ser ella), se arrastró de nuevo a la cama y se acurrucó entre las sábanas arrugadas mientras volvía a revivir todo lo ocurrido. Ningún detalle era demasiado pequeño para que le costase recordarlo meticulosamente. Debía disfrutar mientras pudiera, antes de que tuviese que verlo en compañía de los demás y mostrarse fría, la impasible lady Katherine de siempre. Y antes debía enfrentarse al hecho de que Uilleam Blackwood no era todo lo que parecía en público.

La puerta se abrió y entró Emily.

—¡Feliz Navidad, Kitty! Dios mío, ¡qué desorden! —Se puso a recoger la ropa—. Vamos, levántate. Son las diez y media y llegaremos tarde a la iglesia.

—¿La iglesia? —Kitty se sentó en el borde de la cama y se apartó el cabello de la cara, el cabello que él le había acariciado tan suavemente después de hacerle el amor. Aún no se podía creer del todo que no había sido un sueño.

—Sí, parece que habrá iglesia después de todo. Así que vamos, arriba.

Kitty permitió que Emily la ayudara a vestirse. Ella era buena para pocos trabajos de utilidad. Si cualquiera de sus sofisticados y literatos amigos de Londres la vieran en ese momento, somnolienta y despeinada, no la reconocerían. Ni siquiera ella se reconocía. Miró detenidamente la jofaina donde se iba a lavar la cara y parpadeó. La superficie del agua estaba cubierta por una fina capa de hielo.

—¿Cómo te gustaría que te peinara? —preguntó Emily.

Kitty frunció el ceño, rompió la capa de hielo de la jofaina con una mano y se lavó la cara con el agua helada.

—Muy estirado y bien fijado —dijo tras un estremecimiento.

—Ya sabes que no soy precisamente una especialista, pero puesto que es Navidad, me esforzaré.

—Gracias, querida.

Kitty se sentía un espantajo. Pero lord Blackwood no parecía compartir su opinión. Al contrario de lo que ella esperaba, la recibió al final de la escalera con una sonrisa encantadora, una mirada cálida y una reverencia, con los perros pegados a las piernas. Kitty intentó corresponderle sin tropezarse: se sentía como si se hubiera convertido en gelatina y su interior fuera de caramelo caliente.

Hacer el amor con él solo le causaba más problemas. Estaba verdaderamente enamorada. Claro que lo estaba. Se había convertido en una tonta patética, después de todos esos años procurando no serlo.

Yale le ofreció la capa y a continuación su brazo. Menos mal que fue él; si hubiese sido el conde se habría derretido allí mismo, en el suelo del vestíbulo.

—¿Cómo haremos para llegar a la iglesia con tanta nieve? —dijo Emily, apretando el brazo de lord Blackwood mientras salía por la puerta que daba al patio.

—Ya lo veremos por el camino. —Yale hizo un ademán indicándole a Kitty un sendero limpio de nieve que iba del patio a una distancia considerable calle abajo—. De todos modos, tenga cuidado, lady Katherine. Es resbaladizo.

—Si llego a caer, intentaré no arrastrarlo conmigo.

—Descuide. La otra noche el puño de Blackwood me envió directo a la nieve, de modo que ya estoy acostumbrado —dijo, y, en efecto, un moratón coloreaba su mejilla.

—¡Dios mío!

—Fue una noche muy divertida. —Él hizo un guiño.

Los perros corrían por delante, saltando por las montañas de nieve.

—Bien, creo que es el día más bonito para celebrar la Navidad que jamás he tenido —dijo el señor Cox, sonriendo a todos mientras se acercaba por detrás—. Yo diría que no he disfrutado de una compañía tan especial para ir a la iglesia desde hace años.

—¿Usted no va a la iglesia, señor Cox? —preguntó Emily, que iba detrás de Kitty, debido a lo cual, afortunadamente, no podía ver al apuesto hombre con quien esta había pasado la noche.

—Sospecho que más que a la iglesia se refería a la compañía —intervino Yale, y Emily enarcó las cejas.

—Bien, entonces, ¿con quién va usted normalmente a la iglesia?

—Con nadie que usted conozca, me temo —murmuró Yale.

Kitty le apretó el brazo con los dedos a Yale y este se inclinó con una mirada de disculpa, seguida de una sonrisa.

—Sospecho que es verdad —dijo Emily, sin que diera muestras de que le importasen las bromas—, aunque mi acompañante, madame Roche, siempre parece conocer a todo el mundo y no tiene inconveniente en presentarme a la gente más singular. Hace dos semanas, por ejemplo, conocí a una docena de deshollinadores en el mercado.

En el momento en el que subían por la escalera de la iglesia, limpias de nieve a causa del sol, Kitty sintió que se le aceleraba el corazón, por el esfuerzo y, posiblemente, porque el conde se hallaba justo detrás de ella.

A menudo, en compañía de más de una persona, se mostraba taciturno. Solo con una persona hablaba un francés y un inglés perfectos, y decía cosas exquisitas que jamás hubiera soñado que ningún hombre le diría.

La pequeña iglesia estaba llena a pesar de la nieve caída, los vecinos abarrotaban los bancos. Era un edificio limpio, blanco por dentro y por fuera, con una decoración modesta y en el púlpito, un ministro vestido con una casaca negra que le iba grande.

Kitty enarcó una ceja.

—Marie, ¿no es ese tu cochero?

—Sí que lo es. ¿Qué hace usted ahí arriba, Pen?

El cochero salió de detrás del púlpito. Kitty reconoció la casaca, de fina lana y corte informal. Lord Blackwood la había separado de un trío de casacas similares la noche anterior.

Pen se llevó una mano al sombrero e hizo una pequeña reverencia.

—Feliz Navidad, señorita. Milady. Milord. Señores.

—¿Qué pasa, Pen?

—Al vicario no se lo ha visto por aquí desde que comenzó la nevada —repuso Pen. Su voz de barítono se oyó en toda la iglesia. Sacudió la cabeza tristemente y añadió, señalando a Blackwood—: Cuando su señoría, aquí presente, buscaba a alguien para predicar esta mañana por ser el día del Nuestro Señor y Salvador…, bien, no me importa decírselo, me alegré de poder reemplazarlo.

—Pen ¿es usted evangélico?

—Metodista, milady.

—Lord Blackwood —dijo Emily—, ¿de verdad le preguntó a mi cochero si podía celebrar hoy la liturgia?

Yale sonrió.

—Alguien tenía que hacerlo.

—Ahora, señoras y caballeros, si hoy voy a dar el sermón, lo mejor será que comience. —Pen volvió a ocupar su lugar en el púlpito.

Kitty no habría podido explicar de qué iba el sermón del cochero, a pesar de que escuchó la palabra «virgen» unas cuantas veces, quizá porque estaba predispuesta a escucharla debido a la mezcla de arrobo y vergüenza que sentía.

En lo que pensaba era que él había vivido en Bengala y había viajado por las montañas, seguramente por el Himalaya. Era capaz de recitar poesía francesa. Había buscado a alguien para que diese el sermón de Navidad, a pesar de ser una alternativa ciertamente... creativa.

Cuando las animadas notas del violín hicieron eco en los altos techos del edificio, entrelazadas con la voz de barítono de Pen y la de contralto de la señora Milch, Kitty salió de su ensimismamiento. Emily y Yale cantaban, y a Cox, sentado al final del banco, le brillaban las mejillas.

Kitty miraba por encima del sombrerete de Emily. El conde estaba de pie, con la cabeza ligeramente inclinada, su preciosa boca era una línea recta. Como si advirtiese la mirada, parpadeó y se volvió hacia ella. Sonrió. Pero era una sonrisa de acero, y el placer naciente de Kitty se esfumó.

Caminaron de regreso a la posada en buena compañía, Cox y Pen conversando animadamente. Los demás iban por el angosto camino tanto por delante como por detrás de ellos, los posaderos, Ned y los vecinos, invitados todos a tomar cerveza amarga en la posada y una porción de pudín de Navidad.

—Pen, ¿también quitó la nieve del camino que conduce a la iglesia? —preguntó Emily.

—No, milady —intervino Ned, que avanzaba a paso lento, con los perros pegados a sus talones—. Lo hicimos yo y el milord, ayer. Hemos terminado esta mañana justo a tiempo, no es así, ¿jefe?

—Sí, muchacho. Y has tocado muy bien en la iglesia.

El chico del establo le hizo un guiño al señor de la realeza.

En la posada, Kitty se quitó la capa, el sombrero, los zuecos y los guantes, y se sentó en una silla delante del fuego para calentarse los pies. Emily se sentó a su lado, y junto a esta, Cox.

La posada se llenó de gente, vecinos que llegaban, se quitaban los abrigos y cogían una cerveza.

—Vaya fiesta que se ha montado —dijo Cox enarcando las cejas—. ¿Verdad, lady Katherine?

—A madame Roche le encantaría ver esto; los granjeros y los artesanos hablando amigablemente con caballeros de alta alcurnia —observó Emily, y añadió—: Ella es republicana.

—Su señoría se muestra condescendiente, como si disfrutara. —El caballero parecía interesado en el conde por el modo en que lo miraba, pero no de manera especial.

Kitty experimentó una sensación de inquietud, y dijo:

—Creo que es su condición. —Al igual que arreglar tejados rotos y quitar nieve, lo que en realidad explicaba por qué tenía ese físico. Solo de mirarlo, se derretía, y tenía que desviar la mirada para no quedar hechizada.

Leam la sorprendió observándolo. Kitty apartó los ojos. Cuando finalmente él hizo lo propio, ella estuvo a punto de soltar un suspiro, pero se lo impidió su despecho. Además, estaba muy cansada, pues prácticamente no había dormido, o no había dormido nada, en realidad. Él le había dejado muchos interrogantes, y ahora surgían otros nuevos.

Sin embargo, su necesidad de respuestas se vería frustrada para siempre. Habían hecho tostadas, muchas, del pudín no quedaba casi nada, a pesar de ser insípido (no encontraron ni una nuez), y los juerguistas no empezaron a marcharse hasta la tarde.

Al contrario de lo que había advertido, la señora Milch sirvió un ganso asado, también unos nabos rebozados, manzanas cocidas con brandy y una hogaza recién horneada. La fiesta francamente le encantó a Emily, y cenaron con un relativo esplendor. Yale y Cox los entretuvieron con historias de sus viajes al extranjero, y Kitty podría haberse divertido mucho si no hubiese estado tan preocupada evitando no mirar al apuesto escocés.

Cada vez que lo hacía, parecía que él ya la estuviera observando, y no podían mirarse fijamente el uno al otro durante la cena.

Fuera, el sol brillaba arrancando reflejos a la nieve, mientras los posaderos recogían los restos de la cena. El señor Yale se acomodó en una silla delante del fuego, con un vaso en la mano y un viejo semanario en el regazo. Emily y Cox comenzaron a hacer mapas topográficos de Shropshire con pasas y nueces, sobre la mesa. Todo tenía el aura pacífica y feliz de un hogar en vacaciones, y Kitty deseaba poder disfrutarlo. Pero de lo único que podía alegrarse era de que su amiga pareciera distraída de las preocupaciones que le esperaban en su casa, tan pronto como el camino volviera a ser transitable.

Lord Blackwood se acercó a Kitty con una capa.

—¿Le apetece dar una vuelta, milady? —dijo en escocés.

Ella evitó mirarlo, pero permitió que le colocase la capa sobre los hombros. Se puso la capucha.

—¿Una vuelta? —preguntó, aunque no percibió en él ninguna expresión de picardía.

—Un paseo —le explicó Yale en inglés—. ¿No hace un poco de frío fuera, Blackwood?

—¿Quieres venir, Yale?

—Gracias, pero ve sin mí —repuso Yale, levantando el vaso a modo de saludo.

Kitty se sentía tan transparente como el cristal. Podía rechazar la oferta del conde. Podía entregarse de nuevo al decoro. Emily y Cox no levantaron la cabeza de lo que estaban haciendo.

Kitty decidió, por fin, aceptar.

—¿Adónde vamos, milord? —Miró la calle cubierta de nieve, iluminada por el último sol de la tarde—. ¿De regreso a la iglesia?

Leam cerró la puerta de la posada tras ellos.

—Al establo. —Su voz era ronca y su actitud, ruda.

No le cogió del brazo que él le ofreció y se dirigió directa al establo y a su continua ruina, sin nadie que la ayudase.

Ya dentro, él cerró la puerta, se acercó a ella, le acarició la cara y cubrió la boca con la suya.

Kitty se sumergió literalmente en él, buscando con sus manos bajo las capas de lana. Él la besaba lentamente, como si la saboreara, después con intensidad creciente, como si estuviera hambriento, presionándola contra la pared y uniendo sus cuerpos como si usara su boca para ese magnífico propósito. Ella lo deseaba cada segundo más.

Lo deseaba demasiado, dadas las circunstancias.

Ella se apartó.

—¡Espera! ¡Espera! —Lo empujó alargando los brazos, pero sus dedos la traicionaron agarrándose a su chaleco para evitar que él se alejara—. ¿Qué crees que estás haciendo?

—Lo que he estado deseando todo el día y lo que deseo cada minuto, muchacha.

—Anoche te mostraste muy romántico.

Después se había marchado y ella no había conseguido conciliar el sueño. Y ahora, agotada y sumamente tensa por el día que había pasado evitando mirarlo, se sentía demasiado irritada. Pero sobre todo porque él estaba de pie a un brazo de distancia, con sus grandes y cálidas manos en su cintura y, en cambio, ella quería que la abrazara apasionadamente otra vez hasta hacerle perder el aliento.

—*Contre vous, contre moi, vainement je m'éprouve* —susurró ella—. «Lucho en vano por huir, de ti y de mí misma.» Racine, *Fedra*. Se lo dejaste a lady Emily, ¿recuerdas?

Él permaneció en silencio.

—Aunque es una historia trágica —añadió Kitty.

Él sonrió.

—Si lo que deseas es un bonito verso —dijo—, estaré encantado de complacerte. —Se acercó de nuevo a ella, que no opuso resistencia. Le acarició el cuello, arrancándole un suspiro, y con tono dulce agregó—: «Alrededor de mí un cielo de invierno arruina cada brote de esperanza y alegría, y el refugio, que ni siquiera tengo en casa, a salvo está en estos brazos tuyos.»

—Creo que tu compatriota bulle dentro de ti —musitó ella, que no pudo evitar echarse a temblar como la noche anterior—. ¿Qué ha pasado con el francés?

—Era para entonarme —repuso él—. *Blanditias molles auremque iuvantia verba adfer, ut adventu laeta sit illa tuo.* —La besó en el cuello y notó su pulso vertiginoso.

—No sé latín —dijo Kitty, temblando todavía—. Tendrás que traducírmelo.

—«Traigo halagos suaves y palabras que calman el oído, que su llegada logre contentarla.»

Kitty sintió que se le aflojaban las rodillas. ¿Qué otro hombre infundiría a su voz semejante poder masculino como si fuera natural en él?

—¿De quién es la frase?

—De Ovidio.

—¿Ovidio?

—¿Es que prefieres los poetas modernos a los antiguos? —preguntó él.

Evidentemente no sabía nada de sus sensibilidades.

—Estoy entre ambos —respondió Kitty—. Los poetas medievales, quizá. —Sintió que su deseo iba en aumento, al tiempo que su inquietud.

—«Y así mi suerte ignoro en la contienda, y no querer decirlo y que lo diga: vagando voy en amorosa erranza» —recitó Leam en castellano.

Kitty le echó los brazos al cuello; lo sentía como si la noche anterior no le hubiera permitido hacer nada de lo que había hecho.

—¿Y eso?

—Dante.

—Eso explica por qué no lo entendí del todo.

—«Y así —dijo él mientras mordisqueaba ligeramente sus labios y acariciaba su espalda—, siendo por completo inseguro el camino a tomar, deseando decir lo que sé que no debo expresar y perdiéndome en amores errantes.»

Eso era más de lo que Kitty podía soportar.

—Maravillosas palabras —balbuceó. Respiró hondo y añadió—: ¿O debería decir manos?

—Ambas.

—Ya veo. —Leam la abrazó con mayor fuerza aún y bajó lentamente las manos hasta sus caderas.

Kitty sintió que su sangre se convertía en almíbar caliente, pero aun cuando las palabras y caricias de él le cortaban la respiración, el nerviosismo le impedía gozar.

¿A qué estaba jugando Leam con ella? ¿Y por qué, dadas las libertades que le permitía, Kitty no se había enterado todavía?

Con el dorso de los dedos Leam le acariciaba tiernamente una mejilla mientras recitaba en un perfecto inglés:

—«Tan bella con sus delicadas manos, su fina cintura y sus grandes ojos, cuyo brillo avergüenza a la luna.»

—¿Y eso? —preguntó Kitty, sin aliento.

—Un antiguo poema indostánico.

—Ya me parecía... Pero todavía espero el francés.

Una sonrisa maravillosa iluminó el rostro de Leam. Entonces algo cambió. Su mirada se hizo cálida, caliente.

—*Je reconnus Vénus et ses feux redoutables* —dijo con una voz profunda y en absoluto insinuante—, *d'un sang qu'elle poursuit tourments inévitables.*

Kitty temblaba.

—El tormento de Venus —susurró. Ella también sentía fuego en la sangre. Durante días su sangre le había pedido que se consumiera, y ahora él no quería otra cosa que someterla por completo otra vez. Allí donde la tocaba, la espalda, las caderas, los muslos, Kitty sentía que la piel le ardía. Pero sería una tonta si pensase que en eso solamente consistía el tormento de Venus.

Y al fin entendió, quizá demasiado bien, cómo su artimaña contra Lambert había sido un error. Él le había hecho daño pero ella nunca debería haber pretendido nada con él, no importaba la razón, al igual que estaba haciendo claramente con Leam. Si se permitía estar con el conde ahora, negándole una verdad tan evidente, sufriría. Cuando había sido joven e influenciable, un hombre había afirmado sentir cariño por ella, pero solo la había estado utilizando. Incluso más que su reputación arruinada, le dolían las heridas provocadas por aquella felonía. No podía permitirse estar con un hombre que no le explicara toda la verdad, y sin demora.

—Eres maravillosamente ducho en versos —dijo, ocultando su enfado—. ¿Has aprendido en la Universidad de Edimburgo?

—Por algo la llaman la Atenas del Norte.

—Pensaba que Escocia producía sobre todo ingenieros y médicos, pero ¿también poetas?

—Sí, poetas, filósofos y sacerdotes. Canallas y ladrones. —Leam sonrió. Kitty no podía apartar la mirada de su boca.

—Debes de haber estudiado a conciencia.

—Pues sí, lo hice.

—Ahora dime la verdad.

Él frunció el entrecejo.

—¿Por qué anoche hablaste del modo en que lo hiciste? —prosiguió ella.

Leam enarcó ahora una ceja por debajo del enmarañado y canoso cabello que caía sobre su frente. Kitty deseó pasar los dedos por aquel mechón y preguntarle si siempre lo había tenido así, solo para saber algo de él real y tangible. Pero otra sonrisa tonta apareció en su rostro.

—Digamos que se trata de una capacidad típicamente masculina para decir las cosas apropiadas en el momento indicado.

—No me refiero a lo que dijiste —repuso Kitty—, sino al modo en que lo dijiste. Eso fue lo que me llamó la atención. —Por no hablar de la forma en que le había hecho el amor.

Él la miró a los ojos, en silencio.

—También te oí hablar de ese modo con Yale —añadió ella.

—¿De qué modo? —preguntó él con tono inexpresivo.

—¿A qué estás jugando? ¿Por qué pretendes engañarme? ¿O es que para recitar poesía hay que ser experto en el engaño? Una buena arma de seducción, me temo, para emplear con los incautos.

—Ahora, muchacha, ¿por qué iba yo a necesitar seducirte en ese momento justamente?

Pero ella no cejaba.

—Dime, ¿eres un truhán, un caballero o un bárbaro? Debo saberlo.

—Un poquito de todo, muchacha.

—¿Un poco de todo? Pero ¿cuál de todos es el auténtico? —Kitty se apartó nuevamente de él, rehuyéndolo—. Quizás, a fin de cuentas, deberías esperar hasta superar la tragedia. ¿Lo harás? ¿Dejarás que yo lo haga? La otra noche mencionaste a Esquilo, así que supongo que sabes griego.

—Algo —repuso él.

Kitty se cruzó de brazos.

—¿Y bien?

Él no respondió de inmediato. Finalmente, dijo:

—¿En griego?

—Por favor, tradúcelo al inglés.

Él la miraba sin parar.

—«Él ardía en deseos de gozar de una muchacha mortal y después atormentarla. Un pretendiente arrepentido de vuestro amor, pobre muchacha, un amargo pretendiente.»

Kitty apretaba los ojos cerrados. Aquello no podía estar pasándole otra vez. Ya había dejado el tormento atrás hacía años. O eso creía.

Él, con su voz tan bonita, tan profunda y suave, topó de nuevo con una frialdad de hielo.

—«Ahora he dejado de afligirme por mis penas.»

Kitty abrió un ojo.

Él la miró... desconcertado.

—¿Este fragmento es...? —preguntó ella.

—*Prometeo encadenado*.

—Ah, no sé por qué me resulta familiar. Sí, lo he visto representado. Es la escena en la que Prometeo, encadenado a una roca por toda la eternidad, dice esas palabras al águila que se posa ante él para devorarle el hígado. ¿Es correcto?

Él se encogió de hombros.

—Es una tragedia, muchacha.

Ella se volvió, dándole la espalda y llevándose una mano a la boca. A Leam el corazón le latía tan fuerte que casi podía oírlo. Ella le había conducido de nuevo a ese estado.

Era un estúpido al mostrarse a sí mismo de ese modo. Él lo sabía, y sin embargo no le importaba. Esa hermosa y lista mujer se había entregado a él y quería más. Él, por su parte, quería mucho más. Esperó a sentir lo que sabía que podría sentir si ella se lo permitía.

Sin embargo, algo se lo impedía.

Por lo tanto, decidió hablar sin fingir, retomando su pasión juvenil, la poesía que en un tiempo su corazón había adorado. Por primera vez en su vida, él deseó librarse de la lengua que hablaba.

—He hecho locuras antes —dijo Kitty con voz pausada, a pesar de que estaba temblando, que había temblado la noche anterior como si él se perdiera en ella de una forma total—. Pero eso fue hace tiempo y no quiero repetir la experiencia. —Se acercó a la puerta.

—No deseo que hagas locuras, muchacha —dijo Leam, cuyo escocés parecía aferrarse a él. Quería abandonarlo, pero no podía. Y sospechaba por qué. Conocía sus nombres. Su hijo lo esperaba en Alvamoor para pasar las vacaciones. Su hijo, que lo llamaba «padre».

Debía mantener la farsa con Kitty hasta que consiguiera marcharse. Era la única forma de protegerla del peligro en que quiso meterse con ella. No podía permitir que su corazón se involucrara. No podía confiar en su autocontrol, un autocontrol que lo había abandonado por completo cuando había conocido a su mujer y había hecho que se volviese ciego ante todo lo demás. Cuando descubrió que ella le había sido infiel, sus celos no conocieron límites.

Un hombre que ha visto morir a su propio hermano a causa de sus celos por una mujer infiel jamás se permite amar de nuevo.

Kitty se volvió hacia él, con una mano en el pomo de la puerta.

—Oh, no tienes que preocuparte —dijo sin mirarlo a los ojos—. He hecho esto antes, ya sabes, y es bastante fácil. Uno simplemente dice adiós y *voilà!*, se acabó la locura.

Tiró del pomo, pero la puerta no se abrió. Leam se acercó, tendió una mano hacia ella y cogió un mechón de sus cabellos. Aspiró su perfume, admiró su belleza, una belleza como jamás había conocido. Le pasó suavemente los dedos por la espalda, las mejillas y el cuello, y no pudo evitar estremecerse.

—Por favor, ábrela —dijo ella con voz tensa.

—Kitty...

Leam la abrió, y se le hizo un nudo en el estómago. Kitty salió y se marchó.

De pronto se oyó un ruido. Ella gritó, se volvió y cayó sobre un montículo de nieve.

12

Leam dio un salto, mirando hacia los edificios de alrededor.

—¡Yale! —bramó—. ¡Yale! —Se arrodilló a su lado. La nieve la rodeaba, moteada de rojo.

Buscaba como enloquecido. «Dios mío, por favor, ¡no!», pensó. Desplegó la capa en torno a ella. Un pequeño círculo de sangre brotaba de su manga y se extendía por el desgarro de la tela. Se quitó el pañuelo de un tirón, tragando saliva por el pánico.

¿Dónde estaba el que había disparado?

Una oscura sombra se movía en un edificio de enfrente.

«Maldición», se dijo.

—¡Yale! —gritó nuevamente.

La puerta de la posada se abrió de repente.

—¡Han disparado! El tiro ha venido desde el norte, llévate a los perros —ordenó.

Yale llamó a *Hermes* y *Bella* con un silbido, cruzó la calle y los perros salieron corriendo de la posada, directos hacia él.

Kitty abrió los ojos. Tenía las mejillas y los labios pálidos. La herida no parecía importante pero le iba a doler mucho si él la movía, precisamente lo que debía hacer sin dilación.

—Ay, por Dios. —La voz de Kitty sonaba más sorprendida que angustiada.

—¡Dios mío! —exclamó Leam. Ella estaba así por su causa. El disparo había sido dirigido a él. El hombre que lo seguía debía de tener el pulso débil y había errado—. Kitty, mi niña.

—Creo que me han disparado.

—Sí, te han disparado. No te muevas, muchacha.

Con cuidado, le levantó el brazo. Ella gritó. Él deslizó el pañuelo por debajo, lo enrolló alrededor y lo ajustó con fuerza.

—Oh, Dios —se quejó ella débilmente—. ¿Nunca dejarás de torturarme?

Leam volvió a ajustar el pañuelo y la cogió en brazos. La llevó hacia el guadarnés cruzando la puerta del establo. La recostó con cuidado apoyando su codo en un banco mientras ella respiraba agitadamente y apretaba los ojos y la boca. Él cogió una manta, que olía a caballo, y se la puso sobre los hombros, después colocó un cubo vacío a su lado.

—Deberías estar enfadada y con razón.

—Es cierto, entonces ¿sabes lo que ha pasado? —dijo ella a regañadientes.

—Sí. —Él se puso de pie—. Quédate aquí.

Se acercó a la puerta y salió a mirar el patio. El pistolero había huido, pero podía tener un cómplice, aunque no lo parecía. Ni siquiera había disparado otra vez.

Lady Emily y la señora Milch aparecieron en la puerta de la posada.

—Vayan adentro —les gritó Leam.

Ellas se retiraron y la puerta se cerró.

Yale apareció de entre los edificios de alrededor, se movía rápido y *Hermes* lo seguía de cerca.

—Alguien ha huido en una barcaza al otro lado del dique de los castores, pero no sé si será el que disparó —dijo mientras se acercaba—. *Bella* está rastreando la orilla. Iré a caballo.

—No. —Él se puso al lado del galés y el lebrel para entrar y cerró de golpe la puerta—. No conocemos el terreno.

—Tampoco sabemos si está solo —añadió Yale guardándose la pistola en el bolsillo del abrigo—. Machácalo y cuélgalo, Leam.

—¡Yale! —Leam se acercó a Kitty. Tenía las piernas recogidas, como la había dejado—. Perdón, mi amigo a veces es un imprudente.

—He oído cómo te enfadabas, milord. Él también puede hacerlo. —Ella lo miró inmóvil mientras él se agachaba a su lado y le apartaba la manta. El pañuelo había absorbido parte de la sangre del vestido pero solo un poco de sangre fresca lo había traspasado. La herida era tan solo un corte. El pistolero no tenía la intención de darle a ella y quizá se había arrepentido en el último momento. Pero el nudo en el estómago de Leam no se desharía.

—Necesitaremos ver bien la herida, muchacha. Y tú lo puedes soportar todo, yo...

—Milord, me he dado cuenta de que a ti y a Yale no os ha sorprendido mucho el que alguien me haya disparado hace un momento. —Su voz sonó temblorosa.

—Nada, en absoluto.

—Señor, ya hemos hablado de tonterías. Por favor, recuérdalo.

—Vosotros dos tenéis conversaciones interesantes —dijo Yale.

Leam lo fulminó con la mirada. Luego miró hacia atrás a aquella hermosa dama sentada en una bala de paja por su culpa.

—Milady.

—¿Me vas a decir ahora qué es lo que está pasando aquí? O...

—¿O qué? —Su genio se iba avivando—. ¿Irás a todo correr tras el pistolero y se lo preguntarás a él?

—Algunas mujeres tienen más cabello que cerebro —murmuró Yale.

—Te agradeceré que te mantengas al margen de esto, palurdo. Si insultas a la dama otra vez, te zurraré.

—¿Dos veces en una semana? Me halagas con tus atenciones, viejo amigo.

—Lo haré cuando haya terminado con esto.

—Yo diría que ya has terminado. —La voz de ella era cortante, pero la tensión se notaba en sus carnosos labios y en sus preciosos ojos.

—Muchacha, voy a llevarte hasta la posada. Te agradecería que no protestases.

—¿Importa si lo hago?

—Sí.

Ella le dejó que la cogiese, se acurrucó en su pecho y le rodeó

el cuello con su brazo. Pero apartó la cara. Él podía olerla, sentirla y desearla, y ahora se estaba enfadando consigo mismo por su
imprudencia. *Bella* apareció y Yale cruzó deprisa el patio mientras los perros buscaban por los edificios cercanos. Leam esperó
en la entrada hasta que el galés llamó, con una mano en el arma
que tenía en el bolsillo. La puerta se abrió. Leam la cruzó.

Los otros caminaban por el vestíbulo.

—¡Gracias a Dios!

—Kitty. ¡Santo cielo! ¿Ella está bien?

—Sí, señorita, solo fue un rasguño. —Leam la depositó en el
sofá.

—Alguien me ha disparado, Marie —dijo Kitty con tranquilidad—. Ten cuidado cuando hoy pasees por el patio.

—¡Te han disparado! La señora Milch me lo dijo, pero yo no
podía creerlo. Oh, Kitty. ¿Por qué demonios querría alguien
atacarte? ¿Y quién?

—No lo sé. Pero quizá yo no era su objetivo.

La mujer del posadero trajo una manta y lady Emily la
arropó.

—Milch —dijo Yale—, su señoría necesita agua hirviendo,
tijeras afiladas, vendas y bálsamo si usted tiene alguno.

—Yo tengo alguno en mi neceser —dijo Leam.

Yale se dirigió a las escaleras.

—¿Lord Blackwood lleva un bálsamo para las heridas en su
equipaje? ¿Y por qué motivo?

—Yo diría que su peligrosa vida le hace tener a menudo ras-
guños. —Ahora las mejillas de Kitty estaban grises. Milch parecía haber ido a buscar provisiones. Leam se inclinó y apiló los
troncos en la chimenea.

—Milord, es mejor que los caballeros no hagan esas cosas
—dijo la señora Milch con voz entrecortada. Al parecer, no había habido muchos disparos en ese pequeño pueblo de Shropshire.

—Señora, a milady ahora le vendría bien una taza de té y
unas galletas —dijo Leam.

—De acuerdo, milord.

—Kitty —dijo lady Emily sacudiendo la cabeza—. Me temo

que no sé nada sobre cómo tratar las heridas. Pero tampoco sé si la señora Milch sería más útil, ya que se desmayó cuando te vio en la nieve. La tuve que reanimar con sales aromáticas.

—¿No son demasiadas sensiblerías para la clase trabajadora? —preguntó Yale con ironía, trayendo el bálsamo—. Pero no hay que preocuparse, Blackwood es un hacha haciendo vendajes.

—Señor —intervino Cox con formalidad—. No creo que eso sea del todo adecuado. Lady Katherine debería ser trasladada a su habitación y ser atendida por las mujeres.

Yale esbozó una sonrisa burlona.

—Estoy segura de que no hay ninguna razón para hacerlo, señor Cox —dijo lady Emily—. Si lord Blackwood es quien mejor puede hacer esa tarea, ciertas formalidades insignificantes no deben permitir que lady Katherine corra ningún peligro.

—Ella no corre peligro, señorita —agregó Leam, poniéndose en cuclillas al lado de Kitty. No, con él sentado a su lado eso no ocurriría.

—Tan solo estoy muy incómoda —dijo Kitty reclinándose sobre él y añadió en voz baja—: ¿Me dolerá?

—No más que un pequeño pellizco.

—Entonces ¿por qué no te creo? —Ella le miró los hombros y luego le acarició el pecho con su mirada.

—Yo aún sostengo que esto no es correcto —añadió Cox, ahora con un tono más enérgico—. Tampoco lo es que un caballero esté jugando a hacer de niñera ni que una dama esté expuesta al público.

—Señor, ¿le apetece una taza de té? —La señora Milch le señalaba el comedor.

—Así es, Cox —murmuró Yale—. Váyase y la exposición será mucho menos pública. Lady Marie Antoine, ¿una taza de té?

—Uno de los perros ha alcanzado las galletas y se las ha comido todas.

—Entonces, señora, usted deberá volver a demostrar su habilidad para hacer dulces.

—Señor, sus falsos halagos no podrán mejorar la opinión que tengo sobre usted.

—Pero es cierto, el pan estaba muy bueno —replicó Yale. Ambos se acercaron a la mesa. Lady Emily miraba hacia atrás preocupada.

—Tengo que cortar la manga —dijo Leam en voz baja.

—¿Entonces te vas a quedar con una parte, en vez de todo el vestido? —preguntó Kitty con los ojos brillantes.

—Déjame ver —contestó Leam sonriente y puso las tijeras en la tela.

—Me temo que lo has planeado todo. —Ella lo miraba mientras él cortaba—. Al final, no soportabas tener que renunciar a este vestido. Pero ahora solo tendrás un trozo. Un trozo roto.

Sonriendo, Leam le levantó el brazo con cuidado y sacó la maltrecha manga. Le puso la manta alrededor de su mano. Ella tenía una piel bonita, pálida y suave como un amanecer invernal en Lodainn. Quería tocar cada centímetro de esa piel, besar cada sedosa concavidad y cada curva.

—Sí, pero este trozo de tela guarda el tesoro de una dama de sangre azul.

—Si me recitas poesía ahora, milord, volveré a gritar.

—Tú me inspiras, Kitty Savege. —Y así era. Hasta la médula de sus huesos—. Supongo que esto te debe doler. Aunque parece una herida superficial es muy dolorosa.

Kitty apretaba los labios mientras miraba la herida.

—No mires —le pidió él.

—No me desmayaré. No soy una posadera de Shropshire.

Él la miró con sus oscuros ojos y, como siempre, Kitty no pudo apartar la mirada.

—No. Tú eres una dama. —Con el máximo cuidado le aplicó unos toques de bálsamo directamente sobre la herida.

Ella no debía sorprenderse. Él le asombraba a cada instante.

—Lord Blackwood, ¿dónde aprendiste a hacer vendajes?

—En la India, lady Katherine.

—Admirable —respondió, para ocultar la satisfacción que él le brindaba en cada pequeño detalle, lo que le parecía tan natural como respirar. Y tan imprudente como respirar fuego—. ¿Tuviste algún ayudante para hacer tantas cosas a la vez?

—Pasé once años, muchacha. Y no tuve a nadie.

Su hermano y su mujer habían fallecido en una década. Pero tenía a su hijo. Por supuesto, algunos hombres se preocupan poco por sus hijos, como el propio padre de Kitty.

Él cogió un trozo de lino limpio para vendarle el brazo, mientras le rozaba el pecho con una mano como si nada. Y como si no se diera cuenta de que Kitty estaba completamente despierta.

Sus manos se detuvieron.

—Entonces ¿has terminado?

—Sí. Ahora te encontrarás mejor. —Le cubrió el brazo con la manta, se puso de pie y se apartó.

Pero ella no se encontraría mejor. Él la desconcertaba, la mantenía entre el placer y la frustración.

Kitty no entendía a Leam Blackwood. Un hombre le había disparado, al parecer intentando dispararle a él. El conde no le explicaría la verdad sobre la poesía ni sobre el pistolero, ni nada de eso. Superficialmente, parecía el hombre más simple, de buen carácter y algo indolente, siempre pendiente de sus enormes perros. Pero ella temía que ocultara algo muy importante tras su rudo acento y sus oscuros y penetrantes ojos.

Se sentía enfadada y herida, enamorada y confundida. El hombre que le causaba todo aquello parecía completamente incorregible. Al final, lo que quedaría de su sueño en una posada perdida de Shropshire no parecía prometer mucho.

A la mañana siguiente, temprano, después de una noche agitada en la que le dolieron terriblemente el brazo y otra parte más interna, la estancia de Kitty en la posada de pronto se acortó.

Madame Roche apareció en la puerta, con la capa llena de nieve, con manchas rosadas en las mejillas y su increíble acento francés de siempre. Llevaba su cabello negro con reflejos plateados recogido bajo un tocado de tafetán violeta y plumas de avestruz teñidas. Su vestido era sumamente inapropiado tanto para viajar como para la temporada, con mangas cortas abullonadas y un tul drapeado, salpicado de diminutas lentejuelas moradas y negras.

Alzó sus impertinentes para estudiar la sala y el comedor, y con una pequeña aspiración dijo:

—*Bon*.

—El carruaje del correo llegó al amanecer de esta mañana —explicó Yale, quien entró y le ayudó a quitarse el abrigo—. Blackwood envió a Cox a la granja. Él nos lo contó y los encontramos. Y ahora estamos rodeados de damas. —Sonrió y salió para recibir a otras dos mujeres.

—Estamos muy contentas de que esté bien. —Kitty se acercó y le cogió las manos a madame Roche, mientras sonreía a su doncella y a la de Emily.

—¡*Bon Dieu*, lady Katrine, está paliducha! —La mujer francesa cogió la mano de Kitty y con la otra chasqueó para llamar a las criadas—. ¡*Vite, vite, filles* perezosas! Debe de haber brandy para preparar agua de rosas. *Tout de suite!* —Se llevó a Kitty hacia la escalera—. Y el vestido, ¡*Hélas*, los vestidos! ¡Ven *ma petite*! —Volvió a chasquear los dedos delante de Emily.

—Lady Marie Antoine —dijo en voz baja el galés— tiene los sirvientes más raros.

—Sí. Pero son muy buenos conmigo.

Kitty miró hacia atrás. El conde entró, cargaba con una sombrerera y otro paquete del segundo carruaje. Ella se volvió y corrió por la escalera arriba. Parecía que no podía esperar ni un momento para ponerse un vestido limpio.

Si una mujer mortal había sido creada para tentar a un hombre mortal, entonces Leam era el primero en la cola de los pecadores.

Ella apareció para el almuerzo con un elegante vestido rosa y marfil que acentuaba sus curvas, su cabello reluciente ligeramente arreglado con horquillas que él le había quitado una vez. Kitty relucía como una diosa por la sala. Él prefería verla sin nada encima y con el pelo suelto sobre los hombros; durante la interminable noche había estado pensando en esas curvas y esforzándose por no ir a llamar a su puerta, aunque seguramente ella le habría rechazado.

Se escapó, de nuevo se lanzó a la fría nieve, pero esta vez no le iba a dar ningún uso en especial. Fingía buscar al que había disparado. Sabía perfectamente que ese tipo ya se había ido hace mucho. Esos hombres sabían protegerse bien; los perros habían buscado a conciencia por el pueblo la noche anterior y no habían encontrado nada.

Cox se había marchado antes del amanecer, incluso antes de que el carruaje del correo llegara, alegando que tenía una cita ineludible. Pen, que estaba vigilando en ese momento, dijo que había salido rumbo al este. Yale se quedó pálido cuando lo supo. Al parecer, estaba fuera del salón cuando el atacante había disparado. De todos modos, Leam se abrió paso por entre los montículos de nieve que le llegaban a las rodillas a lo largo del río, sus pies eran bloques de hielo y tenía la nariz y la cabeza congeladas. Al menos los perros hacían ejercicio. Cox bien podía ser el tipo que lo perseguía y el que intentó dispararle. O quizá no. Leam solo había sospechado de él porque había coqueteado con Kitty. Porque él quería acaparar toda su atención.

Por Dios, dejar de ser un agente de la corona era algo bueno. Francamente, no lo había pensado. Desde el momento en que Kitty Savege lo había besado dos días antes no había estado en su sano juicio. Él no se llevaba a la cama a damas respetables, incluso a las que ya tenían amantes. Tampoco las llevaba hasta las paredes de un establo para toquetearlas. La mera idea de que algún sinvergüenza lo hiciera a sus hermanas o a su prima Constance le llevaba a empuñar su pistola.

Él la había puesto en peligro. Ahora la dejaría tranquila, al igual que la había dejado la última noche, con gran esfuerzo por su parte. Tan pronto como pudiera hablaría con ella.

Dio la vuelta por la herrería y volvió hacia la posada por la parte trasera del patio. Encontró a los huéspedes en el salón. Wyn estaba apoyado en la chimenea, haciendo como que dormía. Su actitud nunca engañaba a Leam. El galés estaba tan alerta como él con un asesino rondando. También fingiendo leer, madame Roche miraba de reojo a Yale con sumo interés. Lady Emily estaba sentada inmersa en un libro, como siempre.

Kitty removía una taza de té. Levantó las oscuras pestañas,

sus ojos grises tan expresivos como lo habían sido en la intimidad de su habitación y en el establo cuando se despidió de él. Igual que había hecho antes con otros hombres, se decía.

—Lady Katherine —dijo él carraspeando—, ¿puede dedicarme un momento antes de la tarde? —Le señaló la capa que llevaba en el brazo. Ella se levantó y fue hacia él, que le puso la capa sobre los hombros. El roce de sus dedos mientras le sujetaba el cuello fue directamente a la ingle de Leam.

—¿A solas?

Él asintió.

La francesa miraba sin disimular. Leam le indicó a Kitty que saliera afuera, por delante de él. Empujó la pesada puerta para cerrarla y la siguió por el ángulo soleado que cruzaba el porche bajo la azotea, donde un millón de latidos antes había tenido su primer contacto con ella y había descubierto sus ojos grises. Los carámbanos formaban una cortina sobre su cabeza y ella levantó la cara para mirarlo.

—¿Has decidido explicarme la verdad al fin? —dijo sin preámbulos y todas sus suaves curvas convergieron con su mente inteligente. Él observó su preciosa cara, era tan bonita que los ángeles podrían haberla esculpido en un trozo de cielo.

—No.

—Pensaba que mi posición al respecto había quedado clara ayer por la tarde, milord. Me dirás la verdad sobre el disparo, sobre la poesía y todo lo demás, o no sabrás nada más de mí.

Él no pudo responderle.

—Bien, por lo tanto... —Ella se puso tensa—. No puedo imaginarme qué es lo que debes decirme que necesite tanta privacidad.

La ira se apoderó de él. Ella había insistido en que no era una colegiala. Su tacto en la oscuridad de la noche lo había probado. Pero, por Dios, ella se había entregado a cualquier otro sinvergüenza antes que a él. Por lo menos a uno que Leam ya conocía.

—Muchacha. —Él se le acercó. No había otra forma de decir algo así—. Si esperases un niño, me ocuparía de ti. Solo tienes que decírmelo —le dijo en escocés.

A juzgar por el intenso brillo de sus ojos, parecía que quizás había escogido la forma más equivocada de decirlo.

—Es muy galante de tu parte, milord, diría que me debo sentir consolada. Pero no tienes nada por lo que preocuparte. —Se dirigió hacia la puerta rozándole al pasar. Él la cogió con cuidado del brazo sano. Ella se detuvo. Su boca voluptuosa se mantuvo distante, pero sus ojos no podían ocultar su emoción. Él ahora sabía que ella no revelaría esa debilidad. Leam sintió un cosquilleo en el estómago. Quizá ya no era la muchacha que él había imaginado.

—No tenía intención de insultarte, muchacha.

—No puedo entender qué idea tienes de lo que yo pienso.

A él le costó tragar saliva. Ella no tenía ni idea de cómo un hombre podía ser cautivado por una mirada, una vulnerabilidad encubierta por una lucidez sofisticada. Que deseara ponerse de rodillas y declararse a ella.

Él abrió la boca para responderle. Pero ella habló antes.

—No puedo engendrar niños. —Evitó su mirada volviéndose hacia la capa blanca de nieve—. No puedo, aunque he sido tonta y descuidada. En realidad, muy tonta. —Parecía sumamente preocupada por eso. Leam se sintió tan mal como hacía cinco años, cuando estuvo perdido en Bengala, con una bala de plomo en el hombro y con fiebre por el calor de la selva.

—Ya veo —respondió.

—Sí. Ahora lo sabes. Tan claramente que no deberás preocuparte por nada. —Ella dio un paso para irse, pero él la sostuvo con firmeza.

—No me preocupo. —Ella se quedó petrificada. Le empezó a doler el estómago. Pero ahora, mucho más, porque él no necesitaba preocuparse y se dio cuenta de que quizás él lo deseaba.

Ella solo lo miraba extrañada, como si él hubiera dicho algo fuera de lugar, pero no tan grave.

Esta vez apartó el brazo con firmeza, con control y compostura, y con indolencia. El hermano de Leam, James, había perfeccionado esta desenvoltura y no era mayor que esta mujer.

Él vio cómo se marchaba. No podía seguirla. Había conseguido una tregua que no se merecía.

Él frunció el entrecejo. Así eran los tontos inmaduros.

Pero deseaba tocarla. Deseaba su cuerpo, su boca, ansiaba meter la lengua en ella hasta hacerla gemir. No tenía bastante de ella. Deseaba más. Quería recitarle la maldita poesía en sus seis idiomas. La quería tan desesperadamente que no podía disfrutar de las palabras, de sus reacciones, de su mirada húmeda.

Al parecer, ella se había deshecho de Poole sin miramientos. Quizá de otro hombre también. Ella decía que había sido imprudente.

Un repiqueteo en el hombro sacó a Leam de su aturdimiento. Unas gotitas de agua formaban un charco en su capote y cada vez caían más rápido. El deshielo había comenzado. Él tenía los puños cerrados.

¿Dónde estaba aquel servicial galés cuando se le necesitaba?

—¡He trazado un *plan d'attaque*! —anunció madame Roche en voz muy alta con un perfumado pañuelo floreado de puntillas. Sentada en el sofá con su teatral pose, toda en blanco y negro, con las mejillas y los labios rojos. Rondaba los cincuenta, era una mujer bonita, viuda de cuatro maridos.

Lord Blackwood entró desde la parte trasera del vestíbulo. Kitty habló tratando de no caer en la tentación de mirarlo.

—¿Un plan de ataque para que podamos volver a ponernos en camino pronto, madame? —preguntó sin coger su taza de té. No confiaba en la estabilidad de sus manos y en todo caso el té se enfriaría mientras él la pedía en matrimonio si fuera necesario y ella prodigaría en voz alta su secreto por primera vez. El secreto que solo Lambert Poole conocía. Cuando supo que era estéril, aún muy enfadada y vengativa, lo agradeció; así, ningún embarazo inconveniente la apartaría de la sociedad. Y ella podría continuar obteniendo información sobre él sin inquietarse.

En aquel momento le había parecido ideal, porque entonces ignoraba el dolor interno que le explicaba lo muy equivocada que estaba. Ahora se sentía asqueada por la mujer que había sido.

—¡Oh, no, no, lady Katrine! Los caballeros harán eso mañana por la mañana, ¿no es así, señores?

El conde asintió.

—Será un gran placer —dijo Yale.

—Son tan amables estos caballeros. ¡Y muy guapos! Por eso he trazado *mon plan*.

—Clarice —intervino Emily apartando el libro que estaba leyendo—, ¿de qué demonios estás hablando?

—Solo de esto: iremos todos juntos a Willows Hall, donde su señoría y monsieur Yale te cortejarán diligentemente, haciéndote la corte con descaro, con bonitas palabras y gestos hasta que tus padres desistan de los planes inconcebibles de casarte con *le gros canard*, Warts More. —Madame cruzó los brazos encima de su pecho, muy satisfecha.

El señor Yale palideció.

—¿El señor Worthmore es en verdad un pato gordo? —preguntó Emily sin pestañear.

—*Mais oui!* Todos los hombres que te triplican la edad y quieren casarse contigo, *ma petite,* son unos patos gordos. Y él es... ¿cómo se dice? ¡Un dandi! Con el cuello hasta aquí arriba. —Se sacudió la barbilla con los dedos—. ¿Qué les parece mi plan?

—Conmigo no cuentes —dijo Emily volviendo a concentrarse en su libro—. Toda la sociedad sabe que lord Blackwood nunca se volverá a casar por la trágica pérdida de su joven esposa tras nacer su hijo, y al señor Yale yo no le gusto.

—Es usted demasiado modesta, señora —la voz de Yale sonó sincera.

—Y a mí él no me gusta.

—De todas formas, ahora carezco de fondos para casarme.

—No importa. Mi dote es realmente espléndida. Mis padres quieren darme una estabilidad.

—¡No, no, señor! *Ma petite!* —Madame Roche levantó el dedo índice y dio dos golpes sobre la mesa con un chasquido de la uña—. Nadie va a casarse. Tan solo será, ¿cómo se dice?, una simulación.

—¿Para hacer una pantomima, Clarice?

—*Oui.* Una pantomima. Tus padres enviarán lejos a *le gros canard* y tú y yo, Emily, regresaremos a Londres, donde podrás escoger entre todos los caballeros que te admiran.

— Mis padres son bastante vanidosos —dijo Emily dejando el libro—, y admiran a la gente que tiene grandes carruajes y ropas de valor. ¿Qué tienen ustedes? Ellos no tendrían en cuenta a un pretendiente que careciera de posesiones o de una finca importante, o al menos unos ingresos holgados. Lord Blackwood es bastante rico pero el señor Yale no tiene dinero.

—Yo dije, «por ahora».

—Bien, entonces ¿está dispuesto a pretenderme o no? —Emily lo miró frunciendo el ceño.

Él enarcó las cejas.

Kitty sentía náuseas. El conde parecía estudiar los tablones del suelo. La idea del matrimonio con él no le había desagradado. La había embriagado falsamente y, algo más alarmante, le había resultado placentera. ¿Le habría ofrecido lo mismo a cada mujer con la que había hecho el amor desde la muerte de su esposa, a pesar de la promesa de no casarse? ¿También les habría recitado poesía?

Kitty volvió a sentir una sensación de mareo mucho más intensa, ahora le ascendía desde el pecho.

—Entonces, todos de acuerdo. Monsieur Yale y monseigneur Blackwood serán *les galants extraordinaires*. —La francesa dio unas palmadas—. ¡Cómo nos vamos a divertir!

El señor Yale se recostó, cerró los ojos y se presionó el tabique de la nariz con dos dedos.

—Si lo hace —le dijo Emily—, es posible que le tenga en más alta consideración. Sería un gesto desinteresado y demostraría que no solo se mueve por vanidad.

—Soy todo gratitud, milady. —Él entreabrió un ojo.

—Usted es un narcisista empedernido —dijo Emily, pero su voz carecía de su convicción habitual—. Sin embargo, aun así, apreciaré su ayuda. Y la de lord Blackwood. —En ese momento sonaba tan joven como insegura, Kitty nunca le había oído hablar así.

—No permitiremos que te obliguen a un matrimonio inaceptable, Marie —dijo Kitty tomando las manos de su amiga entre las suyas—. Haremos todo lo que esté en nuestras manos, ¿verdad, caballeros?

Yale asintió desde su silla:

—A sus pies, lady Katherine.

Ella se llenó de coraje y cruzó una mirada con el conde. Luego se apoyó en la repisa de la chimenea, con los ojos penetrantes.

Un torbellino de aire frío atravesó el salón, avivando las llamas de la chimenea. El señor Pen entró dando fuertes pisadas en la estancia; su ruda cara papuda estaba helada.

—El camino ya es transitable, señorita. Hace un cuarto de hora que ha pasado un carruaje de seis caballos. El cochero decía que el camino está bien para llegar hasta Oswestry.

—¿Oswestry? ¿Tan lejos? —La voz de Emily todavía no se había recuperado.

—El deshielo está yendo bastante rápido. Sería mejor que partiésemos ahora antes de que se formen charcos en la calzada. Iré yo mismo a desenganchar los animales para que podamos llegar a Willows Hall esta noche. —Volvió a marcharse dando fuertes pisadas.

—*Bon.* —Una sonrisa apareció en el rostro de madame Roche—. ¡Entonces ahora comenzará el plan del cortejo! Los guapos caballeros se enamorarán de *ma petite* ante los ojos de sus padres y todo irá bien.

—Bueno, supongo que debemos preparar nuestro equipaje —dijo Emily mientras soltaba las manos de Kitty y se dirigía a la escalera para cumplir con su objetivo.

Kitty la siguió imaginando que el conde la miraba y deseando no verse obligada a verle flirtear con otra mujer, aunque fuera su amiga y todo fuera un montaje.

Especialmente un montaje.

Sus idílicas Navidades se habían acabado. Su fantasía de escapar había terminado sin nadie más herido que ella misma.

13

Willows Hall se erguía en lo alto de una suave colina, a menos de ocho kilómetros de la ciudad y del castillo de Shrewsbury, y a solo tres de la pequeña posada en la que Kitty había pasado las Navidades haciendo el amor con un escocés exasperante. Aquel sólido edificio de piedra gris, con un único gablete estilo Tudor sobre la entrada y un pórtico bien proporcionado de columnas y barandillas de piedra caliza, resultaba demasiado sencillo para ser de los padres de Emily, tan pendientes siempre de estar a la moda.

El carruaje recorrió al camino circular de acceso. El parque se extendía por la cuesta entre bosquecillos de robles y sauces. Hacia el sur de la mansión se extendía un jardín escalonado, cubierto de nieve, solo perceptible por la presencia de una fuente y una colección de esculturas que asomaban de los ventisqueros. A lo lejos, el amplio lecho del Severn refulgía en su lento recorrido hacia el sudeste.

Mientras Pen las ayudaba a descender del carruaje y los caballeros descabalgaban, seis chiquillas, vestidas todas con faldas y delantales vaporosos, y por orden de mayor a menor en estatura y edad, salieron en estampida de la casa, resbalando por la nieve medio derretida de los escalones entre exclamaciones de regocijo. Todas menos una tenían el pelo rizado y de un encantador tono dorado pálido, igual que Emily; la sexta chica, en cambio, que parecía la mayor, lo tenía del color del fuego.

—¡Hermanita!

—¡Emily!

—¡Estás en casa!

—¡Reesey!

—¡Hurra!

—¡Oh, madame!

Empezaron a dar vueltas en torno a Emily y a su compañera, asiéndolas por la cintura y las piernas, en un amasijo blanco y dorado, de brazos y sonrisas.

—¡Esos juegos de enaguas! —murmuró Yale a espaldas de lord Blackwood.

—¡Contrólate, chaval!

—Me atrevo a decir que especialmente con esa pelirroja.

—Muy especialmente.

Kitty, irritada, se alejó para no oír la voz inconfundible del conde. Hablaba a su amigo como si fuera inglés. Eso debería enfurecerla. Sin embargo, se sentía simplemente dolida. Esta vez, su habilidad para escuchar lo que no debía le hacía un flaco favor.

Los padres de Emily aparecieron en lo alto de la escalera. Formaban una pareja elegante. Lord Vale tenía unos diez años más que su joven esposa; aunque, sin duda, en otros tiempos había tenido una complexión atlética, ahora se había deteriorado; vestía de punta en blanco, con el cuello hasta las orejas, una chaquetilla con chaleco y grandes botones dorados. Tras hacer una reverencia, cedió el paso a su esposa. Lady Vale extendió sus manos diminutas, cubiertas de encaje italiano con incrustaciones de pedrería, y tomó las de Kitty.

—Queridísima lady Katherine, ¡cómo nos alegramos de su visita!

Kitty, hundida por un momento en una nube de rizos pálidos, organza y olor a lirios, dejó que su anfitriona la besara en la mejilla.

—¡Tienen ustedes una casa preciosa! ¿Disfruta usted con la nieve?

—La verdad: es bastante molesto. Pero lord Vale se preocupa para que me sienta feliz.

En general, a Kitty la madre de Emily le parecía una mujer de pocas luces, juicio escaso y pobre conversación. Al parecer, su única habilidad era adorar a su adorable marido. Sin embargo, parecían estar tan enamorados el uno del otro como de sus hijas, que eran su vivo retrato, por lo que ella los admiraba. Eran personas honradas.

Emily subió la escalera.

—Hola, papá. Mamá. —Se dejó abrazar por su madre.

—¡Mi querida Emily! Y, madame Roche, por supuesto. —Lady Vale saludó con una inclinación de cabeza a la veterana y llamativa empleada francesa.

Emily entró en la casa seguida por las pequeñas y su amiga, dejando atrás a su hermana pelirroja. La muchacha se demoraba dirigiendo tímidas miradas a los caballeros, que seguían a los criados que acarreaban sus equipajes por la escalera.

—Milord y milady —dijo Kitty—, ¿me permiten que les presente al conde de Blackwood y al señor Yale? Los hemos conocido por el camino y han tenido la gentileza de acompañarnos hasta aquí.

—¡Oh, por Dios! No me digan que van a seguir su camino hoy mismo —dijo lady Vale con un parpadeo—. A lord Vale y a mí nos complacería tenerlos como invitados.

—Y confío en que no sea solo por esta noche —añadió lord Vale con una reverencia—. Llevo demasiados días encerrado en esta casa con siete mujeres y ahora todavía serán más, con todos mis respetos, lady Katherine. —Volvió a inclinarse y Kitty oyó el característico crujido del corsé—. Mi única compañía es el señor Worthmore. Nos alegrará contar con un tercer y un cuarto caballero en la mesa. Además, lord Blackwood, sé que usted es un excelente jugador de cartas.

—Será un placer. Gracias, señor. Gracias, milady. —El conde se inclinó ante lady Vale. Nada de corsés. Era puro nervio y músculo. Kitty lo sabía muy bien.

Tras desembarazarse de abrigos y capas, entraron en un salón muy caldeado, decorado a la última con papel pintado de rayas blancas y amarillas, sillas con patas en forma de garras y mesas con ribetes dorados. Kitty agradeció el calor excesivo de la estancia y se acercó lo más posible a la chimenea. De este modo, el color rojo de sus mejillas podría atribuirse al fuego y tal vez no notaría el calor que sacudía sus entrañas al recordar el cuerpo desnudo de él.

Madame Roche y Emily asomaron por la puerta seguidas por un caballero.

—¡Ah, Worthmore! Acérquese a conocer a nuestros invitados.

—Papá, él también es un invitado. —Emily entró rápidamente en la sala.

El señor Worthmore la siguió con sus ojos redondos y saltones. Su aspecto, por lo demás, era discreto. Estaba algo entrado en años y no era, para nada, tan atractivo como sus amigos; sin embargo, también vestía con elegancia, con unas relucientes botas altas ribeteadas de blanco y un monóculo de oro colgando del bolsillo del chaleco, que brillaba con incrustaciones de diamante.

—Emily, acércate y haz una reverencia al señor Worthmore —dijo su padre con amabilidad pero en tono firme—. Tú y él tenéis que conoceros mejor.

Ella volvió a cruzar la estancia hacia el señor Worthmore.

Yale la siguió.

Madame Roche sonrió como una gata, y miró de reojo a lord Blackwood.

De este modo empezaría la comedia. Kitty deseaba huir, pero una intensa fascinación la retuvo. El conde seguiría el juego, y ella tendría que quedarse a mirar cómo los engañaba a todos, igual que había hecho con ella.

—¿Cómo está usted, señor? —Emily hizo una reverencia. El señor Worthmore le tomó la mano y se la acercó a la boca. Ella hizo una mueca de desagrado con la nariz y apretó su fina mandíbula.

—Mi estimada, sus padres me han hablado tanto de su belleza... Soy un ferviente admirador suyo.

—Worthmore, encantado, mi nombre es Yale. —Yale le tendió la mano y el señor Worthmore tuvo que dejar de acariciar los dedos de Emily para estrechársela. Con un gesto discreto, Emily se frotó la mano en la falda.

El señor Worthmore miró con detenimiento al atractivo galés de arriba abajo.

—¿Qué tal está, señor? ¿Qué le trae a Willows Hall?

Yale tomó aire de forma notoria y dijo con un tono bastante firme:

—Ya que lo pregunta... Es por lady Mary Antoine. Entre ella y yo ha surgido cierto afecto y me desagrada la idea de que usted se interponga.

Lady Vale soltó un respingo.

Lord Vale se atragantó.

Madame Roche se rio para sus adentros.

Lord Blackwood dejó oír una risita.

Los ojos redondos del señor Worthmore se volvieron aún más redondos mientras escrutaba a cada uno de los presentes en la reunión.

—¿Y quién es esa tal lady Marie Antoine? —preguntó.

—Ha sido para morirse de risa. Nunca olvidaré su cara. —Kitty se sentó delante del tocador para recogerse el cabello en una trenza antes de acostarse.

—Parece un pez. Además tiene una desagradable voz de pito. Actúa con la confianza de saberse bienvenido en casa. —Emily se tumbó boca abajo en la cama de Kitty, un lecho con baldaquín, muy al estilo vaporoso y femenino que tanto parecía gustarle a lady Vale para las telas y para todo lo demás—. No entiendo qué ve mi padre en él. En su conversación durante la cena ha quedado claro que no es una persona inteligente. Normalmente, a papá le gustan los hombres listos, siempre y cuando sean ricos.

Emily movía los dedos con destreza en un amasijo de lazos, tirando de aquí y deshaciendo por allá. Era la labor más hogareña que Kitty había visto hacer a su amiga y parecía muy hábil. Pese a su conversación, deliberadamente franca, Emily Vale no era más que una niña. Como Kitty en otros tiempos. Como se había sentido durante esos breves y preciosos momentos en una posada de Shropshire, hasta que el hombre del que estaba enamorada le dio a entender que, si fuera necesario, se casaría con ella.

Lo cierto es que ya no era una niña. En absoluto.

—No me refería al señor Worthmore. Hablaba de la cara de tu otro pretendiente.

Emily abrió sus ojos color esmeralda con sorpresa.

—Estuvo odioso.

—Estuvo encantador. Y fue muy amable al hacer lo que hizo.

—Se puso en ridículo y a mí también. —Emily se incorporó y dejó caer los lazos en su regazo—. Kitty, no me cabe la menor duda de que quiere incomodarme con todo este asunto.

—Es posible. Pero él tampoco parecía muy contento con todo eso.

—¡Hum! —Emily pareció reflexionar seriamente—. Al menos lord Blackwood tiene más sentido común y no se comporta de un modo tan estúpido.

Kitty no supo qué responder. En la posada, no se había mostrado de acuerdo ni tampoco había rechazado el plan de madame Roche. Kitty, sin embargo, suponía que consentiría. En cambio, durante la velada no había mostrado el menor indicio de querer participar.

Una cabecita rojiza y dorada asomó por la puerta.

—Lady Katherine, ¿puedo entrar? —preguntó.

—Por supuesto.

—Amarantha, a estas horas deberías estar en cama. ¿No te estará buscando la niñera?

—Ya no estoy a su cargo. —La joven subió de un salto a la cama y abrazó a su hermana por la cintura—. Mamá dice que ya soy mayor para tener cuarto propio. ¡El tuyo!

Emily acarició el pelo brillante de su hermana.

—La verdad es que me gusta la ciudad, con sus museos y tantas otras cosas, y espero quedarme allí. Tú puedes quedarte con mi habitación.

—Solo si la comparto contigo, Emmie. —Amarantha se apoyó sobre los codos—. El señor Worthmore no puede gustarte. Es muy feo. —Una sonrisa tímida asomó en sus labios—. El señor Yale, en cambio, es tan simpático...

Kitty contempló cómo los pensamientos iban y venían detrás de las gafas de su amiga.

—Me alegra que te guste —dijo por fin Emily.

—Es muy atractivo.

—Se podría decir que sí.

—¿Cuántos años tiene?

—No se me ha ocurrido preguntárselo.

—¡Emmie! Una dama tiene que averiguar siempre la edad y la fecha de nacimiento de su pretendiente.

—¿Para qué? —preguntó Emily abriendo los ojos con sorpresa.

—Así todos los años le puedes enviar una tarjeta de felicitación ese día.

—¿Quién te ha contado estas cosas?

—Mamá. Es lo que hace con papá. Todos los años.

Emily parecía escuchar esa información con cierta incomodidad. Kitty se enterneció. Ver cómo su amiga mentía a su familia le hacía sentirse incómoda, y sabía perfectamente por qué.

Ella no podría huir para siempre. Aquella noche, después de que Lambert le dijera que jamás se casaría con ella, su madre la estuvo abrazando durante horas mientras ella lloraba. Kitty no le había contado todo lo ocurrido, pero, por sus palabras de consuelo, parecía que la viuda lo había entendido. ¿Por qué había permitido que su hija siguiera soltera, si no fuera porque sabía que, en realidad, no se podía casar?

Sin embargo ahora, por primera vez en años, ella no podía soportar la indulgencia tácita que su madre le había concedido hacía tanto tiempo. Deseó haberle contado la verdad de inmediato, antes de entregarse a la venganza y descubrir su incapacidad para concebir. De todos modos, tal vez entonces no se habría podido hacer nada. Kitty estaba perdida. ¿Qué hombre la querría? Pero, por lo menos, no habría estado sola en su dolor y en su rabia. Tal vez su madre la habría ayudado a librarse de ello y no habría tenido que esperar la mirada de un señor escocés para hacerlo por sí sola.

—Tal vez el señor Yale te envíe un ramillete, Emmie, así que tienes que hacerle saber también tu fecha de nacimiento, pero no tu edad —advirtió Amarantha a su hermana—. No querrás que piense que eres demasiado mayor para casarte.

Demasiado mayor, descarriada y estéril. De todos modos, las lamentaciones ahora no la ayudarían para nada y tenía que encargarse de la situación de Emily.

—Tu hermana no tiene ninguna necesidad de preocuparse por eso, Amarantha. —Kitty se levantó de la mesa y se puso una bata sobre las enaguas y el corsé, una prenda sin mangas de seda muy fina. Era un gran lujo disponer de toda su ropa, salvo un vestido que nunca se volvería a poner—. El señor Yale está tan prendado de ella como tus padres lo están el uno del otro.

—Y es tan atractivo...

—Eso ya lo has dicho antes, Amy —rezongó Emily.

—Y además es alto. No tanto como lord Blackwood, pero el conde es un hombre mayor; diría que tanto como mamá. No puede evitar tener ese mechón blanco, aunque resulta elegante en un caballero entrado en años, y supongo que resulta atractivo a pesar de ello. En cambio, el señor Yale tiene el cabello totalmente negro, ¿verdad?

—No tengo la menor idea...

La quinceañera miró a su hermana con extrañeza.

Emily hizo una mueca de desespero.

—Sí. Completamente negro. Tiene un pelo muy bonito.

Kitty contuvo la risa. Emily se deslizó fuera de la cama y fue hacia a la puerta, dirigiéndole una mirada severa.

—Me voy a acostar. Amy, ¿vienes?

Amarantha se levantó de un salto. Emily abrió la puerta. En el pasillo se oyeron unas voces de hombre, y luego los caballeros pasaron por delante. Se detuvieron. Yale parecía cansado; nada en su postura erguida daba indicios de ello, pero sus ojos grises parecían algo hundidos. Lord Blackwood hizo una leve reverencia.

—Señoritas —dijo con su acento escocés.

Amarantha soltó una risita. Emily frunció los labios. Kitty se cerró el salto de cama sobre el pecho, esforzándose por ignorar la mirada que él le clavó ahí.

—Milord, señor Yale —dijo ella con toda la calma que le permitía la voz—. Gracias por su agradable compañía durante esta velada. Lady Marie Antoine y yo les estamos muy agradecidas.

Yale hizo una reverencia bastante forzada y continuó andando por el pasillo. El conde cruzó su mirada con Kitty; no había en ese gesto atisbo alguno de indiferencia fingida, sino solo placer. Ella se quedó de pie en medio del dormitorio y deseó que Emily y su hermana estuviesen fuera, y que el conde estuviera dentro, y la puerta bien cerrada con pestillo.

Deseos equivocados. Ella no necesitaba más engaños en su vida, ni por su parte ni por parte de otros.

—Buenas noches, milord.

Él asintió, dirigió una sonrisa encantadora a la hermana de Emily y se marchó. Kitty hizo salir a las chicas, cerró la puerta y, apoyándose en ella, se deslizó hasta el suelo mientras rezaba para que el romance de Emily y Yale transcurriera con rapidez.

—¿Solo ha pasado una noche? —El galés reclinó la cabeza en la butaca y apuró lo que le quedaba del brandy—. Dime que mañana terminará todo esto.

—Lo haces porque quieres.

—Para nada.

Leam se abstuvo de decir lo que pensaba. La actitud despreocupada del galés en su trato con las mujeres encubría una naturaleza galante más poderosa incluso que el amor a la botella. Leam nunca había querido saber el porqué de esa máscara.

—Creo que es la primera vez desde que nos conocemos que te oigo quejarte.

—No me estoy quejando. —El joven se incorporó en su asiento—. Me limito a lamentar el tiempo perdido. Le tendió la copa.

Leam inclinó el decantador de brandy, le sirvió y luego acabó de llenar su copa. Tras ver a Kitty en aquel camisón transparente, con esa espesa mata de cabello recogida en una trenza sobre su pecho perfecto, le hacían falta uno o dos tragos más.

—¿Cuándo nos marcharemos a Liverpool?

—Supongo que en cuanto hayas convencido a nuestros anfitriones de que no puedes vivir sin su hija.

Yale dejó la copa, se levantó y se dirigió hacia la puerta.

—¿Tan pronto te acuestas? —murmuró Leam.

—Me limito a dejarte en compañía de alguien mucho más atractivo que yo. Será mejor que te apresures. Ella podría no esperarte despierta —dijo Yale antes de marcharse.

Leam se acercó a la chimenea, encendió una vela alargada y recorrió el salón para encender el resto de las velas. En invierno le desagradaban las estancias poco iluminadas. Le recordaban demasiado aquel otoño de cinco años atrás, con Alvamoor sumido en la oscuridad y el frío, y su corazón convirtiéndose en piedra entre los sillares helados de su casa. Antes de eso, había regresado a Londres y se había encontrado por casualidad con Colin Gray.

De todos modos, aún no podía acostarse. Estaba ahí por un único motivo: asegurarse de que Kitty y lady Emily ya no se encontraban en peligro, y de que Cox no estaba apostado en algún sitio con una pistola esperando a que ellas se asomaran. Cuando todo el mundo se hubiera acostado, haría una ronda de reconocimiento. Otra vez su experiencia en el Club Falcon le resultaría útil.

Se acomodó en una butaca y se quedó mirando con desgana el periódico que había sobre la mesa. No le importaban las noticias de Londres. Ni de París, Edimburgo o Calcuta. Era como un descanso haber recuperado esa sensación: el alivio agradable y sólido de no tener que preocuparse por nada.

Por casi nada.

—Monseigneur, ¡cuánto me alegro de verlo aquí!

Madame Roche entró hecha un remolino de faldas y velos, como si fuera un cruce de monja y cantante de ópera.

Él se levantó.

—Oh, *non, non*, señor. ¡No tiene que hacer eso! Tiene que tratarme como al personal de servicio, puesto que esto es lo que yo soy en esta casa.

—Madame, el caballero que no se levanta cuando una dama entra en una estancia debería ser azotado.

—Y usted, lord Blackwood, es un caballero educado, *n'est-ce pas?* —Le dio un golpecito en el hombro con el abanico y se sentó frente a él, mientras la tela de su vestido se desparramaba sobre los brazos del sillón y por el suelo.

Él se permitió una sonrisa.

—¿Desea usted tomar algún licor, madame? —preguntó con su típico acento mientras señalaba su copa.

—No, no. ¡Siéntese! Tenemos que hablar.

Él obedeció. Ella se inclinó hacia delante y frunció los labios pintados de carmín.

—¿Ya no llora usted la muerte de su joven esposa? —Ella lo atravesó con sus ojos oscuros y penetrantes.

Leam, acostumbrado a este tipo de intromisiones, no contestó.

—*Bon* —siguió diciendo ella tras dar una palmadita—. Ya me lo imaginaba. Dígame, ¿por qué no interviene usted en el plan del cortejo?

Se la quedó mirando por un instante. Su intención parecía sincera, y era evidente que adoraba a la muchacha que tenía a su cargo. Pero las mujeres eran criaturas complicadas.

—Madame, el muchacho lo hace muy bien.

—*Oui, oui.* Monsieur Yale es *extraordinaire.* Pero no me creo que esta sea su razón. Emilie es una buena chica. En cuanto a lady Katrine, ella no permitirá que *ma petite* sufra daño alguno, *non?* Ella es como... ¿cómo lo dicen ustedes?... ¿Un perro sabueso?

Él enarcó una ceja.

—*Non!* —Las plumas que llevaba en el pelo crujieron cuando sacudió la cabeza—. *Peut-être* que no sea un perro sabueso. Esos cazan con el hocico pegado al suelo, *n'est-ce pas?* —Posó un dedo sobre sus labios rojos—. ¡Un perro pastor escocés! *Oui.* ¿Tiene usted alguno?

Las colinas de Alvamoor estaban llenas de perros pastores escoceses y sus rebaños.

—Sí.

—Pues bien, ¡ella es *comme ça*! —afirmó ella asintiendo.

—Madame, yo no compararía una dama con un perro —objetó él con su fuerte acento escocés.

—¡Oh, *non*! *Bien sûr.* Pero es muy leal. No quiere ver desdichada a *ma petite.* —Bajó la voz—. A fin de cuentas, bastantes desdichas ha sufrido ella, *non?*

Él no supo qué responder. Lo cierto es que no sabía nada del corazón de ninguna mujer. Nada que fuera fiable.

—Con todos mis respetos, madame. No soy muy dado al chismorreo. —Mentiras y más mentiras. Nunca se libraría de ellas. Durante cinco años, no había hecho otra cosa que convertir en su negocio particular el sonsacar chismes a mujeres como aquella. Ahora se libraría de eso. Sin embargo, las ganas de oír hablar de Kitty Savege eran demasiado fuertes y permaneció sentado.

Madame Roche se inclinó hacia delante y le habló en confianza, como si no le hubiera oído o entendido.

—Yo no creo que ella sintiera afecto alguno por ese hombre —afirmó negando con la cabeza—. No lo creo. Las cotillas, esas bobas amistades de mi señora, dicen a lady Vale que mi Emilie no debería estar con la *belle* Katrine, que es un mal ejemplo para una muchacha. —Ella hizo un gesto de desdén con la mano—. Pero yo digo que esas viejas cotillas se equivocan. *C'est la jalousie!* Eso es lo que le digo a mi señora. La *jalousie* malsana es lo que vuelve loco al corazón. —Madame Roche le dirigió una mirada penetrante—. ¿Sabe usted lo que son los celos?

Leam sintió las manos heladas.

—Sí.

—Lady Katrine es muy guapa, *non?*

Más de lo que él era capaz de soportar.

—*Oui!* ¡Qué caballero no admiraría esa belleza! ¡Igual que Poole, ese *canard!* —dejó oír un chasquido—. ¡Bah! Es mejor que ese se mantenga bien lejos de *la belle* Katrine; así ella no tendría que esquivarlo en las fiestas y bailes. —Negó con la cabeza haciendo un gesto de pesar—. Está siempre tan triste, *la belle*, y baila con tanta gracia con todos los caballeros elegantes. Pero, *hélas*, no logran curarle el corazón herido. —Suspiró, a la vez que bajaba los párpados y movía los dedos de un lado a otro.

Abrió los ojos. Se puso de pie.

—¡Oh, *bon!* Estoy contenta de haber mantenido esta charla, monseigneur.

Leam se levantó de su asiento e hizo una reverencia.

—Madame...

—*Alors*, buenas noches. —Salió pesadamente de la estancia, dejándolo con una copa llena de licor y con fuego en las entrañas.

La tentación de ir al dormitorio de Kitty y que ella lo dejara entrar era grande. El deseo que había brillado en su mirada por un instante le decía que ella accedería y que durante toda una noche de nuevo los dos saborearían el placer. Pero una noche no bastaría y, si había más, él no podría responder de sí mismo.

Abandonó el salón y tomó el pasillo más alejado de las habitaciones de invitados. Iba a examinar la mansión en la oscuridad. Al día siguiente, con la luz del día, ampliaría sus pesquisas. De este modo descubriría si alguna amenaza lo había seguido hasta Willows Hall y si alguien corría peligro. En cuanto se cerciorara de que todo estaba bien, se marcharía.

Yale y lady Emily siguieron con su farsa ante los padres de ella, quienes parecían encantados por los excelentes modales del galés y su porte. Familiarizado ya con el terreno, Yale se vestía con suma elegancia, con la corbata almidonada y anudada, y cubierto con todas las fruslerías brillantes que tenía. La muchacha, por su parte, parecía esforzarse en sonreír cuando él la complacía. Resultaba un divertimento verlos fingir para obtener el aprecio interesado de sus padres y la consternación creciente de Worthmore.

Pero no era distracción suficiente para Leam. Le resultaba imposible estar siempre en compañía de Kitty y no mirarla ni desearla.

Se apartó voluntariamente del grupo. El primer día partió a caballo hacia los pueblos cercanos, atravesando campos enfangados a causa de la nieve derretida. Vestido con su chaqueta más gastada, frecuentó los pubs y trabó conversación con granjeros y tenderos. Tiempo atrás, había aprendido el truco de que para obtener información había que preguntar primero a las gentes del lugar. Cinco años antes había creado su otra identidad porque le era útil en ese cometido.

No se enteró de nada importante. Ningún forastero había

estado por la zona, salvo su grupo, alojado en Willows Halls. Ningún mozo de campo se había ausentado de la finca ni de las áreas circundantes el día de Navidad. Al parecer, el que había disparado a Leam no había entrado ni salido de la zona.

El segundo día regresó a la posada acompañado por *Bella* y *Hermes*. Milch le dio la bienvenida y ambos se sentaron a tomar una cerveza y a charlar; entonces Leam supo lo que debería haber sabido días atrás, si hubiera tenido la cabeza en su sitio.

Cox podría haber sido el autor del disparo. Por cierto, según Milch, y tal como Yale sospechaba, antes del tiroteo se había ausentado varios minutos. El galés y los perros corrieron en dirección al río cuando, en realidad, deberían haber seguido las pistas en la entrada trasera de la posada. Leam se maldijo por ese error, por no haber hecho caso a sus sospechas respecto a Cox, al creer que sus celos por las galanterías del hombre hacia Kitty le habían nublado el juicio. Con todo, su juicio había sido el correcto. Otra vez, los celos le confundían.

Luego, prosiguió hasta la casa del magistrado local, un noble anciano más preocupado por la inundación debida al deshielo en sus tierras, que por las riñas personales de unos «londinenses borrachos». Había sido informado del tiroteo y de que las damas y caballeros se habían escondido en una posada como naipes perdidos. Dirigió una mirada severa a Leam y le propuso que con su amigo resolvieran en privado sus diferencias acerca de esa «comedia fantasiosa» en lugar de molestarle a él u a otras personas. En cualquier caso, advirtió, por su propio bien, era preferible que en lo sucesivo dejaran las «pistolas» en sus bolsillos.

Leam regresó tarde a Willows Hall, se excusó por su ausencia con sus anfitriones y se acostó.

El tercer día volvió a salir a caballo con la única intención de mantenerse a distancia, prefiriendo la actividad al aire libre bajo el cielo plomizo antes que las cartas y otros juegos dentro de la casa. Horas más tarde, al regresar, se ocupó de su caballo el tiempo suficiente para que le sirviera de excusa.

Cuando estaban en grupo, Kitty no se dirigía a él directamente.

Esa noche, después de que las damas subieran a sus aposentos, Leam comunicó a lord Vale que lamentaba tener que marcharse tan pronto. Al día siguiente, de madrugada, hizo su equipaje y partió hacia Liverpool.

Yale lo alcanzó justo antes de llegar a Whitchurch.

—¡Por todos los diablos, Blackwood! —le espetó—. Si te hubieras molestado en informarme de tus planes, te habría dicho que Jinan envió una nota a Willows diciendo que se encontraría con nosotros en Wrexham.

—¿Cómo ha...?

—¿Cómo ha logrado saber tantas cosas? Desde Cantón a la India tiene contactos y mensajeros que ninguno de nosotros conocemos.

—No es el único. —Leam se detuvo en el camino, que estaba cubierto de grandes nubarrones grises—. Wyn, ¿por qué no trabajas para el Ministerio de Asuntos Exteriores ahora que el Club se ha terminado? También en Interior te querrían. Podrías ser útil en Francia o en cualquier otro lugar que escogieras.

—Llevas semanas queriendo preguntármelo, ¿verdad? —Los ojos del galés indicaban que estaba totalmente sobrio.

—Querer no es la palabra. Simplemente, no me interesaba.

—Y entonces ¿por qué me lo preguntas ahora?

Sin contestarle, Leam espoleó el caballo.

—Gray pasó a saludarme a primera hora, antes de que tú y yo abandonásemos la ciudad.

Leam volvió la cabeza de pronto.

—¿Y no me lo cuentas hasta ahora?

—Según dos de los mejores informantes de Interior, al parecer la información sobre los rebeldes escoceses es muy buena. Hay alguien en las Tierras Altas que agita a la chusma rebelde. Interior tiene incluso una lista de los posibles cabecillas.

—Ya os dije a ambos que eso a mí me trae sin cuidado —dijo Leam—. Prometí reunirme con Jin y memorizar la información que tiene para el director y que no puede enviarse por correo. De hecho, por eso estás aquí.

—Sí, así tú puedes marcharte a toda prisa a Alvamoor y enviarme de vuelta como mensajero a Gray con todos los detalles suculentos. Sí, me acuerdo muy bien.

Durante varios minutos solo se oyó el ruido de los cascos y el crujido de las ramas de los árboles.

—¿Y qué hay de la encantadora lady Katherine?

Leam tiró de las riendas, sacó su pistola y apuntó al otro lado del camino. Yale se arrellanó cómodamente en su silla de montar, mientras los delicados cascos de su caballo negro chapoteaban en los charcos por los que pasaba.

—Amigo, antes tienes que amartillarla.

—Te gustaría que te disparase, ¿verdad, Wyn? Te encantaría.

—Habla por ti.

Leam guardó el arma y espoleó el caballo.

—No parecía muy alicaída cuando supo de tu marcha repentina —comentó el galés—. Por si te interesa saberlo.

—Para nada.

—Sinvergüenza.

—Wyn, cada día hablas más como Colin. Ándate con cuidado.

El galés soltó una risita.

—Tampoco mi prometida pareció lamentar que me marchara. Sin embargo, madame Roche dejó claro que esperaba volver a vernos, a ti y a mí, dentro de una semana. Lady Vale también secundó esa propuesta con su encanto habitual. Incluso nuestro anfitrión nos invitó formalmente. A la vista de unas peticiones tan gentiles, no me pude resistir y prometí hacerlo.

Leam clavó la mirada en su amigo.

Yale se encogió de hombros.

—Parece como si ya hubiera aceptado mi suerte. —Miró la cara de Leam y dejó oír una extraña carcajada—. ¡Mi falsa suerte! Por Dios, Leam, sería como casarme con mi hermana.

—Tú no tienes hermanas.

—La tengo ahora. —Sonrió ligeramente—. Me siento algo protector respecto a esa joven dama. Lo mismo que por un inútil spaniel, demasiado listo sin embargo para sacrificarlo.

—¿Y qué hay de lady Emily?

—Me dijo ayer que si le volvía a besar la mano la pondría a hervir en aceite para que la próxima vez yo tuviera que besar una herida purulenta.

Leam sonrió abiertamente, lo que parecía ser la primera vez en años.

—Solo eso —murmuró su amigo.

—Bueno, en tal caso apresurémonos hacia Wrexham para que puedas regresar pronto a Willows Hall y acabar de echar por tierra los planes de Worthmore.

Pero su amigo, el marino, no estaba en Wrexham. Los mensajeros se habían cruzado por el camino. Jin se dirigía a Willows Hall por Oswestry, y Leam y Wyn lo habían perdido por el camino del este.

Pasaron la noche en Wrexham; luego, cuando la temperatura bajó y la nieve cayó de nuevo a ráfagas ligeras, volvieron hacia el sur por atajos cubiertos de barro helado. En las colinas de las tierras fronterizas galesas, cubiertas de árboles de hoja perenne, mientras ayudaban a unos carreteros a salir de la cuneta, el acento de Cambridge de Yale desapareció y adquirió la áspera cadencia céltica de su tierra natal. Leam apenas comprendía una palabra de lo que decían esos tres galeses, pero no se incomodó. Los secretos de su amigo eran suyos, como siempre habían sido.

La nevada fue en aumento, y volvió a dejar la tierra empapada. Cuando el tejado de Willows Hall brilló a lo lejos sobre la colina a Leam se le encogió el pecho.

Lady Vale salió a recibirlos al vestíbulo, mientras se quitaban los abrigos y los sombreros.

—Señor Yale, nos alegra que haya regresado tan pronto. Milord, es un honor.

Lady Emily se asomó en lo alto de la escalera. Frunció los labios. Se dio la vuelta rápidamente y se dio contra Kitty, quien se aproximaba a la barandilla.

—Discúlpame, Mar... —Kitty parpadeó y su mirada se encontró con la de él. Las mejillas se le sonrojaron tan rápidamente que, para satisfacción de Leam, no pudo taparse a tiempo con las manos. Por primera vez en varios días, sintió aire en los pulmones. Hizo una reverencia. Ella levantó la comisura de los labios y Leam supo que regresar había sido la decisión más imprudente que había tomado jamás.

Al parecer, estaba condenado por segunda vez. Iba a arrojarse bajo las ruedas del carromato y a sufrir las consecuencias.

14

—¡Lord Blackwood! —El señor de Willows Hall se acercó por el pasillo seguido por el semblante hosco de Worthmore, quien veía cómo sus méritos caían en picado—. Señor Yale. —Lord Vale inclinó la cabeza con elegancia—. Bienvenido de nuevo. ¿Cómo estaba el camino con este tiempo tan terrible?

—Pasable, señor, lo bastante para permitirnos llegar aquí rápidamente —contestó Yale mientras dirigía una mirada elocuente al pasamano donde su *fausse amant* se escondía detrás de su amiga.

Lord Vale era todo sonrisas.

—Quítese el barro de las botas y reúnase luego con nosotros en el salón —dijo señalando hacia la escalera—. Esta mañana he recibido la visita de alguien que resulta ser un conocido suyo. Un tal señor Seton, de Liverpool. Se mostró muy contento de poder aguardar su regreso, aunque nosotros no esperábamos que fuera tan pronto. Ahora está en la biblioteca.

Leam subió la escalera y se encontró ante la mujer cuyos labios sabían a humo de leña y cerezas.

—Milord —dijo ella delicadamente, con apenas rastro del sonrojo en sus mejillas de porcelana—, no contábamos con verlo de nuevo, y desde luego no tan pronto.

—Tenía que cuidar a este imprudente.

Los labios de cereza y de sabor a leña temblaron nerviosos.

—Lady Marie Antoine. —Yale hizo una profunda reverencia, mirando detrás del hombro de Kitty—. Tan encantadora como siempre.

—¡Oh, cállese! Mi madre, mi padre y ese cebo con cara de pescado ya se han ido.

—De todos modos, tengo que decir la verdad.

—Es usted abominable.

—Su gratitud me conmueve, señora.

Ella endureció la mirada.

—Usted ahora piensa que yo le debo algo a cambio, ¿verdad? Se me ocurrió esa idea cuando se marchó.

—La dama me dedica un pensamiento. ¡Calma, corazón!

Lady Emily se dio la vuelta y desapareció por el pasillo con paso firme y rápido. Kitty la miró mientras se marchaba.

—Creo que empieza a pensar que usted la pretende de verdad.

—Soy todo humildad —repuso él con perfecta afabilidad.

—Sí, eso creía yo. Pero ella está un poco preocupada.

El galés dibujó una sonrisa. Ella se lo quedó mirando un instante.

—Señor, ha roto usted la promesa que me hizo. Me dijo que no se burlaría de ella. —La voz de Kitty había adquirido un tono algo más grave pese a su amabilidad—. La verdad, no sé por qué confié en ustedes. —Volvió sus grandes ojos grises hacia Leam—. A fin de cuentas, no les conozco de nada.

La mirada penetrante de esos ojos grises hizo que a Leam se le secara la garganta. Ella pasó junto a él y bajó por la escalera apresuradamente. Yale, por una vez, no dijo ni una sola palabra.

Cuando Leam cruzó la biblioteca, Jinan se levantó y se le acercó para estrecharle la mano.

—¡Jin, cuánto tiempo!

—Leam, ¿supongo que estás bien, no? —Jin se reclinó en una butaca; aunque se sentía cómodo, aquel lugar suntuoso le resultaba un poco ajeno. La apariencia extraña y aristocrática de

186

sus rasgos oscurecidos por el sol contrastaba vivamente con su vestimenta sencilla, y en sus ojos claros se reflejaba una inteligencia aguda. Jinan Seton, algunos años más joven que Leam, había tomado las riendas de su vida antes de que Leam hablara inglés.

—Estoy tan bien como cabe esperar, con Colin entrometiéndose aún en los asuntos de todo el mundo —dijo Leam tomando asiento.

—Sí. Me envió unas palabras hace poco, antes de que te marcharas de Londres.

—¿Qué?

—La pregunta correcta sería ¿sobre qué? —dijo Yale al entrar. Jin se levantó, pero el galés desestimó con un gesto esa formalidad y se dirigió hacia el mueble de los licores.

Leam negó con la cabeza.

—Maldita sea, Wyn, ¿tú ya sabías que Colin había estado en contacto con Jin?

—¿Si sabía que nuestro amigo el vizconde dijo una mentirijilla para que te implicaras en el asunto que Jin ha venido a tratar con nosotros? No, no lo sabía. Pero no me sorprende. Colin Gray consigue siempre a su hombre.

Leam se volvió hacia el corsario.

—¿Así que Colin ha sabido todo el tiempo dónde estabas?

—Según parece, no compartió esa información contigo —respondió Jin—. En cambio, me hizo llegar una noticia interesante y me dijo que nos encontraríamos.

—Leam, tal vez deberías permitir que Jin nos lo cuente. Colin encontrará más adelante el modo de involucrarte aunque ahora no sientas, por lo menos, curiosidad. —Yale sirvió tres copas de clarete y las repartió.

Jin colocó la suya sobre la mesa.

—El Ministerio del Interior ha sabido por dos fuentes distintas que recientemente un barco mercante con destino a Calcuta desapareció después de abandonar el puerto de Newcastle Upon Tyne.

—Eso está muy cerca de la frontera escocesa. —Yale enarcó una ceja—. ¿Piratas o insurgentes?

—Como los propietarios del barco todavía no se han presentado con una reclamación al seguro, aún no se sabe qué cargamento llevaba. Según parece, los informantes creen que los rebeldes escoceses lo tomaron porque creían que su cargamento tenía un valor especial.

—Un cargamento que podría financiar una insurrección contra la corona británica —añadió Yale—. Esos insurgentes son una lata. ¿Qué cargamento de tan alto valor podría ser enviado a Calcuta? Seguro que lana inglesa no.

—Lo más probable es que se tratase de información sobre las estrategias británicas en Bengala, que se enviaba camuflada como artículo comercial —contestó Jin—. Esto se hace a veces a fin de salvaguardar información importante mandada también por duplicado en buques navales.

—Ajá. —Yale se reclinó en su asiento—. Es el tipo de información que a los franceses de la India seguramente les encantaría tener, ¿no? ¡Qué hermoso círculo de amigos! Los rebeldes escoceses reclaman la ayuda francesa y están dispuestos a comerciar con secretos ingleses para asegurársela. —El galés tomó un pequeño sorbo. Cuando trabajaba, pocas veces se permitía un gusto.

—Nuestro director pidió al Almirantazgo que me concediera permiso para embarcarme en todos los barcos, británicos o no, en busca de información —dijo Jin.

—¿Y el Almirantazgo estuvo de acuerdo?

El marinero asintió.

—El *Cavalier* parte de Liverpool la semana próxima.

—Pensé que tú también te irías, Jin. —Yale lo miró atentamente.

—Renuncié al Club Falcon. —Jin por fin se acercó la copa a los labios, un anillo grueso del color del rubí se agitaba en su mano—. Pero no a mi sustento.

—Como si tú necesitases más oro. Si eres tan rico como Midas.

Jin hizo una mueca.

—¿De nuevo andas corto de fondos, Wyn?

—Caballeros. —Leam, con el rostro contraído, se puso en

pie—. Como este asunto no es de mi incumbencia, voy a retirarme.

—Leam...

La puerta se abrió con un crujido. Kitty entró en la estancia. Los hombres se levantaron. Ella se dirigió hacia Jin y le tendió las manos.

—Jinan, ¡qué contenta estoy de verte! —Su sonrisa era auténtica—. De haber sabido antes que estabas aquí, te habría buscado. —Le soltó las manos.

—¡Hola, Kitty! ¿Cómo has venido a parar aquí?

—He venido con mi amiga, la hija mayor de lord y lady Vale. Pero, cuéntame, ¿qué tal está tu barco?

Sus ojos grises refulgían en aquella estancia poco iluminada, reflejando un afecto que Leam nunca antes había visto en ellos; su cara reflejaba más calidez que incomodidad. Su elegancia deslumbrante lo impresionó vivamente.

Era por otro hombre, y eso a Leam no le gustó.

—Muy bien —contestó Jin—. ¿Y Alex?

—Igual que siempre. Serena espera poder darle un heredero muy pronto.

—Así pues, Seton, conoces a lord Savege —inquirió Yale.

—El señor Seton y mi hermano se conocieron hace muchos años en la India. Nos conocemos desde hace siglos. Pero ¿de qué se conocen ustedes? ¿Acaso son marineros? Y yo que les creía unos dandis indolentes de ciudad... —Aunque sus palabras eran mordaces, el brillo de su mirada disminuyó.

—No. Ese sería el caso de Worthmore, claro —dijo Yale con una risita.

—Tenemos una amistad en común en Lunnon, milady —dijo Leam con su acento característico—. Nos ha hecho llegar noticias de interés común.

—¿De veras, milord? ¿Y qué tipo de noticias? —Aunque el tono de voz de ella era el mismo, Leam reparó en el brillo desafiante de su mirada.

—Noticias sobre barcos —respondió él.

—Ah, entiendo. —Kitty les dirigió una rápida mirada a todos—. Lady Vale me ha pedido que les comunique que la cena se servirá en un cuarto de hora. —Dirigió a Jin una breve sonrisa, hizo una breve inclinación y se marchó.

Yale se sentó de nuevo en su butaca y cogió la copa.

Jin se volvió hacia Leam.

—¿Katherine Savege?

—¿Conoces bien a la dama? —murmuró Yale—. Seguro que pasaste un tiempo bebiendo ron con el granuja de su hermano en la India, antes de que Savege sentara cabeza y se dedicara a eso del «fueron felices y comieron perdices».

—Se podría decir así. —Los ojos claros del marinero se quedaron pensativos—. Leam, ella y su madre juegan a cartas a menudo con el conde de Chance, ¿verdad?

—Eso creo.

—Lo tenemos en nuestra lista.

—¿Una lista?

—Es un escocés... —murmuró Yale.

—¿La lista de quién? —insistió Leam.

—La del director, con datos del Almirantazgo —respondió Jin—. Es una lista de lores escoceses sospechosos de estar dispuestos a aliarse con los franceses.

Yale, con un puro entre el pulgar y el dedo índice, encendió una cerilla.

—La verdad completa toma forma. Sin duda, el director quiere que Leam trabe amistad con esos lores escoceses.

—Los espías y los traidores son cosa del Ministerio del Interior, no del Club Falcon —aseveró Leam con una sensación de vacío en las entrañas—. Sin embargo, aunque este no fuera el caso, yo ya no trabajo para la corona —dijo de forma lenta y definitiva.

La mirada clara de Jin no se alteraba nunca.

—Entonces ¿qué haces aquí?

Un Leam más joven tal vez habría tenido la tentación de decir que el destino lo había conducido a los pies de Kitty Savege. Pero, por mucho que la presencia de esa mujer provocara en él unos celos que le quemaban como si fueran de hierro candente, él ya no era aquel joven alocado. Sin aguardar su respuesta, Jin metió la mano en el bolsillo del chaleco.

—Me marcho.

Yale le dirigió una sonrisa.

—Hola y adiós. ¿Por qué no me sorprende?

—Tengo que resolver algunos asuntos antes de levar anclas. —Jin arrojó un papel doblado sobre la mesa.

—¿La lista del director?

Tras un breve asentimiento, el marino se marchó.

Leam inspiró lentamente y se dirigió hacia la puerta.

—¿No quieres ver los otros nombres de la lista? —quiso saber Yale.

—Quiero irme a casa. Intentaré partir mañana.

Nada lo retenía ya en Inglaterra. Ni un club, ni los rebeldes de las Tierras Altas, ni los lores traidores ni los barcos repletos de información secreta. Ni siquiera una mujer. Si un asesino iba a por él, también lo seguiría hasta Escocia.

Tras la cena, ya en la sala, Leam comunicó a sus anfitriones que partiría a la mañana siguiente.

—*Si vite!* —se lamentó madame Roche—. Pero si acaba usted de volver...

—¿El señor Yale se marchará con usted? —preguntó Worthmore con aspereza.

—No podría marcharme de aquí en menos de dos semanas, señor —dijo el galés—. La compañía es demasiado grata para irme de un modo tan repentino. —Dirigió una sonrisa a su anfitriona. Ella se rio con disimulo, y Leam vio en ella un reflejo de lo que Cornelia habría podido llegar a ser, bella aún y tremendamente amable.

—Mi familia me aguarda en casa, milady —añadió con su acento.

—Tiene usted que ser un padre muy atento. ¡Qué lástima que su querida esposa no pueda ver crecer a su hijo! —Lady Vale asió a Leam de las manos—. Le vamos a echar mucho de menos.

—Esa ingenuidad superficial e irritante; esa simpatía dulce y dorada... Sí, en efecto, Cornelia habría sido así. Él debería haberse percatado en su momento. En cambio, había sido un idiota ingenuo y perdidamente enamorado. Y además celoso.

Pero los celos eran parte de su modo de ser. Eso no se podía cambiar. Lo único que podía hacer era evitar situaciones en las que él pudiera volver a dejarse arrastrar por ellos.

El grupo se separó y Leam se despidió de todos. Kitty no dijo nada. De nuevo tenía las mejillas brillantes y sus ojos reflejaban cierta vacilación. Algo totalmente inoportuno.

Él se fue a su dormitorio, destapó una botella de cristal y se sirvió un brandy. Una hora más tarde, con la bebida sin tocar y el fuego chisporroteando en la chimenea, se levantó de la butaca en la que había permanecido inmóvil y se acercó a la ventana. Corrió las cortinas.

La luz de la luna se reflejaba en la nieve fresca, y el cielo despejado era de color negro y plata. En el jardín, moviéndose graciosamente entre las estatuas y dirigiéndose hacia un trío de árboles antiguos situados al borde de la colina, con la capa agitándose a su espalda, un ángel paseaba. Un ángel de grandes ojos grises y labios dulces, de charla inteligente, y un pasado de encuentros imprudentes con caballeros entre los cuales Leam no deseaba contarse. ¡Maldición!

La contempló mientras vagaba entre las ramas de los sauces y los abetos y, a pesar de la advertencia procedente del fondo de sus entrañas, no pudo evitar salir tras ella.

Kitty hundía los pies en la nieve blanda; a pesar del frío y la humedad le resultaba agradable. Necesitaba distraerse con cualquier cosa.

No podía sentirse así porque él se marchara al día siguiente. Él ya había partido de Willows Hall en una ocasión sin previo aviso, sumiéndola en la mayor de las confusiones, al ver que era capaz de abandonarla sin tan solo despedirse. De todos modos, incluso antes de irse de Willows Hall de un modo tan repentino, él se había mantenido bastante distante. Parecía como si ahora no quisiera tener nada que ver con ella.

Mejor así. No se fiaba de él. Además, por la asociación de él con Jin, ella ahora sabía que lord Blackwood estaba metido en asuntos que iban mucho más allá de la mera apariencia.

Jin no era un alma cándida. En absoluto. Atractivo, rico y carente en su opinión de cualquier atisbo de moral —excepto una lealtad feroz hacia su hermano mayor—, Jinan Seton no era hombre de fiar. Alex no había conocido a Jin en las mesas de juego, no era un caballero de cuna. Ahora se dedicaba a navegar con su barco como un corsario al servicio de la corona. Sin embargo, durante más de una década había surcado el océano como pirata.

Un viejo sauce se desplegó ante ella con las ramas enredadas en un pino que tenía al lado. La media luna confería a todo el conjunto un contorno azul plateado que destacaba muy claramente las sombras. Kitty se coló entre las ramas; en el suelo, la nieve era más fina, dando paso a un lecho blando de pinaza.

Si el conde hacía negocios con Jin, debía alegrarse de que se marchara. Pero le era imposible. Cuando la miraba, ella sentía a la vez la punzada y el ardor del deseo. Así quería que la desearan. Y luego estaban esas cosas que él le había dicho.

Se quitó un guante y posó la palma de la mano en la corteza áspera, estremeciéndose bajo su capa. No tenía que pensar en eso. Pronto regresaría a Londres y continuaría con la vida de antes; era demasiado cobarde para cambiar el modo en que había vivido durante años. Quizá podía casarse con un viejo como Worthmore, o con un hombre de poca fortuna, alguien que la aceptara a pesar de todo a cambio de su dote. Tal vez, si su madre se casaba con lord Chamberlayne, ella podría pasar el resto de sus días en las casas de su padrastro y sus hermanos, yendo de una a otra por carecer de familia propia. A eso la había llevado su empeño y su tesón. Y su corazón furioso.

Sin embargo, ahora su corazón ya no conocía la ira, y anhelaba otro tipo de vida.

Oyó en ese momento un crujido de ramas a su espalda. Se volvió. Él estaba de pie, justo entre la cascada de hojas verdes y grises, oscuro bajo la luna, y blanco.

Se le acercó. Ella sintió que las piernas se le aflojaban y contuvo la respiración. Se quedó quieto delante de ella. Sin decir palabra, le apartó la capa y la tomó por la cintura. Ella recuperó el aliento, tomó una bocanada de aire y sintió el calor de su cuerpo a través de las manos y del espacio que quedaba entre ellos. Los ojos oscuros de él, como en aquella ocasión en la posada, rebosaban de un deseo al que Kitty temió sucumbir sin remedio.

De forma queda, como si fuera la visión de un sueño, se arrodilló ante ella. Con las manos posadas en sus caderas, apretó la cara contra su cintura y pareció aspirar con fuerza. Entonces resiguió con los pulgares los huesos de su cadera y luego los siguió con la boca.

Ella volvió la cabeza hacia un lado, incapaz de mirar.

—¿Qué estás haciendo?

—Apenas lo sé. —Habló en voz baja, susurrando bajo aquel manto invernal.

—Eso no parece muy alentador.

—Estoy haciendo el amor a una muchacha hermosa.

—No deberías.

—Sí.

—No te das cuenta... —que a ella algo se le escapaba de entre las manos, el control que había mantenido con tanta firmeza desde que había jurado herir a un hombre. Supo entonces en qué se había engañado. Siempre había tenido esperanza. No en Lambert. En algo más. En algo que, en realidad, ella no debería desear, porque había acumulado tanta sed de venganza durante tanto tiempo fingiendo afecto, que no merecía el afecto verdadero. Su alma estaba corrompida—. Leam. —Su voz era un susurro, una súplica o una renuncia. No lo sabía.

—Kitty, ¿cariño?

Él tenía las manos en sus nalgas, envolviéndola con calor en medio del frío.

—¿Por qué no quisiste intervenir en el plan de madame Roche? ¿Por qué no quisiste fingir por el bien de Emily?

Él alzó la mirada hacia ella. Las facciones duras a la luz de la luna.

—¿Por quién me tomas? —Musitó con aspereza con su acento escocés. Deslizó entonces las manos por el exterior de los muslos de ella, poseyéndolos mientras los acariciaba—. ¿Cómo podría?

—¿Quieres decir que cómo podrías fingir algo así con mi

amiga habiendo sido nosotros amantes? Pero ya no lo éramos.

Agarró con fuerza la tela de su vestido por la espalda.

—Fue un día, ¡por Dios!

—Pero...

—Cariño, no todos los hombres somos unos sinvergüenzas.

Pero ella ya no sabía qué es lo que convertía a un hombre en un sinvergüenza. ¿El que pedía en matrimonio por obligación, o el que lo hacía como acto final de crueldad?

—Lord Poole me pidió la mano... —Las palabras de ella caían como copos de nieve sobre el suelo blando y frío, al abrigo de las ramas—. Nunca antes me lo había pedido hasta aquella noche del baile de máscaras, cuando por fin le dije que me dejara tranquila. Esa noche de hace tres años, cuando tú y yo nos conocimos.

Él se puso de pie. Le acarició el rostro y la miró.

—¿Qué le dijiste, muchacha?

—Le dije que si yo hubiera querido casarme, ya lo habría hecho hace mucho tiempo. Que no lo esperaba a él.

—¿Eso hiciste?

Ella no podía respirar. Deseaba que él convirtiera en realidad la sensación que albergaba en su pecho. Sacudió la cabeza. La cálida mano de él le recorrió el rostro, debajo de su cascada de rizos.

—¿Leam?

Él la miró fijamente a la cara, las mejillas y la frente.

—¿Muchacha?

—Creo que deberías irte ahora mismo, de inmediato, porque si te quedas yo podría volver a arrojarme en tus brazos.

La tomó entre sus brazos como a una niña, pero su beso fue el de un hombre. Kitty acarició con las manos el hermoso rostro del hombre, a la vez que se las calentaba.

—¿Adónde podemos ir? —preguntó cuando la besó en el cuello. Lo abrazó por los hombros y notó su vigor y seguridad. Él, sin embargo, de nuevo le cerró los labios, esta vez con un beso voraz, con el que la excitó rápidamente. Ella se apretó contra su cuerpo y deslizó la lengua en la boca de él.

—Kitty.

Se puso de rodillas mientras la sostenía en brazos, acunándola en su regazo y besándola como si fuera a comérsela. Ella se acomodó para sentir la excitación de él en la espalda; él gimió y tanteó el corpiño con la mano. Súbitamente, deslizó la palma de la mano por debajo del vestido y le agarró el pecho. Ella gimió mientras el frío de esa mano le recorría el cuerpo.

—Perdona —musitó mientras le acariciaba el pezón rígido y tomaba sus labios entre los suyos, alternando ambas cosas, para excitarla.

—No, no lo hagas... —Ella se dejó llevar por sus caricias, quiso doblar la rodilla hacia arriba, pero la falda se lo impedía.

—¿Podrás perdonarme por esto? —Le bajó la ropa que le cubría el pecho y colocó la boca sobre la sensible punta. Se la acarició con la lengua, arrastrándola hacia el placer.

—Sí, sí, hazlo... —Ella gemía mientras lo agarraba por los hombros e intentaba encajar el centro encendido de su cuerpo con la excitación de él a través de la ropa. La frustración le hizo llevar las manos a las caderas de él, luego a su falda, tirando con fuerza mientras él la lamía y crecía aquella dulce urgencia—. Pero vas a... —El placer la dejó sin palabras—. Vas a tener que continuar haciendo esto. Si no te negaré mi perdón.

Le levantó la cabeza, mientras en sus labios humedecidos asomaba una sonrisa de puro deleite y la luz de la luna se reflejaba en sus ojos.

Ella negó con la cabeza.

—¿Acaso no has oído lo que acabo de decirte?

—Sí. Pero tú, Kitty Savege, eres muy hermosa y tu lengua está hecha para la risa. —Tenía una voz deliciosamente ronca y el aire gélido se arremolinaba entre ellos en velos de bruma—. ¿Por qué no te ríes más a menudo?

—¿Y por qué tú, cuando lo haces, no lo haces de veras?

Se quedaron mirándose durante un largo instante; ella notó la humedad clavándole punzadas de frío en el pecho. Las ramas del sauce titilaban y la luz de la luna se colaba entre las hojas para reflejarse sobre la alfombra de agujas de pino secas y mullidas. Todo tenía un tono pardo y plateado.

Él se le acercó y su voz tosca se coló en su oído.

—«He tenido un sueño, y no hay ingenio humano que diga qué sueño.»

—Shakespeare. —Una sonrisa de dicha pura brotó de los labios de ella—. También en *Sueño de una noche de verano* escribió: «Fuera de este bosque, no quieras salir.»

—Muchacha, prometí comportarme contigo como un caballero —dijo con una voz gloriosamente ronca.

—No lo hagas... —Ella apretó los labios contra los suyos y arrojó los brazos en torno a su cuello. La aproximó. Ella tiraba de su chaleco y de la camisa que llevaba debajo—. Hazme el amor aquí mismo. Ahora.

Le apartó la falda de las piernas y consiguieron que ella se pudiera sentar a horcajadas sobre él. Ella empezó a hurgar en los cierres del pantalón.

—No sé qué estoy haciendo aquí —gimió ella con los dedos helados.

—Kitty, querida, todo lo que haces está muy bien.

Le cogió la mano y la posó sobre su miembro erecto. Debajo del tejido se adivinaba, tieso, todo su ardor. Ella intentó coger aire. Hundió su boca en la de ella y acompañó su mano hasta el órgano endurecido, moviéndolo adelante y atrás, a la vez que la exploraba con la lengua. Acariciarlo de ese modo le hacía perder la cabeza y aumentaba sus ganas. Un gemido de placer retumbó en el pecho de él. Deslizó entonces la mano por debajo de la falda: estaba fría al tacto, pero eso a ella no le importaba. Quería sentir esas manos en todo su cuerpo. La acarició y ella gimió en su boca.

—Kitty, quiero saborearte. —Tenía una voz tan grave, áspera y bella.

No sabía qué quería decir con eso. Estaba dispuesta a permitirle cualquier cosa.

—Sí.

Se quitó el capote, lo extendió en el suelo detrás de ella y la tumbó boca arriba. Pero, cuando pensaba que iba a colocarse encima de ella, él le levantó la falda por encima de las rodillas y le abrió los muslos con mano firme. Luego se inclinó hacia ella.

—¿Leam? ¿Qué...? ¡Oh!

Tenía la boca sobre su cuerpo, blanda, caliente, húmeda. Una delicia.

—Sí —susurró ella.

Eso tenía que estar mal, muy mal, pero su cuerpo se abrió para él, anhelando su beso. Si no era ese su fin, entonces no sabía para qué estaba hecho su cuerpo. Aquello parecía muy bueno, sublime, un poco abrumador. Se ofreció a él para tener más, incapaz de mantener las caderas quietas, con la espalda arqueada de placer. Leam se sumergió en ella y emitió sonidos que nunca jamás había proferido. La acariciaba, su boca convertida en una tormenta hasta quedarse sin aliento, sin fuerzas para nada salvo para esas caricias y exploraciones rápidas, el desbordamiento de la urgencia. Ella ardía en deseos y él respondía a ellos. Supo que no había compasión en este mundo. Cuando alcanzó el éxtasis, gritó en silencio, con la garganta reseca de satisfacción, ahogada por sollozos y risas.

Cuando él la soltó, ella tomó aire. Sentía las extremidades flojas. Sus manos le recorrieron los muslos y luego las pantorrillas; el frío se impuso entonces y la devolvió a la realidad.

—¡Esto es una perversión! —susurró, sintiendo un zarpazo de vergüenza—. ¿Es eso lo que los hombres les hacen a sus amantes?

—No. Esto es lo que un sinvergüenza le hace a una mujer que no puede quitarse de la cabeza. —La tensión de su voz rasgó la tranquilidad gélida—. Kitty...

—Está bien... —Ella se incorporó y se bajó la falda. La voz le temblaba—. Está más que bien. De hecho, debería darte las gracias.

La tomó por los hombros, la acercó hacia él y le habló por encima de la frente.

—Kitty, no puedo hacerte el amor como me gustaría. No sé por qué crees que no puedes concebir, pero no quiero volver a tener la ocasión. Ya la primera vez no debería haber ocurrido.

—Creo que eso fue decisión mía. —Nada de temblar. Nada de desesperarse al constatar que su afán por no dejarla embarazada y luego sentirse obligado a casarse con ella era mayor que el deseo que sentía por ella—. De todos modos, te agradezco la consideración. —El doloroso recuerdo del placer en su cuerpo se mezcló con el dolor en todos los demás sitios. En todas partes.

La tomó con el brazo por la cintura y la acercó hacia él.

—Muchacha, no des las gracias a ningún hombre que te use sin honor.

Habló con dureza, de forma distinta del amante que recitaba poesía en el establo. Ahí había una intensidad que ella solo había atisbado una vez antes. Eso la estremecía y la alarmaba.

—Seguramente no debería. —Escrutó sus ojos brillantes, pero no vio nada en ellos que pudiera entender—. De todos modos, una parte de mí se siente agradecida. Y, como uno de nosotros debería decir la verdad, supongo que voy a ser yo.

Le apretó la mano. Se inclinó, le rozó los labios y la besó. La besó y el mundo se detuvo excepto para su boca, que, en la de ella, parecía apremiarla para que le diera todo cuanto quisiera darle aquel desconocido del que sabía tan poco, excepto que nunca le había parecido un auténtico extraño. En él se adivinaba una tensión que no se correspondía con el dulce placer que habitaba en ella. Sin embargo, deseaba satisfacerlo si la necesitaba. Por primera vez en años, deseó obedecer los deseos de un hombre, independientemente de lo que eso significara para ella.

Él se separó bruscamente de ella y le posó la mano en una mejilla, forzándola a mirarlo.

—¿Solo fue Poole? —La voz se le quebró—. ¿Con cuántos hombres has estado? Dímelo.

Se acobardó ante el ardor de esos celos posesivos. Ahora ya nada tenía importancia, nada del mundo en el que ella se había refugiado. Ni siquiera los secretos de él. A riesgo de caer, solo le importaban los brazos de aquel hombre tan extraño que tal vez la ataparía.

No podía contarle la verdad, que solo había sido Lambert. No era tan tonta como para eso. Si él no veía claro mantener una relación permanente con ella, tendría que convencerlo de que no podía dejarla embarazada. Lo deseaba más de lo que jamás había deseado al hombre al que había entregado su inocencia. Pero sabía también cómo jugar al juego del engaño.

Pues que así fuera. Adiós a la alegría de la esperanza. De nuevo se imponía el sombrío fingimiento. Al parecer, su corazón voraz no podía hacerse con algo más noble. Sin embargo, por lo menos, por un breve espacio de tiempo, tal vez solo por esa noche, ella podría sentir un eco de felicidad.

—Oh —se forzó a decir—. Yo diría que por lo menos han sido una docena.

Se rio con un triste y dulce sonido de lamento, y Leam se sintió perdido. Perdido en un sitio que él había jurado que nunca volvería a entrar. Se la acercó, y ella le ofreció gustosa la boca, las manos y la suave pendiente de su cuello que descendía hasta sus pechos. Su corazón abrumado palpitó con fuerza mientras ella lo acariciaba con sus manos curiosas.

Ella deslizó la punta de la lengua por el borde de la oreja de él y susurró:

—Hazme el amor, Leam. Líbrame de esta urgencia.

«Sálvame. Sálvame, Leam», pensó.

Se separó de ella, apartándola con brusquedad, mientras las imágenes acudían a su recuerdo. Unos ojos azules suplicantes, el llanto, las lágrimas empapándole la piel, los celos y la rabia desgarrándolo por dentro. El cuerpo desmadejado de su hermano, la sangre sobre la tierra. Una falda sucia por las aguas del río y un deslucido anillo de compromiso.

«Ni siquiera me quería. No me quería», dijo para sí Leam.

Se puso en pie, tomó aire y se dio la vuelta. Cinco años y medio de rabia, impotencia y dolor salieron a la luz.

—No —dijo con voz entrecortada, sintiendo un nudo en el estómago y la cabeza que le daba vueltas—. No, Kitty, te lo ruego, por favor, te ruego que me perdones. Por todo. No puedo.

Sin volver la vista atrás, se marchó a toda prisa por el jardín iluminado por la luna.

Sin esperar al alba, Leam recogió sus pertenencias y se escapó de Willows Hall, apartándose de una tentación que superaba su capacidad de resistencia. Espoleó a su caballo y a sus perros, y cabalgó en dirección este y luego hacia el norte. Al norte, hacia Alvamoor, donde su esposa y su hermano lo esperaban sumidos en una paz sepulcral, alejados del tumulto que ellos habían creado en su alma. Al norte, donde, con suerte, también podría darse sepultura a sí mismo en un lugar donde el alma no podía volver a ser tentada.

15

Leam encontró a sus hermanas en la terraza. La elegante mole de Alvamoor se erguía a su espalda con el esplendor rojo y almenado de sus sillares de arenisca. El parque se extendía en distintos desniveles hasta unos campos de barbecho parduscos y unos pastos de ovejas sumidos en la neblina, limitados por unos muros serpenteantes de piedra. Más allá de los establos, el bosque que había dado el nombre a sus ancestros descendía como una gran sombra oscura por la colina, como burlándose de los parques y del jardín que rodeaba la casa. Aquella mezcla de naturaleza salvaje escocesa y de elegante orden inglés era algo que había echado mucho de menos.

Fiona e Isobel tomaban el té bajo el sol brillante, arropadas con pieles y bufandas. Su hermana menor se levantó de un salto, deslizándose por la terraza como una sílfide graciosa envuelta en muselina a rayas, con una capa roja y rizos oscuros. Se arrojó sobre él y Leam la aupó.

—¡Has venido! —Ella lo apretó con sus finos brazos. Él se inclinó para besarla en una mejilla y luego en la otra. Cuando murió su madre, Leam tenía quince años y Fiona era muy pequeña. Ahora, a punto de cumplir los dieciocho, era toda una belleza, alta como Isobel pero esbelta como un junco—. Pensábamos que no volverías jamás.

Él sonrió contemplando sus ojos risueños.

—Yo también empecé a creer que nunca lo haría.

—¿Qué te retuvo?

—Una tormenta de nieve en Shropshire. —La asió de la mano y la acompañó de vuelta a la mesa—. ¿Qué hacéis aquí fuera? ¿Acaso no tenéis dentro un lugar caldeado para tomar el té?

—No he podido resistir la tentación de disfrutar del sol. Es la primera vez que sale después de muchas semanas grises. Ahora ya entiendo: la naturaleza sabía que hoy volverías a casa. —La sonrisa iluminaba el rostro de la chica.

—¿Qué hacías en Shropshire? —preguntó Isobel sin levantarse ni tenderle la mano.

A diferencia de Fiona y de su hermano Gavin, en esos cinco años ella no le había perdonado. Aunque ninguno de ellos había hablado nunca del tema, Leam suponía que Gavin lo entendía; Fiona, por su parte, nunca había sentido un gran apego por James. De pequeña, había convertido a Leam en su favorito, y su personalidad estaba impregnada de lealtad; tal como Leam había hecho creer a la sociedad respecto de su esposa durante años. Sin embargo, el afecto inquebrantable de Fiona era sincero.

Ella le apretó la mano y se le colgó del brazo.

—Sí, cuéntanos. Quiero saber todo lo que has hecho desde que te vimos en las pasadas Navidades. ¡Oh! ¡Qué lástima que este año te las perdieras! Jamie y yo hicimos una *croque-en-bouche*.

—¿Se supone que yo debería saber qué es eso?

—Una torre francesa de profiteroles de crema. ¡Bobo! —Fiona le pellizcó el brazo—. Leí sobre ese pastel en una revista de moda de París y pensé que en tus viajes por el mundo tenías que haberlo comido en alguna ocasión. Así que lo hicimos para ti. Se aguantó en pie durante casi una hora, hasta que Mary lo acercó demasiado a la chimenea y el azúcar se fundió. De todos modos, los profiteroles estaban muy buenos, aunque, claro, quedaron un poco pegajosos.

—Claro.

—Todavía no nos has contado qué te llevó a Shropshire, hermanito. —Isobel tenía la piel pálida, las mejillas demasiado hundidas y llevaba un peinado muy austero. Había llegado a eso por propia voluntad, y él no se lo había impedido.

—Yale me pidió que lo acompañara a la casa de unos conocidos adonde él no quería llegar solo.

A Fiona le brillaron los ojos.

—Ojalá lo hubieses traído contigo en vez de ir allí.

—Seguro que te hubiera gustado. —Leam sacudió la cabeza—. ¿Qué voy a hacer contigo cuando te permita entrar en sociedad esta primavera?

—¿Lo harás, Leam? —Por un instante los ojos de Fiona se iluminaron, pero al poco adoptó una expresión compungida—. Pero no tendré a nadie para acompañarme. Isa, como no está casada, no puede.

—Lo haré yo. —Tomó aire lentamente—. Tengo intención de quedarme en Alvamoor de forma permanente.

Ella le agarró el brazo con fuerza.

—¿En serio? —La esperanza le brillaba en los ojos.

—Vas a cumplir dieciocho años. —Por mucho que quisiera mantenerse recluido en su casa, llegaría la primavera y tendría la obligación de acompañarla por la campiña en torno a Edimburgo y presentarla a las madres de posibles candidatos. Su hermano Gavin aún era muy joven para encargarse de ello; solo tenía veinticinco años, la edad de Leam cuando conoció a miss Cornelia Cobb en el salón de actos.

—Tendré dieciocho años y tú me acompañarás a las fiestas y tal vez incluso a algún baile. —Lo abrazó de nuevo.

—No si para entonces todavía no has aprendido a comportarte un poco —murmuró Isobel.

Fiona lo soltó y contuvo la risa.

—Me comportaré, Leam. Lo prometo. —Era todo sonrisas—. ¿Has visto a Jamie?

—Acabo de llegar.

—Está con su tutor, pero iré corriendo a buscarlo.

—No. Disfruta del té mientras haya sol. Iré yo, pero me preocupa que os constipéis si permanecéis aquí fuera mucho rato.

Fiona sacudió la cabeza con una sonrisa; Isobel, en cambio, le dirigió una mirada imperturbable:

—Con las pocas veces que estás por aquí es de suponer que no te importa mucho qué hacemos en tu casa.

—También es tu casa, Isobel. Tanto tiempo como quieras.

Isobel frunció el ceño y Fiona hizo un gesto nervioso. Leam dirigió una sonrisa a su hermana pequeña y entró en la casa.

Al atravesar el recibidor percibió el olor a lirios como un puñetazo en el vientre. Había un ramo de flores decorando una mesa. Se acercó allí a grandes zancadas y sacó el ramillete del jarrón. Se dio la vuelta y vio a un criado.

—Retira eso. —Se lo endosó a un muchacho a quien no supo reconocer—. ¿Tú quién eres?

—Es el chico nuevo —dijo el ama de llaves de Leam, un ejemplo de eficiencia, apresurándose hacia el recibidor—. Vino el mes pasado. —Hizo salir al criado e hizo una reverencia a Leam.

»Bienvenido a casa, milord.

—Hola, señora Phillips. ¿Cómo está usted?

—Bien, señor. Pensé que tal vez usted querría que retirara los efectos personales de milady para poder disponer de ese dormitorio de invitados y demás. Sobre todo ahora que va a quedarse.

—Al parecer, las noticias vuelan. —Él asintió—. Sí. Yo mismo me encargaré del dormitorio de lady Blackwood.

Se dirigió entonces hacia la escalera, disgustado por el olor penetrante de los lirios en la nariz. El día del funeral de James la iglesia había estado embebida de esa fragancia. Dos meses más tarde, cuando Leam enterró a Cornelia, desgarrado entre el dolor y el alivio, de nuevo había percibido ese olor. Al cabo de unas semanas, tras aquel segundo funeral, se había unido al club de Colin Gray y poco después había conocido en Calcuta a Wyn Yale.

Había huido, había cambiado de vida, pero él no había cambiado.

Imaginar a Kitty con otros hombres era suficiente para hacerle perder la cabeza. Sin embargo, aún era peor verse entregándole el corazón y ella rechazándolo. Seguía siendo el mismo loco apasionado, incapaz de controlar la intensidad de sus sentimientos cuando les permitía aflorar; unas emociones que conducían sin remedio a la violencia contra sus seres queridos, como antes ya había ocurrido. La quemazón que sentía en su interior nunca se extinguiría por completo, y en especial si había sido inspirada por una mujer como Kitty Savege.

Cinco años rehuyendo su propio hogar no lo habían cambiado en absoluto. Pero, al menos, había aprendido a huir. Al recordar la cara de asombro de Kitty bajo los árboles nevados, supo que era todo un maestro en eso.

Se detuvo junto al rellano y alzó la mirada hacia el retrato sonriente de su esposa. Como siempre, se quedó sin aliento. Su belleza rubia resultaba asombrosa incluso en el lienzo. Mas eso ya no lo afectaba. Durante los últimos cinco años, cada vez que regresaba a casa y veía aquel cuadro, no sentía más que remordimientos.

Había encargado esa obra durante el primer mes de matrimonio. Ella había posado para Ramsay, el pintor más caro que Leam pudo encontrar, lo mejor para su novia perfecta, ese alguien incomparable de origen nada destacable y cuyos padres, sin embargo, no habían visto con buenos ojos su boda con un escocés, aunque fuera noble. Por su origen inferior, no habían tenido los medios para presentar de forma adecuada a su hija en sociedad, aunque, en cambio, la habían enviado a visitar a una amiga escocesa de la escuela, durante su primera temporada en Edimburgo. Pese a todo, su esnobismo y reticencia de ingleses respecto a él, un escocés, eran profundas.

Pero Cornelia insistió. Lloró, vertió lágrimas desesperadas y suplicó que la dejaran casarse con él porque ella, simplemente, era incapaz de vivir sin él. Al final, accedieron.

Contempló el retrato. Mientras posaba para Ramsay, ella dirigía a Leam justamente esa sonrisa, con sus brillantes ojos azules y su mentón con hoyuelos. Él se había pasado todos esos largos días mirando, pegado a su silla cada minuto, como un idiota enamorado, sin saber que en el vientre de ella crecía el hijo de su hermano. Antes de que Leam la conociera, su hermano James se había negado a casarse con ella porque tenía el corazón roto.

—Madre era muy bella.

La voz a su lado era firme y joven. Bajó la vista y dio con la mirada grave de su sobrino. Con casi seis años, seguía pareiéndose más a James que a Cornelia. Por eso, se dijo Leam, también se parecía a él. Era un Blackwood.

Volvió de nuevo su atención al retrato.

—En efecto, lo era. —Hermosa, egoísta y manipuladora. Sin embargo, no sintió la antigua rabia que antes siempre le sobrevenía. Tenía remordimientos por lo que les había hecho cuando descubrió su secreto, pero no se sentía furioso por lo que ellos le habían hecho.

Inspiró lentamente, comprobando esa sensación. Persistía. ¿Cuándo había desaparecido la rabia?

—Bienvenido a casa, padre. —Jamie le tendió la mano. El muchacho era de complexión robusta y apretó con firmeza la mano.

—Parece que has crecido unos diez centímetros desde las últimas Navidades.

—No, padre. Solo han sido cinco centímetros y medio. La señora Phillips me midió la semana pasada.

—¿De veras? Bueno, en tal caso, la señora Phillips tiene que estar en lo cierto. Me atrevería a decir que ella nunca se equivoca.

—Se equivocó cuando dijo que vendrías a casa para Navidad. —Hablaba muy serio, como si después de dar vueltas a este asunto, al fin hubiera aceptado aquel hecho equivocado.

Leam se agachó para ponerse a la misma altura que el niño y mirarlo a los ojos.

—Siento no haber podido llegar a tiempo para las Navidades. ¿Me perdonas?

—Sí, padre. —Los ojos negros del pequeño reflejaban demasiada seriedad para ser alguien tan joven—. ¿Te retrasaste por negocios? Tía Fiona dice que la mayor parte del tiempo estás muy ocupado con los negocios y que, por eso, no puedes quedarte mucho tiempo.

—Esta vez mi intención es quedarme, Jamie. ¿Te gustaría?

El muchacho abrió los ojos con sorpresa y tragó saliva.

—Sí, señor. Eso sería la cosa que más me gustaría.

Leam asintió, sintiendo en su pecho una inquietud que no remitía. Pese a todo, amaba a ese chico, el hijo de su hermano. Había permanecido ausente demasiado tiempo.

—Muy bien. Entonces, ya está decidido. —Se incorporó—. Seguro que cuando me has encontrado ibas a algún sitio.

—El señor Wadsmere dice que me leerá algo sobre Hércules si termino la caligrafía antes de la cena.

—¿Conque Hércules, eh? Entonces, será mejor que no te retrases y termines la tarea. —Posó la mano sobre el hombro del chico—. ¿Puedo acompañarte y mirar cómo lo haces? Hubo un tiempo en que yo era algo así como un maestro en caligrafía, pero creo que tengo ese asunto un poco oxidado. Tal vez tú me podrías refrescar la memoria.

La boca del muchacho dibujó un amago de sonrisa.

—No creo que eso sea verdad. Pero tía Isobel dice que a menudo los caballeros explican cuentos para que los demás hagan lo que ellos quieren. Pero a mí no me importa. Puedes venir conmigo, incluso si dices la verdad. —La sonrisa fue completa.

Subió la escalera y Leam lo siguió, sintiendo una opresión en la garganta.

Al cabo de tres semanas de haber regresado a su casa entró por fin en las estancias de Cornelia para ordenar sus pertenencias. No había polvo en su habitación, ni en el vestidor. Ninguna criada escocesa supersticiosa habría limpiado durante cinco años y medio por voluntad propia los objetos de una mujer muerta, pero el ama de llaves, la señora Phillips, era implacable.

El lugar seguía irradiando la coquetería femenina de Cornelia; era todo de color melocotón y rosa a fin de resaltar sus encantos de color marfil y dorado. Sobre el tocador había tres frascos de perfume sobre una bandeja de plata y un juego de peine y cepillo de plata. Rozó con las yemas de los dedos el mango del cepillo, a un centímetro apenas de donde un único mechón de color dorado estaba adherido a las cerdas.

Contuvo el aliento. Hacía años que el corazón ya no se le aceleraba al pensar en ella, tan solo se limitaba a latirle lentamente por lo que él le había hecho. Por lo que le había hecho hacerse a sí misma.

Entró en el vestidor. La ropa seguía colgada en las perchas. Siempre se vestía a la última; los tonos pálidos y la moda del momento se ajustaban a su figura delicadamente redondeada. Cuando se conocieron, solo tenía dieciocho años, y la redondez de sus carnes era visible en los hoyuelos de los codos y en las mejillas.

En aquel salón, los admiradores se arremolinaban a su alrededor. Recién llegada a Edimburgo, de su perfecto rostro inglés emanaba frivolidad. Sin embargo, en cuanto él encontró una persona conocida para que se la presentase, todas las sonrisas de sus labios rosados fueron para Leam. O, por lo menos, eso creyó. En el curso de las dos semanas siguientes, la cortejó sin cesar. Ella cedió rápidamente, y pensó que estaba tan loca por él como él por ella.

Leam admitía que en su ira había habido mucho orgullo herido. Durante las tres semanas previas a la boda, cuando se publicaron las amonestaciones, tanto Cornelia como James podían haberla impedido; sin embargo, en vez de ello dejaron que se comportara como un patético idiota.

En la pequeña habitación destacaba un contundente arcón de cedro. Aquel era un sitio tan bueno como cualquier otro para empezar. Abrió la aldaba y su contenido quedó a la vista. Se trataba de cosas propias de la vida de una joven mujer: pañuelos de encaje, lazos, un ramillete seco, e incluso una nota que él le había escrito durante esa primera semana, repleta de poéticas declaraciones de amor.

Curiosamente, todo aquello no le hizo sentir mal. Mientras arreglaba las pertenencias de su esposa no le asaltó el dolor por la traición o por las esperanzas frustradas, ni siquiera un atisbo de resentimiento. Tal vez por fin la había perdonado. Ella solo había sido una muchacha impetuosa y egoísta, no muy distinta del joven impetuoso y egoísta con el que se había casado para salvarse de la perdición.

Sin embargo, al final, él la había llevado a la perdición de verdad. La había conducido a la muerte, igual que hizo con su hermano. Aquel dolor lo acompañaría para siempre, como si tuviera un cuchillo clavado en el pecho.

—Así que al final te has decidido.

Isobel estaba de pie en la puerta. Su rostro, antaño tan delicado, tenía una expresión adusta, que contrastaba con el encanto femenino de las estancias de Cornelia.

—Ya era hora —dijo señalando el baúl abierto.

Él asintió.

—Es posible.

Ella permaneció de pie en silencio y lo miró fijamente.

—¿Te gustaría ayudarme? —dijo él al final.

—¿Con esas tonterías? No me insultes.

—Si no te interesa hacer esto, ¿por qué estás aquí?

Ella se le acercó y le mostró un cuaderno delgado de color negro.

—Encontré esto cuando guardaba las pertenencias de James después del funeral.

Leam no lo cogió.

—¿Qué es? —preguntó.

—Él te lo regaló por Navidad, cuando ambos estabais en la universidad.

—¿Por qué no me lo enseñaste antes?

—Porque hasta ahora nunca habías vivido aquí de forma permanente. Y esto debería quedarse aquí. Donde está él. —Le acercó el cuaderno—. Tómalo.

Él se puso de pie y lo cogió.

—Supongo que te da igual tenerlo o no —dijo ella con voz tensa—, pero es tuyo y yo no soy una ladrona.

Sin levantar la vista él dijo:

—Yo también lo quería, Isa.

—Entonces ¿por qué lo mataste?

Alzó la cabeza; el corazón le latía con fuerza. Ella nunca había dicho eso en voz alta. En todos aquellos años, nunca hasta entonces lo había acusado directamente. Sin embargo, ambos sabían por qué ella le había retirado su afecto. Tras el funeral, él le había hablado del duelo. Había sentido la necesidad de admitirlo en voz alta; de lo contrario, ese secreto le habría carcomido por dentro. Algo que, de todos modos, había ocurrido.

—Yo... —Intentó hallar las palabras que tenía enterradas en

su corazón—. Nunca pensé que ellos harían eso, Isobel. Es preciso que sepas que nunca lo pensé. No deseé su muerte. Nunca la deseé. Jamás.

—¿Y no te parece que organizar un duelo para él fue la peor manera de demostrar eso?

—Ellos eran amigos íntimos.

—¡Y tú eras su hermano!

—Yo era... —«un marido cornudo», pensó.

No del todo, ya que Cornelia y James habían estado juntos antes de la boda, no después. James insistió en ello. Incluso Cornelia admitió eso, abatida ante ese amor no correspondido y debilitada tras dar a luz a su hijo. Al borde casi de la locura, ella lo había confesado todo, admitiendo que se había aprovechado de Leam porque, en su estado, no tenía otra opción más que casarse pronto. Además, al casarse con él, había creído que podría estar cerca de James. Sin embargo este, a pesar de la insistencia de ella, no la amaba, y ella no dejó de repetir una y otra vez el dolor que había sentido ante el rechazo de su hermano.

Así las cosas, Leam la abandonó, desterrándola en Alvamoor, adonde juró no regresar mientras ella viviera. Luego partió hacia la ciudad a buscar a su hermano.

Pero Isobel, por entonces recién salida de la escuela, no sabía esas cosas. Igual que los demás; su recuerdo de James Blackwood era el de un muchacho risueño y pícaro; un hombre atlético y burlón, de deseos francos y diversiones simples. Ésa era la imagen que tenía que perdurar. Nadie conocería jamás la verdad. Por el bien de James y por el de su hijo, Leam jamás la revelaría.

Solo había otro hombre que la conocía, Felix Vaucoeur. El hombre que lo había matado.

—Yo estaba enfadado con él —dijo con voz queda—. Quise asustarlo. Fue solo eso, Isa. Y con ese error ahora tenemos que vivir.

—Eres una persona cruel y sin sentimientos, Leam.

Por Dios, cómo le gustaría serlo. Lo había deseado durante cinco años, pero había sido en vano. Cuando se entregaba de corazón, todavía sentía demasiado intensa y profundamente.

Sostuvo la mirada de Isa, mientras la frialdad lo envolvía de nuevo como un abrigo. Y agradeció esa sensación.

—Tú no tienes ni idea de cómo soy.

—Ni ganas. —Ella se dio la vuelta y desapareció por el pasillo a pasos inquietantemente quedos, como ese fantasma que ella adoraba.

Leam miró el cuaderno y su corazón comenzó a tranquilizarse. Acarició la cubierta de piel con los dedos, temeroso de abrirlo. En efecto, su hermano se lo había dado cuando ambos habían regresado de Cambridge para pasar las vacaciones. James había vuelto a casa semanas antes que él, engañando a sus profesores para que lo dejasen salir, porque él era James Blackwood y se lo podía permitir. Campeón de *cricket*, jinete arrojado, remero destacado y, en suma, un diablo hermoso que, al principio del segundo curso tenía encandiladas a las esposas de los decanos, a sus hijas e incluso a los propios decanos. Los libros no le importaban lo más mínimo, tan solo el deporte o las fiestas, y no se molestaba en disimularlo.

Nadie le había reprochado nada. Todos lo adoraban. Generoso incorregible y siempre riendo de corazón por cualquier cosa, ya fuese una comedia subida de tono o el gusto por los libros de su hermano, nadie le había echado la culpa de nada, ni siquiera por las lágrimas que habían vertido por su culpa varias jóvenes damas. Su corazón era un libro abierto para todo el mundo, siempre lo había sido. Si una muchacha llegaba a creer que un granuja tan encantador y voluptuoso solo la quería a ella, es que era demasiado ingenua.

Sin embargo, aquel otoño, cuando apenas habían pasado dos meses desde que habían regresado a la escuela, James se escapó a Alvamoor. Cuando Leam llegó por fin a casa tras terminar el trimestre, el joven que encontró no tenía nada que ver con el granuja despreocupado que todo el mundo conocía. Durante las fiestas de San Miguel, James había conocido a otro estudiante, el joven conde francés Felix Vaucoeur, y había descubierto algo de sí mismo que no podía soportar y que lo hacía sufrir. Del mismo modo que Leam hacía ahora, James había huido a Alvamoor en un intento por escapar de sí mismo.

Leam abrió lentamente la tapa de aquel cuaderno delgado y contempló la portada.

Su hermano no había sido un gran estudiante, pero tenía el cerebro de los Blackwood, y en la universidad no se había pasado todas las horas en los campos de juego. Aquel año, el regalo de Navidad de Leam lo había escogido con sumo esmero.

Era un libro de poesía de un escritor francés. Al principio, teniendo en cuenta las burlas constantes que le hacía James por su amor a los versos, Leam se sorprendió mucho. Sin embargo, cuando leyó los poemas, lo comprendió. Siglos atrás, el poeta Théophile de Viau había escrito, se había emborrachado y había exhibido su conducta libertina por las principales cortes de Europa. Pero al final, su rey lo traicionó y fue vilipendiado en público, abandonado a morir en el anonimato. Exiliado por amar a la persona equivocada.

Leam pasó la portada y se sintió invadido por una profunda desazón. Dos líneas de letras audaces y llamativas atravesaban el papel, en sintonía con el carácter confiado de James. Era el único poema que había escrito en su vida, una confesión para Leam, la única persona con la que él podía ser sincero.

Si amar libremente pudiera a aquel que yo escogiera,
amaría uniéndome con el mejor de los hombres.

Leam no contuvo las lágrimas que le asomaron a los ojos. Dejó el cuaderno sobre el tocador y se oprimió los ojos con los dedos, luego con las palmas de las manos, luego con la manga de la chaqueta. No había llorado cuando vio morir a su hermano, ni tampoco cuando, dos meses después, encontró a su esposa en el río con el cuerpo hinchado y desfigurado, solo reconocible por su vestido y el anillo de casada. En esa época, el dolor lo había paralizado.

Pero ahora las lágrimas fluían. Sin saber cómo, Leam se encontró en el establo, luego se vio a horcajadas montado en su caballo ruano, galopando a toda velocidad en dirección al bosque. Cuando alcanzó el interior oscuro, se dejó perder en él, necesitado de la penumbra de los viejos árboles. Cabalgó, ajeno a las ramas que le arañaban la cara y le tiraban de la ropa. Su montura se resintió, hasta que Leam desmontó y soltó el caballo. Se dejó caer de rodillas, y a solas en el bosque con su alma imperfecta, inclinó la cabeza y lloró.

Su hermano le había confiado el mayor secreto de su vida. Desde ese momento, James había luchado a diario por desafiar su propia naturaleza, como si algún día pudiera dejarla atrás, derribarla y abatirla. Quiso superarla amando a cuantas mujeres encontraba. Al final, no había traicionado a Leam. De hecho, había sido al revés. Él se había servido de lo que su hermano le había confiado y lo había vuelto en su contra.

Se merecía que Cornelia fuera la única mujer que hubiera amado jamás. Merecía el castigo eterno de un corazón vacío. Aunque Isobel solo conocía una parte de la historia, tenía razón. No se podía vivir con lo que había hecho.

Cuando *Bella* lo encontró, el sol se estaba poniendo detrás de un muro de cielo gris. Regresó a pie al establo acompañado por su perra; allí encontró el caballo. Luego se encaminó hasta la casa. Pidió que le trajeran el té a su estudio; después fue a los aposentos de Cornelia, y sacó del baúl sus cartas de amor y el diario de ella. A continuación, cerró el baúl con llave.

Entregó la llave al ama, y le dio instrucciones para que rebuscara entre las pertenencias de lady Blackwood los objetos personales, y los guardara en el desván para que el señor Jamie pudiera tenerlos en su momento. También le dijo que entregara la ropa y todo lo demás a instituciones benéficas.

Tras ello, se dirigió a su despacho y se encerró en él. Había permanecido ausente todo un año; tenía mucho que hacer y esa noche no vería a su familia. Al día siguiente, los encontraría con una nueva cara. Ya no era un poeta. Lo que en la oscuridad del bosque frío le había parecido una verdad inmutable, ante el calor de la chimenea, en la comodidad de su hogar le pareció un exceso dramático. Tenía que planificar el futuro de Fiona y tenía un hijo al que cuidar. Con algo de suerte, tal vez incluso algún día convencería a Isobel de que se casara y se marchase de Alvamoor. Y tenía otro hermano. Si Gavin lo necesitaba, también estaría ahí por él. Recordó el poema de Robert Burns: «Que en todo el mundo, los hombres sean hermanos por todo eso.» La vida tiene que seguir para los vivos y él no estaba dispuesto a eludir por más tiempo sus responsabilidades.

Se acercó a la chimenea y sacó el diario de Cornelia y su nota. Los colocó cuidadosamente en la rejilla y removió las brasas hasta que ardieron. Luego se sirvió una copa de brandy y se sentó para dedicarse a los asuntos de negocios que su administrador le había dejado. Aquella era una ocupación limpia, sin emoción alguna, y le venía muy bien.

Al cabo de un rato, el criado nuevo entró para encender las velas acompañado de una muchacha que traía más carbón. Leam dio las gracias con un ademán de cabeza y les indicó que salieran, dispuesto a seguir con sus documentos.

Al cabo de un rato reparó en una nota plegada que había en una esquina de su escritorio. La cogió.

Sé que lo tienes. Quiero que me lo devuelvas. Nada de juegos y te dejaré en paz.

Lady Katherine ha regresado a Londres. Sería bueno que tú hicieras lo mismo. Me pondré en contacto contigo cuando llegues allí. Si no vienes, o si continúas jugando conmigo, esta vez apuntaré hacia ella adrede.

A Leam se le helaron las manos. De pronto se incorporó y tiró de la cuerda para llamar al servicio mientras salía a toda prisa al pasillo. El mayordomo se levantó sobresaltado de su asiento.

—¿Milord?

—¿Dónde está ese chico nuevo, el criado? Y Jessie, la criada que antes ha venido con el carbón. Tráemelos enseguida.

—Puedo llamar a Jessie, milord. Pero el chico nuevo pidió que le permitiese bajar al pueblo y asistir a la pelea de gallos de esta noche. Como no había librado ningún día desde que entró en la casa hace un mes, le he dado permiso.

Aunque sintió pánico, lo apartó de sí.

—¿Cuánto hace que lo dejaste marchar?

—Yo diría que fue hace solo una hora, señor.

—Que ensillen de inmediato mi caballo. —Todavía había tiempo. Si la pelea duraba lo bastante, tal vez encontraría al muchacho.

Con una antorcha que atravesaba la noche fría y nebulosa, en la sencilla ciudad de la colina situada a kilómetro y medio de Alvamoor, Leam escrutaba las caras del gentío, hombres bebidos que empujaban, maldecían y se reían alrededor de los animales que luchaban con sus picos y garras. Pero, como Leam ya sospechaba, no había ningún criado que encontrar. Había perdido el tiempo.

Aquel «lo» tenía que ser la cadena de oro rota que Cox había dejado caer, o el objeto que llevaba colgado, un objeto que, según el viejo joyero del pueblo, Freddie Jones, era de escaso valor. Leam no tenía ni idea de los juegos a los que Cox creía que jugaba, pero la nota era una amenaza clara. Cox quería ese objeto y creía que Leam lo tenía. Y sabía que iría a Londres si Kitty estaba en peligro.

Tras dar orden a su criado para que le preparara las alforjas, corrió al cuarto de su hijo subiendo los escalones de tres en tres. Jamie dormía. Leam contempló la respiración plácida de aquella pequeña réplica de la cara de su hermano, y le prometió en silencio regresar en cuanto le fuera posible.

Fiona le salió al encuentro en el pasillo.

—La señora Phillips me ha dicho que has pedido a Albert que te prepare el equipaje. —Se arrebujó en su bata para abrigarse—. ¿Te marchas ahora?

Le acarició la barbilla.

—No me queda otro remedio. Pero regresaré.

—¿En medio de la noche? ¿Qué ocurre, Leam? Y no finjas que no es nada. No sé lo que has hecho todos estos años en Londres, pero sé que no te dedicabas a jugar ni a perseguir faldas. —Ella se expresaba apresurada—. ¿Sabes? Leo las columnas de chismorreos de Londres, y el hombre del que hablan no es mi hermano.

—No, no lo es, y tú eres una muchacha muy astuta. Pero ahora no tengo tiempo para explicártelo. Basta con que confíes en mí.

Ella frunció el ceño, pero le ofreció la mejilla para que la besara y luego se abrazó a él.

—No te marches por mucho tiempo. Y regresa más contento de lo que estabas hoy. No me gusta verte triste. Me recuerdas a James.

—Dile a mi hijo que prometo regresar pronto. —Se dio la vuelta y partió a toda prisa hacia su caballo.

16

Compañeros británicos:
Prometí no cejar en mi búsqueda de información relativa al exclusivo club para caballeros del 14½ de Dover Street. Y no lo he hecho. Dispongo ahora de una curiosa información. El club se llama Club Falcon. Sus miembros se conocen por el nombre de pájaros. Desconozco el motivo de ello, pero en cuanto lo averigüe os lo haré saber.

Sería fantástico que ahora descubriera que se trata de una sociedad de observadores de aves. De tener tiempo, tal vez me uniría a ella. Pero dudo que lo encuentre. Los observadores de aves son gente silenciosa, pero, por lo que sé, no son especialmente herméticos.

LA DAMA DE LA JUSTICIA

Señor:
Le ruego que lea el folleto adjunto. ¿Desea que esta vez emprenda alguna acción?

El Águila ha vuelto a la ciudad y ha pedido que el señor Grimm sea asignado a la vigilancia de una casa para la seguridad de su moradora. He consentido en ello, a condición de que el Águila acceda en el otro asunto en el que usted desea su ayuda.

La moradora del lugar es alguien bien conocido por usted a causa de su intervención en el asunto concerniente a L. P. de junio. El Águila cree que ella puede estar en peligro. No hemos establecido con exactitud una fuente, pero, por supuesto, lo haremos en breve. Entretanto, el Gavilán ha hecho correr la voz de que la moradora podría sernos de utilidad en el proyecto en el que actualmente está inmerso. El Águila se niega a dar más información, pero me resulta imposible creer que se trata de una coincidencia. ¿Puedo contar con su permiso para tratar este asunto del modo que me parezca oportuno?

HALCÓN PEREGRINO

17

Era la única dama soltera en el almuerzo político. ¡De ninguna manera debería estar allí! Nunca debería haber ido. Pero su madre siempre se lo consentía, fingiendo no darse cuenta de los susurros de desaprobación, incluso en actos en los que una mente informada contaba más que el estatus de soltera o la reputación mancillada de una dama. La viuda lady Savege era una figura demasiado destacada para que le importasen los rumores, y, además, siempre estaba allí para hacer de carabina.

Sin embargo, corrían rumores y Kitty no podía evitar oír algunos. Nunca se había sentido tan censurada como en aquel momento. Quizá fuera porque ya no tenía ningún sentido estar en sociedad constantemente. O quizá sencillamente ya no le importaba la política, puesto que no deseaba casarse con ningún político corrupto. Emily debería castigarla a ella por su superficialidad y no al pobre Yale.

—No ha tocado el *soufflé* de berenjena, Kitty —dijo su anfitriona, la condesa de March—. Pedí al chef que lo hiciera expresamente para usted.

—¿De verdad? Es usted muy amable, señora.

Era predecible. Sus amigos sabían lo que le gustaba comer en una fiesta. Se podía tener la certeza de que acudiría a las reuniones porque no tenía ninguna otra cosa que hacer. Iría incluso cuando tuviera ochenta años, con las medias arrugadas en los tobillos, y contaría historias escandalosas a cualquiera que la escuchara.

Pero pensar en medias arrugadas le hizo recordar a Leam Blackwood. Casi cualquier cosa le hacía pensar en él. Y no quería, porque cada vez que lo hacía sus mejillas se encendían de vergüenza.

¡Dios mío! Aquel recuerdo le hacía querer desplomarse en el suelo y morir. ¿Cómo podía haber hecho un ridículo tan espantoso? Ella le había rogado que le hiciera el amor. Rogado. Pero peor que la vergüenza era la tristeza que sentía en su interior y que no remitía. Pensó que volver a la ciudad aliviaría aquel sentimiento. Cuando Worthmore, una hora después de que Yale dejara Willows Hall y Emily volviera a estar tan seria, volvió a ser el de siempre, Kitty se había sentido libre de irse a casa y dejar el lugar en el que él le había hecho el amor y, más tarde, la había abandonado.

Pero nada había cambiado en absoluto. Todavía se sentía tonta y deprimida.

—Kitty, usted está irreconocible desde que ha vuelto del campo —dijo lady March, acercándose en el sofá. La condesa era muy lista y a Kitty le gustaba la tranquilidad que transmitía. Sin embargo, en aquel momento, la condesa frunció el ceño al mirar a Kitty.

—Oh, estoy feliz como una perdiz —respondió, quizá con demasiada alegría.

La condesa enarcó una ceja.

—¿Una perdiz?

—O lo que sea. —Kitty hizo un gesto vago con la mano.

Los murmullos se fueron ampliando hasta que todo el salón estalló en carcajadas durante un momento. Luego, se hizo el silencio de nuevo.

—Dígame, ¿qué hizo usted en Shropshire?

Alimentó un afecto absolutamente desesperado por un hombre inadecuado y que no era en absoluto de fiar.

—Terminé un bonito bordado. Mi madre ya se lo ha enviado a los ebanistas. Usted conoce al de Cheapside. Lo colocará en un taburete. Rosas y cerezas sobre un fondo bermellón. Me encanta el color rojo.

—Kitty Savege, usted habla como una perfecta boba.

Kitty abrió los ojos de par en par.

—¿Qué ha ocurrido con la joven dama admirada por todo el mundo que podía conversar sobre política, libros, teatro, y todo lo demás? —La condesa apretó los labios—. ¿Le molesta el cortejo de Chamberlayne?

—Oh, no. Me cae muy bien. —El pretendiente de su madre era indefectiblemente amable con ella. No había satisfecho del todo las esperanzas de Kitty durante las vacaciones, pero tenía razones para pensar que pronto habría una propuesta de matrimonio. Al regresar, había visto que su madre poseía un collar precioso de plata y lapislázuli, un regalo del caballero. Kitty había abrochado la joya alrededor del cuello de su madre poco antes, alabando su delicada belleza, y las mejillas de la viuda se habían sonrojado. El padre de Kitty nunca le había regalado joyas, sino que reservaba aquel tipo de regalos para su amante.

En aquel instante, Ellen Savege apareció junto a lord Chamberlayne en el salón. En sus ojos se adivinaba un destello brillante.

—Entonces ¿cuál es el problema? —preguntó lady March.

—No me cabe duda de que, sencillamente, estoy aburrida. —O quizá se trataba de algo más profundo.

Sin duda, era algo más profundo.

—Como todavía quedan semanas para la temporada, hay muy pocos entretenimientos y no son especialmente atractivos. —Su voz sonó sumamente triste. En verdad, no era propio de ella.

La condesa frunció el ceño.

—Kitty Savege, usted no ha sido maleducada ni un día en toda su vida.

—Oh, de eso no cabe duda. —Había sido horriblemente maleducada con lord Blackwood. Después, le había hecho exactamente lo mismo que él le había estado haciendo a ella para justificar su falta de educación: lo había retenido durante demasiado tiempo.

—Usted me ha ofendido y ni siquiera se ha dado cuenta —dijo la condesa sin rencor—. Me preocupa su cabeza, querida.

—¿Y qué es lo que le podría preocupar de una cabeza tan

bonita, milady? —dijo lord Chamberlayne con calidez cuando se detuvo ante ellas, tomando a su madre del brazo. No había el mínimo atisbo de falsos halagos en él, lo que le agradaba a Kitty. Parecía tan sincero, a diferencia de cierto escocés que escondía secretos y que, en ocasiones, hablaba con una voz tan rica y profunda que ella deseaba comérselo poco a poco.

—Es cierto que me siento un poco intranquila estos días —admitió.

Lady March la observó con detenimiento. Lord Chamberlayne frunció el ceño y miró a la madre de Kitty, que como siempre la contemplaba sin alterarse.

—Quizás una velada tranquila jugando a los naipes te sentará bien —sugirió su madre.

—Mamá —dijo ella levantándose—, no deseo jugar. Las cartas ya no me interesan. —Ya nunca lo volverían a hacer después de la partida que había jugado en Nochebuena.

—Bueno, esto es una novedad, hija.

Kitty se apartó de su madre.

—Milord, ¿me sustituirá en la partida de cartas de esta noche?

—Lo haré encantado —respondió Chamberlayne, mirando con admiración el rostro resplandeciente de la madre de Kitty. Realmente, estaban hechos el uno para el otro, los gustos de dos personas nunca habían sido más similares. ¿Por qué no la había pedido en matrimonio todavía? ¿Acaso Kitty se había lanzado a una tormenta de nieve y, posteriormente, a los brazos de un granuja escocés para nada?

Se volvió hacia su anfitriona, con un abatimiento del tamaño de un puño presionándole en el estómago.

—Milady, debo dejar su hospitalidad ahora. Ha sido un placer.

—El aburrimiento también puede ser divertido —murmuró la condesa.

Kitty hizo una reverencia.

—Que tenga un buen día, milady. Mamá, milord. —Y salió huyendo.

El criado de Alex le abrió la puerta principal, con su librea blanca y dorada, pulcra como el oro. Kitty le dejó la capa, el sombrero y los guantes, y subió las elegantes escaleras que llevaban a la sala.

La casa estaba prácticamente vacía. Durante las vacaciones, Alex y Serena habían comprado una residencia más grande a dos manzanas de allí, anticipándose al bebé. Kitty y su madre debían trasladarse a la casa nueva en dos semanas. En aquel momento, eso significaba que Kitty estaba sola.

Quizá solamente necesitaba un buen libro. La distracción podría ayudarla, aunque no había resultado de ayuda durante el último mes.

Era evidente que necesitaba un cambio. Podría contratar una dama de compañía y marcharse a Francia. Todo el mundo decía que París era agradable en primavera. Podría limitarse a escapar una y otra y otra vez hasta que la vejez o algún accidente trágico acabasen con ella.

Abrió la puerta de cristal de la librería y recorrió las cubiertas doradas de los libros con los dedos. Su mano se detuvo en un volumen. Lo cogió. *Historia de los clanes levantiscos de Escocia*, sería una lectura interesante. Informaría al criado de que no estaba disponible para visitas y se perdería en las páginas del libro.

Dejó el volumen en una mesa, se deslizó en una silla tal como lo habría hecho Emily, y se cubrió los ojos con un brazo. Aquello no iba a funcionar. Nunca se curaría de aquel encaprichamiento, si lo alimentaba constantemente.

Se levantó y cogió el libro para volver a colocarlo en el estante. El criado apareció en la puerta.

—Milady, ha llegado un caballero. Le he invitado a esperar en la sala.

Kitty volvió a poner el libro en el hueco correspondiente y cerró la librería, procurando no fijarse en la elocuente mirada del criado. En los últimos años, los sirvientes se habían llegado a familiarizar con la cuestión de las visitas que le hacían los caballeros. El ama de llaves, la señora Hopkins, incluso había informado a Kitty de cuáles eran los caballeros que ella aprobaba en particular.

—Gracias, John. Por favor, quédese en el pasillo. —Se pasó las manos por el pelo y por la falda, y atravesó el corto pasillo.

El conde de Blackwood estaba de pie en su sala.

Sencillamente, ella se quedó sin habla.

El pelo le llegaba a la altura del cuello, pero tenía la cara bien afeitada. Su chaqueta, su chaleco y sus pantalones eran extremadamente elegantes, de una calidad excelente y del mejor corte, sus botas brillaban y tenía una expresión perfectamente benigna. No había perros a la vista.

—Buenas tardes. —Leam hizo una reverencia, un gesto cortés y sin la mínima afectación—. Confío en que esté bien, milady.

—¿Ah sí? —Es todo lo que ella consiguió decir. No hizo ninguna reverencia ni dijo ninguna otra palabra. Nunca se habría imaginado que él volviera, y menos con aquel aspecto y con aquellas palabras. Él tenía el sombrero y la fusta en una mano como si no tuviera la intención de quedarse mucho rato.

—¿Te puedo preguntar por la herida? La herida del brazo —dijo él.

—Oh, está bien. —Ella no podía pensar. Pero él solamente permitió una pausa breve.

—Vengo a pedirte ayuda. Espero que, a pesar de las circunstancias, consideres dármela.

—¿Circunstancias? —Las sílabas le requerían un esfuerzo.

—Las circunstancias de haberte ocultado la verdad.

Kitty se sujetó las manos para calmar su temblor.

—¿Cuál es la verdad, milord?

—Que, durante varios años, he sido agente secreto de la corona, interpretando un papel para hacer mi trabajo. Recientemente lo he dejado, excepto por un último cabo suelto que debo atar ahora. Para esta tarea es para la que busco tu ayuda.

Ella no sabía si gritar, reír o llorar. Tenía sentimientos encontrados.

—¿Eres un espía?

—Era, y no era. La organización a la que pertenecía buscaba a personas desaparecidas de gran importancia cuya recuperación exigía una discreción especial. Reuníamos información solamente para encontrar a esas personas. —Hablaba como si se refiriese al tiempo que hacía, mientras que el mundo de Kitty daba vueltas.

—Eso es absurdo. ¿Cómo es posible que interpretar ese papel te haya ayudado a recabar información?

—Tú confiaste en mí —dijo él mirándola fijamente.

Sí, lo había hecho. Le había confiado su cuerpo.

Leam era conocido como un conquistador, un cretino afable pero apuesto. ¿Cuántas mujeres antes que ella habían pensado que era perfectamente inofensivo? Ella entendió. Si él le hubiera hecho preguntas, ella le podría haber confiado cualquier cosa.

—No —dijo él con tranquilidad—, en Shropshire no buscaba información de ti, Kitty. Solamente mantuve esa fachada para evitar tener que contarte toda la verdad, pues no era algo que yo pudiera contar libremente.

Su corazón iba a estallar. Pero aquello no explicaba por qué no le había hecho el amor en Willows Hall. Si al menos pudiera calmar aquel estúpido temblor. El profundo y límpido timbre de su voz le hacía ansiarlo en cada poro de su piel. Estar a su lado ahora...

Ella había soñado, tontamente, con la esperanza de que él volviera. Pero no así. No se había imaginado aquello.

—Entiendo —contestó ella.

—¿De veras?

—Supongo que debería pensar que todo eso son fantasías. Pero no has perdido tiempo para ir directamente al asunto de tu visita de hoy, así que debo creerte.

Él se acercó.

Con los nervios a flor de piel, ella se dirigió a la puerta y la cerró ante la mirada curiosa de John. Leam se detuvo en el centro de la sala, sus ojos oscuros se dirigieron primero al panel cerrado y después a su cara.

—No comprendo por qué la otra semana en Shropshire —dijo ella en voz baja— no me dijiste la verdad, pero ahora —señaló la puerta, detrás de la cual estaba sentado el criado, y después su ropa elegante— pareces completamente feliz de contárselo al mundo entero.

—Nada de todo esto me hace feliz en absoluto —respondió Leam—. He venido a Londres por una razón. Cuando todo se haya arreglado, tengo la intención de volver a casa y nada de lo sucedido —levantó su sombrero de seda y señaló la calle a través de la ventana— tendrá significado.

Ella ya no podía soportar aquella mirada distante. Miró hacia la alfombra. Las lágrimas no la mancharían irremediablemente. Quizá se habría derrumbado sobre aquel diseño oriental, si él no hubiera estado delante.

—Sabes, Leam, creo que prefería la poesía a esta charla banal.

—Este es mi verdadero yo, Kitty. —Su voz sonaba tensa.

—Entonces, me asombra saber que me gustaba más tu otro yo, el falso.

En ese momento, cuando él se le acercó, ella no tuvo dónde esconderse. Apoyó la espalda en la puerta y él se detuvo tan cerca que cualquier mínimo movimiento lo rozaría. Leam inclinó la cabeza y le habló pausadamente.

—Permíteme cumplir con la misión que me han encargado y te dejaré en paz. —Respiró con fuerza, y el aire movió los mechones de pelo que le caían a Kitty en la frente—. Te lo ruego.

—De acuerdo —susurró ella—. Entonces, dime, ¿en qué crees que puedo ayudarte?

La mano de Leam aferró la fusta con vehemencia. Ella no podía apartar la mirada de la fuerza vigorosa que la había tocado con tanta ternura y pasión posesiva.

—Tú y tu madre con frecuencia jugáis a las cartas con el marqués de Drake y el conde de Chance, ¿no es cierto?

—Sí, pero eso te lo podría decir cualquiera.

—Los agentes del Ministerio del Interior buscan información sobre Chance. Creen que tú puedes tener algo útil que decirles.

—¿Lord Chance? —levantó la mirada—. ¿Qué quieren saber?

—Se sospecha que vende información a los franceses.

Ella no pudo evitar reírse.

—¿Ian Chance? Es absurdo.

—Mis colaboradores no creen lo mismo.

—Es un jugador empedernido y algo libertino, pero no es un esp... —se le trabó la lengua, solo en parte por las palabras inocentes que había estado a punto de decir. La mirada de él se dirigía ahora a sus labios, y, de repente, ella ya no podía pensar en nada.

—El Ministerio del Interior —dijo Leam, siguiendo lentamente con la mirada su boca y la línea de su mandíbula— tiene razones para pensar que el traidor es un escocés que intenta organizar una rebelión. El abuelo de Chance era jacobita.

—Pero él no lo es —dijo ella vacilante—. No creo que sepa ni lo que es un jacobita.

Él no dijo nada durante un momento. Después la miró a los ojos y el deseo que había en su mirada hizo que ella se debilitara. En aquel momento, podría haber llorado de alegría, de placer y de miedo. Él era demasiado cambiante.

—Quizá no lo sea. —Su voz era dura—. Y pienso que probablemente es una tontería sospechar de él.

—Entonces ¿qué haces aquí? ¿Qué haces aquí? —Con solo levantar la mano ella podía tocar su cara perfecta y estar en el cielo. Podía sentir su calor y fingir que era su dueña—. ¿Qué piensas que puedo hacer yo sobre la posible inclinación jacobita de lord Chance?

—Contar a mi colaborador lo que sabes de él.

—¿Eso es todo?

—Eso es todo —respondió él tragando saliva, con la mandíbula tensa.

—Pero tú debes de saber como mínimo tanto como yo sobre él. ¿Acaso no cotillean los caballeros cuando van al club? Y juegas a las cartas tan a menudo como mi madre.

—Su amigo íntimo, Drake, habla mucho con las damas. Es probable que tú sepas algo más. —Su mano se movió y el pulso de Kitty se aceleró cuando él colocó la palma contra el marco de la puerta de madera.

—¿Por qué me confías esto? —preguntó ella negando con la cabeza.

—El príncipe regente y los miembros del gabinete real están agradecidos por el servicio que prestaste a Inglaterra el verano pasado.

—¿El verano pasado? —El corazón de Kitty dio un vuelco inesperado.

—En el asunto de lord Poole. —La miró a los ojos—. El príncipe tiene mucha fe en tu agudeza. —Él podría estar hablando de cualquier asunto, como si no la hubiera cogido con fuerza y no le hubiera exigido que le dijera si se había entregado a otros hombres aparte de Lambert.

Quizá debía golpearlo. O gritar. O sencillamente echarse a llorar. En un momento de debilidad, ella le había dicho que había huido de la vida que había vivido en el pasado. Pero allí estaba él, forzándola precisamente a volver al pasado.

—Ese fue un asunto especial —dijo ella apartando la cara, con un tono impersonal, mientras, por dentro, se desintegraba como si no existiera ninguna Kitty Savege.

Se quedó en silencio. Cuando volvió a mirarlo, casi esperaba ver a Lambert. Sin embargo, era aquel escocés de ojos oscuros al que se había entregado durante una tormenta de nieve en Shropshire y quien, por lo visto, la utilizaba precisamente ahora por primera vez.

—¿Fue idea tuya implicarme?

Él negó con la cabeza. Era un pequeño alivio saberlo.

—Entonces ¿de quién?

—Jinan Seton hacía un trabajo muy parecido al mío. Después de verte en Willows Hall, él sugirió...

Ella se dirigió hacia el centro de la sala, con un sollozo temblándole en la garganta.

—Lo pensaré —dijo—. ¿O no tengo elección?

—Por supuesto que tienes elección. —En su mirada, ella no sabía qué se ocultaba. Determinación. Intensidad adusta. Quizá remordimiento—. Kitty, te puedes negar. Por favor, niégate. Yo daré excusas por ti y pondremos fin a esta historia.

El fin, otro fin con él, esta vez para siempre. Había venido a la ciudad para cumplir con aquella misión y, cuando se acabara, se marcharía. Si ella se negaba, no lo vería más.

No sabía nada siniestro de Ian Chance, solamente que cada semana derrotaba a su madre en el *whist* y cada mes llevaba a una viuda impresionante distinta del brazo.

—Si te puedo dar información que te convenza de que no es culpable de traición, haré lo que pueda.

Él parecía considerar la idea. Finalmente, asintió. Cogió el sombrero con ambas manos como si se preparara para irse.

—Ven al lago Serpentine a las nueve en punto mañana por la mañana. ¿Puedes?

—¿Si puedo? Será más bien si estoy despierta. —Intentó sonreír sin mucho éxito.

—A esa hora, pocos te verán sin la compañía de una carabina.

—Iré con mi doncella.

—No. Ve a caballo. Acompañada por tu mozo de cuadra.

—Parece que me estés dando una orden.

Él enarcó las cejas.

—Sí, es una orden.

Ahora, ella no podía evitar sonreír.

—Pero yo no te he dado permiso para que me la dieras.

—La próxima vez, me aseguraré de preguntarlo primero —repuso él sonriendo. Una profunda familiaridad aún los unía, dibujando entre ellos un vínculo silencioso e inquieto.

—¿Qué me puede pasar? —preguntó ella. Luchaba contra sí misma apelando a la razón.

—Yo estaré allí —se limitó a decir Leam. Y fue todo lo que hacía falta para que la razón volara y el placer de dos espíritus compenetrados la superaran. De repente, pareció que a ella se le escapaba un suspiro.

Él cruzó el espacio que los separaba, le cogió la mano y puso los dedos de ella sobre sus labios.

—Kitty —dijo en voz baja, besándole los nudillos, enviando el último atisbo de resistencia hacia la perdición—. Lo siento mucho. No sabes cuánto.

Luchó contra la calidez embriagadora que le provocaba que la tocara, y contuvo las palabras que deseaba decir. Ese tipo de confesión no le serviría de nada a nadie, especialmente a ella. Y él no quería oírla. Lo había dejado muy claro en Willows Hall.

Ella retiró la mano.

—Gracias —consiguió decir—. Merecía una disculpa por tu falta de sinceridad.

—En serio, lamento que estés implicada en este asunto ahora.

—Está bien —afirmó ella para disimular su confusión—. Solamente es que tu discurso carecía de delicadeza. Pero, quizá, si me dieras órdenes en ese acento horrible y con los perros a tus pies, me inclinaría por someterme a tu autoridad.

—Ya te sometiste, aunque dudo que tuviera algo que ver con mi autoridad.

Él pareció haberse dado cuenta de lo que había dicho en el mismo momento que ella. Se miraron fijamente.

—Lo siento, Kitty —repitió en voz muy baja, con delicadeza.

—Ya lo has dicho. Varias veces. —Sus cejas casi se tocaron cuando él inclinó la cabeza. Kitty sentía que le faltaba el aliento. Todavía podía sentir que la tocaba bajo la ropa, en la piel y dentro de su cuerpo. Lo deseaba allí, otra vez, más de lo que podía soportar.

—Estoy lleno de remordimientos, por lo que parece. —Su tono de voz era seco.

—Y yo, por lo que parece. —A ella le costaba respirar—. Yo también me debo repetir.

—¿Cómo?

—Debo decir: «Esto es mala idea.» —Se obligó a sí misma a pronunciar aquellas palabras porque su corazón no podía soportar aquel juego. Si él no la iba a tener en serio, ella no quería continuar—. Debes irte ahora.

—Sí, debo irme —admitió, pero sin moverse—. Me iré —susurró con voz ronca.

—¿Cuándo? —Ella podía levantar la cara y él la besaría. Así que la levantó.

—Dentro de poco. —No la besó—. Ahora.

—¿Por qué? ¿Porque eres un caballero y no un bárbaro?

—Porque tú, Kitty Savege —su voz era tensa—, eres un lujo que no me puedo permitir.

La puerta se abrió con un chirrido.

Se separaron bruscamente. Kitty fue hasta la ventana, con el corazón acelerado.

—¡Ay! —balbuceó la criada—. ¡Disculpe, señora! Su madre

envió una nota que debía leer de inmediato, así que... la dejaré en la mesa. —La puerta se cerró.

Kitty miró a hurtadillas por encima de su hombro.

—Me marcharé ahora —anunció él. Sus nudillos estaban blancos alrededor del ala de su sombrero.

—Está bien. Pero no jugaré a juegos como este. Si te vas ahora, no me busques más. ¿De acuerdo?

Tras una pausa brevísima, él dijo:

—Sí, de acuerdo.

Ella parpadeó, presa del deseo y la confusión, con el corazón en un puño. Quizá no debería haberle planteado un ultimátum. En ese momento comprendió que era un hombre de convicciones fuertes.

—Está bien.

—El vizconde Gray me acompañará al parque por la mañana. Lo conoces, creo.

Ella asintió con un gesto, sin confiar en su propia voz.

—Entonces, hasta mañana. —Hizo una reverencia y se marchó.

Kitty se sentó, puso sus manos temblorosas sobre las rodillas y descansó varios minutos en compañía de su triunfante amor propio. Después, su corazón dejó el amor propio a un lado y, finalmente, lloró.

18

Kitty se vistió esmeradamente con una modesta capa de terciopelo burdeos de cuello alto, un sencillo sombrero a juego, con una crinolina negra y guantes negros. Por su aspecto parecía que iba de luto, y así se sentía ella en cierto modo. Su madre había pasado la velada fuera con su pretendiente y aún dormía cuando Kitty salió a hurtadillas, a la indecorosa hora de las ocho y media. El mozo de cuadra fue a su encuentro con su caballo y partieron hacia el parque.

Se veían algunas personas distinguidas en la gran extensión verde: caballeros de edad que tomaban el aire con paso lánguido, una calesa que paseaba a dos viejas damas vestidas con encajes tan antiguos como ellas, y niñeras con pequeños a su cargo, derrochando la energía de la mañana entre la fría neblina.

Kitty cabalgó lentamente por el sendero al borde del agua. Al ver aparecer dos jinetes en dirección a ella a medio galope, con dos grandes sombras grises trotando a su lado, frunció los labios.

Los perros llegaron primero, el más grande se puso a retozar frente a su caballo; el otro meneaba su enorme cola peluda a una distancia prudencial. Ella se obligó a mirar a los dos caballeros mientras se aproximaban, y saludó a Leam con tanta cortesía como a lord Gray. Deseaba sentir enojo hacia el conde de Blackwood, incluso ansiaba llegar a la aversión, pero le era imposible. Había venido aquí solo porque él se lo había pedido, y para poder volver a representar el papel de la muchacha alocada que se entregaba a un hombre que no tenía el mínimo interés en ella.

—Milady —lord Gray la saludó desde la silla—, es usted muy generosa reuniéndose con nosotros aquí esta mañana. —Era un hombre atractivo, con ojos de un azul extraordinariamente oscuro y ademán autoritario—. ¿Podemos caminar un rato?

Ella asintió. Los caballeros desmontaron y lord Gray se aproximó para ayudarla. Leam la observaba, indiferente, como cuando entró en su casa el día anterior, antes de que la mirase largamente con deseo y la tocara.

—No me sorprendería que le inquietara esta conversación, milady —dijo el vizconde mientras le tomaba la mano y la colocaba sobre su brazo. Luego la condujo por el camino—. Pero no hay motivo para ello. El príncipe regente y los ministros tienen gran fe en usted.

Él debía de notar el temblor de su mano; no podía evitarlo, como mujer alocada que era, al hallarse en presencia de un escocés taciturno. Normalmente taciturno.

—Le aseguro que estoy perfectamente —respondió ella—. ¿Por qué no acabamos con esto de manera que pueda disfrutar del resto del día tal como había planeado? Para serle sincera, tengo un montón de tareas que me aguardan en otro lugar. Ya sabe lo que pasa con las informantes: no tenemos tiempo para el aburrimiento.

Lord Gray no se inmutó.

—Por supuesto, milady. Comprendo su resquemor. Procuraremos que esto sea lo más breve posible.

Lanzó una fugaz mirada a Leam, quien miraba el suelo mientras caminaba al lado del vizconde, pero no podía ocultar que se sonreía. Llevaba de nuevo su holgado abrigo pasado de moda y la corbata descuidada, y una sombra se extendía por su mandíbula. Parecía no haber abandonado su falso papel, después de todo.

—No sé si algo de lo que pueda decirle le será de utilidad —replicó ella—, no tengo ni idea de la implicación de lord Chance en política. En verdad, siempre he creído que todos estos asuntos no le importaban.

—En realidad, señora, no hemos venido aquí para preguntarle acerca de Chance.

—¿Sobre el marqués de Drake entonces?

—No.

—Gray. —La voz de Leam sonó grave al pronunciar aquella única sílaba.

Kitty soltó su mano y se detuvo en el camino entre la niebla húmeda.

—Milord, no soy aficionada a los juegos. Por lo menos, no hasta este punto. Hábleme con franqueza.

—Me gustaría hacerle algunas preguntas acerca de otro caballero que usted conoce: Douglas Westcott.

Ella clavó su mirada en Leam, que fruncía el ceño.

Kitty cerró los ojos y una honda aflicción se apoderó de ella. No habría imaginado que volvería a sufrir una traición tan grande como la que Lambert le había asestado. Pero, al parecer, estaba muy equivocada. Muy equivocada, ingenuamente equivocada.

—Douglas Westcott, lord Chamberlayne. —Prácticamente no podía articular las palabras—. Todo este tiempo usted buscaba información sobre el pretendiente de mi madre.

El ceño de Leam se frunció aún más.

—El pretendiente...

—Sí —añadió lord Gray—, el Ministerio del Interior hace tiempo que tiene sospechas sobre actividades indecorosas por parte de personas próximas a Chamberlayne, principalmente su hijo, que aún está en Escocia. Se sabe que está interesado en fomentar una nueva rebelión entre los clanes de las Tierras Altas.

Ella dirigió sus ojos hacia Leam.

—Qué oportuno fue para usted tropezarse conmigo en Shropshire, lord Blackwood. O quizá no fue casualidad, después de todo.

Kitty sintió una punzada de dolor en el estómago, que se extendió por todo su interior.

—Siento no haberle ofrecido voluntariamente información sobre el hombre que corteja a mi madre. Si sencillamente me lo hubiera pedido con amabilidad, tal como lo está haciendo ahora lord Gray, quizá me hubiera sentido obligada y nos habríamos ahorrado esta pequeña reunión tan desagradable.

—No tenía conocimiento de esto —dijo él. Su mandíbula parecía de piedra.

—¿No?

—Milady, su conformidad con nuestros deseos sería de inmensa ayuda a la corona.

—Maldita sea, Gray, esto es inmoral.

—¿Conformidad? —Ella se volvió hacia Leam—. ¿Usted sabía algo de esto?

El vizconde respondió primero.

—El nombre de lord Chamberlayne estaba en la lista que envié al señor Seton meses atrás. Pero esta misma semana, cuando lord Blackwood olvidó mencionar la relación de su madre con él, empecé a dudar que hubiera visto tal lista.

—Podría haberlo preguntado. —La voz de Leam sonó estridente.

El vizconde sostuvo la mirada de Kitty.

—Sospechaba que usted sería reacia a concertar este encuentro si hubiera sabido todo este asunto.

—O incluso la mitad —intervino Leam. Su rostro se veía sombrío a la luz de la mañana invernal—. Lady Katherine, permítame que la acompañe a casa.

Kitty negó con la cabeza; ahora veía con toda claridad las circunstancias en que se hallaba su madre.

—¿Qué tipo de actividades indecorosas?

—No se lo puedo decir —respondió el vizconde—, pero usted puede ayudarnos revelándonos lo que sabe de él.

—Yo no sé nada salvo que es un caballero muy próximo a mi madre. Y, por supuesto, espero que no haya nada más que saber, puesto que lo aprecio. —No sabía qué más decir. Dio media vuelta y, presa de la confusión, caminó velozmente hacia el mozo de cuadra que guardaba los caballos.

—Lady Katherine —oyó decir al vizconde—, la bala que la alcanzó en Shropshire no iba dirigida a usted. Pero la próxima podría ser que sí. ¿Acaso mi amigo aquí presente no se lo ha dicho aún?

Kitty se detuvo y dio media vuelta. Leam permaneció inmóvil.

—No logro entenderlo —acertó a decir ella, pero sí que lo entendía.

—Existe una ligera posibilidad de que se trate de una venganza —añadió el vizconde, como si le leyera el pensamiento—, pero no creemos que lord Poole le sea capaz ahora de cometer semejante acción, y sería demasiado fácil seguirle la pista si lo hiciera. Ahora se encuentra en Francia, y nuestros informantes están asombrados por el estilo de vida modesto que está llevando. Ellos piensan que él espera conseguir algún día el perdón dado su buen comportamiento, y la reposición de sus bienes.

—Pero usted aún no sabe con certeza quién disparó —dijo ella mirando a Leam. Le resultaba casi doloroso hacerlo—. ¿No es así?

Los ojos de él decían que no deseaba decírselo, pero habló:

—No exactamente.

—Lord Blackwood recibió un mensaje de la persona que le disparó hace menos de quince días en Escocia —añadió lord Gray.

—No lo entiendo. —La voz de ella temblaba—. Si alguien deseaba hacerme daño, ¿por qué le enviaría un mensaje a usted?

Un músculo se movió en la mandíbula de Leam.

—Milady —dijo lord Gray con tono firme—, debido a su trabajo en favor de la corona en el pasado, lord Blackwood puede haber frustrado el propósito de una o dos personas de separar Escocia de Gran Bretaña. Sospechamos que usted está siendo amenazada para controlar sus acciones ahora, para garantizar que no seguirá impidiendo los planes de los rebeldes.

El corazón de Kitty latía con fuerza. No podía apartar la mirada de Leam.

—¿Es eso cierto? —preguntó.

—No creo que lo sea.

—Usted también me ha dicho que no es un espía.

—No lo soy. Pero usted está en peligro.

—¿Y cómo puedo alejarme de ese peligro? —Una histeria violenta y desconocida brotó en ella, azuzada por el miedo por

237

su madre, y por la idea de que quizás él había intentado conseguir información a través de ella en Shropshire. Eso era todo lo que había sido para él, igual que Lambert, quien tan solo la había utilizado para deshonrar a sus hermanos.

—¿Debo confesar aquí, ante usted y lord Gray, todo lo que sé de lord Chamberlayne? —prosiguió ella—. Bueno, pues creo que tiene debilidad por el clarete, pero lo que realmente le apasiona es el oporto. Prefiere jugar al *whist*, y le gustan mucho sus dos caballos tordos, aunque en mi opinión son demasiado llamativos para un caballero de su edad. Hace poco regaló a mi madre un hermoso collar, de muy buen gusto por cierto, y creo que pretende pedirla en matrimonio en breve, a menos que ya lo hiciera la pasada noche, pero no la he visto aún, pues he sido obligada a salir de casa muy temprano para escuchar las mentiras de un par de hombres que insisten en no ser espías, pese a que su comportamiento no dista mucho del que es propio de los espías.

Lord Gray extendió una mano apaciguadora.

—Milady...

—¿Qué es lo que desea saber? Pregúnteme y le ofreceré una respuesta considerada. Y después de eso, espero que me diga qué es lo que debo hacer para protegerme a mí misma y a mi madre.

—No necesita protegerse —dijo Leam tranquilamente—, nosotros lo haremos.

Kitty cerró los ojos. ¿Era esta relación a regañadientes todo lo que recibiría de él a partir de ahora? ¿Alguien la amenazaba y ese era el motivo por el cual él seguía en contacto con ella?

—Milady —dijo lord Gray, interrumpiendo el gélido silencio—, no deseamos demorarla por más tiempo esta mañana. ¿Accedería a escribir lo que sabe de lord Chamberlayne para que nuestros agentes puedan analizarlo?

Estos hombres no estaban jugando como había hecho ella en una ocasión al espiar a Lambert Poole. Esto era real, y ella tendría que colaborar, especialmente si eso podía exculpar al pretendiente de su madre. De lo contrario... por el bien de su madre, no podía imaginar nada de eso ahora. Casi treinta años con un marido dedicado a una doble vida no deberían ser recompensados con otro hombre así. Pero ¿por qué sospechaba de él la corona?

—¿Cómo me protegerá? —preguntó finalmente.

El vizconde señaló hacia atrás, por encima de sus hombros. A unos quince metros, un hombre descomunal apoyaba su espalda en el tronco de un árbol sin hojas, las manos en sus bolsillos.

—Es el señor Grimm —informó.

—¿Con un guardaespaldas?

—Milady, debemos pedirle algo más.

—No. —Leam se aproximó a ella—. Lady Katherine...

—Queremos que interrogue a su madre acerca de lord Chamberlayne, y la exhorte a que comparta información privada con usted, así como a su servicio y al de Chamberlayne, si le es posible, y que luego escriba todo esto en su informe.

—¡Maldición, Gray! —Leam se acercó más a ella, pero sin tocarla—, Kitty, debe irse ahora.

Las lágrimas pugnaban por salir de sus ojos, y Kitty sentía una horrible presión en el pecho y la garganta.

—Sí. —Se obligó a mirarlo a la cara, y lo que percibió allí le revolvió el estómago: nuevamente lo veía frío como el acero, con ira, pero también había algo más, aquella calidez, aquella intensidad del principio, que la habían arrastrado hacia él.

—¿Usted volvió a Londres por el mensaje que me amenazaba? ¿Este es el objetivo que dijo que le mantenía aquí cuando su deseo era estar en Escocia?

Leam respiró hondo y puso la mano de ella sobre su brazo.

—Permítame que la ayude a montar —dijo.

—Quieres que me vaya para poder hablar con tu amigo abiertamente. Estás muy enojado, pues está claro que el interrogatorio no ha ido tal como esperabas. ¿Qué es lo que vas a hacer, Leam, pegar a lord Gray ahora como pegaste a Yale en la posada?

—Es posible. —La condujo hasta su caballo.

—Vi su moratón de camino a la iglesia en Navidad. —Ella decía las palabras que se le ocurrían, porque pensar en ese momento le resultaba demasiado difícil—. Estoy intrigada. ¿Qué es lo que Yale iba a preguntarme para que sintieses la necesidad de «enviarlo a la nieve», tal como dijo él? ¿Acaso quería utilizar mis habilidades para interrogar al señor y la señora Milch, o quizás a Emily y al señor Cox? Eso hubiera sido maravilloso. Imagínate, podrías haber descubierto todos sus secretos y empezado a enfrentarlos entre sí allí mismo, atrapados en el pueblo. Menudo drama podrías haber provocado. —Su voz era quebradiza, su corazón estaba confuso.

—Sí, era por eso —respondió él con cierta frialdad—. Eres muy lista.

—Yale trabaja contigo, lord Gray y Jinan, ¿no es cierto?

—Sí —respondió él mientras ponía sus manos para que ella subiera, luego la alzó. Ella se echó hacia delante en la silla y él la ayudó a ajustar sus faldas como haría un caballero asistiendo a una dama en una tarea de lo más mundana y cortés. Todo era bastante natural, como si no hubiera habido nada entre ellos, y lo más seguro es que ya no volvería a haberlo ahora.

—Me pregunto cómo te sentiste al ser arrastrado a los problemas domésticos e insignificantes de Emily —murmuró ella—. Un espía fingiendo cortejar a una muchacha para salvarla de aquel hombre-pez.

—Creo que Emily lo llamó cebo con cara de pescado. Y no tiene nada de insignificante comprometerse con la persona equivocada. —Él acabó de ajustar el estribo y sus ojos se cruzaron con los de Kitty. Por un momento, pareció que hablaría. Luego se alejó del caballo y le dio una palmada en el flanco. Este empezó a avanzar, y Kitty no miró atrás. Por lo menos, esta vez no estaría obligada a ver cómo la abandonaba.

Leam se volvió hacia Gray.

—Maldito seas por engañarla, Colin. Y maldito seas por utilizarme a mí. El único motivo por el que concerté este encuentro fue por tu amenaza de recluirme en Escocia si no lo hacía.

Con Cox amenazando a Kitty, no podría abandonar Londres. El sinvergüenza aún no se había dejado ver para recoger el objeto que supuestamente Leam poseía. Pero cuando apareciera, Leam le rompería el cuello.

—Necesitamos esa información. —El vizconde estaba a gusto, parecía hacer caso omiso al gruñido amenazador de la perra que tenía delante.

—¿Qué te puede aportar ella que no puedas obtener de otra fuente? ¿De un informante realmente preparado?

—Sé que ayer fuiste a los Servicios Secretos, Leam. Fuiste para leer el dosier de Poole.

—Qué orgulloso debes de estar de tu red de empleados y hombres de a pie, Colin. Admirable —respondió Leam apretando los puños.

—Has visto los documentos. Las cartas de ella son minuciosas, sus observaciones, muy agudas. Hizo todo eso durante años sin preparación alguna, ni ninguna otra ventaja. El director quedó impresionado, y por lo menos dos almirantes dijeron que nunca habían visto un trabajo tan minucioso de un informante, especialmente de alguien perfectamente integrado en la sociedad como ella. Incluida Constance.

—Kitty Savege no era una informante. Si también has leído el informe, sabes muy bien que aquello era un asunto personal para ella.

—Entonces, ya va siendo hora de que dedique su talento a los asuntos de Estado.

—Maldito seas, Colin, te retaría a duelo si pudiera soportar esa idea, pero sabes bien que no puedo.

—No deseo luchar contigo, Leam. Yo solo estoy aquí para convencerte de que trabajes para nosotros.

Él se quedó atónito por un momento.

—¿Nosotros? Ya no hay ningún nosotros. ¿O acaso no te has dado cuenta de eso mientras realizabas tus planes secretos? No leí la maldita lista de nombres que trajo Jin porque me importa un comino.

—No estoy hablando del Club Falcon. Te quieren en el Ministerio del Interior. Muy seriamente.

—Pues diles que cojan a Yale. Él está ansioso por regresar allí.

—Desconfían de Yale, aunque les he asegurado que no deberían.

—Es el más inteligente de tu grupo, y son unos estúpidos si no lo ven así. —Leam se volvió sobre sus tacones—. Ve a buscar tú mismo un candidato adecuado, alguien que necesite trabajo, sin familia ni patrimonio por el que velar. Alguien que desee tus malditos secretos y mentiras. —Se subió al caballo de una zancada. La niebla se había transformado en lluvia y las gotas caían sobre su sombrero y sus hombros, sobre el pelaje brillante de su caballo. La ira bullía en su interior, caliente y desesperada. En sus ojos se había reflejado una traición más grande que el cielo que los cubría. Quizás ella había confiado en él, pero ahora ya no lo haría.

Era lo mejor.

—La gente te sigue, Leam —dijo Gray.

Él puso las riendas en su sitio antes de contestar.

—Si te refieres a Wyn y a Constance, por supuesto que me siguen. Prácticamente les he criado a ambos.

—Incluso Seton te ha escuchado de vez en cuando a pesar de su actitud disciplinante hacia el Club y de su incierta lealtad a la corona. Absolutamente todos los de tu cantera han vuelto a casa sin rechistar. La gente va allí donde tú les digas, Leam. El reino te necesita.

Sí, la gente hacía lo que él quería, como su hermano, que se enfrentó a un duelo con su mejor amigo porque Leam así lo dispuso. Colocó un pie en el estribo y montó.

—No me interesa.

—¿Te interesaría si te dijera que no se molestará más a lady Katherine para obtener información si aceptas la oferta?

La cabeza de Leam se volvió en redondo.

—Quieren que retomes tu cargo anterior y encabeces el equipo de Francia —dijo Gray.

—¿Estás utilizándola a ella para convencerme?

—No exactamente. Su ayuda con Chamberlayne sería muy útil, incluso esencial. No dudan de que ella podría continuar siendo útil después de esto, con sus conexiones sociales y su habilidad natural. Como mujer soltera no tiene ningún marido que le estorbe —añadió haciendo un guiño—. Leam, lamento ser el mensajero. De verdad. Solo te estoy diciendo lo que me han dicho que te transmitiera. Están dispuestos a prescindir de ella a cambio de tu promesa.

Leam respiró hondo. ¿Cómo podía haber permitido esto? Había estado ciego, no había visto nada de aquello a lo que debería haber dedicado toda su atención. Otra vez.

—Colin, debo encontrar a David Cox. —Este le había asegurado que trabajaba para Lloyd's, la primera compañía aseguradora de Londres. Lo había buscado primero allí, pero al parecer Cox no había trabajado para Lloyd's durante años. Otra razón para sospechar de él, quienquiera que fuese.

—Cuando este asunto concluya —dijo Gray—, podemos ayudarte con eso.

—El director, los ministros y su red de informantes son un hatajo de idiotas, unos aficionados —añadió Leam frunciendo el ceño—. ¿Por qué piensan que yo podría aliarme con ellos?

—Para asegurarte de que no invitarán a lady Katherine a que les ayude nunca más.

A Leam le dolía el pecho. Sacudió la cabeza.

—Fui realmente un idiota al acudir a ti para que me ayudaras a protegerla. Les dijiste exactamente el modo de tenderme una trampa.

—A mí me gusta tan poco como a ti. Pero me ordenaron hacer lo que debo hacer.

—Respóndeme a esto: si acepto, ¿cómo se me garantizará la protección de ella si yo estoy al otro lado del canal o en el norte?

—Tendrás la promesa del director, del príncipe regente, si ese es tu deseo. Di mi palabra y te prometo que el gobierno se olvidará para siempre de Katherine Savege.

Leam cogió las riendas con las manos heladas. Había hecho una promesa a su hijo. Se había hecho una promesa a sí mismo.

—No tengo corazón para eso, Colin —dijo a su antiguo amigo—. Sería un espía mediocre.

—Nunca has tenido corazón para eso, Leam. Eso es lo que te convierte en el espía perfecto. —La cara del vizconde tenía la misma expresión de seguridad y confianza de cinco años atrás, cuando en un encuentro casual en su club, tomando un brandy, había hablado por primera vez con Leam del Club Falcón. Una nueva organización secreta, había dicho Gray, con una tarea para la cual Leam parecía especialmente idóneo en aquel momento. Necesitaban a un escocés, y eso le permitiría abandonar Inglaterra. Dejar todo atrás.

Pero ahora no deseaba marcharse. Por primera vez en años, deseaba quedarse, y en compañía de una mujer que no podía tener.

—Debo presentar a mi hermana en sociedad esta primavera.

Era lo último que podría hacer por ella. Si se casaba con un hombre de bien, Fiona podría llevarse a Jamie a su casa cuando Leam tuviera que marcharse fuera. El muchacho no podía quedarse solo en Alvamoor y que la amargura de Isobel le arruinara su juventud.

Levantó la cabeza y se encontró con la mirada de Gray.

—Diles que estoy dispuesto a hacer lo que deseen. Pero si alguien importuna de nuevo a lady Katherine, te haré pagar por ello personalmente, Colin.

—Por supuesto.

Leam giró la cabeza de su montura y se marchó cabalgando.

Kitty esperaba que su madre se levantara. La respetable viuda seguía en la cama. A las once, Kitty se dirigió a la habitación de su madre y llamó a la puerta. Una doncella respondió.

—Aún no ha vuelto hoy, milady.

Kitty mantuvo la calma.

—Vaya, qué extraño. Quizá se quedó en casa de mi hermano la noche pasada. Lord y lady Savege quieren que todos nos mudemos a su nueva casa antes de que nazca el bebé.

—Claro, señora. —Pero la doncella tampoco se lo creía.

No tendría ni siquiera un día, ni una hora para decidir qué decirle a su madre. A diferencia de su hija, la condesa viuda no se entregaría a un hombre ni se arriesgaría a ser descubierta teniendo relaciones con un caballero sin una promesa de matrimonio. Al parecer, lord Chamberlayne estaba destinado a ser un miembro de la familia. ¿Qué tendría que decir lord Gray acerca de ello? ¿Y cómo ocultaría Kitty eso a su querida madre?

No podría.

Fue a la sala e hizo sonar la campanilla, luego se sentó a su escritorio y sacó una hoja de papel y tinta.

—¿Milady? —dijo el lacayo desde la puerta.

—Si preguntan por mí, esta tarde no estoy en casa, John. Si mi madre llegara a casa, avíseme inmediatamente, por favor.

El criado se inclinó y cerró la puerta.

Se puso a escribir, pero no lo que lord Gray deseaba leer. No podía hacer lo que le pedían. Si buscaban información sobre lord Chamberlayne, deberían buscar a través de otra fuente. No diría nada a su madre, pero tampoco la traicionaría. Y ella no era una espía. Debía dejar eso a otros más cualificados. Si lord Chamberlayne fuera culpable de fomentar la rebelión entre los habitantes de las Tierras Altas, el gobierno lo llevaría ante la justicia con otros métodos. Tenía que creer en eso. Pero la conciencia le remordía, a lo que se le añadía la ansiedad por su madre.

Cuando la tinta se secó, selló la carta y escribió la dirección. Se levantó, las lágrimas le resbalaban por las mejillas, y se dirigió a la ventana.

—John —llamó, y se dirigió al rellano. Pero quien subía la escalera no era el criado. Era Leam.

19

Él se detuvo. Su mano se aferraba al pasamano de la escalera.

—Has estado llorando.

—¿Qué estás haciendo aquí? ¡Márchate! —No había preparado aquellas palabras, a ella le sorprendieron tanto como a él, que abrió más los ojos.

—Vuelve a entrar en la sala —dijo él, subiendo la escalera.

—Deja de darme órdenes. No tienes ningún derecho.

—¡Sí que lo tengo, maldita sea! —Se acercó a ella y la agarró del brazo.

—No, nada de eso. Y deja de insultarme. No eres más que un cretino.

—No te estoy insultando a ti. No exactamente. —Le arrancó la carta de la mano—. No deberías haber escrito eso.

—Yo no...

—¿Milady? —El criado la observaba desde el vestíbulo de abajo.

—Estoy bien, John. ¿Quién permitió la entrada a lord Blackwood?

—La puerta estaba abierta —dijo bruscamente el conde.

—¿Y entraste tranquilamente sin ser invitado? En realidad «desinvitado»: te dije que no volvieras más por aquí.

—Tus criados deberían recibir unos buenos latigazos por dejarte desprotegida ante los intrusos.

—Nos estamos mudando a una casa al final de la calle, hay

mucho movimiento de un lado a otro. De todos modos, pensaba que el señor Grimm se encargaba de los intrusos.

—Entra en la sala —le ordenó nuevamente.

—John, por favor, asegúrate de que la puerta principal esté bien cerrada —dijo ella, amonestando al criado—. No será necesario el té, lord Blackwood se quedará poco tiempo. —Se soltó de él, entró en la sala y cruzó la habitación, alejándose.

Él cerró la puerta y luego se dirigió a la puerta que lindaba con el salón y también la cerró.

Kitty sacudió la cabeza.

—¿Qué haces? Por favor, no hagas eso, abre la puerta ahora mismo. —Cuando él se aproximó, ella lo detuvo con la mano—. Detente, no te acerques más.

Pero Leam se acercó, no le permitió mantenerse distante de su cuerpo, su fuerza y su vigor. Él colocó la carta sobre la mesa, con ceño severo.

—¿Qué has escrito? —le preguntó.

—Al final, lo leerás. ¿Por qué no esperas a averiguarlo cuando lord Gray te lo entregue? Mejor mantener las expectativas que no frustrarlas ahora, ¿no te parece? De hecho, esta táctica funcionó muy bien con nosotros en Shropshire.

La sujetó por los hombros, atrayéndola hacia sí, y ella agradeció incluso aquel contacto tan poco amoroso.

Leam la observaba detenidamente; tenía los ojos extrañamente brillantes.

—Kitty, esto no es un juego —dijo.

—¿Cómo puedes decirme esto a mí? ¿A mí?

—No puedo dejar que te hagan daño.

—Eso lo entiendo. Pero por lo menos puedes respirar tranquilo, pues tu enemigo ha elegido amenazarme a mí en lugar de a algún inocente miembro de tu familia. Al fin y al cabo, yo he tenido tratos con un maleante durante años. Soy muy capaz de...

—Me dejas sin aliento —susurró él.

Se quedó aturdida, sintiendo que se derretía. Él parecía beber con sus ojos oscuros los detalles de su rostro. Levantó una mano y rodeó su mejilla. Luego hizo lo mismo con la otra mano.

Hundió sus dedos en sus cabellos y la agarró con más fuerza.

—No permitiré que se te acerque nunca más. —Su voz era dura, destilaba violencia.

—¿Quién...? ¿De quién estamos hablando? De la persona que me disparó, de lord Gray, o...

—Cuando hablas, no oigo nada más. Cuando te mueves, no puedo dejar de mirarte —dijo él bruscamente—. No puedo resistirme a ti. —Se inclinó y sus labios rozaron la boca de ella.

Kitty tomó aire, estaba temblando.

—¿Pero tú intentas resistirte? —dijo ella a duras penas.

—Sí, pero he fracasado. —Al abrazarla, sus manos eran cálidas, seguras.

—Dime que antes no conocías las sospechas acerca de lord Chamberlayne, en Shropshire. Dímelo para que pueda creerte. Por favor, Leam.

—Sabía de tu mirada y tu sonrisa, de tus palabras y del roce de tu mano, nada más. Tu mera existencia me cautiva, Kitty Savege. Desde el momento en que te vi por primera vez, tres años atrás. ¿Basta eso para convencerte?

—Quizás...

Él apresó sus labios abiertos. Ella alzó los brazos y permitió que se acercara más, hasta que sus cuerpos se encontraron por completo y el alivio de tocarlo de nuevo la inundó. Las manos de Leam se deslizaron por su espalda, luego por sus glúteos, con fuerza. Ella se permitió tocarlo, deleitarse en las duras facetas de su cara, sus hombros, sus brazos fornidos, sintiendo el placer de hacerlo. Podría perderse en sus besos y desear no ser hallada jamás. Estaba a punto de dejar que eso sucediera.

Ya lo había permitido. Estaba perdida.

Él le acarició con su boca el mentón, luego la zona tierna detrás del oído.

—No he dejado de pensar en ti —dijo—. No ha pasado una sola hora en la que no haya rememorado la música de tu voz, el perfume de tu piel o el placer de estar dentro de ti.

—Te fuiste de Willows Hall tan de repente. Pensaba que me despreciabas por desearte. Y ahora me dices esto. Y me besas. No puedo pensar.

—No me dijiste la verdad, ¿no es cierto? —La boca de Leam se apretaba contra su cabello, su voz era baja—. Fue solo Poole, ¿no? ¿Por qué querías hacerme creer otra cosa?

Ella cerró con fuerza los ojos.

—Quería que estuvieras seguro de que no soy fértil. ¿Qué importaba si había tenido un amante o cien?

—¿Qué te hizo él, Kitty?

—¿Que me empujó a vengarme de él? Nada —susurró ella—, no hizo nada.

Era ella quien se lo había hecho a sí misma, transformando su dolor en venganza. Ahora lo entendía.

La respiración de Leam era irregular.

—Algo tuvo que hacerte.

—No tienes de qué preocuparte, Leam. No te perseguiré cuando lo nuestro se haya acabado. La ruina de un hombre ya es suficiente para mí en esta vida.

—Kitty, no digas esas cosas. No, por favor. —Las enormes manos de Leam aferraron sus caderas y se deslizaron por su cintura; estaba al mando de su cuerpo, como si fuera suyo, para hacer con él lo que se le antojara. Le habló pegado a su mejilla—: Yo no quiero que esto se acabe.

—Ahora no, pero...

Su boca encontró la de ella. Kitty hundió los dedos en sus cabellos y dejó que la besara como si aquello no tuviera fin.

Él se separó, volvió a acariciarle la cara, rozando sus labios con el pulgar, tal como había hecho anteriormente.

—Ahora tengo que ir a ocuparme de algo. —La mirada de Leam se paseó por su rostro, luego la miró a los ojos—. Prométeme que no harás lo que Gray te ha pedido.

—¿Por qué no?

—Porque no es propio de tu alma enturbiarse con tales engaños. Deja eso para aquellos cuyas almas ya se han mancillado. —Rozó ligeramente sus labios, con ternura, luego con más fuerza—. Debo irme —susurró pegado a su boca, luego la soltó y retrocedió, respirando hondo.

—¿Volverás? —Kitty se mordió los labios, pero las palabras ya habían escapado de su boca.

Él sonrió.

—¿Entonces se ha levantado la prohibición de mi entrada en esta casa?

Quería hacerle una pregunta. Si él volvía, ¿significaba eso que sus intenciones eran sinceras? Pero en lugar de eso, dijo:

—Quizá deberíamos dejarlo como un interrogante abierto.

Él asintió, hizo una reverencia y se marchó. Esta vez Kitty se deslizó sobre una silla, sus piernas parecían de gelatina, flaqueando, pero sin llorar. Tenía esperanzas.

Londres no descansaba nunca, ni bajo el frío de la lluvia de febrero. Leam se abría paso entre carruajes, carros y peatones, atravesando charcos y calles centelleantes, donde se alzaba el hedor de una ciudad inundada por el frenesí del comercio, decidido a alcanzar su destino.

Dejó su caballo al cuidado de un mozo en una cuadra cercana. Por un momento, contempló la estrecha casa que se hallaba ante él; no había nada especial que observar en su sobria fachada marrón con vigas de hierro negro. Puede que la persona que la habitaba no estuviera en casa. Sin embargo, la aldaba estaba colocada hacia arriba; el hombre estaba por lo menos en la ciudad.

Leam seguía siendo tan impetuoso como siempre. Su presencia aquí lo corroboraba y la breve visita a Kitty del día anterior lo ratificaba con seguridad. La amaba y necesitaba estar con ella. Si eso significaba enfrentarse con los demonios, así lo haría. Primero tenía que encontrar a David Cox. Transcurrida una semana tras su vuelta a la ciudad, Cox aún no se había puesto en contacto con él. Leam y su abogado habían visitado Lloyd's en busca de información sobre el agente de seguros, pero nadie sabía nada desde su partida hacia América, cinco años atrás.

No se daría por vencido. Pero sintió tensión en su interior cuando se dirigió a la puerta y llamó. Respondió un criado de cara angulosa y pálida, quien evaluó la apariencia desaliñada de Leam antes de alzar las cejas.

—¿En qué puedo ayudarle, monsieur?

Leam le entregó una tarjeta de visita.

—Tráeme a tu señor —dijo en escocés.

Las ventanas de la nariz del sirviente aletearon. Asintió con la cabeza, lo hizo pasar al vestíbulo y cogió su abrigo y su sombrero.

—Ve rápido —siguió diciendo Leam en escocés, con un gesto de impaciencia—, no tengo todo el día. —Con mucho gusto habría esperado eternamente a tener esta conversación, pero el momento había llegado, y ahora tenía una determinación que nunca había tenido antes.

—*Je vous en prie*, milord —dijo el criado con evidente desagrado—, si quiere, puede esperar en el salón.

Leam entró en la habitación, se dirigió a la ventana y contempló el día gris, observando la ordenada fila de edificios elegantes de aquella calle. Por Dios, quería huir de aquellas casas señoriales. De Londres. De Inglaterra. De todos modos, él jamás pertenecería a ese mundo, al que le había mentido durante años.

Unos pasos en el umbral le hicieron girar la cabeza. Casi tan alto como Leam, con un mechón de pelo negro en medio de la frente, los ojos verdes y penetrantes, y una elegancia gala en su aspecto y su vestimenta, Felix Vaucoeur era un hombre apuesto.

—He visto tu tarjeta —dijo sin ningún rastro de acento; su inglés era tan fluido como el de Leam cuando este se lo proponía—, pero no me lo acababa de creer.

—Tu criado es un esnob impertinente, Vaucoeur. ¿Le pagas para que asuste a las visitas?

El conde se dirigió a la vitrina y sacó una botella de un líquido oscuro.

—Es bastante tarde para que finalmente me hagas una visita, Blackwood. —Llenó dos vasos y cruzó la habitación. Ofreció uno a Leam y sus miradas se encontraron—. Y también es una hipocresía.

Leam estudió al hombre que había matado a su hermano. Durante casi seis años sus caminos no se habían cruzado en absoluto. Para proteger a Leam y a James del escándalo, su tío, el duque de Read, había logrado que Vaucoeur fuera indultado, y se hizo correr la voz de que el duelo había sido un accidente de caza. Vaucoeur se marchó al campo para evitar las murmuraciones, donde permaneció hasta el final de la guerra y volvió durante algún tiempo a sus propiedades en el continente. Pero a pesar de su título francés, la parte de sangre inglesa de Vaucoeur siempre había sido más fuerte.

Leam depositó el vaso en una mesa.

—No tienes idea de por qué estoy aquí.

—Ah. —El conde dio media vuelta y volvió a la vitrina.

—Necesito tu ayuda.

Vaucoeur se detuvo mientras levantaba la botella.

—Estoy buscando a un hombre que afirma haber luchado contigo y con mi hermano en la Península —dijo Leam—. David Cox, rubio, guapo. Se dice que ahora se dedica a los seguros. ¿Te acuerdas de un tipo así?

—¿Por qué no lo preguntas directamente en el Ministerio de Defensa?

—Estoy más interesado en él que en su dirección.

Los ojos de Vaucoeur se entrecerraron.

—¿Y qué me importa eso a mí?

—No sé si te importa o no. Cox me ha estado siguiendo, y ha amenazado a personas cercanas a mí. Debo asegurarme de que no tiene nada que ver con mi hermano antes de contemplar otras posibilidades.

—Imaginas que yo podría haber tenido algo que ver con él, con ese comerciante que afirma haber conocido a James. Un tipo guapo, uno de nuestros compañeros de regimiento. —Vaucoeur dejó su vaso con un suave chasquido—. ¿Y?

—¿Qué quieres decir?

—¿Qué asunto podría haber tenido yo con ese señor Cox que hubiera implicado a tu hermano?

Durante un largo silencio, los dos se miraron.

—¿Por qué me permitiste que te empujara a ello? —preguntó Leam finalmente—. Incluso estoy exagerando: apenas tuve que animarte para que le retaras.

Vaucoeur habló lentamente:

—Él sedujo a mi hermana.

252

—Sedujo a algunas hermanas de otros hombres... —replicó Leam—, pero estaba enamorado de ti.

—Esa fue su desgracia. —La respuesta fue demasiado rápida, demasiado fluida, ensayada, como si hubiera estado esperando para decir aquellas palabras durante casi seis años.

No le cuadraba a Leam. No después de tanto tiempo.

—¿Qué sucedió en la Península, Felix? Dos hombres jóvenes que han sido lanzados juntos a la guerra, que comparten campo de batalla y tienda, como Felipe Augusto y Ricardo Corazón de León marchando a través del desierto contra el enemigo infiel. ¿Cuál de los dos eras tú? ¿El joven rey Felipe, el provocador, el aprovechado? —Su boca tenía un sabor metálico—. Y mi hermano, el desconsolado Ricardo.

—Fuera de aquí, Blackwood. —Las palabras eran de hielo, pero algo en sus ojos detuvo a Leam, algo profundo y que parecía haber dejado una profunda huella, incluso años después. Vaucoeur aún no había hecho las paces con su papel en la muerte de James.

—Cuidabas de él, ¿no es cierto? —Nunca se le había ocurrido antes a Leam. No de esta manera.

—Por supuesto. Era mi mejor amigo.

—Pero no tu amante.

—Nunca. —Su mirada se cruzó con la de Leam—. Sabes, a mí me gustan las mujeres muy en exclusiva.

Finalmente Leam entendió el tormento de su hermano, y quizás el dolor y remordimiento de este hombre también. Vaucoeur nunca había sido lo que James quería y a la vez temía que fuese. Durante años la ira había ardido en Leam porque su hermano había mentido al no hablarle acerca del hijo de Cornelia. James podría haberse casado con ella; los hombres como él se casaban con mujeres a las que generalmente no querían. Pero la desesperación que había llevado a James a acostarse con todas las mujeres que encontraba hizo que un matrimonio real, con una mujer, fuera imposible. Su hermano había querido a alguien que no podía ser suyo y eso lo había llevado al borde de la locura. La pasión de los Blackwood no le había sido reservada únicamente a Leam.

—¿Debo entender entonces —dijo— que no sabes nada que pueda ayudarme en el asunto de David Cox?

El conde le dio la espalda y volvió a colocar el tapón en la botella de brandy.

—No me acuerdo de él.

Leam lo saludó con la cabeza y se dirigió a la puerta, sintiendo un vacío extraño en su pecho.

—Él se odiaba a sí mismo. —La voz de Vaucoeur le dio alcance, firme y segura.

—Sí —dijo Leam tranquilamente—, y sufría por ser quien era —de un modo que Leam no había sufrido en su vida.

Mientras que James despreciaba su propia naturaleza, a Leam no le importaba en absoluto lo que sus compañeros de clase pensaran de él. Discretamente, estudió, escribió y sobrellevó las burlas con excelentes notas y elogios del maestro. Pero nada de todo esto le había importado, únicamente la poesía, la expresión de la verdadera emoción, en la que tan profundamente había creído en aquella época.

Pero había visto sufrir demasiado a su hermano, y lo sentía en su propio corazón. Después de un tiempo, él también quiso sufrir para poder compartir al fin algo de aquel dolor. Y Cornelia Cobb le ofreció la oportunidad perfecta para ello.

Le atrajo su frivolidad juvenil, ahora lo entendía. Enamorarse de ella le había hecho sentirse finalmente como si traicionara a su propia naturaleza. Como el insensato que era, le seducía saber que no era la mujer adecuada para él, con aquellas risas alegres y superficiales, con sus frívolos devaneos. Después de todos esos años observando a su hermano y sufriendo por él, Leam había recibido el sufrimiento con los brazos abiertos.

No se había parado a pensar ni por un momento qué pasaría realmente si ella lo aceptaba.

—Tú no lo mataste —la voz de Vaucoeur era dura—, me gustaría creer que incluso yo no lo hice. Él quería morir y nos utilizó porque le faltaba el coraje para apretar él mismo el gatillo.

Leam miró los ojos brillantes de Vaucoeur y vio en ellos tal frialdad que deseó no sentirla nunca más, una frialdad que la mirada franca y el contacto anhelante de Kitty estaba empezando a derretir en su interior.

Hizo una reverencia.

—Vaucoeur.

El conde se inclinó.

—Milord.

Leam salió. Las calles de la ciudad seguían atestadas de gente y de vehículos, el cielo cubierto de espesas nubes de lluvia con el color de los ojos de ella. Debía poner rumbo al Ministerio de Defensa en busca de la información sobre Cox que pudiera encontrar allí. Todavía se sentía extrañamente a la deriva, sin ancla.

Se detuvo para dejar pasar un carro por la fangosa calle, rodeado por el traqueteo de las ruedas, los gritos y el olor a lluvia.

Ya no se sentía a la deriva, sino libre. Libre de culpa. Libre de remordimientos y de dolor.

Sus manos tensaron las riendas y aspiró una gran bocanada de aire, el agua goteó sobre el faldón de su capote y el ala de su sombrero. Dirigió el caballo hacia el Ministerio de Defensa.

20

Kitty no habló a su madre de las sospechas del vizconde Gray respecto a lord Chamberlayne. Sencillamente, no sabía por dónde empezar. «Mamá, he tenido una aventura (y al parecer, aún la sigo teniendo) con lord Blackwood, y sus compañeros espías creen que tu pretendiente tiene tratos con personas que planean una rebelión, y me han pedido que les ayude a obtener información sobre la familia de lord Chamberlayne y sus posibles actividades delictivas.» No, no haría eso. No podía hacer lo que lord Gray le había pedido, pero tampoco ocultárselo a su madre.

De pie ante la chimenea de su alcoba, sacó la carta que había escrito de su bolsillo y la depositó sobre la repisa. Necesitaba tiempo para reflexionar, especialmente para averiguar hasta qué punto lord Chamberlayne era importante para su madre en realidad.

Al día siguiente la acompañó a hacer visitas. El día después transcurrió de un modo muy similar, e incluyó un paseo con lord Chamberlayne por el parque. Los días se sucedieron lentamente hasta sumar una semana. Leam no volvió.

—Kitty, estás inquieta —le dijo su madre cuando el carruaje se detuvo en el bordillo de la plaza Berkeley para recoger a Emily y a madame Roche.

—No es cierto. Yo nunca estoy inquieta. —Con gestos rápidos trataba de liberar sus dedos de la redecilla del bolso—. Mamá,

¿dónde estabas, hace una semana, cuando no regresaste a casa por la noche?

La respetable viuda la miró con ojos brillantes.

—Me preguntaba cuándo me harías esta pregunta.

—Estaba aguardando a que tú me lo contaras. Es lo que esperaba que hicieras. ¿Dónde estuviste?

—No hay nada que contar. Estuve en casa de tu hermano. Serena se sentía mal y, como bien sabes, soy la única madre que tiene ahora. Podrías habérmelo preguntado en cualquier momento. —La viuda cruzó las manos enguantadas en fina cabritilla sobre su regazo de tafetán rayado.

—Lamento que Serena se encuentre mal. La visitaré mañana —dijo Kitty bruscamente—. Pero esto es ridículo. ¿Cuándo va a hacerte una proposición lord Chamberlayne?

—Ya lo ha hecho.

La miró con una mezcla de alivio y decepción en su interior.

—¿No lo aceptaste?

Su madre extendió el brazo a lo largo del asiento y la tomó por el mentón, como si fuera una niña.

—Kitty, he pasado casi treinta años casada con un hombre que era poco indicado para mí. Es muy tentador, pero no voy a embarcarme en un nuevo matrimonio con tanta rapidez.

Kitty apartó la mirada. Tenía que estar segura.

—Pero has tenido tiempo de sobras. Te ha estado cortejando durante meses.

—¿Y qué hay de tus pretendientes, hija? Algunos te han estado visitando durante años.

Kitty miró por la ventanilla del carruaje. Emily y su acompañante descendían por la escalera de su casa. Su madre nunca le había preguntado eso. Nunca la presionaba. ¿Por qué lo hacía ahora?

—Normalmente lo hacen atraídos por la novedad —dijo—, pero ninguno de ellos siente un afecto sincero. Es mi imagen de inaccesibilidad, de frialdad y reserva frente a los rumores lo que les atrae, no yo.

Las delgadas cejas de su madre se unieron formando una uve.

—Katherine, espero no oírte decir nunca más algo así. Es ofensivo para un caballero juzgar sus atenciones de ese modo.

Kitty volvió la cabeza bruscamente.

—Mamá, no hablarás en serio, ¿verdad?

—Tu orgullo te ha superado, hija mía. Estás tan acostumbrada a rechazar a los hombres, que no crees que ninguno pueda estar a la altura de tu exaltada idea sobre cómo debería ser un caballero.

Las mejillas de Kitty llameaban.

—¿Y cómo debería ser?

—Extraordinariamente culto, bien situado en los círculos elegantes, un conversador excepcional, con títulos y riquezas, un hombre de buen gusto y elegancia, tan leal como tú con sus seres queridos, y me atrevería a decir que también apuesto.

—Nunca he dicho algo así. —Su corazón latía con gran rapidez.

—No es necesario. Lo sientes. Pero no hallarás tal ideal, hija. Los hombres así no existen. La mayoría de ellos son más bien como tu padre. —No había amargura en la voz de su madre, solo aquel buen juicio claro y simple que Kitty siempre había admirado. Pero a pesar de ello, le faltaba franqueza.

—Mamá, debo saber algo. ¿Por qué tú nunca...?

La puerta del carruaje se abrió.

—¡*Bonjour*, Katrine! Milady. —Madame Roche se deshizo en sonrisas corteses, toda ella un revoloteo de volantes en negro, rojo y blanco. Emily sentó su esbelto cuerpo junto a Kitty y le puso un libro en la mano.

—Aquí tienes lo que te prometí. No es ni por asomo tan apoteósico como la obra de Racine que me dejó lord Blackwood, pero creo que te gustará, y de todos modos, dijiste que habías visto *Fedra*.

—Fue un gran *plaisir* encontrarnos tan pronto con su señoría otra vez. ¡Qué caballero tan amable!

—Le vimos ayer en el salón de lady Carmichael —añadió Emily.

—*Hélas*, con sus enormes perros —lloriqueó la elegante viuda.

—Kitty, no sabía que conocieras a lord Blackwood —dijo su madre, aguzando la mirada.

—Un poco.

—Más bien bastante, diría yo —comentó Emily—, pero era de esperar, dadas las circunstancias.

El corazón de Kitty latió con fuerza. Su madre la escrutaba. El carruaje se puso en marcha con un ruido sordo.

—He estado pensando sobre aquel duelo, Kitty, en el que murió su hermano. —Emily frunció los labios—. Fue enormemente trágico.

—Así son los hombres, querida niña —dijo la viuda.

—Me parece que no los entiendo demasiado —replicó Emily.

Kitty sintió la mirada de su madre sobre ella. Estaba equivocada. No es que exigiera demasiado a todos los caballeros. Puede que, al igual que Emily, sencillamente no los entendiera.

La inauguración de la exposición ocupaba tres salas con altos techos del Museo Británico. Era una exposición espectacular, una muestra de óleos de los maestros italianos del Renacimiento tardío. Unos vigorosos Massacios competían por su posición en la pared con delicados Botticellis, y oscuros y meditabundos Caravaggios.

Kitty no ponía mucha atención en ellos. Tiempo atrás habría disfrutado con una exposición de ese tipo, pero ahora su distracción parecía no tener límites.

—Kitty, tú no eres la misma. Lady March me lo hizo notar recientemente y me atrevería a decir que tiene razón.

Ella apretó el bolso contra sí para disimular su angustia.

—Entonces sencillamente debe ser así, mamá.

—Dame tu brazo.

—No, tomaré el de Emily —dijo, y miró buscando a su amiga entre la multitud.

—No frunzas el ceño, Katherine, que te saldrán arrugas.

—No tengo por qué preocuparme por las arrugas. Tal como me indicaste amablemente en el carruaje, al parecer no tengo ningún interés en llamar la atención de un caballero.

—Estás tergiversando mis palabras —dijo la viuda, mientras observaba un gracioso retrato de la Virgen y el niño; la regordeta criatura trataba de alcanzar con suave abandono el pecho expuesto de su madre; una serena gracia inundaba sus caras radiantes—. Sí que llamas la atención, solo que muestras poco interés.

Pero sí que estaba interesada, más de lo que podía soportar.

La viuda tomó su brazo, pero ella se alejó. Si le hubiera dicho a su madre la verdad años atrás, quizás ahora podría confiarse a ella. Pero era demasiado tarde. Debería soportar sola toda esa incertidumbre y confusión.

Buscó de nuevo a Emily y la encontró ante el retrato de una joven campesina sentada junto a un par de aves recién cazadas, atadas con un cordel.

—Es bastante realista, ¿no crees? —dijo Emily, pensativa.

—Demasiado. —Kitty tomó su brazo y la alejó de allí—. ¿Qué estuviste haciendo la semana pasada otra vez en la ciudad, Marie Antoine?

—He dejado ya ese nombre, Kitty —respondió ella—, estoy dispuesta a encontrar otro.

—Estoy segura de que se te ocurrirá algo precioso, como siempre.

Bajo su mano, notó que el cuerpo de Emily se ponía rígido y se detenía. Kitty siguió la dirección de su mirada. Algunos metros más lejos, a través de un hueco entre la multitud, vio a un joven caballero, apuesto y moreno, que llevaba del brazo a una belleza cautivadora. Era el señor Yale con lady Constance Read, la prima de Leam.

—¿Qué miras, Emily? Es Yale —dijo, cosa bastante innecesaria—. ¿Le habías vuelto a ver después de Shropshire?

—No. —Los labios de Emily estaban tensos. El corazón de Kitty latió con fuerza. El caballero y su acompañante miraban ostensiblemente hacia ellas. Si hablaba con ellos, puede que dijeran algo acerca de Leam. Él no le había prometido nada. Ni siquiera sabía si seguía en Londres. Al parecer, había conseguido resistirse a ella después de todo, pero esta certeza no cambiaba nada en su corazón herido, ni en el ardor que bullía en su sangre cada noche, cuando se quedaba en vela pensando en él. Pensando en él y deseando vivir otra vida, la de una mujer que no necesitara lamentarse, recordar ni fantasear, una vida de verdad.

—Nos ha visto, debemos saludar. —Kitty empujó hacia delante a su amiga.

Yale sonrió con amabilidad. Emily soltó su brazo del de Kitty, dio la vuelta en redondo y desapareció entre la multitud.

—Lady Katherine, ¿qué tal está? —dijo él, inclinándose—, permítame que le presente a lady Constance Read.

La distinguida joven sonrió y le obsequió con una hermosa reverencia. Era más alta que Kitty, tres o cuatro centímetros más, llena de trenzas doradas, con un elegante vestido y brillantes ojos azules.

—Lady Katherine, estoy encantada de conocerla —dijo con un suave acento del norte—, mi amigo me ha contado historias muy divertidas sobre su estancia vacacional en Shropshire. Mi primo es mucho más introvertido, pero usted ya sabe que los hombres escoceses pueden ser bastante taciturnos.

Kitty tenía las manos húmedas. De repente se sintió... estudiada. Ambos la observaban, y le pareció que en el azul brillante y plateado de aquellas miradas había demasiada perspicacia como para un encuentro casual.

—De hecho, sé muy poco sobre los caballeros escoceses, lady Constance —dijo ella con algo de sinceridad.

—Pero el pretendiente de su madre, lord Chamberlayne, es paisano mío, por supuesto, aunque de mucho más al norte que Read Hall o Alvamoor —dijo Constance con una encantadora sonrisa que parecía completamente genuina—. Estáis más relacionada con caballeros escoceses de lo que creéis.

Kitty cruzó una fugaz mirada con Yale.

—Parece ser que mi prometida me rechaza —dijo él, mirando hacia la multitud.

—¿Entonces debo entender que lady Constance conoce vuestra comedia de Willows Hall?

—Así es.

—Tuvo el efecto deseado, ¿sabe? Sus padres han abandonado los planes de prometerla en matrimonio con el señor Worthmore. ¿Ella ya le ha dado las gracias?

—Con un par de palabras ariscas —dijo él, con una leve sonrisa—. Y hablando de comedias, milady, ¿ha visto a nuestro amigo en común recientemente? ¿Quizás esta semana?

Kitty se quedó sin palabras.

—Creo que usted debe saber que sí.

—¿Más recientemente que en el parque, con nuestro honorable vizconde? Por cierto, ninguno de los dos me habló de dicho encuentro, de lo contrario yo habría estado allí para arrojar mi guante en su defensa ante los dos —dijo, haciendo una reverencia—. Me vi obligado a enterarme de ello a través de otros canales.

Ella apenas podía pensar.

—No sé qué es lo que quiere saber —añadió.

—Lo que quiere saber, lady Katherine, ¿o puedo llamarla Kitty? —dijo lady Constance con encanto—, no soporto la excesiva formalidad.

¿Excesiva?

Kitty asintió.

—Lo que quiere saber, Kitty, es si ha visto a Leam en los últimos días, desde que volvió a ponerse su vestimenta de granjero y empezó a circular de nuevo por los salones de las damas con sus perros.

—Más despacio, Con, diría que estás desconcertando a Kitty.

—Muchas gracias, señor —replicó Kitty con más compostura de la que su pulso desbocado recomendaba—, pero no soy tan lenta como usted cree.

—Sin duda, lady Constance estaba también implicada en los secretos.

—Por supuesto que no. Le ruego que me disculpe, señora.

—Déjese de tantas reverencias, señor.

Los visitantes de la exposición parecían deslizarse a su alrededor como un arroyo de aguas rápidas, y ella se hallaba en el centro, con los pies sumergidos en el agua helada. Estaba desconcertada, y la piel le ardía de pura agitación. Estaban hablándole como a una confidente, como si supieran que lo sabía todo.

Así que, a fin de cuentas, eran espías. O casi, si había que creer a Leam.

—Si él no le comentó el encuentro con lord Gray, ¿acaso sabe que usted está hablando así conmigo ahora? —preguntó Kitty.

Yale negó con la cabeza lentamente.

—¿Y por qué lo hace? ¿No se trata de información secreta?

—A decir verdad, ya no estamos en ello, milady. Todos lo hemos dejado, excepto Gray, y lo más preocupante es que Blackwood haya vuelto a ello. Era el que más deseaba dejarlo.

—Vayamos al grano, Kitty. —Lady Constance le puso su suave mano sobre el brazo—. Mi primo confiaba en usted.

En Shropshire todo había ido demasiado rápido, su encuentro había sido como una tormenta repentina. Ahora sentía lo mismo, se sentía arrastrada por la corriente de lo irreal. Pero al igual que entonces, agradeció que eso sucediera. Lo anhelaba.

—Dijo que pretendía abandonar ese papel y volver a Escocia. Luego ¿por qué está haciendo esto? —preguntó lady Constance, alzando sus finas cejas—. Pensamos que quizás usted podría saberlo.

—Entonces ¿han venido hasta aquí para hablar conmigo?

La belleza rubia asintió.

—Me siento observada.

—Y así es —repuso Yale con una sonrisa.

—Pero no solo por el señor Grimm —dijo lady Constance—. Por eso le pedimos su apoyo ahora. ¿Nos ayudará? Si lo hace, estará ayudando también a su madre, por supuesto. No creo que quiera permanecer ajena a la verdad del asunto.

—¿Qué... qué es lo que creen que yo sé?

—Lo que nosotros sabemos —dijo Yale con la mirada brillante— es que hay quienes sospechan que Chamberlayne tiene tratos con rebeldes escoceses, quizá que incluso esté instigando una rebelión y vendiendo secretos de Estado a los franceses. Y que se os ha pedido que facilitéis información que corrobore todo esto. ¿Lo habéis hecho?

Kitty negó con la cabeza.

Lady Constance sonrió.

—Bien, porque tenemos un plan mejor, uno que podría acabar con todo este asunto de una vez por todas.

—¿Un plan?

—Un plan que puede que no os guste del todo —añadió Constance.

Kitty permaneció en silencio.

—Hace poco, un navío inglés con un valioso cargamento desapareció frente a la costa este de Escocia. Queremos que finja ante lord Chamberlayne que ha tenido una aventura con Leam, durante la cual él le reveló que estaba involucrado en la piratería, y que ahora desea compartir este secreto con el amigo de más confianza de su madre, puesto que Leam le rompió el corazón y desea vengarse de él.

La gran sala parecía acorralar a Kitty, siglos de colores vibrantes y caras de santos se agolpaban a su alrededor.

—Quizá lo has planteado de forma algo rotunda, Con —murmuró Yale, con su mirada fija en Kitty.

—Oh, no creo. Leam no la admiraría tanto si ella no poseyera una gran perspicacia.

Kitty se vio obligada a tragar saliva a causa de la sequedad de su lengua.

—¿De qué modo exactamente estaría Leam involucrado en la piratería?

Yale sonrió. Los ojos azul cielo de lady Constance destellaron y dijo suavemente:

—Debe decir a lord Chamberlayne que Leam sabe dónde se encuentra el cargamento y que está trabajando con un cómplice para entregarlo a los rebeldes de las Tierras Altas, decididos a separarse de Inglaterra.

Un estremecimiento ascendió por la columna de Kitty. Su mirada fue de uno a otro.

—¿Es cierto eso?

—No que nosotros sepamos —replicó Yale—, pero si Chamberlayne está involucrado con los rebeldes, no querrá que la ubicación del cargamento o la de sus nuevos dueños sea difundida, ¿verdad?

—¿Y qué podría hacerle a alguien que lo sepa?

La mirada de Yale permaneció fija.

—El hecho de urdir una rebelión, milady, vuelve a los hombres ansiosos por eliminar obstáculos.

—¿Usted cree en realidad que lord Chamberlayne tiene tratos con los rebeldes? —Kitty casi no podía articular las palabras.

—Sinceramente, no tenemos ni idea. Pero los informantes apuntan a que así es.

—Entonces ¿por qué... por qué él no? Él me dijo que no creía en nada de eso.

Los ojos de Constance se ensombrecieron. Yale cruzó las manos detrás de la espalda. El corazón de Kitty latió aceleradamente.

—A él no le importa nada, ¿no es cierto?

—No le importa lo más mínimo.

—Entonces ¿por qué no regresa a su casa? ¿No es allí donde desea estar en realidad?

Yale inclinó la cabeza, pero no dijo nada. La suave mirada de Constance se volvió muy penetrante. Kitty apenas podía respirar.

No era posible que estuviera haciendo todo aquello por ella. Aunque ellos parecían estar diciendo exactamente eso. Y también lord Gray. Incluso Leam lo había admitido hasta cierto punto. De algún modo, su seguridad tenía algo que ver con todo esto.

—¿Leam sabe que ustedes quieren que yo haga eso?

—Oh, no —repuso Constance—. De hecho, no debe saberlo, o lo estropearía todo. No le gustaría que usted estuviera implicada.

—De ninguna manera —murmuró Yale.

—¿Y a él, lo pondrá en peligro?

—En última instancia, si estamos en lo cierto, lo salvará completamente del peligro, y también a usted.

Su corazón palpitaba.

—¿Cómo sé que puedo confiar en ustedes?

—Porque nos preocupamos por él. Y mucho. —Constance sonrió con una cordialidad tan genuina que no podía ser mentira. Yale alzó una ceja y sonrió con un aire asombrosamente juvenil.

—Sí —repuso Kitty inspirando profundamente, con el corazón desbocado.

Su madre no podría culparla de no comportarse como siempre en el carruaje, ni siquiera después de dejar a Emily y a madame Roche en casa. Kitty charló como si no tuviera una sola preocupación en el mundo. Sin embargo, nunca había estado tan preocupada. La noche siguiente, en el baile, iba a poner en marcha el plan. Era un manojo de nervios.

—Mamá —dijo al entrar en la casa—, voy a cabalgar un rato.

—No podría quedarse quieta, ni ponerse a bordar, leer o escribir cartas, ni siquiera recibir visitas.

—No te acompañaré, querida. Debo acabar mi correspondencia, y lord Chamberlayne vendrá más tarde a tomar el té. —La respetable viuda se quitó los guantes y los dejó sobre la mesa del vestíbulo—. Hay un paquete para ti. Quizás otra muestra de afecto de uno de tus desinteresados pretendientes.

Kitty miró al criado. John le sonrió y luego volvió a mostrar un rostro impasible.

Ella cogió el gran sobre y se dirigió a la escalera. No reconoció la letra, pero era firme y de trazo grueso. Sus dedos temblaban un poco al rasgar la parte superior. Este asunto de los espías le ponía los nervios de punta. Recoger información para arruinar a Lambert había sido una afición, no otra cosa, si bien no dejaba de ser una afición espantosa. El verano anterior, cuando había enviado la información a las autoridades, lo había hecho llena de espanto y solo como un último intento para ayudar a Alex. Ahora no tenía esa excusa, salvo la convicción de su corazón, y estaba trabajando con espías de verdad. Todo esto la... inquietaba.

Santo Cielo. Lo siguiente sería admitir su orgullo y su desobediencia. Luego su madre y Leam podrían congratularse sobre lo bien que conocían sus defectos.

Sacó el contenido del sobre. A medio camino en la escalera,

se detuvo para agarrarse a la barandilla y recobrar el equilibrio.

Era un flamante cuadernillo, recién impreso, de partituras: la versión original en francés de la obra de Racine, *Fedra*, en su adaptación musical. Una tarjeta de visita sobresalía de una de las páginas. La abrió, y la tarjeta en relieve del conde de Blackwood cayó en su mano.

Bajo los compases de unas gráciles notas, al inicio de la página, había un texto, la poesía del dramaturgo. Era la conversación del príncipe Hipólito con un amigo. En él hablaba de la mujer que amaba secretamente, a pesar de saber que no debería hacerlo.

Las manos de Kitty temblaban cuando leyó aquel verso: *Si je la haïssais, je ne la fuirais pas.* «Si la odiara», leyó ella, con un tembloroso susurro, «no huiría».

—¿Cómo quieres que celebremos tu cumpleaños mañana, Kitty? —Oyó decir a su madre.

Kitty deslizó la tarjeta de Leam dentro de su manga, continuó subiendo la escalera y puso las partituras bajo el brazo, como si no fuera nada. Como si no lo fuera todo.

Bueno, no exactamente. *Fedra* seguía siendo una tragedia, al margen de la música que uno le pusiera. Kitty recordó los cuerpos esparcidos por el escenario al final del primer acto. Pero se negaba a vivir una tragedia. Las tragedias eran para las jóvenes insensatas, no para ella. Ya no.

—Como tú quieras, mamá. —Quería que su voz sonara firme, pero su paso era ligero, su respiración breve, ahora debido a algo más que los nervios, más que la ansiedad. Entró en la sala, colocó la partitura en el atril y abrió el pianoforte. Sus manos temblaban cuando las deslizó sobre el banco y las puso sobre las teclas.

Tocaba habitualmente, y ahora las notas fluyeron de sus dedos con facilidad, delicadas y tristes. Pero bajo aquellos compases, la letra era hermosa, plena de deseo y traición, de esperanza y desengaño por un amor imposible, y ella no pudo quedarse en silencio. Cantó a sabiendas que él quería que cantase, y su voz sonaba horrible. Su garganta no estaba acostumbrada a cantar y, de todos modos, la emoción la ahogaba. Eso la hizo reír, y se permitió esta dulce liberación. Se permitió sentir.

Era realmente espantoso, y sus dedos tropezaban con las teclas.

—Kitty, ¿qué es lo que estás cantando? Suena realmente horrible. —Su madre estaba de pie en la puerta.

—Oh, no es la música, soy yo. —Sus manos se movían por las teclas de marfil y ébano—. Pero conseguiré hacerlo bien. Necesito practicar.

Practicar para permitir que la vida habitara de nuevo en ella. Practicar para dejar atrás el pasado.

—Creía que ibas a cabalgar un rato.

—Quizá más tarde.

Tarareó la melancólica melodía, sus labios esbozaban una sonrisa, irrefrenables. Él era un hombre peculiar, un hombre imposible, y ella lo amaba.

21

Leam observó el salón de baile lleno de gente, no había nada en su penetrante mirada que revelase su particular interés por alguien o por algo. Esta vez su apariencia engañaba más que nunca.

Fue muy poco lo que encontró sobre Cox en el Ministerio de Defensa, solo un registro y justificantes de pagos, pero ninguna dirección o condado de origen. Cox no había mentido cuando dijo que había estado con James en el mismo regimiento. Aun así, parecía un fantasma. Un fantasma con una pistola que apuntaba a Kitty Savege y que todavía no había reclamado su autoría. Al parecer, ahora era él el que jugaba.

—No puedo creer que tengas este aspecto y yo esté a tu lado —murmuró Constance, cogiendo una copa de ratafía de la bandeja que pasaba un criado.

—Lo has hecho tantas veces antes, querida, y no necesitas estar a mi lado. Estoy seguro de que hay al menos una docena de caballeros que estarían encantados de acompañarte. —Unas bailarinas hacían piruetas sobre el escenario acompañadas de clavicémbalos, violines, violonchelos y flautas. Dos arañas que pendían del alto techo iluminaban la reunión con un resplandor acalorado, el salón sofocante y lleno a rebosar de la alta sociedad.

—Yo no estaría tan segura, pero me temo que tú te marcharías si me alejo solo por un momento —dijo ella contemplando sus desaliñadas galas nocturnas.

—No pienso marcharme por ahora. —Antes de salir de casa para ir a buscar a Constance un chico le había traído una nota de Grimm. Kitty iba asistir al baile esta noche. Leam no sabía si huir o quedarse y poner a prueba su valor. Se había propuesto no pedirle nada hasta que estuviera completamente seguro de que ella estaba a salvo. Se lo debía.

Así que se quedó. Solo deseaba verla.

—No soy un truhán como para dejarte con tus entusiasmados admiradores sin la conveniente protección —le dijo en voz baja a su prima—. ¿Dónde está tu dama de compañía, la señora Jacobs?

—En algún rincón manteniendo una charla íntima. —Constance sonrió.

—Pensaba que mi tío vendría esta noche.

—Papá cambió de planes. Pero quizás... ¡Oh!, ahí está Wyn. ¡Qué agradable sorpresa!

Pero Leam no le prestó atención. Una mujer había entrado en el salón de baile. Una mujer ingeniosa. Una mujer con tanto orgullo y cordialidad como belleza. Entre los bailarines, vio su espléndido cabello recogido levemente con unas horquillas brillantes, la suave línea de sus mejillas, los hombros sedosos y los brazos cubiertos a medias por un ligero vestido de color marfil. Un hombre sediento bebía mientras la miraba. Ella sonreía a su acompañante, un caballero elegante, y Leam sintió un ramalazo de placer desde el pecho hacia la garganta.

Pero ya no tenía las obsesiones que había sentido tiempo atrás. En cambio, la confianza se le mezcló con los celos. Ella lo quería y no deseaba jugar con él.

Yale se acercó a Constance.

—Buenas noches, primos —saludó, con las manos cruzadas en la espalda—. Blackwood, no te he visto desde hace una eternidad. ¿Dónde has estado esta semana?

—Eso no te importa.

—¿Persiguiendo a los rebeldes escoceses pese a haber dicho que no lo harías? Buscando información sobre Chamberlayne, supongo. El director parece decidido a tenerte sujeto de nuevo, ¿no es así?

—Aquí no puedo darte tu merecido, Yale, pero sería un placer hacerlo fuera. ¿Me acompañas?

—Estoy seguro de que te encantaría. Nuevamente te pareces a uno de tus perros, con bigotes y todo.

Leam se dirigió a su prima:

—Ahora que tienes una compañía adecuada, Constance, me marcho. Yale, haz algo de provecho y acompaña a la dama a casa cuando lo desee, ¿lo harás?

Constance puso su mano sobre el brazo de Leam.

—Tenemos que hablar contigo ahora. En privado —le dijo.

Él miró al galés. La dama enarcó su negra ceja.

Leam arrugó la frente.

—«¡Qué agradable sorpresa!», Constance —dijo con calma—, tus dotes para la interpretación impresionan, a veces incluso a mí.

A ella se le formaron hoyuelos al sonreír.

—Gracias —respondió.

—¿Y si me niego?

—No quieres negarte. —Los ojos del galés se perdieron en el gentío. Leam le siguió la mirada, hasta Kitty.

Su enfado aumentó vertiginosamente.

—¿Debo suponer que vosotros dos os habéis confabulado con Gray otra vez? —preguntó con tranquilidad, mientras se iba enervando.

—Oh, no exactamente —dijo Constance con dulzura—. Más bien al contrario. Pero no frunzas el ceño. Por desgracia, estás disfrazado.

Ella le cogió con cuidado el brazo, dedicándole una amplia sonrisa entre dientes como si se estuviera divirtiendo.

Leam se volvió hacia atrás para mirar a Kitty. Ella también lo miró. A través del salón de baile, sus ojos grises le invitaban, con una sonrisa juguetona en los labios, y no parecía existir otra cosa entre ellos que el puro deseo y la belleza de la armonía. En ese instante, hubiera ido hacia ella, la habría sacado del baile y le habría hecho el amor. Entonces, no habría otra cosa entre ellos que lo que ambos deseaban.

Ella miró más allá de la espalda de él y su sonrisa se eclipsó.

271

Dio media vuelta y se deslizó entre la multitud hasta desaparecer en la otra sala.

—Ven, milord —le dijo Yale—. Tenemos que informarte de algunos asuntos.

Él obedeció.

Kitty se acercó a lord Chamberlayne, abriéndose paso entre la gente, entre amigos y conocidos, como hacía en las fiestas; mantenía la cabeza alta, el rostro relajado, ajena a las miradas y los rumores, que se habían reanudado desde que Lambert había sido desterrado.

—Milord —dijo tocándole el brazo, como una hija—. ¿Podría hablar un momento con usted?

—Por supuesto, lady Katherine. —Él saludó a sus acompañantes y se puso al lado de ella. A su alrededor, la música subía y bajaba, solo para volver a subir. Kitty aún sentía la mirada de Leam en su interior, cálida, comunicándole tantas cosas sin una palabra, como siempre.

—¿Su madre no se encuentra bien? —preguntó lord Chamberlayne—. Me temo que la he perdido entre el gentío.

—Oh, no, milord. Yo le buscaba por algo diferente. A ver... —Le costaba pronunciar mentiras. Los ojos grises de lord Chamberlayne brillaban, más claros que los de su padre. En su cara había compasión, cosa que no había visto nunca en la de su padre. Este hombre tenía un corazón tierno. Si solo hubiese otra opción; pero nada la habría convencido de la necesidad de hacer aquella pantomima de no ser por la desastrosa apariencia de Leam, su rostro barbudo y, sobre todo, su mirada antes de encontrarlo. Tenía que hacerlo y descubrir la verdad por el bien de su madre y por el de Leam.

Lord Chamberlayne le cogió la mano y la posó sobre su brazo.

—Kitty, espero que pueda confiarme cualquier preocupación, sea importante o no. La considero como si fuera mi propia hija, si la tuviera.

—Claro, usted solo tiene un hijo.

—Sí. Y lo veo muy poco, porque prefiere permanecer en la casa de Escocia.

—Sí. —Ella hizo una pausa—. Como ve, he venido en busca de consejo, o mejor dicho, de ayuda en relación con un caballero escocés.

—¿Tiene un admirador del que desea hablarme? Sé que no soy su padre, pero espero que algún día pueda ayudarle como si lo fuera.

—Oh, bien, gracias. —Ella fue al grano—. En realidad, milord, no es un admirador. Me temo que sus intenciones iban más allá de una simple admiración y ahora estoy en un cierto apuro.

Él se puso tenso.

—¿Ese caballero la ha ofendido?

—No, no sin mi consentimiento —se apresuró a decir Kitty. Las palabras se le escapaban de la boca—. Bien, no me avergüenza del todo admitir que yo esperaba más de él. Pero me decepcionó.

—¿Quiere que vaya a verle de su parte, Kitty? —preguntó él con la cara rígida—. Si lo desea, puedo hacerlo, considero a su familia como la mía propia.

Ella sintió que estaba perdiendo coraje. ¿Cómo podría un hombre de esa lealtad hacia su madre ser un traidor a su patria?

—Creo —dijo despacio— que no será necesario. Y, por otra parte, podría ser bastante incómodo para él.

—Sería más sencillo entenderla si le pusiera un nombre a ese individuo —dictaminó él levantando una ceja.

Así lo hizo Kitty, le dijo el nombre y le soltó el resto de la falsa historia, el barco y su cargamento robado, y que su confianza hacia un amigo como lord Chamberlayne podría ser de ayuda para descubrir la villanía del conde de Blackwood ante las autoridades pertinentes. Le dijo también el lugar y la hora a la mañana siguiente en que Leam había planeado encontrarse con un informante. ¿No sería estupendo si los oficiales del gobierno estuvieran allí para arrestarle por sus delitos?

Fue sorprendente lo rápido que los ojos de lord Chamberlayne brillaron con interés y cómo le pidió que le diera más detalles. A Kitty le dolía el corazón. Recordó que la seguridad de su madre y la de Leam estarían a salvo gracias a esta comedia.

Lord Chamberlayne le dio un golpecito en la mano con la ceja levantada.

—Veré qué le aportan al caballero unas actividades indignas como esas.

—Yo también lo veré. También estaré allí mañana por la mañana.

—No puedo permitirlo —le dijo él firmemente—. Esos hombres no están para juegos.

—¿Kitty? ¿Douglas? —Su madre apareció al lado—. Los dos parecéis unos conspiradores. Espero no interrumpir.

—No, mamá, en absoluto. Estábamos dándonos las buenas noches. He bailado hasta caer exhausta y no puedo quedarme ni un minuto más. ¿Podrás encontrar otro modo de volver si me llevo el carruaje?

Su madre la miró con sus ojos marrones, llenos de sabiduría, y finalmente dijo:

—Sí, querida, claro.

Kitty se escapó hacia el salón de baile. Pero allí tampoco halló alivio para sus tumultuosos sentimientos. Se abrió camino a duras penas entre la multitud de invitados que se divertían bebiendo y bailando, y atravesó el vestíbulo lleno de juerguistas, luego otra sala y otra. Bajó la escalera de la mansión hasta la fría planta baja. ¿Qué había hecho? ¿Por qué había confiado en ellos? Todo lo que quería era verlo de nuevo, estar con él, y sin embargo, otra vez, esta deshonestidad y esta simulación.

Llegó al pasillo que había bajo el hueco de la escalera, completamente vacío, pero una criada corría de un sitio a otro. La muchacha pasó por delante con un saludo rápido y Kitty apoyó la espalda contra la pared, con sus manos quietas por detrás, y respiró lentamente.

Una puerta se abrió en el otro extremo del pasillo y apareció el conde de Blackwood. Se oía la música del piso superior, pero los latidos de su corazón la acallaron. Ambos se miraron inmóviles, con los ojos brillantes.

—Es... —Las palabras se agolpaban en sus labios—. Hoy es mi cumpleaños.

Él sonrió, con una sonrisa pícara que penetró profundamente en el interior de Kitty.

—Sí —replicó Leam en voz baja hablando en escocés—, así es.

Él no se movía. Ella tampoco.

—¿Te han contado el plan, no es cierto?

—Sí —contestó él.

Arriba de la escalera se oían voces y pasos que bajaban. Ella tenía muchas preguntas que hacer y necesidades inconfesables que era mejor no mencionar. Miró hacia otro lado, cruzó el vestíbulo, fue hasta el carruaje y se marchó a casa.

El criado la saludó con ojos somnolientos. Le había dicho a Leam que regresara al salón tranquilamente. No podía descansar imaginándose la cita de la mañana siguiente y lo que podría significar para su madre y para él. El conde pasaría la noche fingiendo beber y jugando a cartas con Yale en algún sitio, a la vista de cualquiera que pudiera estar observando. Después, por la mañana, iría al lugar del encuentro para esperar a lord Chamberlayne.

Se sentía nerviosa, bajó hasta el sótano y colocó una tetera con agua sobre el hornillo de la cocina. Era mejor esperar a que volviera su madre y enfrentarla con la verdad, lejos de cualquier curioso.

Debía explicárselo esa misma noche.

La aldaba de la puerta principal la hizo saltar del susto. Dejó la tetera y fue hacia la escalera con los nervios a flor de piel. Apareció el criado.

—Te dije que podías acostarte, John —murmuró mientras se dirigía a la puerta principal.

—Sí, señora.

Llevaba puesto un camisón y una peluca sobre el pelo y el gorro de dormir. Abrió los cerrojos y la puerta. En la entrada había un muchacho.

—De parte de milady —soltó con entusiasmo, como si estuviera a plena luz del día. John cogió el mensaje, dejó caer una moneda en la mano del chico y cerró la puerta otra vez.

—Señora, ¿puedo prepararle una taza de té?

—No, gracias... —Ella abrió el sobre—. Yo puedo hacer esto...

Se oyó un golpe en la puerta de servicio en la parte posterior de la casa. Kitty y el criado se miraron y ella se encogió de hombros. Él caminó por el pasillo del sótano iluminado solo por una vela. Tras leer la nota en la penumbra, ella bajó los hombros. Al parecer, su madre no regresaría esa noche. Serena volvía a no sentirse bien; la viuda se quedaría en la otra casa.

Kitty no podía con esta espera. Tenía que esperar por todo. Se sentía como si ya hubiese esperado toda una vida.

Se cubrió la cara con las manos, cerró los ojos y cuando los volvió a abrir, Leam estaba de pie en la puerta de entrada; la burbujeante oscuridad de la noche lluviosa perfilaba su silueta.

—¿Milady? —preguntó John, aparentemente sorprendido por encontrar a un conde en el pasillo del sótano en medio de la noche. Quizá no estaba tan sorprendido como Kitty. John no tenía ni idea de por qué el conde no debería encontrarse allí, salvo por las razones más obvias.

—Por favor, John, cierra la puerta. Puedes regresar a la cama.

Por un momento, estuvieron de nuevo solos a ambos extremos de un pasillo vacío. Esta vez, la luz apenas era suficiente para verle su hermosa cara, para apreciar el brillo de sus ojos y grabar la imagen en su memoria, antes de pedirle que se fuera.

—Esto no es una buena idea —le advirtió—. Alguien podría haberte visto entrar. Todo se podría malograr.

—Es cierto, pero también se habría podido malograr si no hubiera venido. No podía pensar con claridad. Por poco estampo el caballo contra una farola. No es la mejor forma de trabajar.

—No estarás..., no estarás borracho, ¿verdad?

—No de la forma habitual. Ahora ven aquí, ¿o prefieres que vaya yo?

Ella evitó suspirar.

—¿Nos podríamos encontrar en el centro?

Él asintió.

—Me parece bien.

Ambos cruzaron el pasillo. Ya estaba en sus brazos. Él la sujetaba firmemente contra su pecho, un cuerpo contra otro.

Ella apretaba la cara sobre su chaqueta, desplegando las manos por su espalda y hundiendo los dedos en ella.

—¿Por qué has venido? —susurró Kitty.

—He venido a traerte tu regalo de cumpleaños.

Ella levantó la cabeza y, al mirarle a los ojos, se sintió inmersa en la sumisión, en una vulnerabilidad tan pura que se sumergió en ella. Intentó sonreír.

—¿Entonces qué era la hermosa partitura que recibí justo ayer si no mi regalo de cumpleaños?

La mano de Leam ascendió hasta su cara, y apenas le rozó la mejilla.

—¿Por qué haces eso? —dijo Kitty.

—Porque soy el adecuado para este trabajo. De veras, no podría ser más adecuado.

Ella pasó su mano por la suave mandíbula, adoraba sentirla. Podría estar tocándole siempre.

—Te has afeitado antes de venir.

—Un caballero no puede visitar a una dama como un bárbaro —dijo en escocés.

—Leam...

—Kitty, no he venido para hablar.

A ella se le secó la garganta. Pero intentó carraspear.

—Leam, vivo con mi madre.

—Tu madre se ha ido a casa de tu hermano a pasar la noche. Tu cuñada no se siente bien.

—¿Cómo sabes eso? ¿Por el señor Grimm?

—Nada es sagrado para los criados cuando se mezclan los rumores y las guineas.

—¡Oh, Dios mío! Tendré que decirle a Alex que se ocupe de ellos.

—La verdad es que lo escuché en el baile —replicó Leam torciendo la boca.

Ella sonrió.

Él le cubrió los labios con los suyos y la alzó del suelo. Casi sin despegarse de su boca, la besaba, la satisfacía y calmaba su anhelo, todo a la vez. Le echó la cabeza hacia atrás y la besó en la barbilla, los dedos se perdían en su cuello para volver de nuevo a su boca. Siempre con delicadeza, la punta de la lengua rozaba el contorno de sus labios abiertos. Ella suspiraba, le agarraba el abrigo con la punta de los dedos. Durante un momento, él dejó de besarla para quitarse el abrigo, después le rodeó la cara con sus manos y la besó de nuevo.

—No me basta con tu boca. —Le acarició el labio inferior con su pulgar, la hizo temblar y después siguió acariciándola con su boca. Sus manos, grandes y fuertes, le rodeaban los hombros, y ella se sintió segura, apreciada.

Mientras él le acariciaba el cuerpo con sus manos, desde el vientre hasta los muslos, atrayéndola, ella le rodeó el cuello con los brazos. En la posada, la había agarrado así, como si necesitara tocarla toda a la vez. Ahora deslizaba la lengua por el interior de sus labios y ella lo recibía suspirando ante la exquisita intimidad. De pronto sintió una apremiante necesidad en su interior. Cuando las manos de Leam se deslizaron desde sus hombros hasta la cintura y después rodearon sus pechos, ella lo agradeció.

—No me basta con cada parte de ti —dijo él junto a su boca, y los jadeos irregulares de su respiración hicieron eco en ella—. El contorno de tu mejilla. La curva de tu cuello. Eres la perfección, Kitty Savege —añadió, mientras sus pulgares le acariciaban el corpiño y las rodillas de ella flaqueaban—. ¿Has cantado? Dime que lo hiciste.

Ella se agarraba a sus hombros, ansiando sus caricias.

—Lo hice horrorosamente. —Ella apretaba sus caderas contra las de Leam, que sintió un estallido de placer en su pecho y deslizó sus manos por detrás, para empujarla contra él. Ella ya no podía respirar por el anhelo de sentirlo en su interior. Pero él no le daría eso otra vez. Se lo había dicho en Willows Hall.

—Te necesito ahora, Kitty. —Le levantó las faldas bruscamente—. Ahora.

Sintió el aire frío en las pantorrillas. La estaba desnudando en el pasillo. La deseaba. Ella le tiró del abrigo, empujándolo desde los hombros.

—Los criados —apenas pudo decir.

Leam se quitó el abrigo y la levantó por completo del suelo,

278

llevándola en brazos. Así entró por la primera puerta que encontró abierta.

—¿La cocina, Leam?

La dejó sobre la encimera, cerró y bloqueó la puerta, y fue directo hasta el cuartito del fregadero. Ella miraba, confundida y temblorosa por lo que se avecinaba. Detrás colgaban hileras de cazuelas de cobre que lucían inmaculadas por el brillo rojizo de las ascuas que aún estaban encendidas en la cocina.

—Ninguna criada con el pelo enmarañado a la vista. —Leam volvió del cuartito y se acercó a ella—. Me gusta ver que eres un ama comprensiva.

—Sí, ella tiene la cama arriba...

Él le tapó la boca con la suya y la sujetó contra su cuerpo. Ella hundió los dedos en su pelo mientras Leam le levantaba las faldas hasta la cadera y le apartaba las rodillas. Con una mano le acariciaba el muslo que estaba gozosamente caliente y con la otra se desabrochaba los pantalones a la vez que la besaba nuevamente.

—¿Leam? —Le temblaba la voz.

Su mano le rodeaba la nuca para mantenerla cerca, luego le acarició la espalda bajando rápidamente para acercarla aún más y lograr que sus piernas se abrieran.

—No puedes decir que no. —Hubo un quejido. Su miembro caliente y erecto se hundió en el sexo dolorido de Kitty hasta aturdirla.

Ella sacudió la cabeza.

—¡No!

Leam frunció el entrecejo con los ojos cerrados.

—Kitty —dijo desesperado.

—¡Quiero decir que no diré que no! No podría. Oh, Leam...

La empujó hacia él, guiándola hasta que estuvo completamente dentro de ella, caliente y grueso, exactamente como Kitty había soñado. Le agarraba las caderas bajo las faldas y respiraba encima de su frente, al parecer, tenso en cada uno de sus músculos.

—Dios bendito —apenas pudo susurrar él.

Aferrada a sus hombros, ella temblaba y la satisfacción iba

creciendo con rapidez hasta sentir un deseo doliente, mientras movía las caderas contra él.

—No —le ordenó él muy tenso y la mantuvo quieta—. No te muevas.

—Pero...

—Quédate inmóvil.

Ella obedeció a pesar de que todo su cuerpo vibraba. Tras un momento él acarició sus pechos presos en el corpiño. Con cuidado la ayudó a relajar la espalda y ella se recostó en sus manos. Su pulgar se deslizó bajo la tela y acarició el pezón erguido.

—Oh. —Lo sintió por todas partes. La hacía vibrar. Esta vez no le ordenó quedarse quieta cuando movió sus caderas contra él, embriagada por la fricción en su interior y queriendo más. Leam le permitía que se balancease con él para sentirla completamente y hacerle recordar cómo la había poseído antes y cómo la deseaba ahora. Después la cogió por las caderas y presionó en su interior. Luego lo hizo otra vez con tanta fuerza que el codo de ella golpeó la vitrina.

—Oh, Dios. Otra vez.

Ella escuchó esas palabras que salían desde el fondo de su garganta, reclinó la cabeza hacia atrás y dejó que él la poseyera. Le dejó que lo hiciera una y otra vez. Él hundía los dedos en su carne cogiendo con ardor sus caderas.

Ella gemía de deseo. Apenas notó cómo su hombro golpeaba un frasco y lo desplazaba del gancho. Al caer, el frasco chocó contra la encimera y luego contra el suelo, causando dos enormes estruendos.

Ella gritó. Él la levantó y le tapó la boca otra vez con la suya, arrastrándola hacia él con más fuerza. Ella se echó hacia atrás buscando un asidero, el doloroso placer intentaba llegar al final. Su mano se topó con una sopera. Leam seguía penetrándola, haciéndola sentir. Ella gemía apoyándose en el aparador, cuando la sopera tintineante impactó contra el suelo. Pero a él no le impidió seguir y seguir pujando con vehemencia. Ella le agarró del hombro con una mano y con la otra llegó por detrás a tocar algo metálico mientras alcanzaba el clímax muy rápidamente; era una carrera en una espiral de placer. Por fin, Kitty se aferró, arqueó la espalda y él llegó al máximo de su excitación dentro de ella.

—¡Oh, Dios!

Ella deslizó el brazo alrededor de sus hombros, las cazuelas de cobre golpeaban unas con otras. Él se apoyó en la pared y, al levantarle la rodilla a Kitty, las cazuelas cayeron en cascada.

—¡Kitty!

Juntos se esforzaban por empujar cada vez más profundamente y con más ardor. Ella echó la cabeza hacia atrás y gritó, emitiendo sonidos hasta que de pronto él la agarró con fuerza y todo acabó. Ella se sintió colmada. Quería reír y llorar a la vez. Se abrazó a él, ya sin aliento y con escalofríos.

Kitty respiró profundamente. Los pechos de ambos se movían uno contra otro, profundamente unidos, y los brazos de Leam la rodeaban con fuerza. Él posó la boca en su frente. La besó ahí, después en la sien, en los párpados y en la nariz.

Una luz centelleaba en el filo de la amplia ventana a nivel de la calle. Luego volvió a aparecer, moviéndose con rapidez para iluminar la cocina.

—Ay, Dios. —A ella se le salían los ojos de las órbitas—. ¿Puede ser el sereno?

Él se apartó y comenzó a poner las ropas en orden. Cuando se abrochó los pantalones, le cubrió a ella las piernas con las faldas, la bajó de la encimera y la puso delante frente a la puerta, en el momento exacto en que la luz del farol hizo que todas las cazuelas y los platos rotos del suelo brillaran.

Leam abrió la puerta, Kitty miró a su alrededor y se encontró con los azorados ojos del criado, el ama de llaves y el remilgado cocinero francés de su madre. John estaba ruborizado y el cocinero, enfadado. El ama de llaves levantó las cejas y sus labios temblaban desaprobando la situación. La señora Hopkins hizo una reverencia.

—¿Va todo bien, milady?

Kitty se alisó el pelo.

—Por supuesto. Yo... ¡Oh, Dios mío!

Alzó la mirada y sintió a sus espaldas que Leam se reía entre dientes.

—Señora Hopkins, monsieur Claude, lo siento...

Se oyó el golpe de una puerta al cerrarse en el vestíbulo del piso de abajo.

Por un instante, nadie se movió. Agarrándola por la cintura, Leam abrió la puerta de la cocina. Una luz tan clara como la del día penetraba por las ventanas de la cocina.

—Me temo que es el sereno —murmuró Leam sonriendo.

Ella quería darse la vuelta, taparse la cara con las manos y besarlo con todo su ser.

La campana de la entrada sonó como las campanas de la iglesia por Pascua, como un carillón completo. Y volvió a sonar por segunda vez.

—Pero ¿qué pasa? —murmuró ella.

—Va a despertar a todo el vecindario —advirtió el ama de llaves, dando un repaso tanto a Kitty como a Leam.

—Alguien debe salir —dijo Kitty—. John.

El criado se dirigió hacia la escalera mordiéndose el labio. Leam lo siguió hasta el rellano y se detuvo en la sombra. En el silencio elocuente todos escucharon cómo se abrían los cerrojos. Después se oyó un murmullo de voces.

Monsieur Claude avanzó unos pasos y asomó la nariz para ver qué pasaba.

—¿Madame, puedo? —preguntó inclinándose hacia la cocina.

Kitty se apartó. Con cuidado, el cocinero empujó la puerta y echó una ojeada. Se llevó la mano al pecho y los ojos se le quedaron en blanco.

—*Sacre bleu.*

Kitty sintió una dulce alegría en su interior, pero pronto desapareció. Los ojos oscuros de Leam brillaban.

John apareció en el rellano.

—El sereno quiere ver al caballero de la casa.

—Hum. —Kitty subió unos peldaños. La sonrisa de Leam era casi perfecta. Se sentía plena, con los nervios a flor de piel. Él la cogió del brazo, con cariño, y se puso delante.

—Permítame. ¿Me puede dejar su gorro y su bata? —preguntó dirigiéndose a John.

El criado se quitó velozmente su indumentaria de noche y se las entregó al noble. Leam desapareció escaleras arriba.

—Si me permite el atrevimiento, milady —susurró el criado—, es todo un caballero.

Kitty no pudo responderle.

—Pero hombre, ¿por qué hace tanto ruido? —espetó Leam al sereno en un rudo escocés, más alto que el ruido de las cazuelas y las ollas juntas—. ¡Ya ha despertado a mi mujer! Ahora no habrá quien la haga callar, imbécil. ¡Grr! ¡Y también ha despertado al bebé! ¿No lo oye? ¡Bien, hombre, espero que le guste cambiar pañales! Porque la niñera está enferma en la cama y mi mujer estará cansada porque la ha despertado en medio de la noche, ¡y yo no pienso cambiar ningún pañal!

Los toscos sonidos se filtraron hacia abajo, al menos durante un minuto. Kitty aguzaba el oído oscilando entre el placer y la hilaridad.

—No lo sabía, hombre —añadió él en un tono mucho más razonable—. Quizá sean los gatos, los gatos, hombre.

Se oyó un murmullo.

—¡Los gatos! Si no conoce la diferencia entre un gato y un bandido, mejor búsquese otro trabajo. —Leam cerró la puerta de golpe y puso los cerrojos. Poco después apareció en el rellano de nuevo, con la indumentaria del criado en el brazo y quitándose el gorro de la cabeza. Se atisbaba una sonrisa en la comisura de su boca.

—Al parecer, los vecinos estaban preocupados por los ladrones. No creo que vuelva a venir. —Le devolvió la ropa al criado—. Gracias por prestármelo.

—John —dijo Kitty volviéndose hacia el cocinero y el ama de llaves—, monsieur Claude, señora Hopkins, gracias por su ayuda. Les veré en la cocina por la mañana. Ahora pueden volver a la cama.

El ama de llaves hizo una reverencia rápida, pasó ante el conde y subió por la escalera, seguida por el criado sonriendo y el cocinero, que le pisaba los talones, todavía agarrándose la cabeza con las manos. Cuando se apagaron los murmullos y los pasos provenientes del piso superior, al fin Kitty encontró el valor para mirarlo. Apoyado en la pared, sonriendo, siempre tan atractivo. No se había puesto el abrigo y con los brazos cruzados sobre el pecho se podían adivinar los músculos bien definidos a través del lino húmedo.

—Creo que tendrán mucho que contar a los demás mañana —dijo ella algo temblorosa—. O tal vez ahora mismo.

Él bajó la escalera, le acarició la cara y la alzó. Observó detenidamente sus rasgos, hasta detenerse al fin en la boca.

—No, todavía no tienen suficiente material para cotillear. Deberíamos darles más. —Se inclinó y le rozó los labios, enviándole cosquilleos de placer por todo el cuerpo hasta los dedos de los pies—. ¿Dónde está tu habitación?

Kitty temblaba. Él no tenía intención de marcharse.

—Supongo que te lo puedes imaginar. —Con las manos buscaba sus robustos brazos, mientras inclinaba la cabeza para que pudiera seguir besándole el cuello.

—Lo pregunto porque intento ser cortés —murmuró rozándole la piel—, tardía y relativamente hablando.

—Aunque comienza a gustarme bastante tu rudeza. El bárbaro de la cocina de hace un instante me gustó mucho, por si no lo has notado.

—Lo he notado. —Irguió la cabeza y la miró a los ojos. Él los tenía maravillosamente oscuros—. Kitty, me quiero quedar.

Ella se liberó de sus brazos y caminó hacia la escalera. Lo miraba por encima del hombro.

—Segundo piso, primera puerta, con vistas a la calle. Podremos ver al escarmentado sereno desde la ventana.

22

Sus ojos grises brillaban como si estuviesen envueltos por un sol plateado, y el corazón de Leam latía más fuerte que nunca. Mantuvo la voz con el mayor de los esfuerzos.

—No tengo intención de mirar nada más que a una hermosa mujer retorciéndose de pasión.

Las mejillas de Kitty se iluminaron maravillosamente.

—Entonces, milord —susurró—, ¿qué esperas?

Subió rápidamente la escalera por delante de él, sus caderas, cubiertas por el más puro lino y seda, eran una dulce incitación que Leam había apartado para poder poseerla, porque no podía esperar ni un momento más. Para disminuir los violentos latidos de su sangre, en la puerta deslizó las manos alrededor de su cintura y se inclinó hacia su oído.

—Kitty. —Rozó su cabello satinado con la mejilla—. Tú me hechizas.

Con una mano, ella cogió el pomo de la puerta y, con la otra, se apropió de su muslo descaradamente. Se volvió y, presionando sus dulces curvas contra él, hizo que se inclinara para besarlo. Le ofreció sus labios como le había dado su cuerpo bajo la escalera. Él lo quería todo de ella, cuerpo y alma. La besó impidiéndole hablar en voz alta, alargó la mano detrás de su espalda y consiguió abrir la puerta.

Ella entró cogiéndole de la mano para llevarlo a los elegantes y sencillos aposentos de una dama. Los muebles eran de buena calidad aunque con poca ornamentación, sin dorados ni volantes que revistieran la cama cubierta de un brocado de seda. A él no le sorprendió. Ella no necesitaba adornos artificiales para sentirse mujer, ni artes femeninas para dar cuenta de su belleza. Sin embargo, todos los colores eran cálidos y ricos, como su alma bajo su máscara de frialdad.

—¿Qué te parece, cuántas guineas tendré que soltar para acallar las lenguas de los criados? —Parecía pensativa.

—Yo sabré si hablan o no de esto.

Lo miró con curiosidad.

—¿Tienes poder sobre eso?

—Quizás influencia y contactos, y no solo sobre eso. —Él la acercó a su lado—. Quieren que acepte un puesto en el Ministerio del Interior.

—¿Aquí en Londres?

—En París.

—Entiendo. —Ella le miró fijamente el chaleco—. Tus amigos me hicieron creer que la farsa que estamos tramando ahora te permitiría marcharte de una vez. ¿Me han mentido?

—Aún tengo que encontrar al hombre que te disparó, Kitty. —Le acarició la mano con el pulgar y ella dejó escapar un pequeño suspiro.

—¿Todavía sigues mezclado en todo eso porque estoy en peligro? —dijo con un hilo de voz.

—¿Quieres saber la verdad?

Ella abrió los ojos sorprendida.

—Claro.

—Si me niego, no te van a dejar tranquila. Te pedirán que les ayudes otra vez, y, si te niegas, te lo volverán a pedir hasta que aceptes como has hecho esta vez. Después de eso, no te dejarán en paz.

Una ráfaga de pensamientos pasaron por delante de sus ojos grises. A Leam le hubiese gustado leerlos, le hubiera gustado inventar una razón que ella pudiera creer. Pero no podía mentirle, ni siquiera para evitar que sufriera.

—Yo... —La garganta de Kitty parecía agarrotada—. Entonces ¿por qué no me voy yo a París? —La comisura de su boca se curvó indecisa—. Allí no me molestarían demasiado. —Frunció el ceño—. O, sospecho que sí podrían. En vez de eso, me iré a Italia. Siempre he querido ver Italia, o Grecia. El Partenón y, sobre todo, las ruinas del templo en el oráculo de Delfos. Quizás algunas islas y, por supuesto, Egipto. Eso quedaría un poco lejos. Oh, cómo me gustaría ver Eg...

Él la volvió a hacer callar con un beso.

—Eres muy lista —murmuró—, sin duda, pero ellos te perseguirían incluso hasta la punta de las pirámides de El Cairo.

Ella se desentendió del tema riendo.

—¿Entonces, la India? Emily quiere visitar el este. La podría acompañar en su viaje. Si me moviera con cuidado podrían cansarse de seguirme. —Ella levantó las cejas—. ¿Los espías son tan persistentes?

—Algunos.

—¿Tú, por ejemplo?

—Nunca fui un espía, pero sí, soy persistente.

—No tengo ganas de seguir hablando de esto, ¿y tú? —Su rostro parecía contrariado.

Él asintió.

—Ya veo —dijo ella acariciando suavemente su pecho y dejó caer las pestañas una vez más—. Por favor, Leam, tócame, tócame ahora.

Él pasó la mano por la turgencia de su pecho y ella suspiró con los ojos cerrados. Era exquisita, le pedía más placer justo en el momento en que estaba dispuesto a darle todo lo que deseara. Con los dedos le tocó las mangas de su magnífico vestido y bajó un poco la tela dejándole los hombros al descubierto.

—«Una criatura venida del cielo a la tierra y seguramente a hacer un milagro» —dijo recordando los versos de Dante. Le tocó con los labios la piel satinada, la sintió estremecerse, sus manos no podían parar de moverse—. Me llena de celos que hayas llevado este vestido para otro que no fuera yo.

—Lo llevé puesto para mí misma. —Ella abrió los ojos y lo miró con sus largas pestañas—. Si lo deseas, me lo pondré para ti la próxima vez. Ahora puedes quitármelo, si quieres, y... y hacerme cualquier otra cosa.

Al igual que había ocurrido en la posada, por un momento, la mujer segura se convirtió en una niña. Él no podía soportar hacerle daño. No podría cargar con la culpa de causarle más infelicidad. Por eso le dio todo el placer mientras pudo.

Obedeciéndola, le desató el elegante vestido y lo dejó caer a medida que la iba desnudando, liberándola de sus capas de refinamiento. Tan solo había un confuso ardor en sus ojos cuando la llevó hasta la cama y allí la acarició como ella deseaba. Le besó el cuerpo bien formado de una mujer nacida para gozar, los hombros y la cintura, los pechos y la dulce curvatura de la cadera. Ella correspondía a sus caricias con placer, sus esbeltas manos lo tanteaban entusiasmada, llevándolo a la locura a medida que ganaba confianza. Cuando posó sus labios sobre los suyos, con su tímida lengua lo desarmó por completo. Él ya no podía esperar más.

—Kitty, amor, entrégate.

Lo hizo. El cabello caía como una cascada sobre la colcha, los ojos entreabiertos de pasión. Arqueaba la espalda mientras él la poseía, sus pechos tensos sobresalían a medida que abría la boca y presionaba el colchón con las manos. Sumergido en el deseo de Kitty, él no podía siquiera respirar. Su pecho parecía oprimido y el corazón peleaba por cada uno de sus latidos.

—¿Leam? —musitó ella.

—Kitty, yo... —balbuceó él.

Ella apoyó la mano sobre su pecho, después condujo sus dedos hasta la cintura y alrededor de la zona en que la espalda pierde su nombre.

—¿Recuerdas en Shropshire cuando me prometiste que lo harías durar más? —La ternura aterciopelada de su voz acarició sus sentidos. Luego levantó las rodillas, y sus muslos sedosos lo mecieron—. Ahora, haz que dure más, por favor.

Ella se comunicaba con su cuerpo, pero había algo más en sus ojos, algo que apenas se atrevía a asomar. Confianza.

Él hizo que durase. Tanto como pudo. Ella estaba tensa y húmeda, y a pesar de lo que había dicho, se sintió presa de la impaciencia. Era una mujer apasionada cuyo cuerpo apenas había conocido el placer. Leam le dio lo que le pedía, la llevó al límite del placer con la boca y las manos, y después siguió hasta que ella gimoteó suplicando relajarse. Cuando las vibraciones de Kitty acariciaron su miembro y sus labios susurraron el nombre de Leam, él logró tenerla por completo, poseyéndola hasta que estalló de gozo, agarrándolo y gritando sorprendida.

Ella lo sujetaba, temblando, con los ojos cerrados y la respiración agitada. Tomando su propio aliento, acarició sus rizos húmedos y la besó en la boca sedienta. Ella abrió sus ojos grises y el corazón de Leam ya no tuvo otro lugar más donde estar que en el suyo.

—Gracias —susurró ella.

Él sentía una opresión en el pecho. Pasó su pulgar por el labio inferior de Kitty, enrojecido por los besos.

—Si continúas agradeciéndome que te haga el amor —intentó decir esbozando una sonrisa—, en algún momento sentiré demasiada vergüenza por hacerlo tan bien.

—No entiendo del todo lo que quieres decir, pero en cualquier caso no creo que sea posible.

—¿Mejor que no lo descubramos, no? —dijo él con ternura. Luego se apartó para tomar una manta y ponérsela encima; al volver a su lado, de nuevo acarició sus cabellos. Si bien no la abrazó, se tumbó de espaldas y recorrió con la mano su boca y su mandíbula.

Kitty comenzó a respirar con normalidad dejando que sus latidos se atenuaran. Así era como debía ser la amante de un hombre. Entregarle su cuerpo. Hacerle el amor en su lecho, o, por lo visto, en la encimera de la cocina. Existir solo para él. Y fingir ante los demás que apenas se conocían. Y no entenderlo del todo. Incluso temerle un poco. Era una forma de respetar el poder que ejercía sobre ella.

—Kitty, mi hijo no es mi hijo biológico. —Su cara irradiaba claridad ante la luz intermitente del fuego encendido, con las mejillas y la mandíbula en tensión. La manta se deslizó hasta las caderas, la fuerza masculina de sus brazos y de su pecho se contrajo.

—¿Quién es el padre? —musitó ella al fin.

Se volvió hacia Kitty y se encontró con su mirada.

—Mi hermano. Y por eso lo asesiné.

A ella le dio un vuelco el corazón y el estómago.

—¿En el duelo?

—Yo lo organicé. —Miró otra vez hacia el dosel de la cama—. Me refiero a que solo lo quería asustar. También supongo que quería amenazarlo. Estaba loco de celos.

—Por lo tanto, tú no... ¿no querías que muriese? —Ella ya sabía la respuesta. No lo amaría si hubiese sido capaz de esa abominación.

—No —negó él con la cabeza—. Pero él aceptó el duelo. Y como conocía los ardides de su oponente con la pistola decidió ponerse en la trayectoria de la bala que no debía ni rozarle.

Por un largo instante lo único que se escuchaba en la estancia era el sutil silbido de las llamas en la chimenea.

—Poco tiempo después desapareció mi esposa —prosiguió él al fin—. Creo que temía por mi cordura. Le dijo a su familia que se iba de vacaciones conmigo pero no fue así. Dejó al bebé en Escocia y vino aquí para esconderse, creo. Dos meses después la encontraron en el Támesis. Según parece, llevaba allí algún tiempo.

Un vaho de aire caliente emergió del hogar haciendo que la luz bailoteara por las paredes, por las sábanas y por el hombre que tenía delante y que le acababa de confesar una historia horrorosa.

—¿Tu hijo lo sabe?

—Nadie lo sabe. Nadie que esté vivo.

—¿Por qué me lo has contado?

Él cambió de postura y le tomó la mano.

—Porque —le dijo con rudeza— no quería que hubiera ningún secreto entre nosotros. Y porque soy un hombre celoso por naturaleza.

—¿Cómo de celoso?

Leam levantó una ceja.

—Creo que es evidente.

—Pero no te importó pensar que yo flirteaba con Yale en la posada.

—Sí me importó.

—No.

—Entonces es una excepción.

—¿Y qué me dices del señor Cox?

La cara de él quedó estática.

—Estaba celoso, muy celoso.

Ella deseaba decirle que no tenía que preocuparse, que su corazón era completamente suyo y que ningún otro hombre accedería a él. Pero se guardó la confesión. Al menos, era lo bastante lista como para saber que no debía seguir comparándose con su adorada esposa. Apartó la mano y la guardó bajo la colcha, encima de su pecho.

—Kitty, leí el informe de Poole —dijo Leam en voz muy queda—. Era un villano.

Ella no había reparado en que no le quedaba ni un aliento que ofrecerle, excepto un sonido delicado y corto.

—Espero que el hombre que corteja a tu madre no lo sea también.

Kitty asintió; se guardaba las lágrimas en el fondo de su garganta.

—¿Crees que funcionará esta farsa?

—Si es culpable, sí.

—¿De veras es necesario que vayas tú solo allí por la mañana?

Él asintió. Poco después, frunció el ceño y se apoyó en un codo.

—Kitty, no pensarás en ir. No me digas que sí.

—En ese caso, no te lo diré. Pero estaría ocultando la verdad. Le dije a lord Chamberlayne que lo vería allí.

—No.

—Sí. Debo ser totalmente convincente. ¿Qué credibilidad tendría una mujer engañada que no deseara presenciar el fracaso de su amante? Simplemente, no puedo dejarlo en manos del destino. Sería todo lo contrario de lo que lord Chamberlayne sabe acerca de mí. Lo que todo el mundo sabe.

—¿Él estuvo de acuerdo?

—Le dije que no tenía elección.

—Kitty, esto es arriesgado. —Él la miraba fijamente—. Si las sospechas de Gray están en lo cierto, Chamberlayne no puede estar tranquilo pensando que sé dónde está el cargamento del barco.

—Pero yo debo saber si es culpable. ¿Acaso crees que es sencillo para mí? ¿Traicionar a mi madre para no traicionar a mi país?

—No. —Él le cogió la mano y le besó la palma—. Sé que no debe de ser fácil. Pero si viera que corres peligro no respondería de mis actos.

—Es demasiado... complicado —dijo ella en tono agridulce, cerrando los ojos.

Él no respondió. Solo le acarició la cara y la besó. Ella le tocó el brazo tanteando sus músculos.

—Kitty, ¿deseas que me quede un rato más esta noche?

—Sí. —No podía engañarlo—. Más de lo que puedo expresar. —¡Abajo el juicio y la prudencia! Después de todo, su boca la delataba.

El pulgar de Leam acarició su pezón duro; todo su cuerpo se estremeció por el enervante suplicio.

—Entonces prométeme —le susurró— que no irás al encuentro de mañana por la mañana. —La mano de él la torturaba, su cadera se movía contra ella.

—El chantaje no es propio de ti, milord —articuló ella, después se puso a jadear cuando él deslizó la mano por su entrepierna. No sabía que eso fuera posible, ser incitada con tanta facilidad tantas veces en la misma noche. Pero aún ardía de ganas y respondió dócilmente excitándose con sus caricias.

—Prométemelo. —Él la tocaba hasta marearla.

—Sí —resopló ella—. Sí —repitió cuando él la penetró con su dedo—. ¡Sí! —volvió a exclamar cuando la hizo llegar al orgasmo tan solo con la mano, lenta y hermosamente. Su boca le acariciaba los senos. El deseo de estar dentro de ella ahora era perpetuo y duradero en él.

Leam continuó haciéndola gozar. E hizo que durase incluso más que antes, hasta que a ella no le quedó nada, salvo el placer húmedo de hacerlo hasta que él quisiera. Como el que había sentido al principio, en una pequeña posada de Shropshire, cuando pensaba que lo peor en la vida sería rendirse ante un hombre que iba con sus perrazos desgreñados.

Cuando acabó, él la acercó contra su pecho y la abrazó.

—Confío en que no sea necesario que te recuerde lo que has prometido. —Le hablaba con los labios pegados a su cabello de un modo muy íntimo y confiado.

—¡Chantajista! Lo he prometido. Queda bien claro quién es el que tiene más práctica en hacer con los demás lo que quiere.

—No exactamente de esta forma. —Su tono parecía somnoliento, pero sus palabras le encantaron. Es cierto que, quizá, tenía algo de celoso en su naturaleza.

Tras un rato, comprobó que él dormía. Con dos dedos le rozó los músculos tensos del antebrazo. No se movía, ni siquiera su respiración; la tersura de la mandíbula y las mejillas con la sensual curvatura de su boca la fascinaban. Ella suspiró.

—Quiero volver a Shropshire —dijo, porque sentía que su corazón estallaba lleno de nostalgia con una especie de triste alegría y no podía mantenerla en su interior por más tiempo. Y porque ahora podía decirle todo tipo de tonterías pues él no escucharía.

Pero él dijo:

—Yo también. —Le cogió la mano y se la llevó al pecho—. Ahora duerme un poco.

—¿Por qué? Te vas a marchar pronto, ¿no es así?

—Demasiado pronto. Y a pesar de que disfruto de la conversación, desearía tener el placer de dormir a tu lado esta noche, aunque fuera muy poco.

¿Qué podía responder a eso?

Él la besó en la frente.

—¡Feliz cumpleaños, Kitty! —La abrazó y ella se quedó dormida demasiado pronto.

Cuando se despertó él ya no estaba, se había ido.

23

Cuando la viuda se presentó en la mesa del desayuno tenía los ojos brillantes, miraba a Kitty con entusiasmo. Por desgracia, Kitty no podía hacer nada para ocultar el rubor de sus mejillas y la ansiedad que le helaba las manos. En ese momento el encuentro entre Leam y lord Chamberlayne ya se habría celebrado. Ella solo tenía que aguardar, impaciente por recibir sus noticias.

—Querida Kitty, no esperaba que te levantaras hasta más tarde. —Su madre se acercó una taza a la boca—. La señora Hopkins me explicó la visita del sereno a última hora. Un incidente con los platos de la cocina, al parecer.

A Kitty se le encendieron las mejillas.

—¿Eso te dijo ella?

El ama de llaves entró con una tetera en la mano.

—Lady Katherine fue muy amable al recoger todos los platos rotos antes de acostarse. —Sirvió el té a Kitty y lo dejó a su lado; solo le hizo un guiño con una sonrisa fugaz y radiante—. Monsieur Claude fue el que más lo apreció. Yo también, gracias, señora. —Hizo una reverencia.

—De nada, señora Hopkins. Fue un... —Tenía la garganta seca—. Un placer. —¿Él había recogido los platos y había limpiado todo antes de marcharse? No lo podía dudar del extraño noble que siempre había conocido. Se concentró en su té—. ¿Cómo está Serena, mamá? Tu nota no indicaba cuán enferma se sentía.

—No estuve en la otra casa anoche, Kitty. Te dije eso para que no te preocuparas. —Su madre revisaba el correo que tenía a su lado—. Señora Hopkins, ahora puede irse. Y cierre la puerta.

El ama de llaves miró un segundo a Kitty y se marchó.

Kitty contuvo el aliento.

—¿Entonces, si no estuviste en casa de Alex, adónde fuiste?

—Estuve con Douglas. —La viuda levantó la mirada, tenía un aspecto tranquilo, estaba satisfecha e irradiaba felicidad—. Nos vamos a casar. ¿Quieres desearme felicidad, querida hija?

—Oh, mamá. —¿Cómo podía desearle algo así? Se levantó y abrazó a su madre a la altura de los hombros—. Pensaba que su propuesta te era indiferente.

La viuda la apartó y observó su cara.

—Tan solo era prudente. Kitty, querida, ¿pasa algo?

Kitty le cogió las manos y se las unió.

—Solo deseo tu felicidad.

—¿Entonces, esta noticia no te hace feliz? Yo esperaba que sí. A ti y a él se os ve tan a gusto juntos.

—Oh, pero mamá, como ves... —Kitty articuló algunas palabras para comenzar a hablar. No debería haber esperado a decírselo. Tendría que haber sido valiente. No podía soportar la mirada de su madre y evitarla. Sobre la mesa, en su taza había enganchada una nota con su nombre.

Como una tierna colegiala, había memorizado la escritura de Leam por el sobre en que le había enviado la partitura. Su corazón latía. La cogió y la abrió.

—¿Kitty?

—Mamá, yo... —Una bocanada de aire salió de su boca. Lord Chamberlayne era inocente de realizar malas prácticas. Pero la nota decía algo más, que debía ir al parque a las once.

Miró el reloj de la alacena y se levantó de un salto.

—Mamá. —Fue hacia su madre, le cogió ambas manos y se las besó de una en una—. Estoy tan feliz por ti. Me gusta mucho lord Chamberlayne y estoy contentísima de que forme parte de nuestra familia.

—Kitty, esto es excepcional.

—Es posible. Pero me tengo que ir.

—Katherine.

—De veras, tengo una cita. —Se dirigió hacia la puerta y lanzó una mirada de complicidad a John. Él no se esforzó demasiado por ocultar una sonrisa.

Se sentía cada vez más nerviosa. ¿Por qué quería encontrarse con ella en el parque? ¿Por qué no había venido a decírselo? Antes, él jamás había tenido vergüenza por presentarse. No exactamente.

—Mamá. —Dio media vuelta. Su madre se levantó algo confusa. Kitty se volvió hacia ella y le dio un fuerte y largo abrazo—. Mamá, te quiero mucho. ¿Lo sabes, no? Claro que lo sabes y estoy muy, muy feliz por ti.

Corrió a cambiarse.

Nunca se le había hecho tan largo el camino hasta el parque. Bajo el cielo claro, Kitty se acurrucó en una esquina del carruaje mordiéndose las puntas de los guantes. Estaba cansada por la falta de sueño, irritada en zonas que nunca habría imaginado que podrían irritarse y extremadamente tensa por todo eso.

Al girar por la entrada del parque su estómago dio un vuelco. Había pensado en cada posibilidad, incluso que la nota fuese falsa y que se estaba dirigiendo hacia una emboscada. Pero no se había imaginado a Leam montado en su musculoso ruano esperándola cerca de la entrada. Los lebreles que caminaban al lado vinieron a su encuentro levantando la cabeza a medida que se acercaba el carruaje.

Lo saludó.

—¿Cómo está, milord?

Él puso el caballo junto al carruaje y la saludó desde la silla.

—Buenos días, milady. ¿Le apetece dar un paseo?

—Sí, gracias.

Todo era muy cortés. Su corazón se aceleró. El carruaje se detuvo y, mientras el cochero bajaba, Leam ya había desmontado y estaba allí para tomarla de la mano y ayudarla a salir. Lo hizo con una cortesía exquisita, cogiendo sus dedos enguantados como la formalidad exigía. Por un momento, Kitty se sintió algo decepcionada, pero él no podía estar más encantador en el parque y ella observó su ropa. Una vez más, estaba elegante, vestido con buen gusto y hermoso. Eso la excitó.

Él le ofreció el brazo. Pero ella negó con la cabeza, demasiado nerviosa para tocarlo, y comenzó a caminar para apartarse del carruaje y de los sirvientes curiosos. Uno de los perros vino hacia ella y le tocó la mano con el hocico. Ella lo apartó distraídamente.

—¿No es culpable de ningún delito? —preguntó cuando ya se habían separado bastante de su doncella para que no les oyese.

—No lo es. —Caminaba cerca de ella con las manos cruzadas en la espalda—. Me buscaba solo para rogarme que no entregara el cargamento a los rebeldes, cuyo cabecilla es su hijo. Estaba dispuesto a pagarme para destruirlo. No tenía ni idea de qué era.

—¿Y qué era?

—Aún no está claro. El Ministerio del Interior desea comprobar sus palabras antes de que sea digno de toda confianza. Su hijo es un conocido instigador, pero yo creo en la inocencia de Chamberlayne.

Kitty tomó aire.

—Le he oído hablar de su hijo. Están muy unidos.

—Aparentemente. —La voz de Leam era firme—. Teme por él, y espera frustrar la rebelión poniendo obstáculos. Pero le fue difícil admitirlo, aunque creo que lo deseaba y que agradeció la oportunidad. Es un hombre orgulloso. —Se volvió hacia ella—. Tanto como una joven dama que conozco. —Suspiró acercándose poco a poco a ella.

—Ya no soy joven. Ayer cumplí los veinti...

—Seis, sí, me lo dijiste nada más comenzar a hablar conmigo en Shropshire. Me pregunto por qué.

—Porque me llamaste muchacha y yo intentaba ponerte en tu lugar.

La mirada de Leam se posó en sus labios.

—Una forma bastante peculiar de conseguirlo.

—¿Podríamos volver al tema del que hablábamos, milord?

Él se detuvo y ella también tuvo que hacerlo.

—¿De qué hablábamos? —Bajo el suave cielo azul, los ojos de Leam brillaban con calidez.

—De la inocencia del novio de mi madre y, francamente, de por qué insististe en venir aquí en vez de visitarme para explicarme las noticias en casa. Me puse muy nerviosa y pienso que lo organizaste horriblemente mal.

—¿Esta mañana no nos andamos con remilgos, no es así?

—Nunca lo hago, o al menos muy pocas veces. ¿Ahora bien, tienes algo más que decirme sobre lord Chamberlayne? Mi madre y él se prometieron ayer por la noche, aunque él se lo había preguntado bastante antes, por lo que sé. Entonces, me gustaría saber si se me pedirá que le diga más mentiras horribles a mi futuro padrastro, cosa que no haré, ¿entiendes?

—Es la principal razón por la que estamos aquí. —La diversión desapareció de sus ojos—. Le pedí a Gray que se encontrara conmigo.

—¿No le has comentado que yo también estaría aquí?

—Preciosa e inteligente —murmuró él, mientras observaba su cara.

—¿Por qué no?

—Él podría haberse negado. —Leam miró de costado—. ¿Te encontrarás con él?

—Creo que estás intentando asustarme; al parecer, no estás escarmentado por mi reprimenda. —Ella siguió la dirección de su mirada. El vizconde venía cabalgando por el prado.

—No tengas miedo de mí, Kitty. —Leam le habló con dulzura—. Nunca me temas.

Ella alzó la vista. Sus ojos emitían un brillo intenso. Una deliciosa sensación se expandió por sus venas.

—Anoche, Leam —dijo antes de que se le paralizara la lengua—, cuando me dijiste que habías leído los documentos sobre Lambert Poole, ¿qué entendiste sobre mi participación en eso?

—Que te había hecho daño. Eso es todo.

Todo estaba olvidado, el parque, el objetivo. Nada era más importante que lo que finalmente, en voz alta, dijo por primera vez y a este hombre:

—Él me dijo que ningún otro hombre me querría. No para

algo más que un flirteo. Me lo dijo cuando apenas tenía quince años. Me lo volvió a decir a los diecinueve, muchas veces. Yo estaba deshonrada y no podría tener niños. Yo era joven y creía que estaba enamorada de él, me dijo que un caballero solo me aceptaría por la dote, si es que me aceptaba, y que después se llevaría una decepción. —No quería contar esas cosas. Quería decir que la locura de su juventud ya no volvería a influir en ella, y que lo amaba. Quería lanzarse en sus brazos porque la miraba como la noche anterior, cuando estuvo dentro de ella y se sentía incapaz de hablar.

—Te quiero —dijo él.

Ella no creía que fuera posible, no después de anoche, cualquier cosa menos seguir soportando no saber cuánto la deseaba. ¿En qué medida? Pero no podía encontrar las palabras.

—Maldito Gray y todo lo demás —dijo él en voz baja—. Kitty, esta tarde, ¿estarás en casa para recibir visitas? No, quiero decir, ¿para mí?

—Por supuesto, Leam...

—Solo para mí. En tu salón —sus ojos brillaban—, ¿con las cortinas corridas, la puerta abierta, los sirvientes preparados en el vestíbulo? —Él sonreía.

—Estás muy raro. —Su corazón se aceleró y entonces las palabras que deseaba decir salieron deprisa y fuertes—. Sí —susurró en cambio, porque esta entrega incondicional era nueva y se merecía lo que él le había pedido, a pesar de que ella ansiaba decírselo todo ahora; no quería esperar más.

Se oyeron unos cascos en la hierba. Kitty apartó la mirada y lord Gray desmontó. Mientras se acercaba, ella sentía a Leam a sus espaldas, su fuerza y el dominio profundo de su corazón. La felicidad hizo aflorar su cortesía.

—Lady Katherine. —El vizconde le hizo una reverencia. Se volvió hacia Leam—. Me encontré con Yale en el Club esta mañana. Ya me lo ha contado todo.

—Yo le dije que lo hiciera.

Kitty le lanzó una mirada a Leam. Su rostro estaba tenso pero sus ojos aún brillaban.

—Le pedí que viniera por otra razón —añadió—. Necesito

que usted se disculpe ahora con lady Katherine por agobiarla con sus peticiones y para asegurarle que en el futuro no le hará otras similares.

Lord Gray miró hacia otro lado.

—Veo que llevas los perros contigo a pesar de tu indumentaria.

—Ciertamente.

—¿Entonces, finalmente, ya has terminado?

Leam asintió.

El vizconde respiraba lentamente. Se volvió hacia ella.

—Milady, en nombre del rey y del país al que sirvo, le transmito mi gratitud hacia usted y le aseguro que no la buscaremos para pedirle ayuda otra vez. Creo que hemos cometido un error con la información de que disponíamos de lord Chamberlayne. Por supuesto, continuaremos persiguiendo a los rebeldes, su hijo inclusive, pero lord Chamberlayne está libre de cualquier sospecha.

—Y ahora la disculpa —lo exhortó Leam.

Lord Gray hizo una reverencia.

—Le ofrezco mis más sinceras disculpas, señora.

—Las acepto, milord.

—Bien hecho, Gray. —La voz de Leam era firme—. Ahora puedes irte al infierno.

El vizconde asintió con una sonrisa.

—Respecto a Cox, todavía quieres que Grimm siga buscando, me imagino.

—De momento sí.

Kitty los miró a ambos.

—¿El señor Cox de Shropshire?

Leam enarcó una ceja.

—Veo que mi presencia se ha hecho *de trop*. —Lord Gray hizo una reverencia—. Milady, Blackwood. —Se dirigió a su caballo, montó en él y lo espoleó.

Ella se volvió hacia Leam.

—¿Por qué no me lo has dicho? ¿El señor Cox está envuelto en todo esto también?

Él se acercó.

300

—No es un asunto de Gray. —De nuevo su mirada se centró por completo en ella, y le examinó la cara—. Tan pronto como sepa algo más, te lo diré. Pero ahora debes irte a casa para que yo pueda visitarte como corresponde.

Ella podría sumergirse en esa mirada y nunca salir.

—Aunque no sé por qué...

—Kitty. —Él sonreía—. Aquí no, aquí no puedo. —Sus ojos resplandecían.

Un carruaje se acercaba. Él lo miró fijamente y esa mirada perdió su intensidad embriagadora... hasta llenarse de inquietud.

Ella se dio la vuelta.

Por las escalerillas de un elegante carruaje negro descendió, con la ayuda de un criado, una dama que miró hacia ellos. Llevaba un vestido de paseo de seda azul pálido adornado en los hombros, guantes de color cielo invernal y en su brazo, un pequeño parasol ribeteado con puntillas. Un amplio sombrero con un ala de encaje, inclinada airosamente hacia un lado, dejaba al descubierto unos tirabuzones rubios y unos labios como pétalos de rosa.

Leam palideció, con cara de desolación.

—¿Leam, quién es ella? —Pero en el abismo de su estómago y en su corazón confiado, Kitty lo sabía. Nunca había merecido ser feliz de verdad.

Desde luego, era un ángel que venía a arrebatarle el cielo ahora que ella estaba en el umbral.

24

—¿Quién es ella? —repitió Kitty ahora con un susurro.

—Ella es... es mi... —Leam se esforzaba por respirar con cordura. No podía ser. Evitaba contemplar aquella fantasmal elegancia serena, de la mujer que tenía delante.

Pero los bonitos ojos de Kitty estaban en tensión.

—¿Tu...?

Las palabras salieron con dificultad.

—Mi esposa.

—¿Acaso tiene una hermana gemela?

Kitty torció la boca, temblorosa, y todo el cuerpo de Leam se entumeció. Ella era perfecta, y quería agarrarla y estrujarla contra él para no soltarla nunca. Pero Cornelia se acercaba, con el parasol colgado del brazo haciendo un ligero movimiento de vaivén. No era una gemela, incluso era idéntica, podía reproducir aquellos ojos azules, aquella sonrisa delicada siempre un poco insegura que nunca había fallado al hacerle el nudo de la corbata, los hoyuelos de sus mejillas y su delicada forma de andar. Los seis años no habían pasado para ella, aún era maravillosamente bonita, y venía directamente hacia él.

Leam la miró fijamente.

Ella se detuvo a unos dos metros, el ala del sombrero protegía su cara del sol. Sus labios esbozaron una sonrisa temblorosa.

—Buenos días, esposo mío. —Su voz no había cambiado,

ligera y tímida, era como una pesadilla. Hizo una reverencia bajando su cabeza con elegancia.

Kitty dio media vuelta y se dirigió directamente a su carruaje.

Leam dejó de mirar a Cornelia y fue tras ella. Ella intentó evitar que la tocara, pero él le obligó a aceptar su mano para ayudarla a entrar en el carruaje. Estaba temblando. No quería mirarlo a los ojos. Él estaba mareado por la conmoción.

—Kitty, di algo. —Su voz sonó triste.

Ella puso las manos sobre su regazo.

—Felicidades, milord.

—¿Qué?

Él tuvo que apartarse para que subiera el cochero. Erguida y con la barbilla alta, Kitty miró hacia delante.

—Vamos —le dijo al cochero. El hombre chasqueó las bridas y Leam dio un paso atrás cuando el carruaje se puso en movimiento.

La mujer que había llegado a amar más que a su vida se alejaba, y él se sentía incapaz de mirar a la mujer que, seis años antes, le había cambiado la vida para siempre. Ella, James y él mismo habían participado en un enredo inmoral y lamentable.

Dio media vuelta y caminó a grandes pasos hacia Cornelia. Ella retrocedió.

—¿Leam? —Clavó sus ojos azules en él—. Todavía eres muy guapo. ¿Esos perros son tuyos? ¿Quién era esa dama y por qué me ha interrumpido?

—¿Interrumpirte? —Leam movió la cabeza—. Yo... —Casi se quedó mudo—. Aunque... —se esforzaba por hablar—, tú... —pero las palabras no fluían fácilmente—. Habías muerto. —No podía respirar. Su mundo se había vuelto del revés—. Yo te enterré.

—Pero estoy aquí, como puedes ver. —Sus labios rosados temblaban igual que sus pequeñas manos sujetando el parasol—. Leam, me estás asustando.

—¿Quién es la mujer que reposa en la tumba de Alvamoor? ¿Mataste a alguien con el fin de hacerla pasar por ti y falsificar tu muerte?

303

—¡No! ¡Tú sí que mataste a alguien! ¡A James! —Sus ojos comenzaron a llenarse de lágrimas y se fue corriendo hacia el carruaje. Él la siguió muy de cerca. El criado la ayudó a subir. Una dama mayor vestida de negro miró a Leam desde el interior.

—Vamos, Frank, vamos —Cornelia le gritó al cochero agitando los brazos—. ¡Rápido! Sabía que no debía hacerlo.

Leam cogió el caballo principal del carruaje y lo agarró por la brida. El cochero los miraba a uno y a otro.

—No muevas el carruaje o tendré que usar el látigo contigo —le espetó Leam al cochero.

—Frank, no lo hará, él no es de esa clase de hombres. Vamos.

—Han pasado cinco años y no soy el mismo, Cornelia. No tienes idea de lo que ahora soy capaz de hacer.

—De acuerdo, milord —dijo el cochero.

—Leam, estás montando una escena —exclamó Cornelia.

Otro carruaje y un par de jinetes se detuvieron, los caballeros y las damas miraban el espectáculo sin la más mínima discreción.

—Dime cuál es tu dirección en Londres y entonces te veré allí un momento para hablar en privado. —Ni él mismo podía creer sus propias palabras. Sus latidos iban tan acelerados que no podía pensar.

—Calle Portman, 25, número 4.

—Me verás allí en media hora o te perseguiré hasta encontrarte, Cornelia.

—Sí, lo prometo. —Ella cerró los ojos—. Ahora arranca, Frank.

Leam soltó el caballo y dejó que el carruaje pasara por delante de él. *Hermes* lo siguió corriendo unos metros, después volvió a su lado dando brincos. Él se quedó mirando el agua del lago Serpentine, fría y gris bajo el cielo azul pálido. Después, se dirigió hacia su caballo, le dio una moneda al muchacho que se lo había guardado y partió para afrontar su pasado.

La dirección del apartamento de Cornelia era de apariencia modesta, pero correcta. Leam examinó rápidamente la vestimenta aseada de los criados que le atendieron y la sala de espera a la que le condujeron para esperar a su esposa.

No le hizo esperar demasiado. Al entrar, lo miró, después se acercó al aparador y se sirvió una copa de jerez. Con manos temblorosas se lo bebió de un trago.

—¿Te has dado a la bebida durante tu ausencia? —Leam la estudiaba. Sin guantes, chal ni sombrero, se parecía mucho más a la chica que había conocido por primera vez, pero ahora había un titubeo en sus ojos.

—No, es para los nervios. —Se volvió hacia él, apretando las manos contra el aparador a sus espaldas—. Estás alterado.

—Ya. No te habrías aparecido ante mí como un fantasma si no hubieses querido impresionarme.

Ella fue hasta la ventana, cogió las cortinas y se tapó la cara.

—No sabía cómo, pensé en todas las formas posibles... —Lo miró de costado, sus pestañas doradas se agitaron—. Tenía tantas ganas de verte que no sabía cómo hacerlo.

—¿Dónde has estado, Cornelia? —preguntó sin alterarse y una extraña calma lo invadió

—Aquí y allá.

—¿Exactamente dónde?

—Ya no tiene importancia, ¿no es así? Ahora estoy aquí.

—Para mí sí que la tiene y mucha. ¿Dónde?

Ella se acercó un poco, aferrada aún a las cortinas y mirando la botella del aparador.

—En Italia.

—No me mientas, ya no es necesario.

Ella no paraba de moverse.

—Estuve en Italia. Durante tres años.

—¿Y antes de eso?

—En América. Ya odiaba aquello. Me puse contenta al marcharme.

—¿Quién te mantiene? —preguntó él.

Ella abrió los ojos como platos.

—¿Mantenerme?

—Tu amante, Cornelia. Tu protector. Dime su nombre.

—¿Por qué? —gritó—. Así podrás... —Se tapó los labios para callarse—. No tengo ningún amante.

—Entonces —dijo Leam señalando a su alrededor—, ¿quién te está manteniendo aquí? Últimamente no recuerdo que mi abogado me pidiera fondos para enviarlos a mi esposa muerta.

—No te burles, Leam. —Ella frunció el ceño—. Nunca quise que me creyeran muerta. Te juro que no.

—¿Quién, Cornelia?

—¡Mis padres! —Se desplomó en una silla tapándose la cara con las manos—. Cuando hui, ellos me ayudaron a escapar.

Leam carraspeó por el frío que sentía en su garganta.

—Tus padres estuvieron en tu funeral. ¿Saben tus hermanas y hermanos que todavía estás viva?

Ella levantó la vista y el brillo de las lágrimas en sus mejillas la embellecieron.

—No, solo mis padres. Ellos estaban tan asustados como yo por lo que me pudieras hacer.

—Entonces, sabían que habías tenido una aventura con mi hermano.

Sus labios temblaban. Asintió.

—¿Qué vas a hacer ahora, Leam?

Él apretó los puños hasta que las uñas se le clavaron en las palmas.

—Durante más de cinco años, Cornelia, me hiciste creer que te habías suicidado. Y que yo te había conducido a eso. —Él no podía seguir mirándola. Cruzó la sala hasta el aparador y se sirvió un brandy. Después de bebérselo de un trago, se sirvió otro.

—Milord, ¿te has dado a la bebida durante mi ausencia?

Sentía un hormigueo en la nuca. La voz era hosca y más dura de lo que nunca la había oído. Ya no era una chica aunque lo siguiera pareciendo.

—¿Quién está en el mausoleo de los Blackwood, Cornelia? —Le hablaba de espaldas a ella.

Hubo un momento de nerviosismo.

—No lo sé.

—Llevaba tu vestido, el que te compré en el viaje de novios. Y tu anillo de casada. —Durante las semanas posteriores al descubrimiento del cuerpo no había permitido que el ama de llaves tocara los sucios harapos llenos de barro ni el anillo de oro y diamantes. Así había pagado por cada uno de los días transcurridos. Fue su propio infierno en vida.

—Los tenía cuando me escapé en busca de mis padres. Pensé que ellos estarían en la ciudad pero no fue así. Entonces vendí el vestido y el anillo a una chica en la calle para tener dinero y poder alquilar una habitación pequeña. Era horrorosa, sucia y con ratas. No dormí. Pero pude escribir a mis padres, y ellos vinieron a buscarme. Cuando oí lo de la chica y cómo todo el mundo pensó que se trataba de mí, lo sentí mucho.

—¿Que lo sentiste mucho? ¿Te paraste a pensar en su familia?

—No creo que tuviera. Era una, una... —Frunció el ceño con más inquietud—. A juzgar por sus compañías, no me sorprendió que tuviera ese final.

—Pero eso es imperdonable, Cornelia.

—¡Yo también estaba aterrorizada! Tú habías... —Su voz se quebró—. James había muerto y no sabía qué podías hacer después.

—Una historia conmovedora, sin lugar a dudas.

Ella lo miró fijamente.

—¿Todavía me odias? —susurró.

—No. Nunca te he odiado. —Admitirlo ya no le sorprendía—. Quizá me odio a mí mismo.

A ella le temblaba el labio inferior.

—¿Leam, entonces tú... puedes? Esposo mío, ¿todavía puedes amarme?

Él sintió un nudo en el estómago.

—Me pregunto, cuándo me preguntarás por tu hijo. —Él apenas podía articular palabra.

Ella abrió los ojos con sorpresa. Cruzó las manos en su regazo.

—¿Cómo está?

—Bien.

307

—¿Él...? —Pestañeó como para deshacerse de las lágrimas—. ¿Alguna vez habla de mí?

—Rara vez, como es normal. ¿Sabes?, tu dedicación maternal me tiene intrigado. —Cogió su copa y la llenó, el brandy apenas actuaba dentro de su pecho helado.

—¿Qué quieres decir? He lamentado no saber de él —dijo rápidamente, ahora con un ligero lloriqueo en su voz—. Lo he echado de menos, Leam, tienes que creerlo.

—No, no te creo. —Él bebió de un trago el licor y puso el vaso vacío en la mesa—. Sobre todo, porque lo dejaste al cuidado de un hombre al que temías que te hiciese daño. Durante años.

Ella abría y cerraba la boca.

Él cogió su sombrero y su fusta, y se dirigió a la puerta. El crujido de su falda precedía sus ligeros pasos. Ella lo agarró de la manga.

—No te vayas, Leam. Por favor.

Él bajó la vista y vio su pequeña mano cogida de su brazo como si fuera una garra, con los nudillos blancos.

—No te preocupes innecesariamente, querida —dijo cogiendo aire en sus oprimidos pulmones—. Volveré. Y, cuando lo haga, espero que aún estés aquí.

Ella lo soltó.

—Yo, yo, aquí estaré.

—¿Cornelia?

—Sí, ¿Leam?

Él miró más allá de su cara, ahora mucho más cerca, y vio miedo e incertidumbre tras sus ojos azules.

—¿Por qué has aparecido ahora?

—Mis padres dijeron que, de pronto, habías abandonado tu aspecto poco elegante —susurró—. Mientras siguieras desaliñado, yo sabía que no te volverías a casar. —Sus labios rosados se curvaron formando una temblorosa sonrisa y, por un instante, sus hoyuelos volvieron a recobrar vida—. Mi Leam no cortejaría a una dama con una imagen que no fuera la de un príncipe.

Intentó tocarlo otra vez. Él se apartó.

No tan rápido como esperaba, se encontró en la calle montando en su caballo y galopando. No sabía adónde ir, ni por cuánto tiempo. Solo moviéndose podría tranquilizar las profundidades de su alma. Podría estar en movimiento hasta no poder más, después bebería. Con la actividad o el alcohol tendría que encontrar la cordura.

Había algo en los ojos y en el tono de voz de Cornelia que le había sonado a falso. Más falso que unos años atrás. Pensaba descubrir qué era y al final se desharía de sus fantasmas para siempre.

Kitty no recibía visitas ni las hacía. Se quedaba en sus habitaciones personales y una vez al día iba caminando hasta la casa de su hermano. Le leía a Serena, y le llevaba libros y música interesantes. Cuando su cuñada deseaba descansar, volvía a su casa y se encerraba de nuevo en sí misma en sus habitaciones.

Le dijo a su madre que estaba indispuesta y que no quería compañía. Se sentía muy desdichada, en su interior bullía la infelicidad. A la hora de la comida, casi al final de la semana, su madre la interrogó.

—Estás muy pálida, Kitty. Esta enfermedad está durando mucho más de lo que yo quisiera.

—Oh, sin duda estaré mejor muy pronto. —En unos cien años. Por Dios, jamás había imaginado algo que le pudiera hacer tanto daño. El sufrimiento por Lambert Poole no tenía nada que ver con la profunda aflicción por perder a Leam a causa de su «esposa fallecida». Sentía una angustia enorme, como si viviera una pesadilla.

—No estás comiendo.

—Es la dolencia del estómago, mamá. —Náuseas por cualquier cosa que nunca había sentido le inundaban total y finalmente el corazón y la mente. Dobló su servilleta y la puso encima de la mesa. El criado se apresuró a retirarle la silla.

—John, lady Katherine todavía no está lista para retirarse de la mesa —dijo la viuda—. Puedes retirarte.

—Sí, señora. —El criado las dejó a solas.

—Mamá, realmente me siento bastante débil. Permíteme que

te desee una tarde agradable en el salón con lord Chamberlayne y...

—Kitty. —La voz de su madre era suave y firme a la vez—. Lord Blackwood ha venido a visitarte muchas veces a diario durante casi una semana.

Kitty apenas pudo levantar la ceja con actitud curiosa. Era difícil hacerlo y no sucumbir a las lágrimas.

—¿Oh, de veras? —John y la señora Hopkins lo habían atendido personalmente cada vez que venía—. Qué persistente que es —añadió. Debería hablar con él. Pero, una vez que hubiera hablado, todo se habría terminado de verdad y aún no estaba lista para eso. Necesitaba tiempo para acostumbrase a perderlo antes de haberlo tenido realmente.

—¿Has oído sin duda la sorprendente noticia?

—¿Qué noticia, mamá?

—Parece que su esposa ha vuelto de la muerte. Según parece, sufrió un accidente y amnesia. Sus padres la acaban de encontrar en un convento italiano.

—Qué bien para todos ellos. —Empujó la silla reprimiendo las lágrimas, controlándose, como había estado haciendo todos esos días—. Mamá, realmente me encuentro mal. Por favor, discúlpame.

Se fue a su habitación y, sentada en la cama, no lloró. En cambio, cogió el orinal y vomitó. Se limpió y fue al armario a buscar un vestido limpio. La tristeza, al parecer, no era pulcra.

Su nuevo traje de montar le llamó la atención. De color gris carbón con un lazo negro a la altura del cuello y de los puños, y un casquete a juego, era ideal para ella. Pero no había ningún sitio donde lucir ese atuendo fúnebre.

Excepto, quizás, uno...

Llamó a la doncella y se vistió, más tranquila de lo que había estado en semanas.

En una media hora estaba desmontando ante una casa urbana de estilo modesto situada en una calle silenciosa. El parque vallado del otro lado era encantador, buen vecindario, casas con damas amables y bien dispuestas para negocios de ese tipo. Un par de colegiales jugaban en la esquina y la saludaron amablemente con sus gorras antes de subir la escalera de la puerta de enfrente.

La sala de estar era elegante, desprovista de toda pretensión moderna, con sedas colgadas al estilo oriental, jarrones y teteras chinas y de la India. Media docena de damas estaban sentadas alrededor de la mesa del té. El mayordomo la anunció.

La sala se quedó en silencio. Se oyó una sola risa tonta, una dama que se apretaba los labios con el pañuelo. Entonces, de nuevo, se produjo el silencio.

—Pase, lady Katherine. Mis amigas ya se iban. —La voz era suave y perfectamente modulada.

Kitty recordaba que la señora Cecelia Graves siempre había parecido sumamente elegante. Aún lo era. Su vestido de tafetán malva era de corte sencillo y adornado con piel gris, bordado con pequeñas cuentas brillantes. Era un vestido parecido al que Kitty podría escoger algún día para sí, ideal para una mujer madura pero no demasiado mayor. El cabello, dorado oscuro con un poco de gris, estaba cuidadosamente rizado bajo su tocado con un elegante lazo belga; las orejas y el cuello brillaban intensamente con amatistas engarzadas en oro.

El padre de Kitty le había regalado aquellas amatistas a la señora Graves. Lo sabía porque un día, justo después de que volviese de Barbados, se había colado en el estudio de su padre a altas horas de la noche, para buscar alguna carta de Lambert en la que le pedía la mano de Kitty.

En vez de eso, en el escritorio de su padre, encontró el recibo del joyero por las amatistas. Pero, en contra de lo que esperaba, nunca se las vio puestas a su madre. Un día le preguntó a su madre por ellas y la condesa le explicó todo lo que debería haber sabido antes.

La dama había enviudado muy joven. Vivía sola en la ciudad y en temporada baja en Derbyshire en compañía de una pariente mayor que ella. Era algo así como una heredera y no había necesitado volverse a casar.

Su madre nunca le dijo el nombre de la dama. Pero con el tiempo, cuando Kitty hizo sus primeras apariciones en sociedad, lo supo por boca de otras jóvenes que se consideraban amigas; eran chicas que fingían su desaprobación y se reían a sus espaldas. Fue entonces cuando se dio cuenta.

Una a una se fueron levantando, se dijeron adiós y se marcharon, cada una saludaba cortésmente a Kitty o le hacía una reverencia con la cabeza, algunas incluso sonreían cuando pasaban a su lado. Al final, la sala quedó vacía. Kitty no podía moverse, de pie en el umbral de la sala de estar de la mujer con la que nunca había hablado, a pesar de haber compartido con ella la vida de su padre durante décadas.

—Ahora, acércate. Has venido aquí por tu propia voluntad, y yo no muerdo.

Ella entró. La expresión bondadosa de la señora Grave no cambió. Sin una palabra, miró a Kitty de arriba abajo.

—Antes eras una cosita regordeta —dijo al fin—. Con las mejillas y la barriguita redonda. Nunca imaginé que podrías convertirte en semejante belleza.

Kitty finalmente pudo hablar.

—Supongo que me lo debo tomar como un cumplido.

La dama la estudió a conciencia.

—¿Cuál es el motivo de tu visita, mi niña?

—¿Es que nunca pudo tener uno por sí misma? —Ella no se andaba con chiquitas. No había nada en su corazón que la obligara a ello—. ¿Por eso escogió un hombre que ya tenía su propia familia? ¿Porque no podía concebir un hijo y no quería unirse a un hombre que deseara tener hijos? Después de todo, usted era joven cuando murió su marido. Se podría haber vuelto a casar.

La señora Grave frunció los labios.

—Eres una impertinente. Sin embargo, está claro que has reflexionado mucho al respecto.

—Me lo he estado preguntando todos estos años. —Kitty apretó las manos sobre su vientre estéril—. Y ahora me gustaría saberlo.

La dama la observó durante un largo momento con una mirada fría.

—Él me dio una familia, la tuya. —Volvió a observar a Kitty, esta vez solo la cara, pero la mirada era penetrante—. Te conozco desde que eras un bebé, cuando fuiste niña y después, cuando creciste casi hasta convertirte en una mujer. Después él murió y no he sabido nada de ti desde entonces, excepto lo que leía en los diarios y los rumores que escuchaba. —Le señaló el salón como para indicarle las mujeres que se acababan de ir—. ¿Crees que una mujer puede desear tener una familia de esa forma?

—Él nunca se preocupó de nosotros. Ni tampoco de usted, creo. —Kitty se oía a sí misma decirlo—. Si hubiera sido una buena persona no le habría hecho lo que le hizo a mi madre. Era un hombre insensible.

—Pero leal.

—Para una de tantas mujeres.

—Yo lo amaba. Con toda mi alma.

—Eso —dijo Kitty con dureza— no la exime de nada.

La señora Graves se puso de pie, era bajita, gruesa y muy elegante.

—Niña, puedes pasarte la vida odiándome si lo deseas. No serías la primera. —Pasó por delante de Kitty y salió de la sala.

Kitty montaba en su caballo hacia su casa a ciegas, con lágrimas cubriéndole los ojos, que se afanaba por ocultar a los transeúntes. Subió la escalera deprisa hasta su habitación, casi tropezando con los escalones. Pero encontró a su madre en la habitación de pie ante la ventana. Ella la miró y sus elegantes facciones se afligieron.

—Mi querida hija.

—He ido a visitar a la señora Graves.

Los ojos de la viuda se abrieron como platos.

—¿Para qué?

—¿Para qué? Mamá. —Con las mejillas húmedas, se quitó a tirones los guantes ya estropeados por las lágrimas y los usó para secarse los ojos. Pero ya sin las lágrimas que le impedían ver a su madre, se encontró con los sabios ojos marrones, difíciles de mantener—. Me dijo que podía odiarle toda mi vida si quería, pero no sería la primera.

—No lo harás. Es una dama con influencias en algunos círculos y tiene enemigos. Pero yo no soy uno de ellos.

Kitty dio media vuelta.

—¿Qué quieres decir con que tú no? Nunca has hablado con ella en sociedad. Nunca la has visitado. Incluso nunca has hablado de ella conmigo, excepto esta vez.

—Kitty, querida, ella y yo no tenemos nada en común y yo diría que tendríamos muy poco de qué hablar si nos encontráramos en público.

Kitty la miraba fijamente.

—Entonces, ¿no la rechazaste por papá?

—Yo nunca la he rechazado.

—¡Lo hiciste! Hemos coincidido en los mismos bailes en muchas ocasiones.

—Es cierto que nos evitamos.

Kitty contuvo la respiración.

—¿Pero por qué no la odias? —exclamó con la voz rasgada.

—¿Por qué tendría que odiarla? Tengo todo lo que deseé de tu padre, tres maravillosos hijos y varias buenas casas. Ella no me hizo daño.

—Pero, mamá... —A Kitty se le trastocaba todo—. Aquellos meses en los que me enviaste a Barbados con Alex y Aaron, cuando papá envió a Alex al campo por alguna indiscreción que había cometido en aquel entonces... —Tras tantos años las palabras le salían a tropezones—. ¿Por qué me mandaste allí, mamá, sola con mi institutriz? ¿Por qué si no para luchar por recuperarlo?

La cara de la viuda se quedó inmóvil en ese momento, solo sus ojos mostraban sus sentimientos.

—Por aquel entonces, yo aún luchaba. Estás en lo cierto. Pero no para ganarme su corazón, solo para obtener cierta discreción por su parte. —Al final frunció el entrecejo—. En esos días, aparecía mucho en público con ella y yo estaba a punto de presentarte en sociedad. No quería que tu primera aparición se tiñera de rumores de las malas lenguas. Luché durante meses para que dejara de alardear de su relación en público, y gané.

—A mi costa. Me dejaste sola y Lambert Poole me usó.

La viuda tragó el nudo que tenía en la garganta.

—Yo no podía imaginar que ocurriría eso.

—¿Por qué? —le susurró Kitty—. ¿Por qué nunca me lo dijiste?

—Yo no me di cuenta del daño hasta tu primera temporada en sociedad.

—Después de que él me hundiera.

—Tú nunca te has hundido, Katherine. —La voz de la viuda era seria, sus ojos de pronto brillaron—. Tienes un espíritu que no puede ser intimidado por ningún hombre. Ni por toda la sociedad. Debes recordarlo siempre. No importa lo que otra persona pueda hacer o decir de ti, tu corazón es tuyo.

—Sabes, a veces he pensado que le hice eso a él porque no se lo pude hacer a papá. No podía herir a papá como él te había herido permitiendo que esa mujer ocupase tu lugar. Por eso hice daño a otro hombre. —Kitty sintió un estremecimiento. Se arrodilló a los pies de su madre y puso la cabeza en su regazo—. Oh, mamá, soy tan desdichada.

Lloró. Su madre le acariciaba el pelo con suavidad.

—Mamá —musitó al fin dejando de llorar—. Quiero tener lo que tú tienes. Quiero tener mi propia familia. No quiero convertirme en ella.

—No necesitas convertirte en ella. Todavía eres suficientemente joven para tener una familia espléndida. Aún puedes llenar una guardería.

Ella levantó la cabeza y se puso en cuclillas, secándose las mejillas.

—Yo no puedo tener hijos, eso ya te lo dije. Está comprobado que no puedo.

La cara de su madre se ensombreció.

—¿Cómo se ha comprobado?

—Estuve con Lambert muchas veces, mamá. Al principio porque lo amaba y creía que se casaría conmigo. Después quedó claro que él solo quería que Alex sufriera con mi desgracia. Entonces tracé un plan para vengarme. Me decidí a hacer lo que debía para conocer sus secretos, para que un día pudiera hacerlos públicos y avergonzarlo ante el mundo. Dejé que creyera que todavía lo amaba y de esa forma, de vez en cuando, podía acceder a sus aposentos personales.

Las mejillas de su madre palidecieron.

—¿Cuánto duró eso, Kitty? ¿Hasta el último verano, cuando fue descubierto y todo salió a la luz?

—No. —Hasta hacía tres años, cuando un lord escocés posó su bonita mirada en ella y comenzó a imaginarse una forma de vivir sin rencor ni falsedad—. Pero fue sumamente largo.

La voz de la viuda se apagó.

—Solo sabía de la primera vez. Aquella noche que viniste llorando me di cuenta de lo que no podías contarme con franqueza.

—Lo sospechaba. Sabía que no me dejarías permanecer soltera a menos que entendieras que yo ya no podría ser la novia de un caballero. —Ella respiró entrecortadamente—. Fui a visitar un médico y Lambert incluso me enseñó la prueba de su capacidad para engendrar. Yo no tendré mi propia familia. Pero me sentiré feliz de ser la tía de los niños de Alex y Serena.

Su madre la observó por un momento, después le tocó la barbilla a Kitty con un dedo y le levantó la cara hacia la luz.

—Serás una fantástica tía. —La besó en la frente—. ¿Vendrás esta noche con Douglas y conmigo? Puedes reencontrar a tus amistades, recuerda que muchas te admiran y te aprecian.

Kitty movió la cabeza.

—Debo de estar horrorosa y me siento desdichada. Quizá mañana, mamá.

Durante los días siguientes, no acompañó a su madre en ninguna salida. Su malestar persistió dándole una excusa inmejorable para quedarse en casa. Pero finalmente fue capaz de comer en algún almuerzo. Al día siguiente paseó por el parque con Serena y le hizo una visita a lady March; ella y su madre habían acordado que iría al baile inaugural de la temporada aquella misma noche. Seguro que estaría lleno de gente; podría escaparse pronto si quería, sin que su madre se diera cuenta.

Cuando volvió a casa, la señora Hopkins le anunció con una

mirada adusta que no tenía tarjetas de visita de ningún conde en la bandeja de la entrada. El día anterior tampoco había venido. Lo había dejado y bastante rápido, era lo mejor. Kitty se preguntaba cómo podía un hombre cambiar sus afectos de una mujer a otra con tanta facilidad. La verdad es que si ella fuera un caballero, ahora estaría en su club, muy borracho y dispuesto a quedarse muchas semanas más.

Pero Lambert le había enseñado que los hombres eran una clase diferente de criaturas que ella jamás entendería.

25

—¿Amigo, quieres darme esa botella?

Las botas de Leam chocaron contra el aparador. Levantó la botella de cristal, la apoyó vacilante sobre el borde de su copa y se tomó un largo trago antes de echar una mirada al galés que estaba en la puerta del vestíbulo.

—Te invito a compartirlo. Hay mucho más en la bodega. —Se tambaleó hacia atrás hasta llegar a la silla que estaba delante de la chimenea. Con los ojos entrecerrados miró el papel que había en la mesa.

Yale cogió una copa.

—No me puedo acordar de la última vez que te vi achispado.

—Eran otros tiempos. —Leam contemplaba las llamas, el humo le embriagaba los sentidos. Fuera debía de ser de día, pero las cortinas estaban bajadas y él estaba completamente ebrio. Al fin, después de diez días estaba tan borracho como una cuba.

Yale se sentó en diagonal a él, le dio un sorbo a su bebida.

—Buen año.

Leam gruñó.

—¿Qué es eso? —El galés cogió el papel y dio un suspiro—. Hum..., Chamberlayne se ha liberado de toda culpabilidad y su hijo insurgente también. ¿Interviniste en eso?

—Necesitaban una prueba. Y la encontré. —Se había pasado la semana en cada maldito rincón de Londres, además de una docena de clubes, persiguiendo sin descanso a los propietarios de aquel barco. Lo encontró mediante algunos contactos que hicieron él y su abogado en Lloyd's mientras buscaban a Cox—. El cargamento no era nada importante.

—¿Al final resultó que no llevaba secretos de las estrategias británicas?

Leam negó con la cabeza.

—Tan solo contrabando, mercancía ilegal. Un informante del Ministerio del Interior en Newcastle se estaba llevando una buena tajada de los beneficios.

—¡Ah! ¿E intentaba encubrir la operación haciendo correr la alarma sobre los rebeldes escoceses y los espías franceses? Muy listo por su parte. Más por la tuya, que lo descubriste. —Yale hizo una pausa—. Por eso pensé que lo habías dejado.

Lo iba a dejar ahora. El hombre que pronto sería el padrastro de Kitty estaba completamente libre de culpa.

Se inclinó para mirar a su amigo.

—¿Has venido a convencerme de que siga? —le preguntó en escocés.

Yale lo miraba fijamente.

—He venido a hacer algo, por supuesto.

—¿Como cuando lograste meterla en este asunto?

—Estás confundido.

Leam cerró los ojos.

—Ya no hay nada que hacer. —Parecía agotado. No había pegado ojo en muchos días. Había vivido como un viudo durante años. Ahora era un marido, había llevado a Kitty a cometer adulterio y ella se negaba a verlo. Al parecer la única salida era beber. Probablemente hasta la muerte.

—Debe de haber algo que podamos hacer —musitó Yale.

Él movía la cabeza, se pasaba la mano por la mandíbula barbuda y pestañeaba, a pesar de ello no podía ver con claridad. Bien, todo seguiría confuso para siempre.

—Sus padres corroboran su historia —afirmó—. Estuvo a salvo en compañía de una gobernanta italiana. Católica nada menos. Vivía en un convento.

—¡No me digas que se hizo monja!

Leam se volvió para mirar a su amigo.

—Si crees que mi infortunada vida es divertida, Yale, puedes largarte ahora mismo. No tengas reparos.

—Has perdido por completo el sentido del humor. Será por tu desesperación, claro.

Había perdido el corazón. Había perdido a ambos.

—No hay forma de justificar mi divorcio. Ella no me ha sido infiel.

Yale no le respondió.

—Quiere volver a casa.

—¿A la de sus padres?

—A Alvamoor.

—Para ver al pequeño Jamie —aclaró el galés—. ¿Lo vas a permitir?

Leam se llevó las manos a la cabeza y las hundió en su pelo.

—No puedo ni siquiera pensarlo.

—Entonces debemos buscar una alternativa.

Leam alzó la mirada.

—¿De dónde sale ese optimismo?

Yale se puso de pie.

—Francamente, no puedo entender que lo veas de ese modo. Y tampoco Constance.

—¿Alguien ha dicho mi nombre? —Su prima entró en la estancia, desprendía un aroma a rosas blancas. Hasta entonces Leam no había notado su perfume. Antes de conocer a Kitty había apreciado muy poco todo lo agradable o colorido. Había vivido distante, dormido. Ahora que estaba despierto, vivo, oliendo, viendo y escuchándolo todo, quería volver a la frialdad anterior. Todo era gris. Pero el color gris era como sus ojos, e incluso en sus fantasías de buscar la muerte en vida, ella le obsesionaba.

Su prima lo besó en la mejilla y después se sentó en una silla.

—¿Deseas ver a lady Katherine, no?

Lo deseaba como nunca había deseado nada. Pero ella había sido inteligente al rechazar todas sus visitas. No tenía nada que decirle para impedir que ahora se sintiera deshonrada por sus promesas de boda.

—Sí. —Deseaba verla y tocarla, tenerla solo para él. Algo que ahora era imposible.

A pesar de todo, aún podía protegerla. Al día siguiente, con la sobriedad y la cordura recuperadas, redoblaría los esfuerzos por encontrar al zorro que todavía no había salido de su madriguera: Cox.

—Entonces, escucha este cotilleo. —Constance se acercó—: Se espera la asistencia de la viuda lady Savege y su hija al baile de Beaufetheringstone de esta misma noche. Lo escuché de boca de la propia viuda, mientras hablaba con otras dos damas, claro.

Leam levantó la cabeza.

—¿Un baile?

—Lord y lady B. Estás invitado.

Por un momento su visión fue tan clara como el cristal. No debía asistir. Tampoco sería bueno para ninguno de los dos.

Constance lo miró con detenimiento.

—Lady B. tiene un gusto excepcional. Tú tendrás que asearte. ¿Te gustaría acompañarme?

—Sí —respondió en escocés.

Tan pronto como pusieron un pie en el rellano, Leam miró con detenimiento la sala de baile que estaba a rebosar, casi como un par de semanas atrás. La buscaba. Constance le soltó la mano y se quedó a su lado.

—Buena suerte —le deseó mientras se alejaba.

A pesar de la multitud, encontró rápido a Kitty. Estaba rodeada de amigos, gente inteligente y elegante, se la veía muy desenvuelta. Su vestido resplandecía, era de un gris claro y brillaba por algún artificio que, en ella, parecía encantador; dejaba al descubierto sus suaves hombros y sus bonitas curvas. Tenía el cabello arreglado solo con horquillas de diamantes incrustados. Era exquisita y se merecía todo lo que él no le podría dar y más.

Fue hacia ella sin hacer caso de las risitas disimuladas ni de las miradas. No había frecuentado la sociedad desde que Cornelia había regresado. No pensaba quedarse más rato que el necesario para hablar con Kitty. Lo suficiente.

Ella se volvió y lo miró directamente. Sus ojos grises, bien abiertos, no brillaban, parecían algo enrojecidos. Estaba delgada, demasiado, porque había estado enferma, aun así tenía la cabeza erguida.

Se apartó de su círculo de amigos y fue hacia él.

—Tenía la esperanza de que no me buscaras en público —dijo imperturbable tan pronto como llegó frente a él—. Pensé que te habías rendido y me alegré por ello.

Leam tenía la boca seca. Por Dios, la orquesta comenzó a tocar un vals. Tan solo una de cada diez mansiones permitía ese baile y de todas las residencias de Londres esta debía ser una. El destino les torturaba a cada paso.

—Baila conmigo.

—No. —Ella pestañeó—. Quiero decir, gracias, milord, pero no me interesa el baile.

—Deja que pueda abrazarte, Kitty, de la única forma que me es permitido ahora. —Era un error. Él lo sabía y ella también.

Sin embargo, ella le concedió el baile. En la pista él la tomó en sus brazos y su tacto, incluso tan efímero, le hizo reprimir a Kitty su pasión bajo una fría coraza. Ella miraba fijamente por encima del hombro de Leam.

—Quizá, si simplemente me dijeras lo que quieres comentarme, podremos acabar con esto de una vez —sugirió ella—. Te escucharé siempre y cuando no se trate de una disculpa. No creo que pueda soportar una disculpa.

¿Por qué debía disculparse? ¿Por haberse enamorado de ella? ¿Por no haberla desposado rápidamente cuando se dio cuenta de que se había enamorado? En tal caso, ahora su situación podría ser totalmente normal en público.

—No. No son disculpas.

—Bien, pues me alivia un poco. —Por un momento se quedó callada—. ¿Qué me dices del señor Cox? —Ella no le dejaba cogerle los dedos, solo la palma enguantada, mientras sujetaba la cola del vestido con la otra mano. Pero a través de la mano que tenía en su espalda pudo sentir el calor febril y los latidos del corazón de Kitty. Él siempre recordaría la forma, la textura y el dulce ritmo de la vida dentro de ella.

—Cox piensa que tengo algo que le pertenece. Supongo que me siguió hasta Shropshire para recuperarlo y que te amenazó para asegurarse de que yo volvería a Londres para entregárselo. Pero todavía no ha contactado conmigo y no lo he podido encontrar.

Leam contrajo su barbilla y Kitty comprendió que aquello había sido un error. Ella quería embeber toda su cara, tocarle la piel y notar sus latidos junto a los de él. A ella no le iban este tipo de juegos.

Kitty volvería al campo, al menos mientras él estuviese en Londres. No podía seguir viéndolo constantemente en público. Pero Serena pronto daría a luz. Por eso debía quedarse. Después desaparecería.

—Comprendo que interviniste para salvar a lord Chamberlayne de toda sospecha —dijo ella mirando la tersura de su barbilla y la rigidez de su cara, los ojos penetrantes y apasionados que ella amaba—. Te lo agradezco.

Él la miraba como la había mirado bajo los árboles de Willows Hall y la respiración de Kitty se hizo más débil.

—De todos modos —dijo con esfuerzo— se casarán muy pronto y toda mi familia está muy contenta con la idea. Por desgracia, su hijo no puede asistir, aunque es preferible que no venga a Londres, después de todo lo que ha sucedido. Sin saber nada de la historia, mi madre está algo confusa. Parece que lord Chamberlayne le pidió que le enviara un collar de plata desde Escocia, que él entregó después a mi madre como regalo de Navidad —la voz de Kitty sonó temblorosa. Al final pudo controlarse, pero la barbilla de Leam se había endurecido—. Mi madre está decidida a darle las gracias por su detalle en persona y espera ir de viaje en verano.

—Kitty, debo pedirte que no hables más de esto —dijo él con brusquedad.

—No, Leam. Debo hablarte de banalidades. Si no, me veré obligada a dejarte en medio del baile. No me gustaría montar una escena y, como todo el mundo ya habla de ti, prefiero no llamar la atención. Pero tú me has pedido... —bajó la mirada al suelo—. Esto ha sido muy mala idea.

—Kitty...

—Lord Chamberlayne le entregó el collar a mi madre con todo su cariño. Mi padre le regaló a su amante un collar de amatistas y unos pendientes. Aún lleva puestas esas amatistas. Parece que las cuida como un tesoro. —Hablaba con mucha rapidez para evitar que el llanto brotara de su garganta—. Porque eso es lo que hacemos. Guardamos objetos valiosos que queremos tener con nosotros, como tu hermano, que llevaba tu retrato en el campo de batalla. Hasta el señor Cox decía que siempre llevaba el camafeo de su...

—¡Kitty, detente!

—Yo no deseo rodearme de recuerdos de tu amor, Leam. Ya no quiero que me ames más. Si me has buscado con la esperanza de que yo...

—No, nunca te he pedido eso.

—Voy a montar un espectáculo. —Parpadeó rápidamente, salió de sus brazos y se abrió camino entre los otros bailarines, después entre los grupos que estaban al borde de la pista. Así consiguió llegar hasta la entrada antes de que brotaran las primeras lágrimas, pero estas surgirían en contra de su voluntad y no tenía tiempo para esperar a que le entregasen su capa. Se aventuró a marcharse sola en el frío, buscando su carruaje en medio de la multitud de vehículos en el sótano. Era el centro de las miradas y murmullos silenciosos.

Pero no le importaba, estos la habían acompañado durante años.

Kitty durmió, agotada en cada resquicio de su cuerpo. Sin embargo, se despertó antes del amanecer, sintiendo una repentina conmoción.

El señor Cox creía que Leam tenía algo suyo tan valioso que había sido capaz de herirla para recuperarlo, pero ahora estaba jugando al gato y al ratón, rehusando mostrarse abiertamente. Al hablar de él con Leam, le vino a la memoria que Cox le había pedido al señor Milch que le ayudara a encontrar un objeto valioso perdido. Quizás era demasiado lejos para ir a buscarlo, pero Kitty creía haberlo visto. Ella había felicitado al joven Ned por eso.

Cogió un candelabro, fue al escritorio y sacó dos hojas de papel, una tamaño folio y la otra con sus iniciales grabadas. Cuando hubo terminado ambas misivas las selló y se las entregó a John con unas instrucciones precisas.

La respuesta de Emily llegó antes de que Kitty terminara de desayunar.

Querida Kitty,

Respondiendo a tu petición: ¡por supuesto! Clarice se siente honrada de que se lo pidieras. Estará lista muy pronto, el jueves a la una en punto. A mí también me encantaría ir, pero papá ha armado un escándalo terrible por la visita que hice la semana pasada a los muelles de Londres sola, sin ninguna doncella que me acompañase. Mamá ahora no se aparta de mi lado y como no se ocupa tanto de Clarice, es quizás el momento perfecto para vuestro viaje. Cuando regreses deberás contarme todos los detalles. Hasta entonces, claro, no diré ni una palabra, aunque toda la armada romana al completo insistirá.

Con cariño,

BOADICEA

Al parecer Emily había escogido un nuevo nombre. El de una princesa celta que se rebeló contra el Imperio romano, lo que era tan escandaloso como una reina francesa guillotinada. Kitty sonrió, pero la sensación le era extraña en sus labios.

Al día siguiente, el día de la boda, lord Chamberlayne llegó a la hora de la comida y se reunió con su madre en privado. Al salir, la viuda estaba pálida, pero su mano seguía apoyada en el brazo de su prometido.

—Kitty —dijo él. Sus ojos claros se veían tranquilizados—. Se lo he explicado todo a tu madre.

A Kitty se le escapó un suspiro de alivio.

—Mamá, siento mucho habértelo ocultado.

La viuda se acercó a ella y le acarició la mejilla con la punta de los dedos.

—Cariño, te agradezco el valor de haber cumplido con tu cometido.

Ella se dejó abrazar por su madre.

Más tarde, se puso un discreto vestido azul y acompañó a su madre a la boda. Fue un evento sencillo, tan solo con la familia y los amigos más cercanos. Kitty se esforzó por sonreír, quería que su madre y su padrastro se sintieran felices. Más tarde, cayó en la cama agotada por el esfuerzo de haber fingido.

Por la mañana, vio a su madre y a su padrastro en el carruaje de lord Chamberlayne. Iban hacia Brighton, donde los recién casados pasarían una semana de luna de miel, mientras Kitty al fin se mudaría a la casa de su hermano, calle abajo.

Regresó a su habitación para preparar el equipaje, después escribió una nota y le dio instrucciones a John para que la entregara a su hermano y a Serena cuando ella se hubiera marchado. John arrugó la frente como señal de evidente desaprobación. Pero la señora Hopkins parecía estar de acuerdo con la escapada y el señor Claude le preparó una cena fría para el camino.

Delante de la casa de los Vale, en la plaza Berkeley, madame Roche subió al carruaje y se sentó en el asiento contrario al sentido de la marcha con un gran suspiro.

—*L'aventure!* Me encomiendo a usted, lady Katrine.

—Muchas gracias por acompañarme, madame, es muy amable por su parte. —Ella estaba bastante deprimida en cuerpo y alma, pero al menos la compañía de la francesa aportaría algo de decoro al viaje.

El carruaje derrapó en una curva y madame Roche recompuso su vestimenta.

—Como ya no hay nieve, regresaremos en unos quince días, *non?*

—Depende del estado de los caminos. —Ella prefería no regresar jamás. Deseaba, al igual que la última vez que había transitado ese camino, escaparse para correr una aventura que nunca había imaginado.

Con el cuello en tensión miró por la ventana.

—*Mon Dieu*, pero si se ha quedado en los huesos. *Belle* Katrine, debe comer para mantener la energía.

—Me temo que no tengo estómago para eso últimamente.

—Es muy triste, el asunto de su esposa. —La francesa emitió una especie de sonido de rabia, seguidamente encogió sus labios rojos, escrutándola con sus ojos negros—. ¿Y qué va a hacer él con *le bébé*?

Kitty agitó la cabeza, ahora sentía dolor en el boca del estómago.

—¿Qué bebé? ¿Acaso lady Blackwood está embarazada? ¿Hay otro hombre? ¿Por eso ha regresado? ¿O...? —Kitty no podía pensar en otra opción. Él no podía haber fingido su consternación aquel día en el parque, al ver a su esposa por primera vez, y, por otra parte, era demasiado pronto para algo así.

El estómago se le estremeció. Oh, Dios, no debería pensar obsesivamente en él y en su esposa juntos.

—*Ce bébé, la!* —La señora Roche señaló el regazo de Kitty.

Kitty miró hacia abajo y tan solo vio sus manos apoyadas en su estómago con náuseas.

En un instante, un arrebato enfermizo recorrió todo su cuerpo. Intentaba respirar.

—¿Este bebé? —exclamó.

Por Dios, qué inocente era. Qué tonta. Nunca se lo habría imaginado. Ni cuestionado. Ella había pensado que...

—*Ma petite*, me dice que no puede comer. —Madame Roche hacía gestos con la cabeza—. Pero, en cambio, duerme *tout le temps* del día, *non*?

Kitty estaba boquiabierta. Había visto pasar por lo mismo a Serena en los primeros meses. Aunque no estuviera instruida en temas de embarazos, debería haberlo sabido. Pero, en cambio, había atribuido su enfermedad a la tristeza.

Un sentimiento de pánico la invadió rápidamente. Luego sintió algo más que se mezcló con el pánico. Algo cálido y enriquecedor.

Euforia.

Se agarró bien al asiento intentando respirar, pensar, pero los pensamientos no acudían, solo los sentimientos. Ya no le quedaban lágrimas por derramar y, de todos modos, ya no lo deseaba. Apoyó la espalda sobre los mullidos cojines del carruaje y cerró los ojos. El balanceo del coche le hizo sentirse mal, pero ahora no le importaba.

Él estaba en lo cierto al desconfiar de todo lo que ella le aseguraba. Y nunca se había sentido más feliz y más aterrada en toda su vida.

26

Compatriotas británicos,
Hace poco recibí el siguiente comunicado a través de mi editor:

«Querida Dama de la Justicia,
Su impertinencia me tiene asombrado, pero su tenacidad es encomiable. Me temo que la admiro por eso. Sin embargo, querida dama, si desea encarecidamente ser admitida en el Club Falcon, tan solo debe descubrir los nombres de sus miembros y pedirles que la acepten. Uno de ellos, lamento comunicarle, nos ha dejado últimamente. A pesar de todo, cuatro de nosotros seguimos en el club. Uno de ellos soy yo mismo.
Su servidor,

HALCÓN PEREGRINO
SECRETARIO DEL CLUB FALCON»

Es una impertinencia realmente. Este Halcón Peregrino se propone intimidarme con palabras tiernas y con halagos, métodos habituales mediante los cuales embauca a fin de controlar la sociedad. Estoy segura de que no cambiaré de opinión. Continuaré la búsqueda de todo el derroche de fondos y lo descubriré para que todo el reino lo pueda ver.
Al parecer, me acosan los corresponsales. Hace tan solo

un par de días me llegó otra carta a mi despacho. Su autor era anónimo (una dama, por la elegante forma de escribir) y me imploraba que la imprimiera. Sus motivos para desearlo eran lo bastante interesantes, por eso lo hago ahora:

«Para Determinados Caballeros a los que les pueda interesar: Me encuentro ahora en Shrosphire en busca de un camafeo con un retrato.»

Amigos, eso es todo lo que decía. Estoy tremendamente intrigada y me pregunto tan solo si la dama nos informará del éxito de su búsqueda a su regreso de Shropshire.

LA DAMA DE LA JUSTICIA

Leam vio el panfleto en la chimenea; flotaba danzando en el aire caliente sobre el fondo de las cenizas, todavía no se había quemado. Apoyó las manos sobre la repisa.

Entonces, Jin, Yale y Constance, finalmente no habían dejado el Club. Y Gray... Leam no comprendía a su viejo amigo. Eso parecía arriesgado. Colin era arrogante, pero también directo y disciplinado, además tenía un único propósito: la seguridad de Inglaterra.

Así como el único propósito de Leam era la seguridad de Kitty.

Mañana se pondría su traje más rústico y de nuevo rebuscaría en los bajos fondos insalubres de Londres. Quería remover cada piedra hasta que encontrara en la que se escondía David Cox. Más tarde, cuando Kitty estuviera libre de toda amenaza, reflexionaría para tomar una decisión sobre qué hacer con su esposa.

Cornelia no había vuelto a mencionar a Jamie, a pesar de que Leam tan solo la había visitado una vez desde aquella ocasión. Ella parpadeaba y le rogaba que no se divorciara. Él le dijo la verdad, que no tenía bases legales para hacerlo y no quería perjudicarse proclamando su infidelidad, la única razón que justifi-

330

caba el divorcio. Él solo le pidió que permaneciera en el apartamento hasta proporcionarle un domicilio que él sufragaría. Ella
le puntualizó que prefería una casa más pequeña para poder
gastar el dinero en caridad, en vez de tener que mantener a sirvientes innecesarios. En el convento de Italia se había acostumbrado a hacer donaciones a los pobres y deseaba continuar haciéndolo ahora en Londres.

Leam no creyó ni una palabra de todo eso. Pero no le importaba.

Su visión se nubló al fijarse en el impreso. Tan cerca de las
llamas pero todavía sin consumirse.

Parecía curioso que justo el lugar que tenía en su mente casi
sin cesar apareciese en la octavilla de la Dama de la Justicia.
Shropshire era una región amplia y allí había muchos sitios donde se podría encontrar el camafeo, ninguno de ellos sería una
hospedería desvencijada en un pequeño pueblo al lado del río.
Esbozó una sonrisa.

Pero rápidamente se le borró. Se inclinó y salvó el papel humeante del fuego.

En el baile, Kitty había hablado del camafeo que le pertenecía a Cox. Al día siguiente, la Dama de la Justicia recibía una carta
de una dama sobre un camafeo, estaba claro que se trataba de
que un caballero mordiera el anzuelo. ¿Acaso Kitty se había enterado de algo que él no sabía? No la culparía por no explicárselo. Pero...

Eso era una locura. Un hombre en su sano juicio nunca pondría las dos cosas al mismo nivel. Después de todo, sus ojos, su
mente y su corazón veían a Kitty por todas partes y en todo. Él
quizás imaginaba señales y pistas donde no las había.

O quizá no, y la dama era la hermosa e inteligente mujer de
la que se había enamorado.

Salió a toda prisa de su casa, recogiendo el abrigo, y apenas
pudo sujetar la silla de montar al caballo cuando ya salía al galope por la calle, en dirección al domicilio que figuraba en el
panfleto.

El empleado de la oficina de la imprenta no quería darle la
dirección o el nombre de la Dama de la Justicia. Leam solicitó

ver la carta de la dama anónima. El oficinista se negó. Leam puso dinero encima de la mesa. El empleado le soltó un discurso mordaz sobre la integridad periodística y la arrogancia de la clase aristocrática. Leam lo amenazó con emprender acciones legales. El oficinista hizo sonar la campanilla de su escritorio y un tipo fornido que parecía hecho para cargar baúles en barcos solo con las manos entró en la estancia y lo miró, intimidándole.

A Leam no le apetecía especialmente quedarse los próximos quince días en cama al cuidado de una enfermera con los huesos rotos. Se marchó, dejó su tarjeta y una petición de que le visitase la Dama de la Justicia si ella así lo deseaba, él se lo agradecería profundamente. Quizá los métodos de Gray tendrían algún mérito.

No pudo dormir y, a la mañana siguiente, se vio obligado a visitar la casa donde menos se le quería ver. Picó a la puerta de Kitty. El criado abrió con los ojos muy abiertos y brillantes.

—¡Milord!

—¿Se encuentra aquí lady Katherine?

—No, milord. Se ha ido.

—¿Se ha ido?

El tipo asintió, su peluca se movía arriba y abajo.

—Lady Katherine se ha ido a Shropshire, milord —dijo el ama de llaves, de pie al fondo del vestíbulo.

—Shropshire. —Podía sentir las pulsaciones de su sangre—. ¿Está segura de eso?

—Sí, señor. Mi señora se acaba de casar y está de viaje de luna de miel en Brighton. Lady Katherine partió para Shropshire ayer.

—¿Sola? —«Por Dios, no», pensó.

—Con madame Roche, milord.

Leam dejó escapar un suspiro.

—Gracias. —Saludó al criado y fue hacia su caballo.

Debía hacer una visita antes de emprender el camino. No tenía idea de por qué Kitty suponía que Cox había perdido su camafeo, ni por qué Cox podía creer que Leam lo tenía, ni qué debía hacer con él. Pero ella debía saber algo sobre aquel hombre que él desconocía. Ella había hundido a un lord que había cometido una traición contra la corona durante años, observando tranquilamente a los demás, escuchando y prestando mucha atención. Ahora ella, con su inteligencia y valor le había hecho reaccionar y salir de la confusión. Las piezas todavía no encajaban pero estaban tentadoramente cerca.

Sin esperar a que Cornelia viniera a su encuentro, se dirigió directamente por el pasillo, mientras el criado lo miraba con el ceño fruncido.

La encontró en su habitación rodeada de vestidos y ropa interior. Vio un baúl de viaje en el centro.

—¡Leam! —Se levantó de la mesa donde tomaba un té—. ¿Qué haces aquí?

—¿Adónde vas? —Él le señalaba la ropa que estaba guardando.

—A Alvamoor, claro. A ver a mi hijo —añadió ella precipitadamente.

Leam se le acercó. Ella se sintió intimidada. Él nunca había querido atemorizarla, pero ahora no tenía paciencia para sus mentiras.

—Cornelia, ¿sabes algo sobre un hombre llamado David Cox?

—¿Qué es lo que debería saber? —respondió, pálida.

A Leam se le aceleró el corazón.

—Entonces, lo conoces. ¿Cómo? ¿Qué relación tienes con él?

Ella se escabulló por detrás de la mesa y caminó por la habitación.

—¿De qué me estás hablando, Leam? —Le temblaba la voz—. Ya te lo he explicado, desde que me fui no he estado con ningún hombre, solo mis padres y mi dama de compañía, Chiara. —Se volvió hacia él con los ojos bien abiertos y pestañeando.

—¿Conociste a Cox antes de nuestra boda?

Ella retorcía la servilleta entre sus pálidos dedos, con los ojos bruscamente afligidos.

—¿Qué es lo que quieres que te diga?

—Cornelia, la verdad. Después de todos aquellos años de engaños, me lo merezco.

—Sí, lo conocí. —Cerró con fuerza los ojos, las manos envueltas en la servilleta—. Lo había conocido antes.

—¿Cuándo?

Tenía los ojos bien abiertos, llenos de inseguridad.

—Tu hermano me lo presentó. Estaban en el mismo regimiento. ¿Eso es lo que querías oír?

—¿Le regalaste un camafeo?

—¿Qué, un camafeo?

—Quizás un retrato tuyo, o de James.

—¿De James?

—¿Lo hiciste?

—¡Sí! —Era como si la palabra hubiera sido arrancada de su interior—. Sí. Un retrato mío. Él me lo pidió. —Presionaba la servilleta contra la boca—. ¿Qué vas a hacer ahora, Leam? ¿Me vas a castigar por eso?

—No he pretendido nunca castigarte, Cornelia. Estaba dolido y no entendía por qué tú y James no podíais haberme explicado la verdad, antes de que fuese demasiado tarde. —Ahora todo parecía tan simple. Tan claro.

—Eso es lo que yo hubiese querido. —Se le escapó una lágrima por la mejilla—. Quizás entonces me habrías perdonado.

—Mucho antes, seguramente. —Pero entonces no podría haber conocido a Kitty. No habría conocido el amor.

—¿Me has perdonado, Leam?

Él asintió.

—Entonces ¿por qué no vuelves conmigo?

—¡Cornelia! —La tensión se apoderó de él. Debía partir hacia Shropshire sin demora. Pero ella lo miraba ansiosa, y él quería terminar de una vez por todas—. ¿Por qué has vuelto? Ya sé que tu hijo no te importa. Entonces ¿qué es lo que quieres de mí?

Cornelia se quitó la servilleta de los labios temblorosos y se le escapó otra lágrima.

—Sí que me importa Jamie y no quiero nada de ti —reveló a media voz—. Él sí.

Leam se quedó helado.

—Cuéntamelo ya.

Ella tenía los ojos como platos.

—Le fue fatal con el comercio en América. Necesita desesperadamente dinero y dice que hará daño a Jamie si no consigo dinero para dárselo a él. —Su tono de voz iba subiendo.

—¿Quién, Cornelia?

—¡David! ¿No lo entiendes? Es muy ambicioso. Al principio yo no lo entendía, pero después vi que quería mucho más. Más de lo que yo podía darle, incluso con la generosa asignación que me proporcionabas. Entonces, el bebé llegó tan rápido después de nuestra boda y James murió... yo no podía pensar con claridad. Estaba aterrada por ti y por David, además de aturdida.

—Cornelia. —Leam interrumpió su creciente nerviosismo—. ¿Por qué necesita David Cox ese camafeo?

—Lo perdió en Shropshire, en esa posada. Pensaba que lo habías encontrado tú y se puso furioso por miedo a que estuvieras jugando con él para atemorizarlo. Buscó en tu habitación en Nochebuena cuando todos jugabais a cartas, dijo, pero no pudo encontrarlo. Así que pensó que si morías, él obtendría el dinero de todos modos a través de mí, cuando yo regresara a la sociedad; por eso intentó matarte. Pero le salió mal y se dio cuenta de que, después de todo, no era un asesino, aunque sea un ladrón temible y un extorsionador.

—¿Por qué querría yo haber jugado con él? ¿Con qué objetivo?

—Pensó que yo ya te lo había contado todo y que no te importaba porque ahora estabas con lady Katherine.

—¿Qué?

Pero ella parecía que no le había oído, sus palabras se agolpaban con rapidez.

—Cuando me negué a ir a Almavoor para demostrarte que no estaba muerta y sacarte dinero, él amenazó a Katherine para que volvieras a Londres y yo me viera forzada a verte. Le dije que no lo haría, incluso más, que volvería a Italia y tú nunca sabrías nada. Pero me aseguró que iría a Alvamoor y que le haría daño a mi hijo. No podía permitir que eso pasase, Leam. En cinco años no he visto a Jamie, pero él es parte de mi carne y de mi sangre, y siempre lo querré. ¡Te ruego que me creas!

—Te creo. —Era demasiado fantástico para no creerlo y sus

335

ojos parpadeaban con la misma angustia frenética que el día en que ella le contó su aventura con James—. Aunque lo que todavía no comprendo, Cornelia, es ¿qué significa ese camafeo para él?

—Es su seguro, pero solo hasta que lo necesite. Lo grabé con una inscripción antes de regalárselo.

—¿Qué pone en la inscripción?

—Pone... —Ella dejó escapar un gemido, como un animal herido—. Pone: «Para David, mi querido esposo.»

27

La respiración de Leam se volvió irregular y entrecortada.

—Nuestro... —Parecía que un océano le empujaba la cabeza—. ¿Nuestro hijo es...?

—No es suyo. A pesar de todas las mentiras que te dije, esto te lo juro por mi alma. Es de James.

Debía serlo. El niño era exactamente igual que su hermano a su edad.

—Pero ¿cuánto tiempo antes...?

—Me casé con David tres semanas antes de que tú me lo pidieras. —Ella parecía recular contra la pared—. Sobre un yunque, en un pueblo cerca de la frontera.

Él movía la cabeza intentando entender. La verdad. La asombrosa verdad.

—Entonces ¿para qué me necesitabas? Ya tenías un marido. No hubieras sufrido ninguna deshonra.

—Ya te lo dije. No podía soportar la idea de estar lejos de tu hermano. Todavía no lo soporto. —Le temblaba la voz—. A veces no me creo que esté muerto. Sueño con él por las noches y cuando me despierto, pienso que estará ahí.

—¿Y Cox?

Ella volvió la cara hacia otro lado.

—Antes de conocerte me sentía desesperada, temía explicar a mis padres que estaba embarazada. Solo lo sabía James y él me abandonó. David me decía cosas bonitas, que me protegería y me cuidaría. Yo tenía el corazón roto. Me marché con él, pero David insistía en que nadie lo supiera, a pesar de que yo se lo suplicaba. Esa misma semana comenzaste a cortejarme, a admirarme tanto. Pienso que él aprovechó la oportunidad. Tú tenías una fortuna e ibas a ser duque...

—¡Cornelia!

Ella permaneció en silencio, mirándolo fijamente con los ojos muy abiertos. Él se pasaba las manos por la cara. No debería haber sido así. Pero había sido.

—¿Tienes otra prueba de tu matrimonio aparte de la inscripción en el camafeo?

—Guardé el comprobante de pago del herrero que ofició la ceremonia. Y tampoco ha pasado tanto tiempo, después de todo. Creo que podría reconocer a los testigos si los tuviera delante. David nunca ha tenido dinero, por lo que no puede haberlos sobornado para mantenerlos callados, incluso ahora. Él quería chantajearte pero no es capaz de hacerlo durante mucho tiempo. Creo que no lo ha planeado a fondo con mucha lucidez. Es muy impetuoso y siempre piensa que lo persiguen para hacerle daño.

Él atravesó la estancia, y con tanta amabilidad como le permitía su pulso acelerado le agarró los brazos y la miró.

—No estamos casados. No estamos casados —repetía una y otra vez. Su vida de repente volvía a empezar.

Ella negó con la cabeza.

—Nunca lo estuvimos —dijo suspirando—. ¿Qué vas a hacer con Jamie?

En medio de la felicidad que se apoderaba de él, se filtró algo de remordimiento.

—Quedármelo, si tú me lo permites. Él lleva mi sangre. Es inevitable que sepa lo de tu matrimonio, pero no es necesario que sepa que no es mi hijo. Además, siempre lo he tratado como a mi propio hijo, Cornelia. No podría hacerlo de otro modo.

Ella titubeaba. Levantó el brazo y puso su pequeña mano sobre la de él.

—Leam, te ruego que me perdones por lo que te he hecho. Por lo que te hice. Ahora, al explicártelo todo, es como si me hubiese quitado un gran peso de encima.

Él se apartó.

—¿Dónde está Cox ahora?

—No lo sé. Esta mañana vino y estaba muy nervioso. Comentó algo acerca de regresar a Shropshire, pero...

—Me voy tras él. Ha cometido unos delitos y debe pagar por ellos. La verdad deberá contarse públicamente.

Ella asintió. Después apartó la mirada y apretó la servilleta contra sus labios una vez más.

—Cornelia, ¿saben tus padres lo de tu verdadero matrimonio?

Ella negó con la cabeza.

—Yo puedo ayudarte.

—¿Después de todo lo que te he hecho? No. Me merezco todo lo que me pueda pasar. —De nuevo alzó la mirada—. No es necesario que te preocupes por mí. Ahora creo que tienes otra dama de la que ocuparte.

Él solo podía tener esperanzas y rezar. Y pedirle un deseo a cada estrella del firmamento.

—Adiós, Cornelia.

—Adiós, Leam. Si quieres, escríbeme sobre mi hijo, de tanto en tanto. Me gustaría saber de él.

Él se marchó.

El día estaba avanzado y su aliento se convertía en humo por el frío. Pero el cielo fuera estaba blanquecino y profundo, la luz difusa del sol poniente se enfrentaba a las primeras nubes primaverales cargadas de una lluvia incierta. Leam se montó en el caballo y partió hacia Shropshire. Para dar caza a un hombre decidido a hacer daño. Y para buscar a una dama que valía más que las estrellas y el cielo juntos.

Encontró a Cox muy cerca de Bridgnorth, en la barra de una taberna. No resultó difícil seguirle la pista. En cada parada para comer o beber, Cox se iba sin pagar.

Leam cruzó la taberna.

Cox se percató de que lo miraba y palideció.

Era realmente exagerado decir, como hicieron más tarde algunos que no estaban en ese momento, que al igual que el sol tardío de invierno se ponía cerca del río Severn, un bárbaro de Escocia, que nadie sabía por qué estaba furioso, había lanzado sillas hasta dejar cinco inservibles y otras tres hechas añicos, y después se había comportado de una forma más o menos civilizada, como era de esperar de un caballero londinense incapaz de molestar a nadie.

Aquel escocés, mientras miraba a su víctima derrotada y herida, tuvo el descaro de pedir la presencia de un juez, lo que tampoco fue bien recibido por los vecinos. Sin embargo el magistrado, tras escucharlo todo, se fue con los dos forasteros y regresó unas horas más tarde para aclarar que el bruto era en realidad el heredero de un ducado, y el niño bonito, un personaje de baja estofa sin ningún título, lo cual hizo que algunos reconsideraran su opinión. En su debido momento, se supo que el heredero del ducado era conde, y que no solo había pagado al tabernero por los destrozos de su propiedad, sino que, además, había dejado un montón de guineas para que invitaran a todos por las molestias causadas; el perdón circuló como la misma cerveza por todo el pub.

¿Acaso no eran esas las ventajas de ser un gran señor, el poder dar unos buenos puñetazos a un sinvergüenza en algún momento?

—El burro se ha pasado toda la noche haciendo ruidos. ¡Estoy, ¿cómo se dice?, agotada! ¿*Et toi, belle* Katrine? —La francesa puso su mano con mitones de encaje negro sobre la rodilla de Kitty, mostrando su preocupación—. Debes irte a dormir arriba *tout de suite*.

Kitty hojeó una página de su libro e intentó concentrarse.

—Aún no. Quiero leer un poco más, después me acostaré. —Quería estar despierta contemplando el cielo, bajo el cual había hecho el amor con un bárbaro escocés, esta vez con los nervios en tensión por el pánico y la expectativa.

No debería haber hecho eso; había sido un acto de precipitación imperdonable. O bien el señor Cox no llegaría nunca y ella se cansaría de esperarle en la pequeña posada de Shropshire con una viuda francesa como única compañía, además de un niño y de los posaderos más atentos que jamás había conocido, debido a que madame Roche les había informado de la delicada situación de Kitty. O bien el señor Cox vendría y ella correría un grave peligro.

Madame Roche se puso de pie.

—En ese caso, buenas noches, *ma belle*. —Kitty la miró subir la escalera, algo aturdida por la mujer, como siempre. La viuda le había comenzado a llamar *ma belle,* mientras que a Emily la llamaba *ma petite*. Evidentemente, durante este viaje ella se había convertido en una de sus preocupaciones. Era muy propio de madame. Kitty iba a necesitar rodearse de amigos en los meses siguientes mientras decidía qué hacer con su vida, puesto que esta iba a cambiar por completo.

De golpe, se oyeron unos golpes en la puerta principal. El corazón de Kitty se sobresaltó. Se puso en pie con los nervios de punta. Golpeaban la puerta con fuerza. El señor Milch vino de la cocina. Gesticulaba con la cabeza mientras se acercaba a la entrada.

—Milady, no se preocupe por esto. No vamos a dejar entrar a nadie que no conozcamos.

Ella asintió. Era una posada, por amor de Dios, y el dueño ya había despejado todo el lugar para que así ella y su compañera de viaje pudieran esperar a un hombre que quizá no aparecería nunca.

Sin embargo, ella tenía el camafeo en su bolsillo, en el que había una encantadora y angelical dama, como prueba de que si el señor Cox había leído el panfleto, como mínimo ya debería estar de camino.

Desde la sala de estar, donde se encontraba, escuchó el ruido seco que hacía el señor Milch al abrir el cerrojo de la mirilla.

—¡Vaya, buenas noches, señor! ¡Bienvenido otra vez!

Se oyeron los cerrojos de la puerta. Kitty tenía las manos húmedas y la puerta se abrió. No podía ser el señor Cox. Una ráfaga de aire con olor a nieve llegó hasta las llamas de la chimenea.

El sonido de las botas en la entrada precedió la voz del recién llegado, profunda y conocida.

—Confío en que esté bien, Milch.

Las rodillas se le hicieron papilla. No era tan difícil, tan solo tenía que recostarse en el sillón para contenerse y confiar en no desmayarse.

—Lo estoy, milord. Mi buena esposa también. Parece que va a nevar esta noche. —La puerta crujió al cerrarse.

—Dígame, si es tan amable, ¿lady Katherine estuvo por aquí no hace mucho?

—Señor, precisamente está aquí. Ahora, por favor, deme su abrigo.

Leam dio unos pasos, entró por la puerta y se detuvo.

—Kitty —dijo con un suspiro. Sus hombros se enderezaron, mientras le miraba la cara con detenimiento, seguía por el cuello hasta los pies y volvía a la cara otra vez. El señor Milch atravesó la estancia en dirección a la cocina y salió afuera. Kitty se embriagó con la visión del hombre que amaba.

—Hola, Leam. —Cruzó las manos en un intento vano por detener el temblor descontrolado—. ¿Qué te trae por Shropshire?

—Supongo que debería decir la pesca. —La sonrisa de él hizo que el interior de Kitty se fundiera como la miel—. Pero, en cambio, te diré la verdad. Tú me has traído, claro.

—Entonces ¿has leído el panfleto de la Dama de la Justicia o has hablado con mis criados?

—Kitty, Cox está preso. Lo dejé en la celda de un juez a menos de unos cincuenta kilómetros de aquí.

Ella se apoyó con más fuerza en el sofá.

—¿Así que era él? Oh, eso me tranquiliza.

—¿Cómo descubriste el asunto del camafeo? —preguntó Leam con una mirada cálida.

—Ned lo tenía en Nochebuena. Dijo que lo había encontrado unos meses antes en el camino.

—¿Y dudaste tanto de su palabra que lo relacionaste con Cox y luego conmigo? —La hermosa boca de Leam aún insinuaba una sonrisa.

—Pues sí y no. En ese momento me pareció extraño el trato tan atento que mostraba el señor Cox contigo al principio, y que después fue a menos, sin duda. También se le veía angustiado. Entonces, aquel día en el parque... —Por primera vez en días sintió que el llanto la ahogaba. Estar allí a su lado, solos en el lugar donde se había enamorado de él, no era lo más indicado para su bienestar—. Ella es muy bonita y creí haberla visto antes. Entonces recordé el camafeo de Ned y me di cuenta de por qué la había reconocido. Cuando tú me dijiste que el señor Cox había perdido un objeto de valor y que creía que tú lo tenías, todo comenzó a tener sentido, aunque no estoy segura de que lo tenga. Pero sentí que debía hacer algo y, como tú no podías encontrarlo, envié la carta a la Dama de la Justicia esperando que la imprimiera para que él la viera y se presentara. En realidad, nunca imaginé que funcionaría tan bien. —Pero eso le había servido de excusa para huir.

Él movió la cabeza despacio, más tarde respiró profundamente y abrió la boca. No obstante, ella no podía permitir que hablara y le dijera cosas que no olvidaría jamás, como que la consideraba maravillosamente lista.

—Eso me daba ventaja para encontrarlo —se apresuró a afirmar ella—, pero me alegra de que lo hicieras tú porque, sinceramente, no sé qué habría hecho si él hubiese venido, excepto extorsionarlo. Pero no soy una chantajista nata. Más bien una soplona...

—Kitty, no te voy a dejar esta noche. No me pidas que me vaya de aquí pase lo que pase.

—Solo te estaba explicando lo que me has preguntado. Ayer, Ned admitió que *Hermes* había encontrado el camafeo fuera del establo y lo había traído la noche de la tormenta. —Bajo la mirada profunda de Leam, ella sentía el suplicio habitual al conmoverse por el deseo interminable que la envolvía, tan obsesivo que la dejaba sin aliento, tan maravilloso como horroroso—. ¿Qué es lo que quería el señor Cox del camafeo?

—Lo guardaba para asegurarse de que me podía extorsionar a través de Cornelia. Según parece, cuando lo perdió, de alguna forma perdió los papeles. De ahí el disparo y las amenazas.

—Eso es absurdo.

Los ojos de Leam brillaron con más intensidad.

—¿Acaso no has leído la inscripción que hay en la parte posterior?

—No —dijo ella, y metió la mano en el bolsillo buscando la baratija. Cada vez que la tocaba sentía como si tuviese pequeños puñales. Le dio la vuelta—. Yo... yo no entiendo nada. ¿Se... se divorció de ella antes de que se casara contigo?

—Él nunca se divorció de ella. Todavía están casados como lo estaban cuando ella y yo pronunciamos nuestros votos.

El corazón de Kitty saltaba de alegría.

—¡Oh, Leam! Lo siento.

Él abrió los ojos sorprendido.

—¿Cómo que lo sientes?

—Sí, esta vez lo siento. Estoy triste por ti y también por tu hijo. —Se sentía triste de una manera que jamás había imaginado. Felizmente triste. De algún modo, ella sospechaba lo que vendría después. Ella lo deseaba por encima de todo, aunque no pudiera tenerlo—. Aquí está —dijo, poniendo el camafeo sobre la mesa; después se apartó—. Al menos querrás tenerlo.

—No tengo ninguna intención de quedármelo.

—Pero...

—Kitty, cásate conmigo.

Ella se tapó la nariz con la mano y parecía no poder despegarla.

—¡Oh! Es todo tan repentino. —A través de los dedos vio cómo él tragaba saliva, inquieto.

—No es exactamente lo que me imaginaba que responderías. —La voz de Leam revelaba su nerviosismo—. ¿Eso es un no? Después de todo, ¿deseas permanecer soltera?

La mano de Kitty se deslizó por su cara hasta la garganta.

—No —susurró ella—. Ni remotamente. Pero, pero...

—Pero quizá tienes otra oferta o simplemente deseas esperar unos meses más.

—No, no tengo ese tipo de ofertas ni de deseos. —Tenía que decirlo en voz alta, no importaba si era doloroso—. Pero, Leam, ¿qué hay de tus sentimientos hacia ella?... No puedo competir con eso. Antes era diferente, pero ahora que en realidad está viva... —Quizá causaba mucho dolor decirlo al fin.

Leam pareció no comprenderla, hasta que de pronto entendió lo que ella sentía.

—Kitty —dijo con voz débil—, mis sentimientos hacia ella eran superficiales y desaparecieron rápidamente. Parte de la culpa con la que he cargado estos años fue por el alivio que sentí al no tener que vivir toda la vida con una persona tan diferente de mí. Me he liberado y la he dejado en la tumba. Ahora puedes despreciarme por ello, pero te dije que no deseaba tener secretos entre nosotros.

Ella lo miraba boquiabierta.

—Pero todos esos años, los rumores, la gente decía...

—Todo era fingido. Para ganarme la simpatía y la confianza.

—¿Todo? ¿En ningún momento has sentido algo profundo por ella?

—Por aquel entonces la deseaba, encaprichado como solo un joven podía estarlo, loco, desmesurado y engreído de mi propia importancia y vanidad. —Él se acercó—. Pero, mi dulce niña, entonces no tenía ni idea... —Su voz sonó áspera—. No sabía nada de ese anhelo de dar hasta quedar vacío, de sumergirme en ti y llenarme otra vez con cada palabra, con cada contacto. No tenía ni idea de que existías. —Sus ojos eran bellos, llenos de todo lo que ella había soñado.

—¿Poesía, milord? —Ella apenas podía susurrar—. ¡Qué hermoso!

Él frunció el ceño.

—No juegues conmigo, Kitty. Puedes destrozarme con una sola palabra. Si tiene que ser esa palabra, dímela ya. No soy un hombre paciente, y ya he esperado demasiado para saber si alguna vez serás mía.

—Oh, Leam. —Le faltaba la voz—. ¿Cómo puedes preguntarme eso ahora? ¿Después de todo lo que ha pasado?

El atractivo rostro de él se sumió en la desesperación.

—Entonces es demasiado tarde para mí, o quizás he sido demasiado franco e impulsivo. Veo que me has rechazado.

—No te he rechazado. Tú... —Contuvo la respiración, invadida por la angustia, el miedo y el amor que él sentía—. Te amo. Te amo con desesperación. Te amo tanto...

Él caminó hacia ella y la abrazó apasionadamente. Kitty se alzó para que la besara, para que la rodeara con sus brazos a ella y a la fantasía de su amor, ahora verdadero. Se entregó a su abrazo y deseó que fuera para siempre.

—Nunca te detengas —susurró ella y repitió—: nunca te detengas.

—Nunca. Sobre todo si me prometes que jamás dejarás de sujetarme fuerte. —Una sonora risa retumbó en la voz de Leam. La besó en el cuello, en la boca y en los ojos, como si en realidad no pensara detenerse jamás.

Kitty intentó apartarse de él, de su boca, mientras acercaba su mano para acariciarle la mandíbula.

—Estoy asustada, Leam. —Ella buscaba sus ávidos ojos—. Me asusta que puedas tener la más pequeña duda. Debes estar seguro de mis sentimientos hacia ti.

—Un hombre solo está seguro de lo que le importa poco. Y en eso, mi amor, no hay forma de medir lo mucho que me importas. Nunca pienses que estoy seguro. Dímelo todos los días, te lo suplico, mi querida Kitty.

—No me atrevo, es muy difícil confirmarlo todo cada día. —Ella le acariciaba el pelo con los dedos—. Pero puedo ser tenaz si estoy bien motivada.

Leam insinuó una sonrisa a medias.

—Madame Roche dijo que eras como un sabueso. O un perro pastor. No puedo recordar por cuál se decidió.

—Vaya impertinencia. ¿Cuándo hablaste con ella de mí? —preguntó Kitty.

—En Willows Hall.

—¿Por qué? ¿Me espiabais?

—Me estaba enamorando de ti y procuraba con todas mis fuerzas no escribir sonetos sobre la divina elegancia de tu dedo meñique. Pero en el fondo necesitaba hablar de ti. Ella estaba entusiasmada. —Él esbozó una sonrisa. En sus ojos brillaba toda la emoción de la juventud y la pasión, toda la esperanza y el drama del poeta que ella adoraba.

—Entonces ¿por qué me dejaste? —preguntó ella.

—Temía hacerte daño. Recelaba de mi violencia por mi naturaleza celosa.

—¿Pero ya no eres así?

—No. —Con los dedos le acariciaba tiernamente la mejilla—. He recordado lo que es el amor: es sinceridad, es bondad, es vivir para el corazón del otro. Te amo, Kitty.

Ella le puso las manos en las mejillas y lo besó apasionadamente. Después volvió a hacerlo incluso con más pasión.

—Si lo deseas, puedes escribir sonetos sobre mi dedo meñique —murmuró—. ¿Todavía te sientes inspirado?

—Más que nunca —afirmó sobre su cuello—. Los escribiré de tu dedo meñique, también, sin mencionar las otras partes favoritas de tu cuerpo. Pero no hasta que primero les haya dado a esas partes un uso placentero.

—¿Quieres decir que vas a enseñarme más travesuras de las que los hombres hacen con sus amantes?

Él se rio.

—Si lo deseas.

—Lo deseo. —Puso los dedos en su corbata y comenzó a quitársela—. Pero antes tengo algo muy importante que confesarte.

—¿Más importante que tu amor por mí?

—Muy importante.

Se apartó para mirarla a la cara, y otra vez se puso serio.

Kitty deslizó la mano hasta tocarse el abdomen. Él la seguía mirando con atención. Por fin, levantó la vista hacia ella con la boca entreabierta.

—Siempre había pensado que... —Ella solo podía susurrar.

El pecho de Leam se hinchaba al respirar profundamente.

—¿Kitty?

—Estaba equivocada. Tú tenías razón. Para una mujer es muy difícil admitir tan enorme regalo...

Él la sostuvo de nuevo entre sus brazos. En esta ocasión su beso no fue simplemente de placer. El amor lo consumía y ella le daba a cambio su pasión, le ofrecía un milagro y la felicidad.

—Ya te he desnudado en esta estancia —dijo él con voz ronca. Sus manos inquietas la excitaban—. Sin embargo esta noche me gustaría hacerlo con más privacidad. —La agarró de la mano y la llevó hacia la escalera.

Ella se echó hacia atrás, con una sonrisa.

—Pídemelo como un bárbaro. —Se puso de puntillas y le besó la barbilla—. Cuando me hablas así, sabes, siento la urgencia de lanzarme hacia ti.

Él le acarició la cara con manos cálidas y fuertes, acercó su boca hacia la de ella y la besó con una delicadeza tan embriagadora que ella tuvo que agarrarse a sus brazos para poder mantenerse en pie.

—Ven conmigo a la cama, muchacha —murmuró en escocés. Sus ojos brillaban de deseo, el que se habían confesado, y que ya había dejado de ser secreto—. Hazme el hombre más feliz esta noche.

Ella suspiró.

—¿Harás que dure para siempre?

La volvió a besar.

—Para siempre —respondió en escocés.

—Esa, milord —susurró con los labios pegados a los suyos—, es la mejor idea que he oído jamás.